封刀

漫娱图书
SINCE BOOKS

名　家　经　典　书　系

刀

风云起

青山荒冢 著

长江出版社
CHANGJIANGPRESS

漫娱图书

一剑破云开天地，
三刀分流定乾坤。
东西佛道争先后，
南北儒侠论高低。

CONTENTS

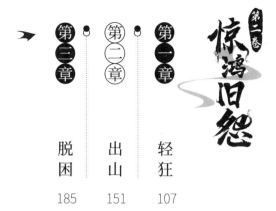
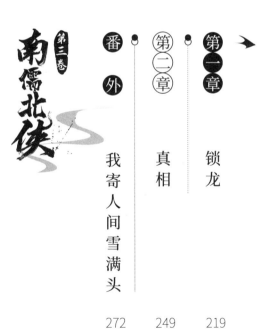

时节已过，莲叶接天的盛景如今只剩满目破败，野渡素来萧条，今日却破天荒有了客来。

立于无篷小舟上的客人着一身黑色斗篷，被兜帽掩住了大半张脸。从日暮西垂到月上中天，他已经在这里站了近三个时辰，脚下仿佛生了根。又过了一会儿，微凉的风吹过，伴随着落叶被踩过的声响，一人身着夜行衣，踏着荒草小路由远及近。

"属下来迟，劳门主久候。"

"惊寒关战事方告一段落，且路途遥远，非你之过。"斗篷客挥手示意他上前，声音有些沙哑，"不过，带了尾巴来，这便是大错了。"

夜行人大惊，内力聚于耳目，便探清身后野林里有不下十人潜行暗动之声。

"属下该死，请门主……"

"他们若动手，估计我得派人到狗肚子里才能找到你的骨头。"斗篷客嗤笑一声，转头看去，只见一艘小船由远至近，上面站了两人，一人白衣玉冠立于船头，一人灰袍披发恭侍在后。

白衣人双手捧着一个长条锦盒，笑如清风："阿尧，十年不见，你身量见高，脾气也见长了。"

斗篷客一挥衣袖，腾身落在那白衣人背后，回手按住灰袍男子腰间佩刀，讥讽道："关公面前莫耍大刀，当心砸了自己的脚。"

灰袍男子瞳孔一缩，瞥见白衣人侧头不悦的眼神，缓缓松开握刀的手，但全身依然紧绷。

"功底还不错，反应却不行，他在你身边这么多年，就调教出这么一群……"斗篷客停顿了一下，换了个比较委婉的词，"绣花枕头。"

白衣人轻咳一声："掠影卫多是携艺入门，统领也只司任务刑罚之事，你这话委实冤枉他。"

"子玉兄，你日理万机，何必多言多语浪费时间？"一阵冷风吹过，斗篷客的声音也带了几分隐现的寒意，"你找我，有何事？"

"掠影卫在惊寒关发现了你的手下，本来以为他是敌军余孽的耳目。"白衣人不为他的杀气所动，淡淡地解释道，"一番跟踪调查后才知道此人是为了掠影统领而来……掠影卫虽然闻名天下，但每个人的身份都十分隐秘，更何况统领？我想来想去，这世上能知道他身份又如此关注的人，也就只剩下你了。"

兜帽下的嘴角轻轻一扯："知道我还活得好好的，很失望？"

白衣人摇了摇头："也许曾经如此，但现在……阿尧，知道你活着我很高兴，至少不会梦见他对我发怒的样子。"

斗篷客的身形一滞，他的目光落在锦盒上："你什么意思？"

"月前北方蛮族进犯惊寒关之事，想必你也知道。"白衣人语气渐渐低沉，"惊寒关是北疆重地，一旦破关便与国门大敞无异，然而蛮族蓄谋已久，此番……"

"楚子玉，回答我的问题！"兜帽被劲风掀开，斗篷客的真容露在月光下。他看着不过二十出头，细眉杏眼，发如泼墨，生得一副好皮相，可是薄唇抿成一线，眉眼微敛，看着就是锋芒将出的模样，咄咄逼人到极致。

大楚皇室以国为姓，今上少年登基，改革变法，重整军政民生。新法渐渐推行，百姓们怒骂有之，称赞有之，哪怕黄口小儿也知这位敢易祖宗法的皇帝姓楚名珣，字子玉。

被无礼打断，天子不恼不怒，继续道："守将战死，战事告急，朝中有食古不化的老臣与我角力，我便下密令，掠影卫先行奔赴惊寒关，准便宜行事。"

江湖与朝野泾渭分明，官府对武林之事尚留一线，是故维持了这些年来朝廷与武林之间微妙的关系。

但掠影卫是一个例外。

大楚至今不过三代，高祖起于行伍，对民间之事知之甚详，遂在立国登基之后暗召武林高手组成暗卫，封名"掠影"，迄今已六十载有余。

先帝生性绵软，不满掠影卫手段，对其进行裁撤，一度弃之不用。可是今上登基之后所做的第一件事，便是复立掠影，重新招纳暗探和杀手，为自己打造了最锋利的刀。

没有人知道掠影卫有多少人，没有人知道他们藏匿何处，更没有人知道他们是谁。

楚珣抚摸锦盒的手越来越慢，他轻声道："我让他们不计代价守住惊寒关，可没想到……

"蛮族势强，关内有奸细暗通款曲，一百七十八名掠影卫，不过十日便折损过半……最后在三日前兵临城下之际，他潜入蛮人后帐，刺杀了首领胡塔尔。"

重军所在地本就惊险万分，何况是刺杀了敌军主帅后，暴露在千军万马之中？

寒意像毒蛇蹿上了后背，斗篷客听见楚珣的声音越来越轻："战后，掠影卫们翻遍了每一具尸体，可惜大多都已经残破不堪……"

"闭嘴……"

"最后，他们终于找到了他，被万箭钉在山壁上，全身无一处完好，只有手里还紧握着惊鸿刀。"

"我让你闭嘴——"

一声暴喝，斗篷客一掌劈向楚珣面门，灰袍男子赶紧提刀迎上，肉掌与刀刃相撞，竟然发出了金石碰撞的锐响，不待他惊愕，斗篷客竖掌而下，那四指宽的长刀竟被他生生劈成了两截！

刀刃断裂，掌锋去势未绝，斗篷客那只手如白鹭点水掠过，指间顺势拈住一截断刃，转瞬已贴上楚珣咽喉，而剩下连着把柄的那一半断刀这才落地。

灰袍男子目光一凛，挥手就要示意岸上的手下包围过来，却听楚珣微微一笑："好功夫，这一式'拈花'的造诣，已经不比师父差了。"

斗篷客扯了扯嘴角："你说的，我一个字都不信。"

"是啊，他向来一言九鼎，可惜……"楚珣推开刀刃，抬手将锦盒扔到他怀里，"他曾说过项上人头等你来取，可如今已经万箭穿心，尸骨就地火化安葬，只剩下这把刀……由我替他带给你。"

"阿尧……不，楚惜微，昔年种种是非恩怨，到如今都了结了。"

言罢，他忽然出手点向斗篷客身前大穴。楚惜微正心神大乱，猝不及防被他点中肩头，一道内力在骨肉间炸开，他脸色一白，整个人倒退回了那艘飘摇小舟，捏着锦盒的手指咔咔作响："惊雷。"

"你我同出一门，这十年来我与师父朝夕相处，没道理比不上你。"楚珣负手而立，面上依然端的一派君子如玉，"长夜将明，我是时候回宫了……但愿从此之后，山水不相逢，此生勿得见。"

水花泛起，小船如来时那样无声远去，码头上的暗卫也消失无踪，先前的夜行人飞身跃上小舟，单膝跪地："属下办事不力，请门主责罚！"

楚惜微没有说话，他向来稳如磐石的身形有些晃动，手也抖得不成样子，好半天才把锦盒打开——里面是一把通体玄色的连鞘长刀。

三尺长刀，二指来宽，刀鞘是玄黑色，上面镂刻着鸿雁振翼之态，栩栩如生，似乎下一刻就会挣脱铜铁。刀身却明如秋水，月光映出了一张苍白如纸的脸。

无声无息，泪流满面。

"我哭了……"楚惜微后知后觉地抹了把脸，"我竟然……还会哭啊。"

眼泪被他粗鲁地抹掉，他扯了扯嘴角想笑，可惜笑得比哭还难看。

"你怎么能死呢？你明明说过，把命留着等我来取……我不准，你敢去死？"

笑了半晌，他又咳嗽了好几声，喃喃道："师父……你怎么，会死呢？"

下属跪在楚惜微身后，自然也看不见他现在究竟是怎样一副神情。

茫然无措，如一个找不到家的孩子。

DUANSHUI
SHANZHUANG

第一章 重逢

层云压向地面，闷得人透不过气来。

一支小商队正在赶路，可惜这条路荒废太久，碎石几乎快把车轱辘都颠飞出去，常人坐在车上，保准要不了一时三刻就得吐个七荤八素。于是大伙纷纷把物资放在车上，靠两条腿慢悠悠地走着，唯有队伍末尾一辆堆满麻袋的平板车上还母鸡抱窝似的蜷着个人。

叶浮生一身粗布长衫，头发拿草绳绑了个松松垮垮的马尾，脑袋枕在麻袋一角，双手放置在腹前，若不看那一翘一晃的二郎腿，倒还算是个颇为标准的安息姿势。商队里其他人走得挥汗如雨，只有他躺在车上，也不嫌颠簸，吊儿郎当地哼着一段自编小曲："光阴箭，日月梭，春秋又过几回合；爱怨憎，是非多，生老病死求不得；少年争意气，横刀千里行，搅一池风平浪静，遭一回天打雷劈……"

他越唱越跑调，内容也荒诞，一时间周围的人都笑了起来，唯有管事的愁到不行："笑什么呢！快些赶路，再过会城门就要关了，今晚是要在这荒郊野外喂狼吗？"

叶浮生嬉皮笑脸："管事的，这附近连条野狗都没，你放心吧。"

他不说话还好，这一开腔就惹得管事的火冒三丈："瞎子你闭嘴！都是你在这儿插科打诨！再惹麻烦，我就把你另一条腿也打断！"

叶浮生闻言，捂着左腿一脸神伤："那您下手轻些。"

管事的险些被气了个倒仰。

因着近年来内有藩王造反，外有蛮族虎视眈眈，商业贸易都遭到了严格限制，然而人生在世，柴米油盐酱醋茶必不可少，官府也就稍稍放松了对民间商队的打压，如此一来，各地大小商行走贩都像雨后春笋一样冒了出来。

他们这一行人是从北地而来，那里刚结束了长达月余的战役，互市暂时关闭，便有在战火中失去家园的人凑了钱，搜罗了些皮子、香料等物件，打算带着这些东西到南方城镇里贩卖攒本钱，好歹也算条活路。

这浑货是管事的在北地捡回来的。那夜他们在城外扎篷休憩，谁想到睡至三更半夜，有守夜人听到不远处传来几声狼嚎，听动静像是有人被狼群给围了。管事的有几分功夫，便一边令众人点火警戒，一边拿了武器赶过去，等他回来时，背上就多了一个血淋淋的人。

管事的不多说，众人也就不问，只每日变着法地灌他些药汤子，直过了三五天才看到这人醒过来。他自称叶浮生，模样长得齐整好看，性情也爽快，只可惜眼睛不好使，右腿也因为受过伤落下了病根，乍看没什么，倘多走几步便会钻心一样疼。

叶浮生今年二十有九，正是身强力壮的年纪，这事儿倘放在别人身上，怕是扯嗓子哭号都难解心头之苦，偏偏这人心比天地宽，不仅屁事儿没有，还时常逗得商队里鸡飞狗跳，气得管事的几欲暴起。

此时他眯起眼睛仔细看了会儿天，道："再快些，要落雨了。"

叶浮生这眼睛倒也奇怪，日头越烈、光亮越强就越是眼前发黑，有时候连轮廓都看不清，反而在阴天下雨和入夜之后要正常许多，连夜猫子都比不得他耳聪目明。

天上乌云越积越厚，管事的赶紧招呼大家上了车马，又黑着一张脸把叶浮生拎下来，连同一卷被褥扔进自己马车里，啐道："把腿捂严实了，别回头受了寒又跟我号啕。"

管事的向来嘴毒心软，叶浮生扯起被子把自个儿裹成了春卷，眼皮一合就开始补眠。

等他再醒过来，商队已经到了城门口，然而大门却已关闭。大雨淅淅沥沥，管事的顾不得撑伞，正点头哈腰地跟官差说着什么，叶浮生揉了揉发胀的太阳穴，视线总算清晰了些，城楼上的"古阳"二字就映入了眼帘。

"古阳城……"他拿起一把油纸伞，不顾旁人劝阻就下了车。

雨势不小，油纸伞被打得哗哗作响，一阵冷风吹来，小腿肚子打了个哆嗦，叶浮生操着一口官话搭腔："官爷，这还未到酉时，缘何不能入城？"

说话间，叶浮生熟练地从管事的身上摸出一个荷包塞过去，官差这才没好气地答道："近日城中不太平，申时三刻后不准入城。"

管事的苦着脸："官爷，您看我们拖家带口，这天儿也不作美，能不能行个方便？"

官差没好气地道："人人都要行方便，那这城门岂不形同虚设？走走走，明天一早再来。"

"开门！"

这时远处传来一声断喝，一名身穿黑色大氅的少女骑着枣红马狂奔而来，手里鞭子舞得猎猎生风。

她纵马无状，商队的人连忙给她让路，官差也抬手示意守卫开门，叶浮生眯了眯眼睛，在转身时踢飞了一粒石子，借着雨幕遮掩，重重击在了马匹前蹄上。

枣红马顿时吃痛，仰天嘶吼，少女猝不及防被摔飞出去，一手撑地堪堪站稳身形。

刚才还气势凌人的官差此刻慌忙迎上前去赔笑道："哎呀，这、这……薛小姐可无碍？"

"滚开！"少女狠狠抹了把脸上的雨水，扬鞭抽了那枣红马两下，马儿受惊又吃痛，在原地暴躁地乱转，就是不肯驯服。

她一气之下将鞭子狠狠掼在地上，朝商队走来，扬着下巴道："我要一匹马，你们多少银子肯卖？"

管事的眉头一皱，叶浮生接话道："不必银两，左右也是要进城，带小姐一程也无妨。"

他把伞向少女头顶移过去，此刻天光暗淡，透过纸伞后的光线晦暗而温柔，叶浮生大半张脸笼罩在伞影中，唯有一双桃花眼格外勾人，哪怕一身粗布麻衣依然难掩风流。

少女语气缓和了些："你们要去何处？"

"回这位小姐，我们都是外地来的商户，只在城中先找个客栈落脚便好。"

少女点点头，将官差头领脸上的难色视而不见："行吧，你们给我一匹马，我带你们进去。"

言罢她就转头要去挑马，不想被叶浮生拦了一拦，回头便撞见明镜内一副有些狼狈的容颜。

叶浮生手持一面小圆镜，温柔地笑了笑"风疾雨大，想来小姐也一路奔波劳碌，不如上马车休憩片刻吧，虽不甚舒适，好歹算得上整洁。"

少女看了他片刻，这才伸手抢下圆镜，冲官差头领发作道："还不开门！误了本小姐的事，要你好看！"

说罢她钻进车厢，官差头领唯唯诺诺，叶浮生把伞塞到管事手里，却见两人俱是呆若木鸡，倒也相映成趣。

管事的叹为观止："好手段，服了。"

"人在江湖飘，谁能不撩骚。"叶浮生谦逊一笑，斯文败类之气尽显，"这位官爷，现在我们能进去了吗？"

官差首领尚未回神："这位薛小姐在咱古阳城可是有名的刁蛮，多少献殷勤的男人都被她拿鞭子抽过，今天难道是撞邪了？"

叶浮生继续微笑："因为从背后看我比他们站得硬气，从正脸看我比他们长得英俊，就算扒了皮我也比他们有内涵。"

"……啥也不说了，请进！"

官差头领一拍大腿，转身就要去差遣手下，叶浮生叫住他道："官爷，方才你说城里近日不太平，敢问是出了什么事？"

官差头领不再卖关子："小兄弟你可知'断水山庄'？"

叶浮生肃然起敬："可是那有'天下第一刀'美名的断水山庄？"

官差头领压低声音："都是几年前的声名了。"

叶浮生眯细了眼睛："哦？怎么说？"

"断水山庄的庄主谢无衣三年不曾斗武，平日里大门不出二门不迈，人们都说……他废了。"

断水山庄第七代庄主谢无衣，年三十四，貌端正，性温良，文武双全，擅使家传断水刀法，以此为基悟出沧澜十三刀。十六岁初入江湖，奔赴西域五载，历经八十二战，仅一平一负，自此名扬天下。之后回转中原，随父参加武林刀剑会，挑战武林群英，无一败绩。

自谢无衣二十岁起就少有人前来找他试刀，可是在三年前的一段时间，挑战他的人却多了起来，甚至还有不少杀手徘徊在山庄附近，蛰伏待机。

原因无他，当时传言谢无衣也许活不了多久，断水也许真的从此封刀入鞘。

三年前的正月初一，有来自西域的蒙面刀客于凌云峰顶约战谢无衣，不敌，竟设毒计暗害，二人共坠高崖，观战者遍寻不得。三日后，谢无衣伤重而归，请江湖名医十余名，皆言其身中奇毒，已然时日无多。

两日之后，鬼医孙悯风抵达洛阳，一番诊治之后定下四十九天的期限尽力一试，胜算却也不过五成。

如果谢无衣真的无药可医，那他死前未尝一败，就是永远的天下第一刀。江湖人除了快意恩仇，还图个争名夺利，曾经败在他手下的人，畏于沧澜十三刀不敢逾雷池的人，如今都像苍蝇一样从四面八方赶来，简直烦不胜烦。

"那么后来呢？"叶浮生坐在车辕上一边晃荡着脚，一边跟管事的小声说话。

谢无衣迄今还活在世上，想来那位鬼医要么是妙手回春，要么就干脆是在随口胡扯。

商队入城后便分成两路，叶浮生与管事的载着薛蝉衣向城东而去，剩下的人和他们约定好后就先行在一处客栈落脚。管事的一边控制缰绳一边回答他："后来的事情我也不清楚，只知四十九天过后，谢无衣还活着，却再也不曾与人动武，所以江湖上有了传言，说虽然鬼医救下他的命，却毁了他的武功……"

"胡说八道！"车厢里突然传出一声暴喝，薛小姐一把掀开帘门，长鞭呼啸而出。

"薛小姐莫要动怒，若是我二人说了不当的话，叶某先向小姐赔罪。"叶浮生抓住她的长鞭，可惜花丛老手这一次撞上了铁蒺藜，薛小姐柳眉倒竖，长鞭一抖挣开他的手掌，依然朝管事的面门打去。

风声呼啸似金石铿锵，这一鞭子要是打实了，也不知道下辈子投胎会不会长成阴阳脸。

不料两根手指倏然点在薛小姐持鞭的手腕上，她只觉得腕间筋骨一震，那两根指头鬼魅般从她掌中劫了鞭子，轻巧得好像只是从风中拈回了一瓣飞花。

薛小姐连呼吸还没过一轮，兵器就被人轻松夺了，她不可置信地看着这个脸色苍白的男人，没想到他还有着这样的本事。

薛小姐刁蛮，但并不是没长脑子，道："想不到你还是个深藏不露的高手。"

"高手谈不上，唐突小姐的罪人倒有一个。"叶浮生将鞭子盘成一团，双手奉还给她，笑容还是那样温和有礼，"我二人都从北地边塞来，不清楚这些江湖旧事，要是有说错的地方，不知能否请小姐指教？"

薛小姐冷笑道："指教谈不上，只不过在我跟前嚼家师的舌根难道不是大错？"

这位薛小姐，便是谢无衣唯一的徒弟薛蝉衣。

十三年前谢无衣自西域回转，在边陲小镇救下一名薛姓女童，收她为徒，悉心教导，除却家传的断水刀法之外，便是连沧澜十三刀都不曾藏私。可惜薛蝉衣根骨不佳，只能学得师长四五成火候，刀法一脉更是一窍不通，只有鞭法尚可一提。

自从三年前谢无衣出事，断水山庄风雨飘摇，薛蝉衣及时回转，和老庄主一同勉强挑起了摇摇欲坠的大梁。可惜她虽性格刚烈，武功却远逊其师，如今老庄主也已病重，倘若谢无衣真成了废人，断水山庄早晚会被江湖大浪所淹没。

断水山庄坐落于城东僻静处，飞檐碧瓦，高墙耸立，门口没有镇宅雄狮，只竖着一面高逾五丈、宽约三尺的玄武石碑，上以凌厉刀锋刻下洒脱狂放的字迹：天下风云出我辈。

刻痕由浅到深，从锋芒毕露到气势内敛，好似一个初入江湖的毛头小子逐渐长成深不可测的前辈高人。

可惜仅仅三年，断水山庄风光不再，只剩下老弱妇孺苟延残喘，用日渐佝偻的脊背托着"天下第一刀"的招牌。

此时雨势已止，天光也亮堂了些，叶浮生双目又混沌下来，他索性闭了眼说道："薛小姐，请下车吧。"

薛蝉衣哼了一声："你闭眼作甚？看不起断水山庄的门户？"

叶浮生笑了笑并不答话，薛蝉衣眼珠子一转："你，叫什么名字？"

"浮生如一叶，人死如灯灭。在下叶浮生。"

"人死如灯灭……"薛蝉衣嗤笑一声，"你又没死过，怎么知道死是这种感觉？"

叶浮生笑道："实不敢相瞒，在下本是野鬼一只，可惜阎王爷厌恶我不肯收留，只好再来祸害人世一遭……啧，活了两番，只觉得生如添火续柴，死如吹灯拔蜡，再简单不过，也再难不过了。"

薛蝉衣被他逗笑："那你之前是怎么死的？"

"想不开，找死。"

"那现在怎么又想开了？"

叶浮生没想到这位大小姐对他起了这么大兴趣，便道："曾许人一诺，死也要留口气等他来送终。"

管事的在一边被晾了好一会儿，忍不住插嘴道："你的儿女？"

"胜似。"

薛蝉衣眉目有些冷淡："五湖四海，三教九流，这江湖哪一天不死人？自古生死有命富贵在天，你许了诺，就一定能做到吗？"

她说得极不客气，叶浮生却笑了起来："倘若我有一天当真死到临头，也必魂化轻风飞越千里，给他托一个梦去。"

薛蝉衣神色愣怔，半晌才道："叶浮生，我有一桩生意想找你做。"

管事的悄悄扯了扯叶浮生衣角，可惜这货仗着眼瞎恍若未觉，笑眯眯地答道："什么？"

"近日城中事端多，我欲再寻个护卫替我看顾师弟，你要是应我，事成后也就不用在这小小商队里混吃等死了。"

管事的脸涨得通红，叶浮生侧头笑道："谢薛小姐抬爱，可惜在下贱命一条，没什么远大追求。"

薛蝉衣道："你们一行都是外地人，古阳城的行情门路概不清楚，想在短时间里站稳立足谈何容易？你就算不为自己考虑，也要替那些老弱病残想想吧。"

管事的面色一滞，叶浮生转身道："不签卖身契！"

说这话时，他绷着一张脸，后背被管事的拧得没了知觉。耳边听得风声一动，他抬手恰好接住了一锭银子。

"拿去置办点行头，莫脏了我断水山庄的脸面。"薛蝉衣抬脚下了车，"酉时三刻来见我，我会吩咐下人带你进门。"

叶浮生耸了耸肩，从银锭上掰下一个角来，把剩下的都给了管事的，嬉笑道："这些日子，多谢管事的照料。"

管事的握着银子，气得直哆嗦："我救你回来没图什么，你不必为了我们去蹚浑水！这些江湖人士有哪个是好相与的？刀剑无眼，你一个又瞎又瘸的残废凑什么热闹，仗着三脚猫功夫上树不够还要上天吗？"

叶浮生："哎哎哎，您别生气啊，等会儿哮喘犯了怎么办？"

"滚犊子！找死去吧，没人收尸！"管事的气呼呼地甩开他，扭头套马上车，险些甩了叶浮生一脸泥点子。

叶浮生听见马车轱辘声渐渐消失，手里有一下没一下地抛着银角，他一双远山眉下横着一对桃花眼，看着有些风流相，可脸色苍白，不说话时神情冷硬，看着总有些缺少人气。

他从腰封里摸出个锦囊，雪白色绢布上绣着一簇青竹，针脚凌乱，好端端的竹叶歪扭得跟毛毛虫一样，上面还沾着些干涸发黑的血迹。

"岂曰无衣？与子同袍。王于兴师，修我戈矛……"

叶浮生哼着一曲《秦风·无衣》，摇头晃脑地走了。

此刻天色渐暗，微光落在断水山庄门前的石碑上，刻字在明暗交错里模糊不清。

天下风云出我辈，一入江湖岁月催。

入夜，大雨滂沱而下，古阳城里家家关门闭户。

断水山庄后院，劈砍声仍在持续，有十岁男童着一身黑色短打，脚下踩着生涩复杂的步法，手持一柄对他而言有些过大的木刀不断劈砍木桩。

他稚嫩的面容一片清冷，全身都已经湿透，虎口也被力道震得发红。木桩上密布着浅浅的白痕，有的地方已经出现了蛛丝似的裂口。

站在廊下的男人身披狐毛缂边大氅，他冷冷地看着男童在雨中练刀，忽然抬起手，一枚核桃穿过雨幕击在了孩子持刀的手腕处。男童的手被他打得一颤，木刀脱手而出，他的眼睫颤了颤，弯腰准备拾起木刀，不料又是一记核桃打在膝盖上，整个人就要扑倒，幸亏一手撑住了地。

廊下的男人冷声道："进来。"

男童浑身湿漉漉的，像刚从河里爬上岸。他站在男人面前，规规矩矩地叫了一声："爹。"

"谢离，我跟你说过很多次……练武之人最忌手无劲力，下盘不稳，你练了三年，却半点长进也没有，丢人现眼！"男人生得剑眉星目，奈何一脸病容，不时发出几声咳嗽，眉目间含着一股苍老的死气。

这就是断水山庄的主人，谢无衣。

谢无衣的妻子在两年前病逝，膝下只留了谢离这么个儿子。晨起早于鸡，夜寝晚于狗，"习字练武"四个字成了压在这小孩头顶甩不掉的大山。早些年还好，这两年谢离却活得堪比受罪。谢无衣自出事之后性格变得喜怒无常，对待这个儿子更是严苛不已，有时候连庄里的下人都看不过去，可主人家的孩子是好是歹，哪容得下他们说嘴？

谢离闷得好似个气沉丹田的蛤蟆。谢无衣又训斥了他几句，这才一甩袖子，顶着满脸厌弃和不耐走人。

等他走了，谢离抬起右手，默不作声地揉了揉腕子上青紫的核桃印，不言不语，满腹委屈。

一阵脚步声传来，薛蝉衣叹气道："又被训了？"

谢离不吭声，倒是薛蝉衣背后有人接了茬"可怜见的，你师父下手不大人道。"

小孩这才发现薛蝉衣带了生人来。此人一身天青色箭袖长衣，腰封上束了条靛蓝锦带，墨发披肩，眉眼如画，看着与谢无衣年纪相若，身量也相仿。

叶浮生把自己收拾得人模狗样，然后两袖清风地进了断水山庄，凭着三寸不烂之舌与七尺不穿之脸皮跟在薛大小姐身后。薛蝉衣听说自家师父又在训斥小师弟，忙不迭地赶了过来，可惜打人的是她师父，她再怎么也不能拿鞭子抽过去，只好一边叹气一边给谢离揉散瘀血。

叶浮生觉得这小孩儿的倔驴脾气颇为有趣，便出言调侃了句，没想到谢离突然板起一张和他老爹一脉相承的棺材脸，严肃道："你是何人？竟敢对庄主出言不逊！"

叶浮生笑眯了眼，俯下身和他平视："我是被你薛姐姐八抬大轿请回来的新人。"

谢离："……"

薛蝉衣咬牙切齿："叶浮生！你胡扯什么鬼东西？"

"好吧，八抬大轿是没有，新人倒是真。"叶浮生摆了摆手，掌中变花样似的多出一个小油纸包，里头是切得整整齐齐的糖块。

一颗糖猝不及防地被扔进薛蝉衣嘴里，浓郁的桂花香充斥在口，已到嘴边的喝骂被硬生生噎了回去，薛蝉衣杏眼一瞪，那人偏偏好生不要脸地赔笑告饶："小姐莫怪，在下赔罪。这桂花糖是新做的，吃一个甜嘴，莫要动气开骂，脏了小姐的口。"

薛蝉衣把一颗桂花糖咬得咔嚓作响，活像嚼着某人的骨头，耳朵却慢慢红了。谢离看得呆若木鸡，嘴巴微张，叶浮生趁机也塞了一颗糖进去。辛辣伴随着甜香在嘴里炸开，小孩脸色陡然涨红，可惜良好的教养让他忍住了吐出来的欲望，艰难地把糖嚼碎咽了下去，两只眼眶里水雾蒙胧，看着可怜极了。

薛蝉衣："你给他吃了什么？"

"糖啊。"叶浮生一脸正气凛然，"姜糖，你看他淋了这么久雨，不吃点姜糖祛风寒怎么行？"

薛蝉衣挫败地叹口气，低下头对说道："小离，你先回房沐浴更衣，我跟这个家伙还有话说。"

"……他是什么人？"

"是我新雇的护院，你放心。"

谢离这才噔噔地跑远，叶浮生眯着眼睛目送他远去，感叹道："是个乖孩子，就是老气了些。"

"师父对他向来管教严厉。"薛蝉衣捻了捻眉心，"我已经跟管事说过了，只要不违纪作乱，你可在山庄里自由行事。"

"小姐优待，我要做些什么呢？"

"照看好小离。"

叶浮生问道："断水山庄的少庄主，还需要我这么一个江湖浪子照看？"

薛蝉衣不答反问："你今日入城，可有注意到什么？"

"我看到了很多江湖人。"叶浮生笑了起来，"三教九流，龙蛇混杂，这附近大大小小的客栈被他们占得水泄不通。"

薛蝉衣闻言冷笑："步步紧逼，果真阴魂不散，可恼！"

叶浮生把剩下的糖一口吃了，说话口齿不清："是冲着山庄而来，还是……谢庄主？"

薛蝉衣声音冷冽："是冲着'天下第一刀'。"

叶浮生嚼着满嘴糖块，一言不发。

薛蝉衣深吸一口气，道："你可曾听过'厉锋'这个人？"

叶浮生慢吞吞地道："如果你说的是迷踪岭葬魂宫的那位厉锋，那我是听过。"

正道有四大宗门，邪派也不遑多让。在西南边陲有一处绵延百里的幽深山谷，地形复杂，瘴气缭绕，飞鸟难觅，故以"迷踪"为名，而在这深谷里，便盘踞着当今魔道魁首——葬魂宫。

葬魂宫内如同一个小江湖，除了那些背离门派或罪大恶极的武林中人，还容纳了一部分在战乱中失去家国的异族，甚至不乏在朝堂上失势获罪的犯官后人。他们一旦进了葬魂宫，就像扑入泥淖的蛇虫鼠蚁，蛰伏在沼泽里窥探人世，却又断绝了前尘往事，从此以后只做葬魂宫里的一条狗。

狗大多没有名字，能有名字的，都是受主人看重的恶犬。

厉锋，时年二十五岁，主管葬魂宫青龙殿，是葬魂宫主最得力的手下之一，被他盯上，就如同在草原遇到了最凶庞的狼。

薛蝉衣的嘴唇抿了抿："葬魂宫历代活跃于西南边陲，近两年来，随着外族战争频发，葬魂宫的势力得到了进一步扩张，如今已经开始将重心转移到中原。"

"中原武林势力错综复杂，葬魂宫倘若贸然出手，恐怕牵一发动全身，所以他们需要杀鸡……啊呸，杀一儆百。"叶浮生轻咳两声，捶了捶自己又疼又麻的右腿，摇头晃脑，"断水山庄是中原武林的一大世家，谢庄主又是名震江湖的天下第一刀，按理说是一块难啃的硬骨头，可惜……"

薛蝉衣冷冷道："可惜三年前那件事情过后，整个江湖都觉得我师父废了，天下第一刀如今不过徒有虚名。此番葬魂宫发起争锋大会，要夺中原正道的七把名锋扬威，断水是第五把。"

叶浮生问道："那么所谓的江湖传言，究竟是的确如此，还是无稽之谈？"

薛蝉衣紧紧盯着他，半晌才道："叶浮生，你是个聪明人，也是个明白人。"

叶浮生叹了口气，道："滴水之恩涌泉相报，在下定不负所托。"

"既然你答应了我，就一定要做到。"薛蝉衣扬了扬下巴，眼神比毒蛇还要瘆人，"小离如果出了什么事，你就算钻到地底下，我也刨了你十八代祖坟，把你挫骨扬灰！"

"你答应我的事，一定要做到，否则我死不瞑目。"

两个声音合成一线，像一把利剑狠狠刺进叶浮生心口，眼前的一切又开始摇晃模糊，他的脸色霎时白了，下意识地按住胸口放着锦囊的地方。

"争锋大会七日之后就要开始，这几天有各派人士来到古阳城，断水山庄自然不能闭门谢客。你这半瞎既然眼睛不好使，就好好跟着小离，也不要到处生事，免得冲撞到自己惹不起的人。"

叶浮生低下头道："既然如此，小姐就着人带我去少庄主院落吧。长夜漫漫，在下困了。"

薛姑娘觉得有些手痒，腰间长鞭蠢蠢欲动。

就在这时，远处传来一阵马蹄声，大概是有车马在前门停下。

这么晚的时辰，在这样风口浪尖的地方。

薛蝉衣吩咐了一个下人带叶浮生去后院，自己急忙走向前门见客。叶浮生眯了眯眼睛，好在进内院时会经过一条长廊，他借着檐下灯火回头一望，只见薛蝉衣匆匆迎向一队人，为首那人正将纸伞收起，恰好露出形容。

他看上去很年轻，可全无毛头小子的冲劲和傻气，一身黑衣衬得脸色过于白了，眉如锋，眸如潭，容貌俊美，薄唇紧抿如一叶见血封喉的刀。

自古正邪不两立，但总有人会踩着世俗的底线把自己活成一根大刺，有的被拔掉碾碎，有的则入肉生根。在这深不见底的江湖泥潭里，能算得上后者的却太少，少得放眼天下，也只有百鬼门这么一根大刺长得顶天立地，不仅黑白通吃、正邪不分，行事还随心所欲，不怕惹麻烦，且善于解决麻烦。

谁也不知道江湖上有多少人，自然也没有人知道百鬼门到底有多少"鬼"。他们没有过去，看不到未来，却隐藏于当下的每一个阴暗角落，化成猎物的附骨之疽，至死方休。

情报消息，杀人暗榜，医毒交易，兵刃暗器……没有他们不敢做的事，就算有，那也是门主脑子里的坑被豆腐渣糊了，一时间没想开。

百鬼向来见影不见人，江湖上所盛传的不过寥寥几人，鬼医孙悯风正是其中一位。

医者仁心，妙手回春。后半句不足以形容孙悯风那敢与鬼神争命的高绝医术，前半句搁在他身上则根本是侮辱了这四个字。

谢无衣脱下大氅，与客人相对而坐，瘦削面容上双眉紧皱："鬼医提出的要求，实在是强人所难。"

他对面坐着两人，之前叶浮生瞥见的黑衣青年正端着茶盏轻抿，老神在在如供案上的大佛爷。剩下一位素衣男子看着约莫三十来岁，画墨眉眼，水色描唇，清淡到了极致，偏偏在敛目勾唇时流泻出一丝妖气，仿佛青花瓷上多了一笔浓墨重彩的艳。

孙悯风往自己的茶盏里倒了些白色药粉，拿着银针有一搭没一搭地搅拌，屋子里顿时飘满了一股沁人心脾的香味，馥郁如酒，却比酒更醉人。

他把这杯怪茶喝完，笑道："若是为难，你可以选择坐地等死，我不逼你呀。"

谢无衣放在桌角的手青筋毕露，语气却是淡淡的："谢某可以做个死人，就是不能做废人。"

黑衣青年抬起了头："在下听闻，谢庄主并没有接葬魂宫送来的夺锋帖。"

谢无衣面无表情："宵小之辈，不值得脏我的手。"

"那么战牌上，断水山庄之位是要虚席空置了？"黑衣青年放下茶盏，语气玩味，"谢庄主，眼下不知有多少只眼睛盯着断水山庄这块招牌，无论你拒战或是应邀，一举一动皆牵扯极大……派薛小姐千里迢迢邀请鬼医来此，不正是谢庄主已经做出了选择吗？我们要的东西不多，一把断水刀而已，比你的命更重要吗？"

谢无衣："是。"

"断水刀重于你的性命，不知断水山庄与之相比，又孰轻孰重呢？"

谢无衣看了他一会儿，取过茶壶为他添了杯茶："这位……"

"我姓楚，楚惜微。"黑衣青年挑眉，手指慢慢摩挲着杯壁，"久闻天下第一刀之名，今日拜访，方知见面不如闻名。"

"江湖上沽名钓誉、谬赞枉称之人多如过江之鲫，谢某从不敢以'第一'自居。"谢无衣嘴唇弯了弯，然而他的眼神太冷，就像一把悄然出鞘的刀。

"西域八十二战名扬天下，武林刀剑会败尽群英。曾经的断水挽月影惊鸿，如今挽月无踪、惊鸿绝唱，唯有断水尚存于世，倘若谢庄主头顶虚名，江湖上谁还敢尊大？"楚惜微轻轻一笑，"我所失望的，是庄主你拿得起，却放不下。"

谢无衣眯了眯眼睛："百鬼门主果然所知甚详，可惜世间之事总不会尽在掌握之中，楚门主只知其一不知其二，未设身处地，自然说得容易。"

孙悯风喝光了剩下的半壶茶水，插话道："相见相惜的二位，可以暂且打住了。我们继续谈生意，不知谢庄主是要用断水刀换取易筋换血的机会，还是关门送客和山庄共存亡？"

谢无衣道："重要的事情，要慎重地考虑。"

"三、二、一，你可以给出慎重的回答了吗？"

"孙先生，"楚惜微按住孙悯风的肩膀，"争锋大会七日后开始，谢庄主比我们更心急，何必纠缠这一时半刻？"

谢无衣起身道："我会在明日给出答复。蝉衣，带贵客去松涛苑。"

此时，有下人狼狈地跑来，对着一直候在门外的薛蝉衣耳语几句，薛大小姐已现怒色。

她憋着一口气示意管家带客人离开，然后走到谢无衣身边，语气急促："师父，有人闯进凌波楼，盗走断水刀，现在被护院们追至望海潮附近！"

一声脆响，茶盏碎了一地，谢无衣的神色顷刻冷了下来。

第一章 暗涌

　　古阳城是一座山城，三面环山一面临水，有数不尽的山谷野林。断水山庄如今虽然风光不再，但瘦死的骆驼也比马大，它坐落于城东偏远处，除了山庄房屋之外，背后还有连绵十来里的山头，占地面积十分辽阔。

　　望海潮，断水山庄后山的一座断崖，山势陡峭，怪石嶙峋，崖下有一条大河，水流瞬息万变，时而波涛汹涌，时而静如止水，稍有懈怠便会被暗流卷走。

　　断水刀法，取抽刀断水之意，刀法中那惊涛骇浪又细水长流的气势，便是从望海潮中衍生出来的。望海潮是历代庄主习武练刀的地方，因此它成了断水山庄的禁地，每一代庄主故去，便要将骨灰葬入大河，顺水而流，还于天地。

　　夜深风雨更急，断水山庄的护院好不容易把那窃刀之人逼到了断崖边，那是个一身短打的汉子，手里紧紧抱着把连鞘长刀，进退不得，走投无路。

　　此时黑灯瞎火，叶浮生这个半瞎倒是混得如鱼得水，他的眼睛在黑暗里视物清晰，整个人悄无声息地隐藏在大树上，不仅能看清前方的混乱，连斜下方峭壁上的异状都能一览无余。

　　凌波楼出事之时他懒得管，只在婢女带领下往谢离的院子赶，结果刚一进去，他就发现那小鬼不见了。

失踪的少庄主绕过了众人追逃的路线，从一处陡峭的山壁往上爬。这处山壁贴近断崖，嶙峋的石头把他小小的身影挡得严严实实，要不是叶浮生这双夜猫子似的怪眼，还真发现不了这明知山有虎偏向虎山行的兔崽子。

谢离年纪虽小，轻功底子却着实不错，在这峭壁上说不得如履平地，倒也称得上灵活敏捷。为防止贸然出手把这孩子吓得掉下去，叶浮生只好找了个合适的地方窝着，不错眼地关注他一举一动。

大概过了半盏茶的时间，谢离终于爬到了崖顶之下，踩着一块大石，借力把自己贴在了隐蔽处。

那汉子大概是生平第一次做贼，一张黑炭脸涨得通红，偏偏眼下插翅难飞，只好紧紧抓着刀鞘，好几次向后退差点掉下山崖。

薛蝉衣终于赶到，抬手一鞭甩了过去，汉子下意识地抬手格挡，半途又想起手里拿着的是断水刀，硬是转过身去，生生拿后背挨了她一鞭。

薛蝉衣柳眉倒竖："大胆匪盗，将刀还来！"

汉子吸了口气："叫你师父出来说话！"

薛蝉衣冷哼一声，长鞭甩动如蛟龙出水，汉子咬了咬牙，断水刀悍然出鞘，长鞭缠上刀锋刹那，汉子只是顺势一劈，薛小姐的鞭子就少了一截！

叶浮生在树上摇了摇头——打个姑娘还要占兵器的便宜，端的无耻。

失了前力，长鞭反震回来，重重抽在薛蝉衣的手上，皮肉都翻卷开来。她弃了鞭，一手掐上束腰的红绫，却被人按住了肩膀。

"谢某在此，有何指教？"

叶浮生原本没骨头般的身体慢慢坐直了，他看着那个越众而出的男人，好像全身血液都倒流回冲，手指无意识地在树干上留下了几个指坑。

谢无衣撑着一把油纸伞，雨势很大，他全身上下却只有翻飞的衣摆湿了些许，面容消瘦，一双眼睛却比刀锋更锐利。

薛蝉衣退了一步："师父！"

汉子被谢无衣气势慑住，不管这三年来江湖人如何编排谢无衣，他现在这样的神态，叫人一见就回想起当年群英会上败尽英雄的断水庄主，甚至比那时更可怕，仿佛一只昂首挺胸的虎，变成了择人而噬的狼。

谢无衣站在离汉子七步远的位置，重复道："谢某在此，有何指教？"

汉子深吸一口气："指教不敢当，只问庄主一句——为何不接夺锋战帖？"

暗处的叶浮生刚平复心情就听见这么一句，有些好笑：皇帝不急，急死太监。

谢无衣看了那汉子一眼，道："你也用刀？"

汉子挺起胸膛："是！我乃……"

"谢某没兴趣知道你是哪瓣蒜。"谢无衣冷笑道，"不告而拿是为贼也。怎么，你认为谢某没接夺锋帖，就没资格拿断水刀，所以要来取刀替谢某参战吗？"

汉子梗着脖子道："是又如何？葬魂宫是邪门歪道，人人得而诛之，你身为断水庄主不思除魔卫道，反而避战谢客，可知多少英雄豪杰为此扼腕？"

"好不要脸。"一个声音从人群里传来，恰好应和了叶浮生心里的四个字，他施舍给那人一个眼神，发现正是之前匆匆一瞥的黑衣来客。

百鬼门主看热闹不嫌事大，他撑着伞走了出来，嘴角勾起一个嘲讽的弧度："在下见的世面少，如此无耻的行径也能说得冠冕堂皇，实在长了见识，多谢这位言传身教。"

这话说得不客气，可惜楚惜微长得像个吃软饭的小白脸，又撞上个二五眼的莽汉，当即被骂了一句："你算什么东西？"

楚惜微笑了笑，眼眸低垂，鬼气森森，看到的人都觉得背脊一寒。

叶浮生收回目光，心道：披了聂小倩皮的黑山老妖。

"行了。"谢无衣摆了摆手，目光如电，"你要如何？"

"葬魂宫气焰嚣张，连夺武林四把名锋，正道英雄无不愤慨。"汉子大声道，"谢庄主，你若是接了夺锋帖，替武林正道争这口气，证明断水山庄如今不是浪得虚名，我便把刀还你；否则我就把刀转手于其他英雄，总不致让葬魂宫嚣张放肆！"

"好、好、好……"谢无衣连说三字，手里的纸伞陡然一转，雨点旋飞出去，劈头盖脸地打向那汉子。他立刻下腰躲避，不料谢无衣提掌而来，并指作刀，已经与他的咽喉近在咫尺！

汉子立刻抽刀格挡，谢无衣一指头戳在刀身上，反而是那汉子被震退出去。他本就站在崖边，这一下直接往后倒去，谢无衣变掌为爪去抓他，可汉子眼中闪过一丝狠戾，硬生生躲开，连人带刀坠了下去。

几乎就在同时，一道小小的身影紧随其后，谢离双脚在间不容发之际踢开汉子的手，一勾一挑，将断水刀接在手里，可他年纪太小，之前又耗力过多，这一下没能站稳，若不是一手及时攀住岩石，就不是挂在崖顶下丈许做风干腊肠，而是要掉下去喂鱼了。

这一切发生在电光石火间，所有人都被这变故惊住，薛蝉衣花容失色："小离！"

谢无衣脸色一变，想也不想地往下跳，却被一个人抢先——楚惜微越过他跳了下去。

然而来不及了，谢离手中的岩石发出一声不堪重负的响声，男孩脸色煞白，直直下坠。

楚惜微的手差一点就抓到了他，结果只扯下了一片衣角，来不及皱眉，一道天青色的影子从他眼前晃过，快得让他都看不清那究竟是什么。

眼看河面越来越近，叶浮生一把将谢离搂在怀里，提掌向河水打去，欲激起水柱以冲力改变下坠之势，可是掌力却如泥牛入海悄无声息，他心道不好，只来得及让谢离憋口气，两人就一起掉进了水里。

水流从四面八方汹涌而来，远不如河面展现出来的平静，更倒霉的是，这水下还有一股强大的吸力。叶浮生牢牢护着谢离，被暗流卷了下去，一路被冲击得七荤八素，不知过了多久撞在了石头上，背脊生疼。

周围水压一降，叶浮生勉强辨认出这是一个水下洞穴，内里九转十八弯，又有暗渠分走水流，才堪堪给了他们喘息之机，至于那个莽汉，怕是真的喂鱼了。

伤腿受了这么一遭罪，钻心刺骨地疼起来，叶浮生摸摸衣袋内的锦囊还在，再看看谢离正奋力从他怀里抬起头，这才松了口气。

兔崽子呛了几口水，此时抱着断水刀趴在他身上，叶浮生手贱地掐了掐他的脸，叹道："我见过赶集的，没见过赶着投胎的。敢问少庄主，你是要学习佛祖舍身喂鱼，还是看多了话本觉得一定能绝处逢生顺便找到高人秘籍？一把刀，比你的命重要吗？"

谢离抱着断水刀不撒手，低声道："是。"

叶浮生摇了摇头："和你爹一样，一根筋，驴脾气。"

闻言，谢离瞪眼："谁给你的胆子妄论庄主？"

"救命之恩涌泉相报，别说骂你爹两句，让你叫我声爹都不过分啊臭小子！"

叶浮生摇头叹息，"我要是有你这么个儿子，一天打三顿都不过分，找什么不好偏爱找死！"

谢离化身闷嘴葫芦，叶浮生扶着墙站起来，昏暗的洞穴内部在此刻倒是方便了他的眼睛，阴冷潮湿的风不知从哪里吹来，他屏息听了一会儿，道："风声是从那边传过来的，走。"

谢离打了个喷嚏，抱着断水刀冻得瑟瑟发抖，叶浮生仰头翻了个白眼，伸手在怀里掏了掏，摸出一包泡了水的姜糖，诚恳道："凑合一下好吗？"

谢离："……不，谢谢。"

叶浮生拖着不大灵便的右腿，牵着谢离的手在水洞内跋涉。行至一个洞口前，叶浮生蹲下摸了摸地上的青苔，赞叹道："谢庄主真是好轻功。"

从洞口延伸向内都生长着茂密青苔，触之即滑。在青苔之下，是一片沼泽样的湿地，哪怕一块石子丢进去都会立刻下陷。然而在这些青苔上却有一行浅浅的脚印，看起来是男子留下，凹陷的边缘齐整无歪斜处，恐怕是长期有人从此地经过，每一次都恰到好处地踏在同一个地方，经年累月形成的。

什么人才能时常出入断水山庄的禁地？

"脚印是单向朝内的，说明从这里进去，一定会有出路。"叶浮生蹲下身，"上来。"

谢离犹豫了一下，把断水刀负在背上，抱住他的脖子。叶浮生目测了一下青苔的生长范围，唇角一勾，谢离只觉得眼前一花，下一刻脑门撞上倒生的岩石。

没什么诚意的道歉声传来："不好意思，我忘了背上还有个人。"

谢离："……"

他刚把眼泪憋了回去，就感到身下一定，叶浮生已经带着他离开了青苔的范围，稳稳踩在了实地上。

下一刻，叶浮生右腿一软，整个人往右边倾斜跪下，谢离赶紧从他背上跳下来，黑灯瞎火看不清情况，着急忙慌地问："你怎么了？"

"没事，你太重了我的膝盖承受不来。"

谢离："……"

右腿的疼痛感越来越剧烈，膝、踝关节都开始发热肿痛，让他几乎连行走的力气都快没了。叶浮生把剩下的姜糖囫囵往嘴里一塞，伸手点了几个穴位，揉按了两下经脉，这才左右瞅了瞅。

这是一间宽大的石室，四面都是打磨平整的青石板，上面却斑驳着深痕，而正前方……

"少庄主，左行五步有一块大石，你踩上去就能摸到灯盏。"

谢离依言而行，发觉灯盏里头都是凝固的灯油，可惜他们身上都没有带火折子。

谢离掰了几下也没能把灯盏取下来，叶浮生指点道："你把灯座往上抬一下。"

"咔嚓"一声，伴随着机括扳动的声音，谢离只觉得倚靠的墙壁突然翻转，整个人顺势被推了进去，下一刻墙壁合拢，仿佛一切都没发生过。

谢离年纪毕竟还小，陡然到了一个伸手不见五指的陌生地方，唯一熟悉的人也被石门阻断，顿时慌了神，连连拍打墙壁，大声喊了起来："怎么回事，你……"

叶浮生一手撑着地面缓缓站起来，目光穿透黑暗落在正前方的墙壁上，那里传来了一声锁链的哗啦响动——有人站了起来。

一个很狼狈的女人，双手戴着长长的镣铐，走起路来哗啦作响，长发乱蓬蓬如同稻草，身上裹着一件破破烂烂的长袍，瘦得几乎脱了形。

叶浮生叹道："卿本佳人，奈何……"

"哗啦"一声，他的手抓住了迎面挥来的一条锁链，谁知这女人虽骨瘦如柴力气却大得惊人，他竟然被顺势抡了起来，重重砸向墙壁！

叶浮生泥鳅一样将手从铁链圈里抽了回来，左脚在墙壁上一蹬，借力跃到了女人背后，伸手直取她后颈。女人上半身往前一探，一条腿顺势后踢，却被叶浮生抓了个正着，一提一扭，那女人被他扔出了一丈之外。

"咔啦"一声脆响，女人把被他拧脱的脚腕接了回去，两条铁链朝他甩来，势如雷霆，迅如疾风，几乎在转眼间就到了叶浮生面前。

这里太黑暗，可她总是能毫无差错地捕捉到叶浮生所在之地，要么是同叶浮生一样眼带怪疾，要么就是……她已经太习惯这里。

劲风扑面，叶浮生出手如电，双手扯住这两条铁链，翻身而起，女人被他带得往前动了两步，腰肢顺势一扭，铁链挣脱了叶浮生的手，轮转如莲花盛开，眼前皆是残影，叶浮生眼睛一眯，竟然伸手插入残影之中，一扣一扯，抓住了其中一条铁链，右手以掌为刀，斜斜劈在了链子上，发出一声铿锵。

女人嘴里发出一声大笑，精铁制成的锁链连刀剑都难以斩断，更何况肉掌？

然而，那条锁链却在叶浮生掌下断裂了。

叶浮生手里捞着半条锁链，游鱼入水般往前滑去，只是刹那，他与那女人擦身而过，半条锁链勒住了她的脖子，逼迫她痛苦地仰起头。

咽喉乃要害，然而叶浮生没有辣手摧花的爱好，一手点了女人身上两处大穴，锁链一抖，女人已经被他摔了出去。

右腿痛得站立不稳，叶浮生干脆席地而坐："这位夫人，不打不相识，我们现在能够心平气和地谈一谈了吗？"

"滚！"女人捂着嘴咳嗽个不停，阴鸷而警惕地盯着叶浮生，"是谢无衣死了，还是断水山庄灭门了，竟然让你这外人闯入望海潮？"

她抬起头，依稀还看得出几分秀丽端庄，可惜不知在这不见天日的地方待了多久，弄得人不人鬼不鬼。

叶浮生难得这样无礼地打量一个女人，最终将目光落在她的手上——那只左手只有四根指头，小指齐根而断，伤口经年日久远，像是被什么野兽活活咬掉的。

刚刚的一番交手，可以看出这个女人善用鞭子一类的武器，若不是被锁链束缚，身体又亏损太大，叶浮生要拿下她并不容易。

九指，善鞭，断水山庄……江湖上满足这些条件的女人，只有一个。

"传闻断水山庄的庄主夫人在两年前病逝，曾经人人艳羡的神仙眷侣到最后只留下鳏夫孤儿空待庄内，何等让人可惜，只是……"叶浮生朝她走过去，"本该死去的谢夫人，为什么会在这里？"

近了，就更能看清女人脸上每一丝表情，她的眉眼都在不可察觉地颤抖，本就寥寥无几的血色从她脸上飞快褪去。

断水山庄的少庄主也好，旁的什么人也罢，在楚惜微眼里都和路边草芥没什么区别，他这样奋不顾身地跟着跳下去，不是为了救人，只是因为那小兔崽子手里还抱着断水刀……可惜中途被人截和。

那人身法奇快，轻功比他高了不止一筹，楚惜微有心施舍他一个眼神，以便来日算账，然而眨眼都来不及，对方已经和那小兔崽子一同消失在水面下。

水下瞬息万变、暗流激涌，楚惜微只犹豫了片刻就干脆以内力护体，调整呼吸，顺着江水暗流，很快就被冲进了一个水洞里。

水洞里的泥土潮湿滑腻，可地上却只有一个人的脚印，小小的，明显来自孩子。从洞里残留的痕迹来看，那不知名的高手显然还安在，小崽子估计也无甚大碍。想到这里，楚惜微紧皱的眉头才松了松。

他穿过那片危险的青苔地，进入一条漆黑的甬道，把耳朵贴在墙上听了一会儿，察觉到前方不远处有打斗声。

楚惜微当机立断，抬脚就要往前走，不料一声巨响从左边山壁中传来，洞顶的石块噼里啪啦落下，他愣了愣，抬手打开一块石砖，身体突然瘪了下去，像纸片一样贴在了甬道上方的死角。

古怪的震动来得快去得也快，楚惜微像个鬼影一样从坍塌的地方蹿了进去。

谢离蒙头蒙脑地被机关推进了这间石室，砸了半天门一点反应也没得到，心里六神无主。

叶浮生想得挺好，他在黑暗里耳聪目明，听得那门后有空荡回声，估摸着是个静室，眼见有敌在此，干脆把谢离推出战圈免受牵连，等解决了麻烦再去找他。可惜谢离小小年纪，不曾上房揭瓦，却着实有几分找死的本领。

眼见拍门是行不通了，谢离干脆掉头找其他门路，顺着墙砖缝隙一条条摸索过去，还真瞎猫碰上了死耗子——在连续敲击出七块空砖之后，谢离把这七块砖的位置在脑海里虚虚连了一下，然后在天枢位重重拍了一掌。

黑暗里传出"轰"的一声巨响，谢离猫着身子往旁边一躲，那面墙壁塌了一半，一道微光从破洞那头照过来。谢离捡起一块石头掷了过去，传出几声连续的碰撞声，石头骨碌碌滚了老远。

里面有障碍。

聪明人都会犹豫，可谢离偏偏就是傻。

他今年十岁，三岁学武，四岁握刀，爹不疼娘早死，那些惹祸撒娇、遇难告状的事儿早就被埋没在天真无邪的梦里。

断水山庄，断水刀，谢无衣……这些是他从小看在眼里、记在心里的责任，这三年来昼夜练武，四季不休，眼见尔虞我诈，耳闻昨日繁华，还没长大的心眼儿里已生出一棵想要顶天立地的芽，哪怕他还身无二两肉，也拼命想挑起摇摇欲坠的梁，从来不懂得知难而退。

谢离深吸了一口气，把负在背上的断水刀拿在手里，他人太小，这把刀比他的个头矮不了多少，看着颇有几分滑稽。

他一头蹿了进去，还没站稳，顶上就传来一声风鸣，他本能地低头，发髻无声散下，发环竟断成了两截！

就在这刹那间，谢离匆匆一瞥，发现这又是一间石室，布置与之前的相差无几，只是大上了许多，墙上有三盏长明灯，正中央是一块被水环住的圆形石台，四角则各站着一个人偶，俱是做成了真人大小的男子模样，眉目刻得几近一样，手里各握刀、枪、剑、戟，活像降妖除魔的四大天王。

持剑的人偶离他最近，一击不成，手里的铁剑再度刺来，灵活毒辣，剑尖撞上了断水刀刀鞘，与谢离的咽喉近在咫尺。

铁剑一震，谢离退了三步，忽闻背后风声呼啸，他想也不想地反手横刀，架住了一把长戟，一股大力压得他直接单膝跪下，虎口被震开一条口子。

还没喘口气，谢离脸色剧变，陡然撤刀就地一滚，只听"咄咄咄"八声连响，他原先所在的地面上已经多出了八个孔洞！

第三个人偶提枪而来，第九枪撞上了断水刀鞘，两相角力之下，谢离只觉得内脏都开始翻滚，他咽下一口血沫子，恰恰此时，第四个人偶的刀锋已经劈了下来。

铿锵一声，一泓秋水刀刃自刀鞘内闪出，谢离拔刀出鞘，与人偶手中大刀撞出了火星。

一刀出，招未尽，断水刀锋顺势劈下，人偶的刀被砍成了两截，可这玩意儿竟然弃了武器，十指发出"咔啦啦"的响声，合拢成拳向谢离砸了下来。

四个人偶将他围在中间，一击方过一击又起，逼得谢离恨不能投生成猴，他眼角余光一扫，环水石台安静依旧，自始至终，人偶都没有往那边牵引过战局。

谢离虚晃了一招，断水刀与铁剑眼看就要相撞，谢离暗自撤了力道，顿时像断线风筝一样被打飞出去。他算得精巧，眼看就要落在石台上，不料那持枪人偶不肯饶过他，手里长枪倏然飞出，奔着他面门掷来！

"缺心眼儿能缺到这个份上的，我还是头一回得见。"

陌生的男声在耳畔响起，长枪被一根苍白的手指轻轻一拨偏离轨道，一道黑影出现在谢离身边，一手把他拎到了环水石台上，然后毫不客气地撒了手，男孩正面扑倒在地，吃了好大一口灰。

楚惜微端详了一下落脚地点，这块石台丈许见方，周围环着一圈绿水，他挑了挑眉，把一块银子扔了进去，发出了"嗞嗞"怪响。

"这里是断水山庄的禁地，你是少庄主，可曾来过？"

谢离咳嗽了几声："少庄主，还不是庄主。"

"喂，拖油瓶。"楚惜微踢了他一脚，"站起来，要开始了。"

什么要开始了？

谢离抹掉嘴角的血，握着断水刀站了起来，有些茫然。

"当啷"数声连动，石台边缘齐刷刷竖起十来根铁栅栏，深深没入顶部石壁中，形成了一个大铁笼。楚惜微端详过每一根铁栅，抬掌拍了过去，一阵剧烈的晃动之后，这铁笼竟然分毫未损，背后的谢离朝上方一看，惊道："顶石下陷了三寸！"

楚惜微皱了皱眉，提起六成力道再度发掌，面前那根铁栅栏被他拍出了将断未断的裂痕，可是上方那块巨石却下陷了一尺有余！

如果不能一击劈开这个铁笼，里面的人就会被压成肉饼！

"刀给我。"

谢离犹豫了一下，将断水刀递给他，楚惜微提了一口真气，手刚刚握上刀柄，还未看清，断水已经出了鞘。

谢离还想睁大眼看清刀锋，耳边却已经铮然铮鸣。楚惜微的刀法毫不花哨，出鞘便已出招，谢离只眨了个眼，他已经还刀入鞘。

面前四根铁栅，被他分割成十二段，上下八段摇摇欲坠，中间四段崩裂开来。

与此同时，头顶巨石轰然落下，尘土迷眼，瞬息之间就要压向这两具血肉之躯！

楚惜微一手抓住谢离，腾身如飘萍飞出这困牢之地，巨石几乎擦着他们的衣角砸在石台上，巨大的震动激得水花四溅。

水花飞溅四散，然而楚惜微手里抓着个半大孩子，却连一颗水珠也未沾身，硬是从这纷乱的攻击中闪避过去。眼看就要落地，四下突然传来机括扳动的声音，三面墙壁同时翻开，露出里面布满孔洞的夹层，一支支打磨光滑锋利的石针从中射出，密密麻麻，寒光凛凛。

他们人在半空，面前是四个人偶拦路，左右后皆是石针，只消片刻，便要被射成马蜂窝。

最快的一根石针，即将射入谢离的后脑勺。

楚惜微将谢离往前一推，身体在半空中生生一折，他手里的断水刀顺势扫开一个半圈，如同狂风扫落叶，逼近身体的石针被无形的刀气吸附起来，顺着他的刀锋反击回去，每一根都正好打落了第二轮射出的石针。

他一个旋身，在这漫天针雨里如鱼得水，生生在身周三尺内破开了一个空寂场所。

可惜再好的轻功，也不能让他一直立于空中。

楚惜微一只脚还没站稳，那持戟的人偶就动了，它欺身而近，一探一勾，直刺楚惜微面门。刀锋来不及回防，楚惜微抬起左手，搓掌成刀斜斜劈上，恰到好处地砍在人偶腕部的空隙上。

那只栩栩如生的手齐腕而断，长戟"哐当"落下，却见人偶腕部的断口中陡然喷出一道黄绿色的烟雾，楚惜微猝不及防下被喷了个正着，眼睛火辣辣地疼。

人偶大概也知何谓"趁他病要他命"，四个人偶同时围了过来。谢离暗道不好，仗着人小灵活从空隙里挤了进来，挡在楚惜微身前，蓄力一脚正中持剑人偶的膝盖，反震力道让他几乎站立不稳，而那人偶的膝部以下却被他生生踹飞了出去！

楚惜微闭了眼，听得却仔细："怎么回事？"

谢离怔了怔，眼迅速一扫："这些人偶身上都有裂痕，看起来十分整齐，像是曾经被人用利器斩断过。"

"这里的机关以困为主，杀为辅，机关一环扣一环，得有实力才能触动下一环机关，可见是个困局，不知道是为了何方神圣设下的……"楚惜微低笑了一声，往地下一坐，"小孩儿，我现在看不见了，这四个家伙交给你，莫让它们伤到了我。"

一个大男人对一个半大孩子说这话，着实有些不要脸，偏偏那孩子没长心。

谢离只是愣了一下，便从他手里拿回断水刀，迎上了四个人偶。

金石碰撞，铿锵作响，他一直守在楚惜微面前，寸步也不让，七年来日以继夜打下的武功底子，在这个时候终于显露出来，内力不足，却仗着身法灵活躲避攻击，并利用人偶的弱点不断制造它们内斗，以一敌四，虽不是游刃有余，竟也有条不紊。

他越打，心里反而越是清明冷静。

如果他生在寻常人家，十岁该是无忧无虑的年纪，可他偏偏出身江湖，注定了一辈子刀光剑影。

"断水山庄的基业不能毁在你手里，你是谢无衣的儿子，就永远不能做一个孩子！"

断水刀横过头顶，抵住人偶泰山压顶般的一剑。

铁剑重重压下，谢离几乎要跪地不起，他可以撤刀，可以躲开。

可他身后是双目受创的楚惜微，手里握的是断水刀。

磕在地板上的膝盖已经沁出了血，他咬着牙，青筋毕露，拼了胸中一口气，竟然缓缓站了起来。

他背后的楚惜微挑了挑眉，手指慢慢舒展，一道掌力即将打出。

"……飞、流！"

嘶哑的声音从稚嫩的喉咙里发出，断水刀锋发出一声铮鸣，将铁剑用力劈飞，刀锋沿着人偶身上的裂痕砍下，深深嵌进了它的腰间！

楚惜微不再迟疑，听声辨位，一掌擦着谢离头顶而过，重重击在那人偶身上，本就被刀锋深深切入的身体立刻被打飞了出去！

这石破天惊的一掌镇住了谢离，却吓不住剩下的三个人偶。它们呈品字形攻了上来，重击携带破风之声，几乎瞬息而至。

就在这时，叶浮生从破开的门洞里掠了进来，像一只飞燕，轻巧地插入战局。他和楚惜微不约而同地出掌，谢离下意识地往两人中间一躲，被掌风割裂的头发这才飘落在地。

和它一起落在地上的，还有一堆七零八碎的烂木头。

一掌如雷霆万钧，掌出无回，更无生。

看到来人是叶浮生，谢离长长地松了一口气，转头却发现那门洞口还站着一个女人。

那女人逆光看不清面目，只看得出她消瘦得像皮包骨头。谢离睁大眼睛想要看清楚，一只手忽然落在他后颈上，用力一按，他软软地倒了下来。

叶浮生一把接住软倒的谢离，伸手在他脑门上敲了个暴栗："小兔崽子，惯会找死！"

楚惜微虽闭着眼，仍敏锐地察觉到多了两个人："二位是……"

女人脚下一动，运起轻功落在他们身边，伸手接过谢离不说话。叶浮生转过身，眯着眼睛看了一会儿才认出，这人是之前那位黑衣青年。

此时，女人那只缺了根小指的左手正一寸寸抚过谢离的脸，血丝密布的眼眶里蓄满了泪水，最后又一滴不落地憋了回去。

她声音沙哑难听："这是……阿离？"

叶浮生点了点头，她紧紧抱了谢离好一会儿，半晌才道："太瘦了，抱着硌骨头。"

这样的口气……楚惜微心念一转，忽然感到脸上一痒，几乎就要提掌拍去。

叶浮生毫不在意地翻了翻他的眼皮，又拿手晃了晃："没什么大碍，回去敷上药，等几天就没事了。"

楚惜微说话很客气："阁下精通药理？"

叶浮生摇摇头："久病成医罢了……嗯？"

楚惜微捉住了叶浮生的手腕，一路摸索上去，摸到了虎口和掌心的茧。

他握着这只手，却赞道："好刀。"

叶浮生被他摸得鸡皮疙瘩都起来了，楚惜微正要继续摸，却被撇了开去。

叶浮生抽回手笑了笑："我是叶浮生，断水山庄的护院。"

那只右手不自然地缩进袖子里，恰好掩住食指上的一个旧牙印，他这才如释重负地松了口气，好像藏起了一块不许任何人触碰的逆鳞。

叶浮生？楚惜微唇角一勾，断水山庄何时有了这么一个人，名不见经传，却有十分的本事。

他面上不露声色："在下楚惜微，多谢相助。"

叶浮生看了看滚到脚边的人偶碎块，但笑不语。

这姓楚的来历不明，下手更是狠辣决绝，非名门正派，更不是什么见义勇为的好人，那么他是为了什么才涉险，又因何救谢离？

想到这里，他负在背后的手舒展了下指头，蹲在他后面的女人身体一颤。

"……我带你们出去。"女人抱着谢离站起来，朝她和叶浮生来的那道暗门走去。

叶浮生走了两步，又好心转了回来，问道："要帮忙吗？"

楚惜微闻言一笑："多谢。"

他笑起来时，俊美到慑人的眉目顷刻柔和了，长眉微扬，猩红的嘴唇弯了弯，好像厉鬼突然有了活气。

叶浮生看愣了片刻，才牵住楚惜微一角衣袖，带着他跟了上去。

这里四通八达，各个石室之间都有暗门相通，除了机关室，其余的石室都有夹层，这个水下秘境仿佛被割裂成了两部分，若非精通此地暗道，恐怕只能够走通其中一半，剩下一半还隐藏在暗门之后。暴露在外的石室只放置了一些简单物品和一排排空荡荡的兵器架，想来是历代庄主在此闭关时所用；夹层里的空间却不同，麻雀虽小五脏俱全，各种陈设都很完备，只是早已蒙尘破败，想来是曾经有人在这生活过，现在却不知去向了。

叶浮生一边走一边把这些记在心里，"黑山老妖"安静得像个任他拉扯的木偶，冷不丁回头，对上那人一双黯淡的眼睛正直勾勾地看着他。

纵然知道这人此时不能视物，叶浮生依然觉得不自在。仿佛感受到了叶浮生的目光停留，楚惜微问道："看我做甚？"

叶浮生眨眨眼，浑不要脸，理直气壮道："你秀色可餐。"

楚惜微："……"

走在前面的女人脚一崴，差点把谢离摔在地上。

世上竟有如此厚颜无耻之人，可惜楚惜微运气不好，看不到叶浮生此刻奸笑的嘴脸，否则便有足够的理由拍他个满脸开花。

楚惜微笼在袖子里的手慢慢攥成了拳，脸上却笑了，他生得俊美无俦，只需眉峰一挑，唇角轻勾，就有了惑人颜色。

叶浮生无端想起了聊斋故事里那些画皮挖心的美貌妖怪，无论男女，大多不是善茬。

他觉得自己好不容易捡回了这条命，在没完成当年承诺之前不能再轻贱了去，便刻意把脚步声放重，让楚惜微不必牵着他，也能无碍前行。

女人身上残留的锁链随着行动哗啦作响，一路七拐八弯，绕得人头晕眼花。穿过最后一间石室，进入一个狭长的甬道后，楚惜微哪怕目不能视，也感觉到了一阵微风徐徐扑面。

想必甬道尽头便是出口，一念及此，他不但没有松懈下来，反而更警惕了些，这世上从来就不缺阴沟翻船的傻子。

他看不见，自然也就不知道叶浮生难得惊讶的模样。

这条甬道竟是将一整块巨石之中打穿建成，尽头处有风，却没有门。

甬道尽头有一块重逾千斤的断龙石，两边的岩壁还有人为浇铸的石板，别说是人，恐怕连只苍蝇都飞不出去。

然而断龙石上，不知被何人以兵器劈掘出一道裂缝，成人须得缩着身子才能勉强通过，石面上有密密麻麻的斑驳痕迹，细细密密的蛛网。

地上散落着数把断裂的厚重刀剑，叶浮生总算是知道之前路过的兵器室里为何不见寸铁，原来都折在这里了。他蹲下来，看到一处剑柄上还残留着血迹，因为已经过去了太多年，颜色已经暗淡，依稀还能看出是个手印。

女人幽幽道："这本是条死路。"

叶浮生放下断剑，摩挲着断龙石上的裂口："可是有人活着出去了。"

"有人活着离开，就必然有人死。"

"他如果不离开，便能两全？"

女人愣了一下，笑："时也，命也，不可避也。"

他们俩这番没头没尾的对话，让楚惜微心中疑云凝结成雨，化成了满头雾水。

女人恋恋不舍地把谢离交给了叶浮生，哑声道："我只能送到这一步了，你们走吧，别再来了。"

楚惜微挑了挑眉，只听叶浮生道："一别经年，夫人就不想再见见故人？"

"我已经习惯了做一个不见天日的死人。"女人用手小心翼翼地摸着谢离的脸，她似乎在通过幻想他长大后的模样，去追忆某个人。

良久，女人撩开面前凌乱的长发，一颦一笑，依稀可见昔日容华。

"我怕睹物思人，更怕物是人非。"

睹物思人，物是人非……无论哪一种，都说明这女人是断水山庄的故人。

楚惜微心里盘算着，叶浮生沉默了片刻，道："那么，夫人还有什么嘱咐吗？"

"我一个死人，难道还用你来上坟烧香吗？"女人笑了笑，忽然又顿住了，她朝叶浮生怀里望了一眼，改了口，"或者，你让阿离……多吃点肉。"

叶浮生一怔，继而大笑："好！"

他话音刚落，楚惜微就听见了一阵窸窸窣窣的铁链拖动声，很快，这片空间就只剩下他们三个人的呼吸声。

叶浮生一指头点在谢离胸膛上，男孩顿时呛了一大口气，几乎连肺管子也咳了出来。

没等他发问指责，叶浮生便恶人先告状："少庄主，年纪不大胆子更小啊，就那么一点阵仗都能把你吓晕过去？"

"咳……我是看到了一个女……"

"女什么？女人？小崽子毛都没长齐就开始想女人了，可以嘛！"

谢离："不，我……"

"现在咱们得从这鬼地方出去了，来，看到这个缝没有？这么窄，你得变成根绣花针我才能把你随身携带，所以麻溜点儿，自己走，懂了吗？"

谢离："……懂。"

如此以大欺小还不要脸的抢白行径，简直令楚惜微叹为观止。

眼下三个人将老弱病残占了大半，无奈之下，叶浮生只好嘱咐两人在此等候，自己一猫身钻进去探路。

穿过狭长的石缝，叶浮生看见一道蜿蜒向上的石阶，因为太久无人通行而尘埃厚积。他小心摸索了一会儿，并未触到什么机关，想来是安全了。

望海潮下的禁地是断水山庄历代庄主闭关练武所在，自然不会是有进无出的绝境。一念及此，叶浮生又想起背后那面巨石和被割裂成明暗两部分的石室，嘴角弧度越来越大。

正想着，阶梯上方远远传来脚步声，叶浮生目光一凝，右手习惯性地探向腰间，却摸了个空。他怔了怔，脸上的三分无奈变作了七分苦笑。

脚步声越来越近，有人提着白纸灯笼顺阶而下——蓝袍青衫，苍白的脸色透着铁青，活像个鬼。

叶浮生抱拳道："谢庄主。"

断水山庄之主出现在断水山庄的禁地，自然无可厚非。

叶浮生眼下头疼的是，这位谢庄主看他的眼神中没有惊疑，反而冷冽如刀，说明他从薛蝉衣口中知道了自己的来历，也摆明了不信任。

"叶……浮生？"谢无衣慢吞吞地叫出他的名字，薄薄的嘴唇勾成精巧的刃，"犬子如何？"

"少庄主吉星高照，有惊无……"叶浮生话未说完，只见谢无衣手腕翻转，火舌燎着了糊在灯笼外面的纸张，顷刻便燃烧起来，像火球一样的灯笼向着叶浮生迎面击来。

断水庄主的刀快如惊雷，这一出手自然非同凡响。叶浮生方一撤步避开火焰，谢无衣人已到了他身边，一只筋骨分明的手扣住他右肩，迫使他本就有些施不上力的右腿顿时屈了膝。

眼看叶浮生膝盖就要落地，谢无衣却只觉手下一松，那人如一条滑溜溜的鱼从他手中蹿了出去。嗤笑一声，谢无衣再度欺身而近，手脚一展一屈间似长流细水，绵软柔韧，叶浮生仿佛被水蛇缠住身体，难以脱身。

绕至叶浮生身后，谢无衣一手反扣咽喉，一脚踏其腿弯，眼见胜负已定，叶浮生忽然一指点上谢无衣手腕，一股内力在其关节间炸开，痛彻骨髓。谢无衣脸色一白，就在这片刻间，叶浮生身躯一折，便从他的桎梏中滑了出去。

两边兔起鹘落，燃烧的纸灯笼这才落地，尚有余烬燃烧。

谢无衣自然脸色难看，叶浮生也没好到哪里去。

他一手摸向自己胸前，原本放在怀中的锦囊在脱身刹那被谢无衣抽走。

谢无衣把玩着手里的锦囊，淡淡道："好指法，好轻功……好本事！"

"庄主这三式柔招深谙断水刀法的'缠'字诀，在下望尘莫及。不过……"叶浮生上前一步，"此物乃故人遗赠，还请庄主交还。"

"交还？断水山庄的东西，我为何要还？"谢无衣冷冷一笑，从锦囊中取出一块方形玉佩，这是块洁白无瑕的羊脂玉，背面刻着望海潮，正面则是一个"谢"字。

谢无衣的手指在刻字上寸寸摩挲，声音低哑森冷："此乃我断水山庄历代庄主的信物，可惜在三年前遗失，我倒要问问你究竟怎样得了它！"

叶浮生愈加理直气壮地伸手讨要："都说了是故人遗赠，自然……是从死人手里得到的。"

这话说得平平淡淡，谢无衣的身躯却猛然一震！

往常的他就像一棵傲立风霜的参天大树，哪怕满身都是刀劈斧砍的痕迹，也依然顶天立地地站着，这一刻却全身晃动，仿佛从根基开始死去，摇摇欲坠。

他无意识地退了两步，紧紧抠着那块玉，喃喃道："死、死人？"

说话间，他压抑不住地咳嗽起来，脸上浮现出病态的潮红。

谢无衣这三年来身体不好，这下咳起来抖似筛糠，背脊弓成了一道将断欲断的弧线，偏偏又在临界点慢慢挺了回去。

叶浮生看着他，道："对，给我这块玉的人已经死了。"

话音未落，叶浮生抽身后退，险险避开谢无衣的雷霆一掌。这一次不再是试探，断水庄主搓掌成刀，哪怕未碰到叶浮生分毫，锋利霸道的刀气已经切开叶浮生脖颈上的表皮，露出一线浅浅的红。

就在这时，一道黑影似鬼魅飘出，一拳抵住了谢无衣再袭的一掌，另一手捞住叶浮生的腰迅速后掠，站定转身。

这变故让谢无衣冷静下来，他吹燃了火折子，这才看清来人的脸："楚公子。"

"原来是谢庄主。"楚惜微现下目不能视，只能向他的方向侧了侧。方才他和谢离依言在断龙石那头等待，探路的叶浮生却久久未归，仗着内力深厚，楚惜微听到石缝那端传来打斗声，就把谢离一个人扔在原地，自己摸了过来。

他放开叶浮生，笑道："两清了。"

这指的便是在人偶室里相助之恩，叶浮生翻了个白眼，问道："少庄主呢？"

楚惜微没回答他，叶浮生耳朵一动，就听到身后传来脚步声。谢离从石缝间走了出来，见到谢无衣后立刻站直了身体，乖乖喊道："爹。"

就叶浮生亲耳所鉴，谢离这声"爹"喊得就跟臣子拜皇帝一样郑重，没听出多少亲昵，倒是规规矩矩。

谢无衣面沉如水地走过去，一手将刀拿起，一手携风落下。

"啪——"这一巴掌打得极狠，谢离的脸顿时歪向一边，白皙的小脸上浮现出一个红红的掌印，半边脸以肉眼可见的速度肿了起来，小少年眼里水汪汪的，又生生把泪憋了回去。

叶浮生和楚惜微皱了皱眉，谢无衣握着断水刀，居高临下地看着谢离，冷声道："知道我为什么打你吗？"

谢离摇了摇头，他抬眼觑着自己的父亲，倔强又委屈。

"为人者应进退有度、审时度势，切莫目光短浅、因小失大，我没告诉过你吗？"谢无衣攥指成拳，"是谁让你擅自去追窃刀贼？是谁给你的胆子险攀望海潮？

是谁教你死到临头不懂得弃刀保命？"

"可是您说过，兵器是武者的手脚，断水刀是断水山庄的……"

他没能把顶嘴进行到底，又是"啪"的一声，叶浮生忍不住用手捂脸，不忍直视。

"虽然手段粗暴了点，但是我不得不说一句……这熊孩子欠打。"他以袖掩面对着楚惜微窃窃私语，"人比刀长不了几寸，就敢不自量力地玩儿命，这要是我儿子或者徒弟，一定打到他跪着写'再也不敢了'为止。"

楚惜微："……"

说到这，叶浮生下意识地摸了摸脸，嘴角抽了抽，像是想起了什么不堪回首的往事。

又是一巴掌打下，谢离的另一半脸也红了起来，他被打蒙了，愣愣地看着谢无衣。

"没错，断水刀是断水庄主的责任，自然迟早是你该背负的东西，但是……"谢无衣蹲下来直视着谢离的眼睛，"我还活着，哪轮得到你拼命？"

"可是……"

"或者说，你也听了那些江湖传言，觉得我已经废了，不配做庄主，不配拿这把刀，要你这么个小孩子来替我挑大梁？"

谢离慌忙摇头："爹……我没有，爹，我没有……"

谢无衣看着他，冷漠的脸上难得笑了笑，空出来的手擦掉谢离的眼泪，道："那就记住，我死之前，你只需要学着如何成长起来，至于我死之后……我所背负的这些东西，就都属于你了，那个时候不要逃，也不能逃。"

谢离终于忍不住哭了起来，他向来是个乖孩子，眼下却抱着谢无衣的脖子，哭得涕泗横流。

谢无衣喟然一叹，好像在这一刻韶华尽抛，显露出罕见的疲惫与衰老，但也仅仅是一瞬间。当他抱着谢离转过身来的时候，又成了那个冷硬淡漠的断水庄主。

他对楚惜微说道："楚公子，那个交易我应下了，烦请转告孙先生，今夜便开始拔针破封。"

拔针破封？叶浮生眉头一皱。

"这可真是……意想不到的回答。"楚惜微负手而立，"机会只有一次，庄主可要考虑清楚。"

"无须考虑。感谢公子相助，待大会之后，断水刀就交付于君，不过……"

楚惜微饶有兴趣："不过什么？"

"待阿离及冠之后，必向公子讨回断水刀，那时还请公子行个方便。"

谢离浑身一颤，他惶恐地看着父亲，不明白父亲这句话背后到底藏了怎样的深意，只觉得在这片刻之间，已有泰山压顶。

楚惜微一怔，继而笑道："但有所能，尽管来取！"

"多谢。"谢无衣抱着谢离，脸色在烛火下显出几分难得的活气来，就连眼眸也熠熠生辉。

叶浮生看着他，就像看着一支将要熄灭的蜡炬重新燃起，用最后的生命燃烧。

他听说，这位断水庄主本名谢珉。珉者，玉石也，以此为名，意为君子如玉，然而此人行的是武道，又素来景仰远塞军士之风，慷慨大气，便自取"无衣"为字。

人如美玉，刀如顽石，玉不可摧，石不可移。

只可惜……人生非金石，岂能长寿考？

谢无衣带着他们，从黑暗重新走回光明，恍如隔世。

这条密道直通断水山庄后山，此时风雨更急，打在人身上生疼。

天光暗淡，倒是让叶浮生松了口气，可惜眼睛虽然看得清，但腿疾被雨水一激，就又开始作妖。他皱了皱眉头，就见山林中很快冲出十来个人，都撑着雨伞拿着毡布，大呼小叫地迎过来。

打头的正是薛蝉衣，这姑娘见了他们，二话不说先拿罩衣把谢无衣和谢离笼了个严严实实，这才施舍了眼神给外人，惊疑道："楚公子，您的眼睛……"

啧，看这待遇。

叶浮生接过一把伞，深感自己就是地里黄的小白菜。楚惜微往身上披了件罩衣，侧头一笑却不说话，谢无衣倒是开口道："风急雨大，先回山庄。"

薛蝉衣得令，一群人众星拱月般拥着他们往山庄走，她带来的都是断水山庄的护院，个个手脚利落，没一会儿就把四个落汤鸡送回庄子，让正在长廊下等待的孙恻风喷了一大口茶。

他大呼小叫地迎上来，对楚惜微说道："主子，薛姑娘跟我说你'大半夜跑出去看热闹，结果把自己看进沟里了'，原来是真的啊！"

楚惜微：“……”

薛蝉衣：“我不是这么……”

叶浮生扭头一笑，肩膀耸了耸。

孙悯风这一声“主子”，倒是把楚惜微的身份漏了个底朝天——世上也许少有人见过百鬼门主，但认识鬼医的人却很多，孙悯风的这张脸，可谓是百鬼门的一大招牌。

如此一想，适才楚惜微和谢无衣那两句没头没脑的交易，倒是有眉目了。

孙悯风翻了翻楚惜微的眼皮，又把了把脉，道：“死不了也瞎不成，就不费什么闲工夫了，等下给你找块药布蒙三天就行。”

楚惜微觉得自己至今还没把这大逆不道的属下给宰了，真是宅心仁厚。

洗漱一番，谢无衣罚了谢离扎一个时辰的马步，便将楚惜微和孙悯风二人请入内室。

小少年绷着脸儿在长廊下扎马步，叶浮生只好百无聊赖地端了碗热姜汤在那儿守着，一边喝还一边念叨：“少庄主，你要是再往下坐点儿，就是很完美的‘平沙落雁’式了。”

“……”

“下盘不稳啊，小腿有点儿晃，你打摆子呢？”

“……”

正乐着，薛蝉衣端着一盆水走了过来，叶浮生立马站好，眼睛透过灯火，依稀只能看到她手中的一片红色：“这是……”

薛蝉衣被这声惊了一下，她下意识地把铜盆往身边一挪，见谢离背对着这边，顿时松了一口气，急匆匆地走了。

叶浮生眯着眼睛望过去，只看到了一扇紧闭的门，那是谢无衣三人现在的内室，而薛蝉衣就是从那里端出了一盆血水来。

“少庄主，我去刷个碗，你先练着啊！”

言罢，没等谢离回应，叶浮生就尾随薛蝉衣而去。只见她避过外人，将一盆血水都倒在了花坛里，然后扯了块帕子擦干手，面无表情地转入厨房，提了个食盒往后院走。

断水山庄占地颇广，如今却人丁凋零，不少院子都空置了下来。叶浮生灌下一碗老姜汤，又按摩了好一阵伤腿，眼下总算恢复了些，一路跟着薛蝉衣左拐右转，最终进了一座小院。

时值深秋，草木枯败，再加上风雨之夜，更显几分森然。然而这里虽然冷清，屋内却还亮着烛火，守在廊下的两人一个是护院，一个是粗使仆妇。

见到薛蝉衣，他俩立刻躬身，却一个字也没说。薛蝉衣把食盒交给仆妇，吩咐道"里面的汤料要再炖半个时辰，弄好了趁热送上来。"

仆妇打了两下手语，恭敬地接过，叶浮生隐在一棵大树上，猜测这两人恐怕都是哑巴。

薛蝉衣敲了下门，里面立刻传出物品摔碎的声音，她不以为意地推门而入，顺手将房门关好。

叶浮生身如一片飞絮，转瞬便穿过雨幕，悄然落在了房外一隅，小心将窗纸捅了个洞。

屋内桌椅橱柜俱是檀木雕成，文玩摆设无一不精，就是谢离的房间也没有这样上等的布置。然而，薛蝉衣坐在桌旁，脸上惯有的娇蛮悉数褪去，只剩下波澜不惊。

她这副神情像极了谢无衣，只是要更凄楚一些，像个心有不甘的女鬼。

床上躺着一个人，地下有摔碎的药碗，里面的药汁残渣溅了一地。

"师祖，您又不喝药，这要是让师父知道了，他可要担心呢。"

薛蝉衣只手托腮，看着床上的人。下一刻，那人就激动地想要坐起身来，结果从床上翻滚而下，不慎被碎瓷片扎伤了手，却只从喉咙里发出了一串不成词的声音。

这竟然也是个哑巴。叶浮生眯了眯眼，只见那是个年近六旬的老者，白发苍苍，形容枯槁，若是换上一身破布烂衫，比街边的老乞丐还要可怜。

可在几年前，他还偶然见过这个老者意气风发的样子。

一刀在手，万夫莫敌。

他是断水山庄上任庄主，谢无衣的亲生父亲，谢重山。

"哎呀，您这么不小心，这要是惊动了师父，他可要怪罪我照看不力了。"薛蝉衣看着老庄主在地上挣扎，目光幽深，竟笑了笑，"不，他都快一年没有来过了，眼下又是生死攸关的时候，怎么会想起您呢？"

谢重山拼命地挥手，腰部以下却像生了根一样瘫在地上，叶浮生心头一惊——这人是残废了。

"我没想到，他真有胆子接下夺锋战帖，我更没想到……他竟然，选择拔针。"

闻言，正满地乱爬的老者浑身一震，他颤巍巍地抬起手，哆哆嗦嗦地指着薛蝉衣。

"不要这样看着我，当年你亲自做出的选择，难道还不清楚结果是什么？毒入肺腑，经年日久，就算刮骨也不可祛除，唯有易筋换血才有一线生机，可他……竟然选了拔针。"薛蝉衣絮絮叨叨地说着，似哭似笑，"三年啊，被封了三年的内力冲破禁锢，他死定了，死定了！"

谢重山咿咿呀呀了半天，一个字都没能说出来，薛蝉衣就像疯了一样，来回重复着这三个字，看得叶浮生背后生寒。

他借着夜色雨幕的遮掩回到前院，谢离还在廊下扎马步，而楚惜微竟然出来了。

他眼睛上多了块巴掌宽的白布，散发着一股清苦的药味，耳朵倒是机灵得很，叶浮生刚冒了个头，他就朝这边侧身："叶兄。"

叶浮生客客气气地回道："楚公子。"

两个人精并肩往寂静处走，楚惜微道："孙先生嫌我碍手碍脚，这就把我赶出来了，本以为长夜漫漫无人为伴，没想到叶兄倒回来得巧。"

叶浮生一脚踢开挡住楚惜微前路的石块："这庄子里的洒扫下人偷懒，该罚。"

楚惜微听到动静，笑道："承叶兄相助，不知道要在下怎样还恩呢？"

"百鬼门主的'兄'，怕是阎王爷都做不了吧，在下凡夫俗子一个，委实不敢当。"叶浮生耸了耸肩，"有一个问题，不知道门主能不能解惑？"

楚惜微很是上道："关于孙先生正在做的事？"

叶浮生"嗯"了一声，楚惜微笑了笑："事到如今，倒也没什么不可言处。想来叶兄是知道江湖上，关于谢庄主三年沉寂的传言吧？"

"若不是传闻老虎拔了牙，哪会有野狼来撩虎须？"

"倘若那不是传闻，而是真的呢？"

叶浮生眉峰一挑："愿闻其详。"

"叶兄既然知我身份，自然也对孙先生有所了解。三年前，他受断水山庄之邀前来为谢庄主医治毒伤，发现他身中奇毒又受了重伤，倘若要保命，就必须废了武功……可惜，习武之人将武功看得比性命还重要，谢庄主宁死，也不要做一个废人。

"最终，孙先生只好退了一步，以金针封穴之法将他身上的毒都困在三大要穴之中，只要七年之内不拔针，他就性命无忧。不过这三大要穴是内力必经之处，封了它们，谢庄主的内力就十去其八，一旦妄动必疼痛难忍，生不如死。"

叶浮生脸色微变，楚惜微继续道："月前，葬魂宫向断水山庄下了战帖，谢庄主着薛姑娘再寻鬼医。鬼医本欲拒了，然而我对断水刀有兴趣，就令他应下此事——只要谢庄主以断水刀交换，鬼医就再出手一次。"

"三年前没能做到的事情，现在就可以？"

楚惜微笑道："正是因为三年前没做到，所以这三年来鬼医发奋研习，终于想出'易筋换血'之法，以内力积毒牵引到奇脉之中，再以金针渡穴逼出，最后择一血亲为其换血，便可让谢庄主恢复往日荣光。"

"换血之人，又会如何？"

"奇毒积压已久，已成沉疴，所需血量自然不小，那人十有八九是会死的。"楚惜微伸手接了几滴冰凉的雨水，"我本以为他会选择这个办法，可他却提出拔针……将封住奇脉的三枚金针拔出，再辅以药物，在七天内功力尽复，犹如常人，但也会让毒入骨髓，纵然有药物延命，也不过让他活过七天而已。"

原来如此。叶浮生长舒了一口气，楚惜微听得疑惑，问道："你有何看法？"

"人各有命，我能有什么看法？只不过满足了一下好奇心，不再猫挠一样难受。"叶浮生弯了弯嘴角，"多谢楚门主解惑，咱们又两清了……欸，踢开一块绊脚石换一个答案，这买卖倒是不亏。"

"你若愿意，我们可以继续做这样的买卖，毕竟百鬼门的绊脚石从来不少，能下脚的人却不多。"

叶浮生道："可惜在下腿有顽疾，怕是有心无力了。"

楚惜微一笑："可你适才踢那块石头的时候，倒是很轻松。"

叶浮生转移话题："楚门主接下来要等七日之后一观夺锋大会盛景吗？"

"已经能猜到的结果，我是没有兴趣的。既然交易达成，那么等孙先生拔针完毕，我们就该离开了，不知道叶兄有什么打算？"

"受人之托，忠人之事，我收了薛姑娘一锭银子，自然得保少庄主安全过完这七天。"

"那就有缘再会了。"

行至长廊尽头，灯火通明，可惜两人一个见光瞎，一个蒙着眼，便淡笑击掌，擦肩而过。

两只手相触不到片刻，转瞬分开。

背对叶浮生，楚惜微脸上的笑就顷刻散去，嘴唇抿成刀锋，凌厉无比。

叶浮生很像那个人，无论是说话时气得人牙痒痒的语气，还是那间或出口的调笑。如果是在一个月前，他一定不会这样干脆利落地与叶浮生分道扬镳。

可是他已经去过惊寒关，看到了千疮百孔的山壁，看到了那座立在枯树下的孤坟，看到了那块无名的碑。

他甚至亲手挖开了坟墓，看到了盒中苍白的骨灰。

幼年时觉得那样高大的一个人，死后却还不够他双手一抔。

那个人死了，无论再遇上多少个相似的人，也不会是他了。

楚惜微忽然有些庆幸自己现在看不见，否则他一定会回头。

如果为一个相似者回头，就是对那个人最大的侮辱。

叶浮生，浮生如一叶，人死如灯灭……

逝者已逝，如此而已。

那一晚断水山庄灯火通明，孙悯风直至寅时才推门而出，一身素衣染了斑斑血迹，看起来狼狈万分。

叶浮生出言调侃："哎哟，您这是去治病了还是杀人了？"

"宰猪！"孙悯风人已累极，冷笑着回了一句，暴躁地推开守在外面的众人，"该做的我都做完了，现在都别来烦我！"

言罢，他一头撞在楚惜微身上，登时打起了呼噜。

楚惜微把他扔给守在身后的属下，歉然一笑："既然如此，我等就先告辞了。"

薛蝉衣迅速打点诸多事宜，把一干人等都安排妥当，这才带着谢离打开了房门，小心翼翼地走进去。

叶浮生很有自知之明地留在外面，隐约闻到一股混合血腥气的浓浓药味，谢无衣的声音透过门扉传出来，颇有些虚弱，精神却很好。

也不知他们说了些什么，没一会儿，薛蝉衣和谢离就走了出来，小少年眼眶微红，时不时吸吸鼻子。

薛蝉衣道："叶浮生，我师父要见你。"

她说话时脸上满是疑惑，实在想不出这么一个初到此地的浪子能跟断水庄主有什么交集，是以美目一眨，示意他赶快坦白从宽。

孰料这半瞎偏偏在此刻犯了病，视若无睹地推门而入，徒留一大一小在外面干瞪眼。

走进屋里，那股药味越发浓厚，好在房中只点了一支蜡烛，昏暗的光芒让叶浮生的眼睛很快适应过来，只见床铺上空无一人，屏风后却有热气蒸腾。

低哑的声音从屏风后响起："你，过来。"

叶浮生走过去一看，谢无衣胸膛以下的身躯都浸泡在黄花梨木浴桶里，内中是褐色的药汤，散发着浓郁的药味。

他嘴唇上有破口，想来是拔针时疼痛难忍，被自己生生咬破，现在依然有一丝血迹残留。

叶浮生刚到身边，谢无衣就睁开了眼睛，道："替我加些热水。"

"庄主喊我进来，不会就是为了找个使唤小厮吧？"叶浮生提起水壶，注入深褐色的滚烫药水，谢无衣却丝毫不觉得热，仍然面色不改。

叶浮生和他这才是第三次见面，知道这位谢庄主的脾气不似传言那样温文尔雅，反而凌厉逼人，深感传言不可信。然而现在，谢无衣却像名刀入鞘，收敛了所有锋芒，让他恍惚有种透过眼前的谢无衣，看到另一个人的错觉。

他这么一走神，冷不防谢无衣的手从水中伸出，扣紧他脉门："你的内功，并非出自我断水山庄。"

叶浮生满脸无辜："在下本也不是断水山庄的人。"

"叶浮生，是真名？"

"如今是。"

"在此之前，我曾疑心你是在说谎,现在……"谢无衣意味不明地笑了笑，"他，怎么死的？"

叶浮生道："所谓的'他'，是谁？"

闻言，谢无衣的手劲加大，扣住叶浮生脉门的三根指头几乎要嵌进他肉里去。好汉不吃眼前亏，叶浮生立马改口道："哦，是给我那块玉的人。"

谢无衣重复道："他怎么死的？"

"万箭穿心，可惨了。"

谢无衣一怔，叶浮生趁机抽回手："他死在关外，尸骨埋在荒山野岭，如果庄主要报仇的话，可以打消念头了。"

"报仇……呵。"谢无衣勾了勾唇角，"他……你叫他什么？"

叶浮生笑道："在我们那儿，所有人都是没有名字的。直至死到临头，他才把那块玉佩托付给我，在下看到上面那个字才知道他以前是姓谢的……啧，他倒是和庄主颇有缘分，说不定五百年前是一家呢。"

谢无衣："你想知道他叫什么吗？"

叶浮生放下水壶，道："请赐教。"

谢无衣便道："他叫谢珉，字无衣。"

房间里一时间静得可怕。

半晌，叶浮生才"咦"了一声，苦恼道："庄主这回答，在下可听不懂了。天下第一刀独步江湖，人人皆知谢庄主盛名，难道他还有胆子冒充庄主？哎呀，要真是如此，我倒庆幸他死在关外，否则被断水刀砍成两断，那就更可怜了。"

谢无衣嗤笑道："你怎知死在刀下的人一定会是他？"

叶浮生慢吞吞地道："因为他右手经脉已断，这一点庄主不是该比谁都清楚吗？"

"你想知道我为什么要断了他的经脉吗？"谢无衣抬起眼，"先告诉我，你究竟是谁？与他什么关系？这三年来，他躲在哪里苟延残喘？"

叶浮生张口便答："我与他同是天涯沦落人，算是有几番出生入死的交情，可惜都是没名没姓的人，只好替人做些见不得光的事来混口饭吃。"

谢无衣身体蓦地一动，左手捏住桶沿，指节发出细微的咯吱声。

三山五岳，五湖四海，纵使天高海阔，然而有人的地方就有江湖，究竟要如何才能把一个人所有的痕迹抹得干干净净？

"呵，做了朝廷鹰犬，他倒是有本事……"谢无衣嘲讽地勾唇，"不过你比他更有本事，俗话说'一入庙堂深似海，非死即难不得出'，他因此而死，你倒活着出来了。"

"天网恢恢，也总有疏漏之时。"

"我既然说你有本事，就不必自谦，以为我夸赞一个人是很容易的事吗？"谢无衣脸色一寒，"不过，鹰犬终究是鹰犬，改不了偷闻窃听之性……借着蝉衣混入山庄，又趁乱和阿离擅闯望海潮禁地，你想做什么？"

叶浮生叹了口气："为什么热心帮忙的人总会被认为是别有企图呢？"

"将好心当作驴肝肺，总比被人背后捅刀要来得好。"

叶浮生安慰道："一朝被蛇咬十年怕井绳，庄主此言可以理解。"

"你果然见到了容翠。"谢无衣冷笑，"她跟你说了些什么？"

叶浮生面有菜色："我以为这位本该故去两年的庄主夫人是要谈论一番借尸还魂的奇闻怪谈，可惜大概女人天性喜欢八卦家长里短，结果硬是给我灌了一耳朵恩怨情仇。"

"什么恩怨情仇？"

"生养之恩，抛弃之怨，患难之情，生死之仇。"叶浮生摊开手，"庄主若是有兴趣，且听我慢慢道来。"

谢无衣意味不明地冷笑一声。

"大概是三十多年前，一位江湖前辈风华正茂，不仅武功高强受人敬仰，还娶了貌美如花的西域女毒魁为妻，可谓是羡煞旁人。可惜女毒魁常年浸淫毒道，身体有所亏损，婚后三年未有子嗣，那位前辈认为'不孝有三无后为大'，遂开始流连于画舫青楼，不仅与当时颇有盛名的艺妓往来，还让对方先于发妻怀上了自己的骨肉。呵，江湖之人最重名声，西域毒魁心高气傲，这一下可不就后院失火，捅了天大的马蜂窝吗？"

他说话间瞥了谢无衣一眼，那人伸出瘦削的手臂取过了放置在旁边的外袍。

"毒魁泼了妓子一杯药茶，把一张花容月貌活活变成了残面夜叉。她的夫君又惊又怒，正要动手训妻的时候，才惊闻妻子竟然已有身孕，便忍了这口气，温情软语，终于哄得毒魁放过此事，夫妻二人重归于好，也不再管那位妓子已近临盆，毕竟与妓女一夜风流所生的野种，哪比得上名正言顺的嫡子来得可贵？"叶浮生摇了摇头，"可惜啊，毒魁为了争这一口气，吞服禁药耗损根基才怀上子嗣，但是她体内的毒素却随着母子血肉联系而传到了腹中胎儿身上。她的孩子自出生便带有怪病，纵然练武根骨极佳，偏偏身上多生古怪红迹，随着年岁增长，红迹越来越多，颜色也渐深，在七岁那年，颜色最深的几处皮肤竟然开始溃烂。毒魁亲自诊治，发现自己的亲子竟然毒疴深种，再过两三年就会全身溃烂而死。"

谢无衣慢慢起身，将外袍罩在身上，内力顷刻蒸干了身上的水珠，长发披散身后。

"期待已久的继承人竟然是这般模样，前辈根本不能接受，惊怒交加之下和毒魁大打出手，最后毒魁含愤之下携子离家，回到了西域设法救自己的孩子。"

谢无衣系好衣带，拿起一条海棠刺绣的发带慢慢束发，使得脸上最后一丝病容也褪去，平增几分凌人盛气。

"毒魁回到西域之后，隐姓埋名，整日浸淫毒术，再加上昔日树敌甚多，她怕儿子寂寞难过，就给他买了个长他三岁的女孩为仆人玩伴。女孩长得可爱，性子可喜，待他犹如亲手足，好几次不惜以身犯险保他安全，甚至有一次为了救他，被孤狼活活咬断了半截手指头。男孩感恩，不忍她只是个奴仆，就央了娘亲收她为徒，教导毒术武功，又见其眉如远山含翠，便起名'容翠'。又过了一年，毒魁找到了一种名为'百日罂'的毒草，以毒攻毒压制住了他体内的毒素。可惜的是事成之后，毒魁却因为试药而武功尽失，最终被找上门来的昔日仇家剁成了肉酱，喂给畜生吃了，两个孩子只能偷偷收殓残骨，隐姓埋名地行走于西域各城，一边颠沛流离，一边苦练武功。"

谢无衣披上外袍后，从架子上拿起了断水刀，慢慢拔出鞘，取棉布轻轻擦拭。

"岁月如梭，女孩长成了美艳动人的姑娘，男孩也成了十六岁的少年，可惜因为身体曾遍生毒疮难见好肉，他常年把自己遮得严严实实。少年自幼天资聪颖，曾把家传刀法囫囵吞枣地记在脑子里，虽然不得要领，却也窥出门道，自创了一套刀法，在之后五年的复仇和挑战之中，他把这套刀法逐渐完善，总共十三招，却几乎打遍西域无敌手。有很多人问他的名字，他便想起自己七岁离家的时候，除了自己的亲娘之外，只有一样东西是属于自己的，那就是他出生之前，父亲早早拟好的名字——君子如玉，其名为珉。"叶浮生微微一笑，"他说自己叫谢珉，这个名字很快从西域传入中原。当年他母子离家，那位前辈为了颜面，对外只说是去西域潜修，因此相识的人听闻后都夸赞前辈后继有人。他这位阔别十四年的亲爹终于寄来书信，问及这些年的经历，要他速速回家。"

叶浮生瞥了谢无衣一眼，看到他握紧了刀柄。

"他思量着娘亲遗愿是要入夫家祖坟，也想为这些年的流离讨一个说法，便带着容翠回到家乡。中原群雄交口赞叹，他十四年不见的父亲甚至亲自快马来迎，把他接回家中。父子重逢，血浓于水，天大的怨愤也能暂且压下，他们把酒而谈，这位前辈承认了过错表示要好好补偿，然而……酒过三巡之后，他看到了儿子手上暴露出来的狰狞伤疤。"叶浮生深吸一口气，"他的毒素虽然被压制，但指不定哪一日还会被再度发作，性命随时都有可能不保，再加上体内沉疴难去，纵然武功再卓绝，他也不能担负繁衍后代的责任，何等可怜可惜？"

谢无衣站起身，对着叶浮生慢慢勾起嘴角。

"于是，入夜之后，前辈带着他进了家中禁地，在那不见天日的密室中，他见到了一个与他年纪相仿、形容相似的人。在看到这个人的刹那，他惊呆了，也就在这片刻之间，他近在咫尺的父亲突然出手，把他打昏在地……"

话音未落，叶浮生只觉得眼前一花，谢无衣人已到了他面前，断水刀自上而下斜斜劈来，如飞流直下，摧石裂崖！

这正是谢离用过的那一式"飞流"。

同样的招式，同样的刀，由不同的人施展出来，就是天差地别。

叶浮生的左手顺势而上，未触刀锋，已被无形的刀气割出细细的伤口，然而那只手就像女子拈花那般，指尖在刀锋上轻轻划过，手腕翻转，鲜血从伤处流到虎口，刀刃却被他拈在指间，离肩颈只差分毫。

叶浮生与谢无衣四目相对，继续道："在他昏迷之前，只听到自己的父亲对那人说了这样一句话——'从今以后，你就是谢珉'。"

指间刀锋一颤，叶浮生立刻放手，谢无衣还刀入鞘，颇有些感慨："在禁地里，我便疑心你那一指是'惊雷'，只不过'惊鸿刀'已销声匿迹整十年，我不得不出手印证……呵，果然是多事之秋。"

叶浮生惭愧道："师门先辈荣光，在下不敢冒领。"

刀枪剑戟斧钺钩叉，江湖上的武功五花八门，兵器也千奇百怪，一些个稍有些本事的阿猫阿狗就敢给自己起些乱七八糟的名号，但为人称道者便寥寥无几了。纵观近百年来，能被整个江湖俯首称雄的人物屈指可数。

一剑破云开天地，三刀分流定乾坤。东西佛道争先后，南北儒侠论高低。

其中的"三刀"，指的是"断水""挽月""惊鸿"三位刀客。他们在这百年间先后问世，以"挽月"为先，"惊鸿"次之，"断水"最末，只不过"挽月"一脉只传女子渐渐式微，"惊鸿"又恰如其名昙花一现，到如今只有"断水"屹立在世。

叶浮生这么回答，便是承认了自己乃这一代的惊鸿刀主。

谢无衣道："你这一式'拈花'用得很好，适才若有惊鸿刀在手，辅以'白虹'斩我左臂，我必不能收得这样容易。"

叶浮生找了块干布擦拭手上的血，苦笑道："在下是来解惑，不是来结仇的。"

谢无衣脸上的冷意稍稍减淡，叶浮生抬手拭去额角冷汗，道："故事分为两种，一种是旁人胡编乱造的消遣闲谈，一种是过去曾发生的事情，依庄主之见，容夫人所说的这个'故事'该是哪一种呢？"

谢无衣反问他："我看，你最想知道的应该是……这世上怎么会有两个谢无衣？你面前的人，到底是不是断水庄主？交托你玉佩的那个人又到底是谁？"

叶浮生抱拳行礼，歉然道："的确如此，是在下肆意妄为冒犯了庄主，倘若此事关系重大，庄主不必为难，在下此生定不再相扰。"

谢无衣道："我只想知道，你为何要为了不相关的事情冒得罪断水山庄的风险？"

"滴水之恩，涌泉相报，更何况是……"叶浮生放下手，苦笑，"更何况是，救命之恩。"

"他救了你？"

"若非如此，他本可不必死。"

烛火摇曳，将两个人的影子都拉得很长，谢无衣沉默了很久，忽然挥袖，将被风吹开的半扇窗户关上。

"容翠说的，的确是曾经发生过的'故事'，我是谢珉，而他也是。"谢无衣提起茶壶，倒了半盏温水，叶浮生接过来没滋没味地喝了，屏息凝神听他说话。

"我自幼离家，和娘亲在西域颠沛多年，对于'父亲'这个人，我既怨他十四年来不曾照管我，又忍不住想起幼时他对我和母亲的好，因此在我为娘报仇之后，他终于派人寄来了一封信，要我带着娘的骨灰回家，我几乎没怎么犹豫就答应了。从西域到中原，路上曾遇到过几个与他有旧的江湖人，都说断水庄主谢重山后继有人，我听得高兴，却又不敢掀开罩衣面具，生怕他们知道断水山庄的少庄主原来是个遍体毒疮的怪物，以至于在山庄下看到他，我觉得既陌生，又害怕。"

所谓近乡情怯，大抵除了一别经年，更怕物是人非吧。

"我有很多话想问他，他也是如此，所以我让容翠去客房休息，自己跟他喝了半宿的酒，他对着我娘的骨灰怆然泪下，又对我温声关怀，让我心中积年的怨怼，一时间不知如何是好……我本以为，人总是会变的，他为当年的无情后悔，而我也该学着从过去走出来，因此我应他的要求摘下面具罩衣，露出了那些让我自己看了都恶心的疮口……"

"那时候他眼里闪过了一道光，我以为是泪，后来才知道……那是决绝。"

言至于此，谢无衣慢慢喝下一口清水，才稍稍温和下来的脸色又冷峻起来。

他盯着茶杯里自己的倒影，仿佛透过水面看到了另一个自己。

"他带我进了望海潮下的禁地，说是要告诉我一件关乎山庄存亡的隐秘大事。我在那里看到一个人，长得和我有点像，但更像他年轻的时候。于是，我立刻猜到了那人是谁——娘亲在世时不止一次提过，若非有我出生，爹定会因为一个怀孕的妓子与她反目。"谢无衣哼了一声，"那个人，就是我爹和妓子私生的孽种！我娘在时毁了那贱人的容，我爹也答应永不再见她，可没想到在娘带着我去了西域的第二年，他就把这个孽种给接了回来。"

眼见妻子生下的孩儿身带毒疬，纵然前往西域求药，可谁又知是否药石无灵？于是谢重山想起了那个被毁容的妓子，想起了那个应该已有八岁的孩子。

因为毒魁脾气暴烈，她离开断水山庄时将此事闹得颇大，江湖好友都知道他谢重山的妻儿去了西域，因此他也不好大张旗鼓地去找一个私生子，只得遣心腹暗访——那被毁容的妓子在生孩子的时候就死了，只留下一个儿子在古阳城里做乞儿，没有名姓，被其他的乞丐称作"狗儿"。

他找回了那个孩子，发现狗儿的根骨不逊于谢珉，大喜之下将其带回断水山庄，又为了掩人耳目，让这孩子常年居于望海潮禁地中，每夜亲自前往教导，读书习武，该子皆是悟性非凡。

"狗儿"这样的贱名早被丢弃，可谢重山却没给他个正经名字，唯恐出了半点差错，让私生子辱了自己的名头。于是，那孩子就这样没名没姓地被他偷偷养大，直到谢珉从西域归来。

西域八十二战惊艳江湖，沧澜十三刀别具一格，这样的儿子才是谢重山心目中的继承人，才是断水山庄的下一任庄主。

他欣喜若狂，却很快被兜头泼了冷水。

谢珉武功有成、名震江湖，偏偏遍体鳞伤、毒根未净，不仅难以见人，甚至不能承担繁衍子嗣的重任，就算与女子结合，也只会生下和他一样的怪胎。

然而江湖上早已传开断水山庄少庄主谢珉归家之事，武林刀剑会也发来请帖。

谢重山只能忍痛做出选择——他打昏了谢珉，将其囚禁在望海潮下，让被自己悉心教导十四年的私生子重见天日。

纵然他不会沧澜十三刀，可是被谢重山精心教导了十四年，深得断水刀法精髓，却也不逊色了。

谢重山说：“从今以后，你就是谢珉。”

因为除了他和容翠之外，没有人见过谢珉的真容，无名无姓的私生子就从此成了名正言顺的少庄主，尤其是在武林刀剑会败尽群英之后，谁也不能再改变这件事。

“当初我和容翠形影不离，江湖上不少人都知道她的存在，所以谢重山没有杀她灭口，而是以我的性命要挟她留在替身身边做幌子，并且负责给我送日常补给。她长得漂亮，性情又温婉，渐渐得了另一个谢珉的喜欢，于是她说要我耐心等待，一定会找到时机救我。”谢无衣嘲讽地一笑，“谢重山好歹顾念了点父子亲情，没有废我武功，只是设下重重机关让我难以逃脱，也不知道是不是做贼心虚，从那晚之后他再没来看过我一眼。我心里含恨，在那方寸之地日夜苦修，只盼着有一日逃出生天，定要让他和那个取代我的替身后悔！”

叶浮生皱了皱眉，就听谢无衣继续道：“在我被关起来的第八年，容翠也渐渐不来了，送饭的人变成了聋哑仆人，我生怕她是被猜忌为难，日夜不得安，就在禁地里四处乱转。那出口被谢重山委以心腹看守，我不敢惊动他们，只好另寻出路，最后在禁地最里面发现了一条被断龙石堵塞的路，于是以刀剑掘之，日复一日，两年后才掘出一条路来。”

那禁地里的残痕，原来如此。

叶浮生在心里把纷乱的时间与事件串连了一下，此人今年三十有四，在二十一岁那年被关入望海潮，十年后才脱身，正好是在三年前！

三年前有西域刀客于凌云峰挑战断水庄主，最后两人共坠高崖，一伤一失踪。

他脑子里炸开一片惊雷，嗡嗡作响。

谢无衣的神色有些恍惚："我从禁地脱身出来的时候正是夜晚，仗着武功潜入山庄去找容翠，她正在院子里练鞭法，周围没有外人。看到我，她惊讶万分，眼神却复杂难言，我那时读不懂她眼中的情绪，只问她好不好，让她赶快跟我离开，结果她还没来得及说话，谢重山和那个人就来了……在他出现的那一刻，容翠挣开了我的手。"

叶浮生心头"咯噔"了一下。

谢无衣自嘲道："原来她不是被猜忌为难，只是不想也不敢来见我了……她嫁给了那个替代我的人，为他生了一个叫'阿离'的儿子，一家三口其乐融融，怎么会希望我出来搅局？"

十年之间能让生死两茫茫，也能让人心变却。

他遍体毒疮、身有沉疴，根本难以见人，容翠照顾他这么多年已经是难得的情分。更何况那个与他同名同姓、占他身份的男子，温润如玉，文武双全，世间哪会有女子不喜欢？

他终于失去了一切，包括名姓与最后的亲人。

叶浮生为他添了一盏水，缓缓道："所以，你提出了凌云峰决斗。"

谢无衣反问："夺回我本应有的一切，难道不该？"

叶浮生摇摇头："人之常情，无可厚非。只不过，我听闻凌云峰之战出了意外，江湖上传言是你用毒计暗害了他。"

"我还没下作到那个地步，他也没有。"谢无衣抿了口清水，"我有沧澜十三刀傍身，又在望海潮下苦练十年，本以为十拿九稳，但没想到他也不是个废物。"

叶浮生："断水刀法博大精深，他从小就得良师教导，又天资过人、勤学苦练，加上十年前在刀剑大会一举夺魁，这些年来面对的挑战不断，自然也不逊于你。"

"没错，那本该是一场势均力敌的战斗，谁死谁活，恐怕只有老天知道。"谢无衣放下茶盏，"因此，有人急了。"

一个是不愿意失去最完美的继承人，另一个则是不愿意失去最爱的男人，不愿让自己的儿子失去父亲。

"我和他斗了个两败俱伤，本来谁也奈何不了谁，然而容翠事先偷偷在断水刀上抹了毒，那毒药无色无味，却能与'百日罂'相克，诱发我体内的积毒。因此，在一百多个回合之后，我体内毒疴发作，露了败相。"

叶浮生叹道："女人的心，果然是偏的。"

"知道我弱点的人只有容翠，因此发现她如此绝情之后，我惊怒交加，转身一刀砍向战圈外的容翠。"谢无衣目光幽深，"他倒是个好丈夫，竟然不趁机杀我，而是去救容翠性命，因此我干脆中途换招，一刀挑断了他右手经脉。"

叶浮生"啊"了一声，谢无衣道："那一刻，容翠和谢重山都惊呆了，我一边咳血一边笑，问谢重山'现在他的手废了，你还会继续支持他吗？'谢重山的脸色很难看，我又道'毒疴或许有救，但手筋被挑断，纵然鬼医亲至也难再续，你可要想好了'。"

叶浮生道："风水轮流转，一报还一报。"

"是啊，谢重山那样的人，从来不看重感情，只在乎自己和断水山庄的利益。"谢无衣讽刺地弯起嘴角，"世上只能有一个谢珉，所以听完我这两句话，谢重山就干脆利落地拔了刀，要把这个昔日的完美继承人亲手斩草除根。我那时候特别痛快，奈何乐极生悲，竟然被那家伙一手扯住，转头坠下凌云峰。"

"凌云峰山势崎岖，下有深谷，我们两个人一同坠了下去，若非有草木阻挡，恐怕死无葬身之地。等我醒来的时候，发现自己躺在一处山洞里，他就坐在我身边不远的地方。"说到这里，谢无衣忽然笑了笑，"说起来，我和他做了彼此十年的哽喉鱼刺，真正算起来却还只是第三次见面。我下意识地去摸刀，可惜刀早就不知道掉到哪里，反而是他杵着断水刀一瘸一拐地挪过来，递给我两个野果子，说'先凑合着吃点，饿死在这里可不划算'。"

叶浮生有点想笑，笑到一半又眼眶发涩。

"我把那两个果子拍落在地，他倒不生气，只问我是不是恨他们。"谢无衣道，"我自然说是，没想到他反而笑了，说我明白恨的是他们就好，这样不会迁怒无辜的人。"

所谓的无辜人，想来指的是当时只有七岁的谢离和他尚在外游历的弟子薛蝉衣了。

那应该是谢珉一生最平和的日子，与夺走自己一切的仇人在这山洞里同甘共苦，不仅相安无事，竟然还颇为和睦。

也许这世上最能使恩仇两忘的，除了宽广的胸襟，还有同为天涯沦落人吧。

有时候他会忍不住想，那个男人的确比他更适合"谢珉"这个名字，人如其名，君子如玉。

　　可他不能甘心。

　　那一晚下了暴雨，山洞内湿冷得让人瑟瑟发抖，男人把自己的外袍脱给了他，自己挪到洞口准备用身体挡风。

　　他问道："我废了你的经脉，你难道不恨我吗？"

　　男人笑了笑，说如果自己不恨他，怎么会在跳崖的时候拉他下来垫背。

　　"我八岁起被带回断水山庄，过了十四年暗无天日的生活，连身份名姓都没有，我受到种种冷遇只因为爹还对流落西域的你存在一丝念想，又不愿落人口实，所以我对此不是没有怨愤的。"男人搓了搓手掌，"你回来的前两天，我其实有些害怕，因为我不知道当断水山庄真正的少主人回来之后，我到底会是什么下场，可没想到的是……"

　　"看到我那般情况，你很高兴吧。"

　　"当然高兴，因为我终于能够取代你，去拥有向往已久的身份地位，能正大光明地活在世上，但是难免心生不安，毕竟他当日能因为断水山庄舍了你，他日也可能会舍了我。"

　　他冷笑："你倒是聪明。也对，假如是个蠢货，容翠也不会偏心于你，她和我十多年的感情，终究抵不过一场假戏真做的婚姻。"

　　"她是个好女人，相夫教子，温柔贤淑，我是真心实意想跟她过一辈子。"男人叹了口气，"因此，虽然这一次她在刀上下毒的确有失道义，但我不得不感怀于这份情。"

　　"那你最好现在杀了我，否则我一旦回去，就定会跟她讨回代价。"

　　"你不会。"

　　"你哪只眼睛觉得我是个以德报怨的滥好人？"

　　"你不会以德报怨，但也不会以怨报德。"男人向他弯了弯嘴角，"可知洞冥谷孙悯风先生？"

　　"鬼医？"他之前还拿这人的名号来讥讽过谢重山，但对于鬼医的本事只是听过江湖传言，并不了解。

"嗯。他欠我一个人情，所以在这次赴战前，我就秘密给他传了一封书信，请他速速来古阳城一趟。"男人笑道，"你体内的毒现在只是被内力压制，但是鬼医一定有办法救你。"

他道："既然鬼医有如此本事，你为何不让他试试恢复你的右手？"

"这就是我给你的人情了。"男人看着自己右手腕上的伤口，"江湖上只能有一个谢珉，而我把你该拥有的一切还给你。"

他忍不住坐直了些，嘶声道："你以为我会感激这样的施舍？"

"我说了，是还给你。"男人回身按住他的肩膀，"我把你的身份、荣誉、责任都还给你，这不就是你想夺回的东西吗？"

"可笑，我变回了谢珉，那么容翠母子还有你的徒弟又将置于何地？"

"你说过，知道自己恨的人到底是谁。"

千言万语哽在喉间，他急促地喘了好几下，这才啐了一口："你是个懦夫。"

这个男人不畏惧报复，却不敢接受面目全非的人生，宁愿放弃一切，做回一无所有的自己，也不敢承担过去。

他嘲讽地说："我从来没有像今天这样看不起你。"

"我也觉得自己是懦夫。"男人苦笑了一下，"所以，我们做个约定吧。"

"什么？"

"三年之内，你拿回自己的一切，了结前尘，而我重新开始，活出真正的自己来。"男人道，"我从未觉得自己逊色于你，想必你亦然。这一次胜负未分，三年之后再分高下，那时候生死输赢皆由我们做主，究竟谁是谁非也终有定论，你看如何？"

他一怔，随后嗤笑："说到底，还是我吃亏，拿回自己应得的东西，却还要帮你解决麻烦。"

"那就多谢你吃下这个亏了，三年后再会，我定请你好好喝一顿酒……嗯？天要亮了。"

男人扶着山壁站起来，透过雨幕看着远方天空，忽然问："你知道我为什么自取'无衣'为字吗？"

他摇了摇头，就听男人道："当初我借着你打下的名气和断水山庄的声望入了江湖，接下你昔日结的恩怨，又承担断水山庄的责任，活得越来越累，那种欣喜也渐渐淡了，一时间连自己是谁都说不清楚，觉得四海之内竟无一处可以真正依凭，本欲取'无依'自嘲，却不想遇到了一位伤残退伍的老兵……"

老兵年近花甲，缺了一条胳膊，眼睛也瞎了一只，却还要向边关艰难赶去。他看得不忍，不禁出言劝阻，想替老兵准备盘缠送其回乡，却遭到拒绝。

"男人这辈子要承担很多东西，恩情道义，家国妻儿。我一个老汉，在疆场上厮杀了大半辈子，没有家人牵绊，又做不了耕织渔樵，与其混吃等死，还不如回到自己守护了几十年的疆域去，也算有始有终了。公子是个好心人，既然如此，不如给我一把好刀一壶烈酒，毕竟那苦寒之地，没有这两件东西不好熬。"

"那是我第一次知道，除了恩怨，世上还有更多可以去付出和获得的东西。"男人徐徐舒出一口气，"我以'无衣'为字，也是希望自己有朝一日能如此洒脱一回。现在，是时候了。"

谢珉眉头一皱，他问："你要去边关？"

"我想去看一看，沙场的铁血封疆……"男人低下头，和他四目相对，微微一笑，"昔年种种，现在都还给你了，另把'无衣'一字也赠与你，从今以后，你是谢珉，也是谢无衣。"

屋里的油灯越来越微弱，一段跌宕起伏的故事说到这里，叶浮生方觉背后湿冷，汗透衣衫。

谢无衣道："那晚之后，他就挂着一根树枝悄然离开，我也被谢重山他们找到，瞒过外人带回断水山庄。那五天里为了怕被人窥探这桩移花接木的事，请来的医师一律被谢重山在事后封口，直到鬼医亲至……他得了那人的嘱咐，遂同意了谢重山的要求，以换皮易容之术把我身上的疤伤全部遮掩，使容貌也变得和那人一模一样。只不过我体内毒疴深种，纵然是鬼医也深感棘手，只能为我处理了外伤并暂时压制了复发的毒性，然后提出金针封穴的办法。"谢无衣喝了一口水，眼露寒芒，"封穴能把毒性压到最低，让我在这几年里性命无虞，只不过会把功力也封存大半。既然答应了那个约定，我自然还不能死，于是与鬼医定下些时日，在期限里把那些想要趁火打劫的杂碎一个个摁下去，然后腾出手来收拾谢重山。"

谢重山已经老了，连番打击让他身心俱疲，他没有变成刀下鬼，却做了阶下囚。

"我废了他的武功，挑断他的腿筋，又给他灌下哑药，把断水山庄掌握在手中。然而看着他在地上爬不起来的时候，我心中有大仇得报的快感，更是怅惘若失。"

叶浮生叹气道："冤冤相报，本就不是一件能让人快活的事情。"

就像谢无衣终于拿回了断水山庄，但承担着这些重如泰山的责任，想来也没什么归属感和快意，只不过经年的执着一朝成全，哪怕粉身碎骨也不肯再放手。

背负着千钧重担的人大抵如此，并非冥顽不灵，而是心有不甘罢了。

"可惜我向来恩仇两清，锱铢必较。以谢重山当年行事，我把他关在后院，让他衣食无忧地过完后半生，已是仁慈。"谢无衣冷冷一笑，"他能空负一世父子恩，我也不怕以下犯上辣手无情，他日就算下了地府，千刀万剐我也无所畏惧。"

"所以，即使容夫人背叛你，还险些害你身死，你也看在那一根断指的情分上，留了她一命是吗？"

"女人偏心，更固执得可怕。"谢无衣嗤笑，"我承那人恩情，打算对她从轻发落，让她依然可以担着庄主夫人的名头教子享福。可惜这个女人心里爱她的丈夫更胜儿子，她宁愿自囚禁地偿还过错，也不愿意面对我，不肯接受那男人离开的事实，甚至把儿子留给仇人抚养。呵，他们夫妻俩，倒也真是一路人。"

叶浮生想起谢离，道："我倒觉得，你把谢离教养得不错。"

谢无衣似笑非笑："我对他非打即骂，连庄里的下人都看不下去，你倒觉得好？"

叶浮生垂下眼睑："你又不是无缘无故地欺负他，将心比心，若我是你，也很难面对这个孩子。然而你终究还是教会了他很多东西，就连沧澜十三刀也毫不藏私，他学这些虽然苦了点，但总比日后在外吃亏要好上百倍，毕竟不是每一次犯错，都能有改正的机会。"

谢无衣摩挲着茶杯："那么，他是怎么死的呢？"

谢无衣本以为，那样一个男人无论在什么地方，换了怎样的名姓身份，都该活得轰轰烈烈的。

可是叶浮生所讲述的并非如此。

边塞苦寒，几乎每日都有伤亡的兵卒，莫要说马革裹尸，能三寸薄土掩了残躯已经是天大的造化。三年前夏秋之交的时候，边塞军营进了一批新兵，其中有个奇怪的男人，他右手带伤却行动利落，在战场上混过好几年的兵痞子都不是对手。

他爱说笑，性子也好，在军营里很有几分人缘，跟五大三粗的汉子们一起巡逻出战，又跟他们抬着伤亡的袍泽洒泪归来。

那年岁末，塞外游牧部落兴兵来犯，有中饱私囊的上官克扣军饷，兵卒们在饥寒交迫下仓促应战，虽然将敌人打退，却不知道有多少性命永远留在了战场上，断裂的刀戟上满是凝固的热血，荒芜的大地下半掩僵硬残缺的尸骸。

一年来生死与共的五百多名兵卒，近百名役夫，眼下十不存三，每一个活下来的人，都踩着牺牲者的尸骨。

因着天高皇帝远，守城官虚报伤亡人数，大夸战绩，名为战报，实为请功。这样一来活着的人或许可以升官发财，死去的却只有寥寥无几的抚恤金，然后又是新人换旧人，掩盖所有的痕迹。

那大概是他有生以来第一次暴怒。他闯入大帐，直言劝阻，而被利欲熏心的守城官则下令把他押出去重罚二十军棍。

二十军棍落下，男人皮开肉绽，生生受完却一声不吭，最后在守城官斥责其他士卒的时候，他夺了一把刀，砍下了那颗令人憎恶的头颅。

以下犯上，残杀上官，他本该被斩首示众，却被人保下了。

少年天子刚从藩王封地暗访归来，听闻战事惨烈遂特来监察后续安排，没料想会遇上这样的事，就让身边的暗卫首领出面，带走了这个男人。

回京路上，天子问他，还愿不愿意为国效力？

蓬头垢面的男子已经数日未曾言语，只在这个时候抬起头："愿为家国付死生，但求是非有公明。"

天子道："朝廷庙堂都是浑水一摊，纵然朕身为天子，眼下也会做出很多无奈的选择，你既然看不惯这些，就做我斩断乱麻的刀怎样？"

为人总有力不从心之时，世间终有无可奈何之事。

他没有回答，直到巍峨城楼在前，才应了声，深深叩首。

从那以后，世人再也得不到这个男子的分毫踪迹，他终于把自己的存在完全抹消，化成了天子手里一把锋利的刀，和同样舍弃身份的影子共同隐藏在黑暗里不见天日。

一生一诺，至死方休。

直到月前北蛮叩关，惊寒关战事告急……

"然后，他就死了。"

叶浮生至今仍记得，那时候腥风血雨披沐而下，自己本该被乱马踏如泥浆，却被那个人救下，拼了半条命才杀出重围。

可是方圆十里都是北蛮驻军，他们两个伤残，就算插上翅膀，也难以飞出这片天。

在那个时候，男人问他有遗愿吗。

叶浮生中了毒，什么都看不见，只好伏在他背上，认真想了想，说自己还有一个约定没完成。

男人大笑："同是天涯沦落人，我也欠了一个约，看来我俩注定是要毁诺了。"

叶浮生道："那倒不至于，你把我放下，我还能给你拖延片刻，让你挣条命回去，总归还有一个人能信守诺言。"

男人没回答他，只是跑得更快了。

那晚他们逃进了一处山谷，背后的蛮族紧追不舍，只有很短的时间让他们喘息。

男人把他藏进了一处洞穴，脱下他的外袍，拿走他手里的刀，然后留下锦囊和玉佩，只匆匆说了一句"别出来"，就转身出去了。

叶浮生压低声音喊了几下，没有人回答，只有马蹄声渐渐靠近。

他住了口，很快，兵戈交错的铿锵声不绝于耳。

然后，他听到了狂风呼啸，仿佛有万箭齐发。

"……他什么都没来得及说，只把装着玉佩的锦囊塞到我手里。"叶浮生垂下眼睑，"那时我看不到他，也追不上他，不知道他有没有回头。"

直到第二天夜里，一切重归平静，天地寂静如死，他才摸索着离开那个山洞，一瘸一拐地走出山谷，听到有边陲难民议论纷纷，才从这些零碎的只言片语里还原真相——

那个男人寻了一具和自己身形相仿的尸体拴在背上，又把叶浮生的外袍罩在身上，提了惊鸿刀亡命奔逃，将追来的蛮族引出了山谷，最后终于山穷水尽，在绝壁前被万箭穿心。

屋里的烛光不知何时已经灭了，只有窗外点点微光透了进来，依稀可见谢无衣的轮廓。他依然坐在叶浮生面前，可是不说话，连呼吸的声音都恍若未闻，仿佛也成了个死人。

半晌，谢无衣才道："原来如此。"

"职责缘故，我曾经调查过他的来历，但江湖毕竟不是朝廷，我所知的也很有限，只能从他的刀法和面容上推测可能是在凌云峰一战后沉寂的断水庄主谢无衣，但是其他就不清楚了，便以为是谢庄主在战后心灰意冷，决定退出江湖转入庙堂，遂奉命停了调查。"叶浮生捻了捻眉心，"拿到这块玉佩后，我终于确定了他的身份，于是就跟着一支商队来到这里，想要探查个究竟，然后再作打算，却没想到……"

"没想到断水山庄里，竟然还有一个谢无衣？"

叶浮生苦笑："正是如此，因此在亲眼看到庄主的刹那，我就觉得自己又踩进一摊浑水中了。"

"后悔吗？"

叶浮生淡笑："如今水落石出，何谈后悔？"

他拖着伤病之身不远千里而来，就是因为那人与他几番出生入死，最后以命相救，叶浮生觉得只要自己的良心还没被狗吃干净，就有责任为他完成遗愿。

事到如今，叶浮生终于明白，那人交给他这块玉佩的用意其实就是希望叶浮生能在逃出生天之后，把它交还给谢无衣，虽说负了三年之约，但好歹有一个交代了。

"他倒是好道义，好豪情！"谢无衣冷冷开口，"既然各得所需，那就请便吧。"

这般喜怒无常的变脸，叶浮生倒是不觉恼，他给自己倒了一杯水，喝干之后才起身拱手道："那在下就先去打个盹儿，庄主也请休息吧。"

他走后，谢无衣独自一人在昏暗的屋子里枯坐了不知多久，直到一阵冷风吹开窗户，冰凉的雨飘进屋内，他才被惊醒般站了起来。

三年来沉疴多病，一朝破封拔针，纵然内力已渐渐恢复，谢无衣的身体底子却已经败了，这么猛然起身后竟有些头晕目眩，一手撑住桌沿才堪堪站稳了。

过了一会儿，他的手指搭上断水刀刀鞘，颤了颤，然后抓起长刀出了门。

谢无衣转入后厨，也没管打盹的仆人，径自取了一坛烈酒，然后运起轻功去了望海潮。

望海潮山崖陡峭，风势在这里更显猖狂，碎雨乱叶狂舞不休，谢无衣的衣裳被风拂得猎猎作响，仿佛一面孤傲的旗。

他拍开封泥，痛饮一口，然后挥手将酒坛扔了下去。

紧接着，他纵身跃下，快到崖底的时候，左脚在右脚上借力一踏，整个人踏水而行，最终身如鸿雁般落在一块凸出水面的青石上。

大河浪涛汹涌，激起的浪花很快打湿他身上薄衫，冷得刺骨。

长刀出鞘，三尺青锋照亮寒面如雪。

他挥刀，一如这三年来日日不曾间断的练武，内力贯于经脉，抽刀断水，荡平波涛。

直到招式练尽，冷彻骨髓，他才抬起头看向水天一线的远方。

眼下已近卯时，然而深秋时节天亮得晚，更何况又是风雨交加，谢无衣看了许久，才看到远方那一线淡淡的白。

"……天要亮了。"

第四章
掀涛

　　云来居是古阳城里最大的客栈，里面设有四个院落，平日里再怎么都能空下近半，这几天却被包了满场。

　　葬魂宫包下了整座云来居，连店家带客人都赶了出来，一切活计都由下属负责，杜绝了外人窥探。

　　"谢无衣这个缩头乌龟终于肯接战帖了。"

　　一只柔若无骨的手推开房门，指甲上鲜红的蔻丹晃得人眼前一花，进来的是位墨发红衣的美人，生得一副勾引人的好相貌，偏偏开口却是男声。

　　站在桌前挥笔作画的年轻男子瞥了他一眼，斥道："步雪遥，对于自己惹不起的人，还是嘴上留个把门的比较好，否则等你被撕烂了嘴，朱雀殿主的位置也该换人来坐了。"

　　"厉郎说的是，奴家知错了。"红衣人步雪遥以袖遮了半张脸，做泫然欲泣状。

　　厉锋厌恶地皱眉："北蛮之事未成，你不回去向宫主请罪，特意来恶心我作甚？"

　　"厉郎说话端的无情，奴的心都要碎了。"步雪遥嗔道，"是那胡塔尔自己没这个命，眼看破关在即，竟然让掠影卫潜入了大帐，大好前程化为泡影不说，还溅了奴家一身污血，你也不心疼一下？"

闻言，厉锋眼里掠过一道精光："能在你的护卫之下仍杀了胡塔尔，看来是少见的高手。"

步雪遥脱了身上红袍，白皙的胸膛上有两道刀伤，一道险些切断左边肩颈，一道则从锁骨正中直贯肚脐，再进两分就能把他开膛破肚。

"那可是个狠心的人哪，一共出了四刀，第一刀被奴家挡下，第二刀落在奴家肩上，第三刀砍了胡塔尔的头，第四刀差点剖开奴家胸腹。"

厉锋笑了，平日里他多板着一张棺材脸，现在笑起来自然也不好看，活像一具要咬人时咧开了嘴的僵尸。

他伸手一寸寸抚摸过刀痕，赞道："好快的刀，好辣的手！"

步雪遥问他："与那断水庄主可有一比？"

"世间之人闻名不如见面，我要和他打一场才知道。"

步雪遥道："可惜他中了我的'幽梦'，现在应该已经不知睡死何处了。"

"能使出这种刀法的人，决不会甘心死在梦里。"厉锋脸色稍霁，"再问你一次，来意？"

"好，那奴家就直说了……"步雪遥掩口一笑，"此番惊寒关未破，宫主对那位大人自然不好交代，我对宫主就更不好交代了，所以特地来找厉郎求个活路。"

厉锋冷笑："我这辈子，只给人选过死路。"

"别人的死路正是奴家的活路呀。"步雪遥系好衣带，"宫主发起夺锋大会，狠打中原武林脸面以此扬名是其一，折损他们的高手，打压他们的志气是其二，既然如此，我等为何不做回一举两得的事呢？"

"何谓一举两得？"

步雪遥道："奴家已令'天蛛'结网，把谢无衣拒接夺锋帖一事传遍中原武林，那些个自谓大义的人士从各方赶来给他施压，他若是再拒战，就会证明所谓'天下第一刀'不过浪得虚名，自此沦为武林之耻，不值一提，我等就算不动手，也能让断水山庄名誉扫地，断魂宫以后何愁不为中原所惧？"

"但他已经接了。"

"他接了，就更好。"步雪遥轻轻一笑，"眼下四方齐聚，各大门派都有人前来观战，我们不妨做下部署，把他们一网打尽如何？如此一来，虽然北蛮之事不成，但此番功过相抵，岂不就是奴家的活路？"

"你好大的胃口！"厉锋嗤笑，"中原武林卧虎藏龙，就凭我们带来的这百来号手下，要想把他们都留下来是痴人说梦。"

"那可不一定呢。"步雪遥舒展手指，巧笑嫣然，"厉郎既知奴家从北蛮归来，自然也知道'天蛛'已经归我所领，这队人马现在混入古阳城中，那些江湖人士住的地方、吃的食物无一不经他们的手，虽说为免打草惊蛇不敢下毒，但是投个药引却是轻而易举的。现在万事俱备，只欠厉郎起个东风了。"

"何谓'东风'？"

"烦请厉郎拖延战局，把这些人统统绊住，然后借'百足'给我打点安排，务必把整片战局掌握在我们手中，方能瓮中捉鳖、速战速……"

最后一个"决"字卡在喉咙里，厉锋的手卡住步雪遥的脖颈，将他整个人提了起来，目光森冷，直到步雪遥两眼开始翻白，这才冷哼一声，把人扔在地上。

"我不喜欢被人算计，这次是看在宫主的面子上，下一回再这样我就杀了你。"

步雪遥伏在地上咳嗽，厉锋从他身上跨了过去，只留下了一句话："我会吩咐'百足'暂时听令于你，不过在我斗武的时候不准打扰，否则我就剁了你的腿。"

房门关上，步雪遥才慢慢站了起来，一脸哀怨："真是不懂怜香惜玉的人啊。"

他走到桌前，看着上面的白纸黑字——谢无衣。

"你很期待吧，厉郎。"步雪遥勾起红唇，目光缱绻如闺阁里的怀春少女，"但愿这位谢庄主，不负你所望。"

次日，整个古阳城都炸开了锅。

葬魂宫修改了这一次的斗武规则，由原先的一战定输赢变成了三局两胜，美其名曰门下弟子仰慕断水山庄盛名，想要多多见识几番，还望断水山庄不吝赐教。

人们议论纷纷，义愤填膺者有之，随声附和者有之，幸灾乐祸者更有之。

"葬魂宫还真是托大，他修改了规则，断水山庄就一定要接受吗？"

"说什么不吝赐教，终归还是不能拒绝，这是把断水山庄的面子踩在脚底下，把谢无衣当耍戏的猴子呢！"

"但我听说断水山庄还应下了，只是提出了一个要求，说擂台要设在庄内，你说他是怎么想的？"

"说起来，断水山庄这些年人才凋零，谢无衣究竟是不是个废人还不好说，就算不是，还有谁能接下另外两场？又或者，他谢无衣自视甚高，要一人打三场不成？"

"啧，胡猜什么，等到三日后开战不就知道了！"

"……"

外面高谈阔论，山庄内却平静得过头了。

楚惜微带着孙悯风一行人离开了断水山庄，只留下两名下属准备在战后接手断水刀。在这四日里，谢无衣有条不紊地安排着山庄事宜，遣散了大半奴仆护院，偌大的山庄显得越发冷清了。

薛蝉衣问过好几次，却都被轻描淡写地打发回来，急得嘴上都起了燎泡。谢离本也有心去问，却怕被训斥，只好做个乖巧的闷嘴葫芦，每日例行练武。

整个山庄没剩下多少人，叶浮生的伙食水平直线下降。此人毫无做客的自觉，一日三餐都去厨房自取，净捡好物拿，哪怕被薛姑娘挥着鞭子绕小院追了两圈，也丝毫不以为耻。

"这树赖一张皮，人赖一张脸，所以脸皮一定得厚才能吃得开。"叶浮生笑眯眯地塞了谢离一口生姜片，哄道，"这两天湿气重，多吃生姜驱寒。"

"……"谢离有生以来第一次产生吐人一脸的冲动。

此时此刻，薛蝉衣提了食盒往谢重山住的小院走，里面的护院已经离开，仆妇去了洗衣房，因此院子里静悄悄的。

她抬头看了看天色，被那橘色的云霞迷了下眼睛，就在这刹那间，一道寒芒乍现，直逼她恰好仰起的脖颈。

眉梢一动，薛蝉衣后仰下腰，左腿顺势上踢，足尖抵住一把利刃，她还没来得及看清，左脚踝就被人一把攥住。

"谁？"薛蝉衣身躯翻转，手中食盒不偏不倚撞上再度袭来的利刃，就这片刻空当，她抽出腰间长鞭，鞭子如蛟龙，缠住那只持刃的手，她来不及看，腰肢发力将此人往身后一甩。

不料那人借了她长鞭的力道，从半空折返，手中利刃一转割断鞭子，空出的手便提掌向她天灵盖击下！

不到方寸距离，薛蝉衣却不慌不忙，她的头倏然一偏，整个人在间不容发之际躲开，脚下步伐轻巧，眨眼间到了那人身后，袖中一把短刀就要出手。

就在此时，袭击她的人回过头来。

"蝉衣，三年不见，你的武功大有进步。"

熟悉的面容，熟悉的声音，熟悉的……神态。

面前的人一身素色锦袍，长发松松垮垮地束在脑后，一言一笑温润如玉，眼睛里仿佛晕开一笔水墨。

她神色一恍，脑子还没想清楚，就本能地喊道："师父……呃！"

那人将笑容一收，变成了冷硬如冰的模样。

薛蝉衣浑身一颤，顿时清醒了，她嘴唇翕动，说不出话来。

谢无衣冷冷道："三年前我忙于养伤和收拢山庄势力对付谢重山，很多事情都无暇顾及，事后才发现庄主玉佩不见了，寻了三年都没有踪迹，原来……是你干的啊。"

"我……"

谢无衣袖中滑出两个锦囊，一个上面是绣得十分拙劣的青竹，另一个则是她做给谢离的平安包，绣着精巧的梅花。

虽然优劣分明，却能一眼看出针法别无二致，分明是出自一个人的手。

见到这个锦囊，她先是脸色惨白，然后猛地抬起头，不可置信地问："你怎么会……我师父在哪儿？"

"你终于承认了，从三年前你就知道我不是他，却还是装得若无其事，叫了我三年'师父'。"谢无衣嘲讽地勾唇，把锦囊扔给了她。

薛蝉衣攥着锦囊，面无血色。

十三年前，她是家里最小的孩子，又是个女娃，眼见世道不好，爹娘就把她给卖了。那时候她才三岁，什么都记不清，只记得买她的是个脾气不好的女人，每天都饿着她，还动辄打骂，没多久又要转手卖给别人，却没想到被一个人救下。

那个人就是她的师父，断水山庄的庄主谢无衣，人称"天下第一刀"。

谢无衣给她起名字，让她吃饱穿暖，还教她诗书武艺，让一个本该被世道折磨死的女孩安然长大，薛蝉衣不止一次对天发誓，这辈子一定要报恩，哪怕粉身碎骨。

她知道自己天资不好，于是比常人更努力百倍，从十一岁起就离开师父独闯江湖，受过很多苦，吃过很多亏，也逐渐长成自己希望的样子。

然而三年前，她听说有西域刀客在凌云峰挑战师父，最终师父重伤而归，于是她快马加鞭地赶了回来，隔着门守了三天三夜，可始终看不到师父。

大夫来来往往，她看得心里越来越怕，直到鬼医也来了，她一边求神拜佛一边忐忑地等，终于等到那扇门重新打开。

明明是同样的脸，同样的声音，可就是转头看她的那一眼，就让她原本的欢欣雀跃瞬间消失。

那不是他的师父，因为她知道自己的师父不会有那样冰冷的眼神。

可是连老庄主在内的所有人，都说那是谢无衣。

她不敢提出异议，不敢哭闹，只能和众人一起笑。

等到那个取代师父的谢无衣在收拾庄内的异己，连容夫人和老庄主都不能抗衡时，她越来越怕，就借故离开山庄，然后又悄悄回来盗走庄主玉佩，漫无目的地去找师父。

天下之大，要去找一个人谈何容易？

她最终想起了师父的名字，扭头去了边塞，用光了为数不多的盘缠，混在难民里进了边城，悄悄打听驻军，终于在屯所看到了士卒打扮的师父。

他们都灰头土脸狼狈不堪，却在第一眼都认出了彼此。

那一刻她抱着师父号啕大哭，就像迷途的雏鸟终于归巢，可是师父却让她回去，说从此之后，那个人就是谢无衣，你要听他的话。

大喜大悲，莫过于此。

"他拗不过我，把真相告知，又把身上的银钱都给了我，赶我回来，我无法可想，就把玉佩留给他，说一定会等他回断水山庄，然后就回来了。"薛蝉衣扯了扯嘴角，"师父不在，我就要替他看好断水山庄，看好阿离。"

"你倒是个好徒弟，会装、会忍，还不变心。"谢无衣负手而立，"此番我让你去洞冥谷找鬼医，你应该是知道了'易筋换血'之法能让我痊愈，也知道若用这个办法，除非要谢离去死，所以你才会在这个时候冒险让一个不知底细的人进入山庄。"

这三年来谢无衣深居简出，但是薛蝉衣很清楚他依然对断水山庄有着绝对的掌控力，一声令下莫不敢从，就算是她也不能在他真要害谢离的时候护住那个孩子。

她信不过这个居心叵测的谢无衣，也信不过势单力薄的自己，因此在意外发现叶浮生武功高强之后，她把这个人引入山庄，不是真为了让他保护谢离，而是要他吸引谢无衣的注意，从而给自己留下转圜余地。

　　谢无衣道："聪明之举，也是冒险之举。"

　　薛蝉衣额头上冷汗淋漓，下意识地握紧袖中短刀。

　　"你敢再动一下，我就让你少条胳膊。"谢无衣嗤笑，"我要是真想降罪，你以为自己现在还能站着说话吗？"

　　"……蝉衣谢过庄主。"

　　"年纪不大，心眼儿不小，但我过的桥比你走的路都多。自从玉佩失窃，我就开始怀疑你，三年来不动你，不过是因为你对我构不成威胁，而谢离身边也只有你一个真心人，虽说蠢了点，倒还没有愚不可及。"谢无衣抬手抛给她一个纸团，"今日说开，此事便作罢，接下来你照着上面的去做。"

　　薛蝉衣展开纸条一看，身躯一震，手都开始发抖。

　　"你……"

　　"怎么？"

　　话到嘴边又生生咽下，她转而说道："既然来了，不去见见老庄主吗？"

　　"不过是相看两厌，有什么可见的？"谢无衣望了一眼紧闭的门扉，摇摇头，转身离开。

　　在他即将跨出大门的时候，薛蝉衣问道："我师父……还好吗？"

　　谢无衣的鞋底在门槛上顿了顿，片刻后回道："他死了，不是我杀的，信不信由你。"

　　三日后，风和日丽。

　　自入秋以来，难得见到这样好的天气，日光温暖，照得叶浮生索性闭了眼，跷起二郎腿坐在栏杆上。

　　谢离一手不安地摩挲着练武用的木刀，一手紧紧攥住胸前衣襟，抠出了一块方形轮廓。

他早就知道今天会有一场关乎断水山庄存亡的斗武，因此昨晚辗转难眠，丑时刚过就爬起来去后院练刀，却没想到有人比他更早。

谢无衣拢着外袍站在院子里，正和叶浮生说着什么，两人看到他来了便不约而同地住了口，叶浮生当即打了个呵欠去厨房找吃的，谢无衣则冲谢离招了招手。

他忐忑不安地跑了过去，嘴里尚未蹦出半个字，身体就先动了，没来由地抱住谢无衣的腿蹭了蹭，像个怯生生的猫儿。

谢无衣向来对他要求严格，尤其是这三年来，几乎连笑容也没给过。当发现自己脑袋一热抱上去的刹那，谢离忍不住抖了抖，却没等来训斥，反而是一只微凉的手摸了摸他的头。

谢无衣道："再过七天就是你的十一岁生辰，那么……这个就给你了。"

谢离抬起头，一块方形的羊脂玉佩就挂在了他颈上，他伸手摸了摸，有些欢喜："爹，这是什么？"

谢无衣深深看了他一眼："……不算什么，你若不喜欢，丢弃也可。"

谢离张了张嘴，他从没见过人能用这样郑重的态度说出如此随意的话来，偏偏干出这事的还是素来严厉的父亲，遂唯唯诺诺地点了点头，心里纠结如一团乱麻。

日头正烈，叶浮生眼下跟真瞎了没两样，闭着眼还能被刺得眼皮发疼，遂从袖子里掏出一条黑布蒙在眼上，惹得周围的人频频注目，不知是谁问他："这位兄台，你左右是个瞎子，何必要……"

他没说完，叶浮生倒是听懂——你既然看不见，干什么还要白占一个位置呢？

此次夺锋大会三局两胜，举办的地方在断水山庄的潜龙榭，这个地方是断水山庄的北院，面向中庭，背临后山，占地虽广但也只能容下百十来人。

"我断水山庄又不是什么破烂腌臜地儿，哪容一些阿猫阿狗随意进门！"

谢大庄主这一句不分敌我的嘲讽发出，来观战的黑白两道都像被人打了一巴掌般面色难看，最终大部分人都留在了庄外长街上，隔着一堵墙窥探，只有少部分进入山庄，其中过半竟还是葬魂宫的人。

潜龙榭是聚水环庭之地，偌大庭院只有四周的长廊可供人落脚，其余都被挖空汇水，建成一个大池塘。眼下时节已过，水面上已无残花，只有零星几片半枯的荷叶苟延残喘，中间立着数根高低不一的梅花桩。

四面长廊眼下站得是渭分明，西、南两边是以厉锋、步雪遥为首的葬魂宫一行，

东面是白道所在，夹在二者之间的就是看起来最为势单力薄的断水山庄众人了

盛会难得，就连在小院里沉寂三年的谢重山也被带了出来，他被打扮一新，睁大眼睛看着周围的一切，然而他声带早被哑药毁了，眼下又被点了穴，只能安安稳稳地坐在轮椅上。

"几年不见，谢老庄主似乎憔悴了许多。"说话者是一个名叫"陆鸣渊"的年轻人，长相斯文清秀，一身书生打扮，手里还握着柄白纸扇，怎么看都是个很好欺负的读书人。

然而这个读书人，却站在东边长廊的第一位，其他白道众人有年长者、声名远扬者，却无一人斥其逾距。

他合起折扇，拱手施礼："晚生自幼便从家师处听闻断水山庄盛名，今日得见两位庄主风采，更觉闻名不如见面。"

这种跟打翻醋坛子般让人牙酸的说话方式，叶浮生只一听就知道他来自"三昧书院"。

三昧书院，昔时南儒阮清行所创的书院，迄今六十一年了。门下弟子虽然大多无师徒之名，却有师生之实，文武双修，德才兼备，不少人科举登榜、入朝为官，更有甚者著书立说泽被寒门学子，在庙堂江湖都举足轻重。

想来，这位陆书生该是这一代三昧书院的杰出代表，说不定还会是下一任的院长。因此哪怕再怎么不屑这个毛头小子，也不会有人敢忽视他背后的师门。

这可真是大树底下好乘凉啊。叶浮生如是想道。

谢无衣最不耐烦花里胡哨的仪式，厉锋也是个干脆利落的人，即使中间插了陆鸣渊这么个咬文嚼字的话痨，锣鼓红绸之类的玩意儿终究还是没摆上台面，只在潜龙榭门前摆了张香案，由谢无衣、厉锋、陆鸣渊三人各上一炷清香就算开始。

按规矩，三局都由葬魂宫先出人请战，断水山庄再派人上去应战，以潜龙榭为武场，梅花桩为擂台，谁先掉入水中，谁就算输。

厉锋冷着脸不说话，步雪遥手持一把红羽扇笑而不语，他们身后一名外族打扮的少女便越众而出，身形翩然如蝶，几番起落就到了水中央，光裸的右脚立在梅花桩上，足踝上的金铃丁当作响。

少女一扬手中蛇形剑，曼声道："葬魂宫青龙殿右使曼珠，特来请战！"

薛蝉衣冷哼一声，脚步一错，闪身而出，轻飘飘落在曼珠身前一丈处。她今

天穿了一身白衣,唯独腰间红绡浓艳如血,这是她八年前自恩师处得到的"赤雪练",里面掺有天蚕丝,水火不侵,凡兵难断,可惜薛蝉衣一直很舍不得用来打杀。

她伸手抽出赤雪练,眉目带杀:"断水山庄薛蝉衣,应战!"

话音未落,蛇形剑已扬手而出,此物蜿蜒如蛇,挥动之时更如毒蛇吐信,刺向薛蝉衣面门。薛蝉衣身躯一侧,让过这一剑的刹那迅速抬手,一掌与曼珠相碰,两人皆向后飞身而退。

曼珠人在半空尚未站稳,赤雪练便抖擞而来,她无处着力,只能抬手生生挨了这一下,本就没有衣料遮挡的手臂顿时皮开肉绽。

薛蝉衣运起内力,赤雪练猎猎作响,霎时绞成一条麻花状的长鞭,她像是握住了一条赤色长蛇,抖手而出间仿佛要择人而噬。

曼珠反而笑了。她手足上共挂有四串金铃,眼下被劲风一扫,四铃齐响,叶浮生一听这声音,眉头便皱了起来。

铃声入耳,便似毒虫在脑海里翻搅不休,薛蝉衣耳中顿时刺痛起来,嗡鸣作响,眼前立刻一花,赤雪练失了准头。就在这片刻,曼珠以蛇形剑缠住赤雪练,整个人借薛蝉衣一拽之力欺身而近,一掌打在薛蝉衣胸膛上。

一口血哽在喉间,薛蝉衣忍痛回神,险些没能站住,她索性一撒手,赤雪练翻转而回,死死缠住了曼珠脖颈。

与此同时,薛蝉衣一脚踢中她膝盖,趁她下盘不稳飞身而起,内力灌于双手,紧握赤雪练将曼珠带上半空,大力收勒,绞杀力道顿时如毒龙扼颈,曼珠立刻发出了气管不堪重负的声音。

曼珠被勒得喘不上气,一张俏脸憋得通红,然而她手脚奋力一震,四铃再响!

叶浮生指尖一动,拈了一颗花生。

谢离傻愣愣地问:"怎么了?"

叶浮生侧过去耳语:"你薛姐姐这一场怕是要输了。"

他看不见,听得却分明。

这少女的武功比薛蝉衣弱,但善于捕捉战机,这能够影响人神志的魔音四铃在她身上便是如虎添翼,再加上薛蝉衣今日不知为何心绪不宁,看似占得先机,实则失之急进,此战必败无疑。

铃响刹那,薛蝉衣果然动作一顿,瞬息之间,曼珠双手反扣她臂膀,身体陡然翻转，双脚夹住她腰肢，腰腿发力，竟将她整个人甩了下来，生生压向水面！

一转眼，薛蝉衣已落入水中，然而曼珠屈指抓住蛇形剑，就要朝她天灵一剑刺下！

叶浮生听声辨位，手里那颗花生不偏不倚击在剑上，剑身一颤偏离方向，险险擦着薛蝉衣耳边划过，留下一道浅浅的伤口。

同时，谢无衣一掌挥出，将那少女同样打落水中，冷声道："我徒技不如人，这一场断水山庄败了。"

薛蝉衣这才回神，她手握赤雪练，瞪着曼珠的眼睛几乎要红得滴血，然而曼珠从水中一跃而起，也不顾身体湿淋淋的几近暴露，温顺地一行礼："是小女子不知轻重，望庄主见谅。"

首战失利，白道一方脸色都不好看，谢重山更是面色铁青，说不出话来。

此时，步雪遥轻轻一笑，将羽扇丢给曼珠，踏水而来，足尖轻轻一点荷叶，落在曼珠之前站立的梅花桩上。

"适才承让一局，想必各位都未曾尽兴吧……"步雪遥掩口轻笑，"我那厉郎矜持得紧，便由奴家步雪遥抛砖引玉吧。"

他男生女相，一言一行皆扭捏更甚风尘妓子，自出面便被白道不齿，只当是葬魂宫人身边的娈宠，不值一提。

直到这句话一出，众人这才变了脸。

步雪遥，葬魂宫四大殿主之一的朱雀殿主，不仅轻功卓绝，其"望尘"步法让人叹之莫及，更何况此人幼时出自歌舞坊，身躯柔韧似飞天舞女，修习"阴阳罗刹手"能在刹那间分筋错骨，切入血肉，故而被称"飞罗刹"。

最可怕的是，他擅使毒，尤其喜欢那种能让人受尽折磨之后才痛苦而死的毒。

步雪遥不是好对付的人，薛蝉衣年纪太轻，谢离更是个孩子，谢重山双腿已残，谢无衣若是应了这一战，他必能取胜，但毕竟身体未痊愈，恐怕难以对付下一场的厉锋。

谢无衣冷冷一笑，伸手搭上断水刀就要起身，一个人却比他更快。

叶浮生拿着谢离那把木刀，凭着刚刚从薛蝉衣那里问到的梅花桩分布位置，从栏杆上一跃而出。

天气正暖，他的腿脚轻快许多，脚尖在水面上轻轻一点，只荡起一圈不到的涟漪，便似白鹭点水翩然而去，准确落在了一根梅花桩上。

"断水山庄叶浮生，特来应战这位听声音就知道长得好看的美人。"

他笑嘻嘻地一拱手，蒙眼的黑布在脑后打了结，长出的一截随风轻飘，撩拨得众人立刻哗然。

这竟是个瞎子！

"哎呀，奴家最喜欢嘴甜的俏郎君。"步雪遥一怔，随即轻笑，"看在这个份儿上，奴家一定下手轻些。"

叶浮生诚恳道："多谢美人。"

步雪遥笑得花枝乱颤，身如柳絮随风飘起，一手搭向叶浮生咽喉！

步雪遥这一手不可谓不快，在场群雄自问望尘莫及。

眼看那细白的手指就要触碰到叶浮生的脖子，含笑的声音却从步雪遥身后传来："美人，当心啊！"

步雪遥脸色一变，手中抓了个空——那竟是个残影！

叶浮生已闪到他背后，抬腿照着后心就是一下，步雪遥本来失了准头就要因惯性前倾，若是被这一脚踹实了，恐怕就得滚到池塘里。

步雪遥娇声一笑，上身一折，变爪为掌在梅花桩上一撑，右腿顺势向后一踢，两人的腿狠狠撞在一起，同时借力一震，抽身而退。

步雪遥单足立在梅花桩上，叶浮生的双脚却稳稳落在一片荷叶上，两人从出手到站定已过了三个回合，廊上群雄却只来得及眨了下眼睛。

"好快！"陆鸣渊合上白纸扇，眼里满是惊叹，"步雪遥的'望尘步'已有七年未逢敌手，没想到这位侠士竟能比他更快上一分！"

谢无衣按在刀柄上的手松了松，心里却叹了口气。

假如此人眼不瞎腿无疾，刚刚那一脚绝不会让步雪遥轻易躲过去，奈何天妒英才，总要做些添瑕之事。

薛蝉衣瞪大了一双美目，谢离适才被叶浮生硬塞的一把花生已经撒了一地。

"俏郎君，好身手啊。"步雪遥轻启朱唇，媚态天成，换了个男人恐怕早已呼吸急促，可惜眼下却是作态给瞎子看，跟对牛弹琴一个下场了。

叶浮生左手中的木刀横于胸前，侧头向他的方向微笑道："得美人称赞，不胜欢喜。"

话音未落，叶浮生已腾空跃起，木刀割裂空气，竟然发出铿锵的锐响，只一瞬，就从步雪遥的颈边擦过，割断一缕青丝，留下一道浅红伤口。

"嘴越甜的男人，心果然就越狠啊……"步雪遥反手一掌拍开木刀，左腿倏然抬起，蛇一般勾住叶浮生的腰，轻轻磨蹭的刹那陡然发力，将他整个人甩了出去。

叶浮生人在半空无处着力，手中木刀随着风力划了半圈，恰好避开步雪遥趁势一掌，随即翻身下落，刀尖插入水面刚到三寸便斜斜扫出，一泓池水呈弧形飞溅出去，劈头盖脸砸向步雪遥面门。

步雪遥双手轮转，以袍袖将水珠悉数卷下，就在水幕消失的刹那，裂帛声响，木刀从他袖中刺入，直逼步雪遥咽喉！

刀尖近在咫尺，步雪遥俏皮地眨了眨眼。

叶浮生双脚交错，木刀陡然改向下一挥，同时抽身飞退，起落刹那碰到一片荷叶，顺手摘了。

只见步雪遥袖子破口处竟然钻出了一条筷子粗细的青碧小蛇，乍一看像条圆滚滚的大蚯蚓。它动作极快，迅速爬上了木刀，就要朝叶浮生的手咬去，却被突然下落的刀锋一斩两段，上半截竟然还动作未停，朝着叶浮生的面门扑了过去，快如雷霆闪电。

叶浮生听声辨位的功夫练得炉火纯青，荷叶在间不容发之际挡在蛇头前，手腕一转，宽大的荷叶将这半截蛇身包成了个球，没等它爬出来，叶浮生就并指点在荷叶包上，强劲的内力将其震得粉碎。

"哎呀呀，这条'小翡翠'可是奴家的爱宠，俏郎君怎的下手这般无情？"

步雪遥整个人凭风飘了两丈，转眼便和叶浮生近在咫尺，双手屈指成爪抓他肩膀，谁知叶浮生合掌插入他双手之间，一拍一扣，只听"咔嚓"一声，步雪遥的右手被他拧脱了臼。

霎时，步雪遥额头见汗，反震的劲力让他上半身麻痹了片刻，然而他反凑近了身子，鼻尖皱了皱，闻到一股若有若无的异香。

眼中精光一闪，下一刻他折身而退，避开叶浮生踢出的一腿，落在梅花桩上轻轻笑了。

叶浮生的左手在发麻，他用最后的力气攥紧了拳头，将掌心那枚细如牛毛的银针捏得粉碎。

他看不见，只能向步雪遥的方向侧过头，两人都在这一刻嘴唇翕动，无声说出同样的两个字——

是你。

一个月前，惊寒关外，北蛮主将胡塔尔的大帐里，叶浮生身着蛮兵服饰潜入其中，正好撞见胡塔尔和一个红衣男子在帐中。

他那一刀用了七成力道，本以为十拿九稳，没想到会被那看似羸弱的红衣男子合掌接下。

那时他来不及多想，只能以"白虹"变招顺势而下，迫使红衣男子抽身后退的刹那，转头一刀砍下胡塔尔的脑袋。

这样一来后背暴露，然而他没有选择。

片刻之间，胡塔尔人头落地，而一枚同样的细针刺入自己后背，然后就是和现在一样的全身发麻。若不是他奋力一刀砍中那人，恐怕别说杀出重围，就连跑出大帐都难如登天。

只可惜那时候匆匆一瞥，男子又有红纱遮面，根本看不清面容。

眼下，倒是仇人相见了。

步雪遥挽起红袖，露出光裸的手臂来："厉郎说得倒是对，如郎君这般的人物必定是不会睡死梦中，我那'幽梦'竟然能被你压制至今。不过想来郎君你自那以后，应该就没有真正安寝过吧，可累吗？"

幽梦，顾名思义就是能让人在中毒之后五感减弱渐次消失，头脑昏沉，不断回想过去所有大喜大悲的事情，渐渐分不清现实与虚幻，最终神志沉沦而死。

它不是步雪遥最厉害的毒药，却是最喜欢的。

剥皮拆骨挖心掏肺，世间酷刑不一而足，但是真正能让人死得不甘心的，却不过"牵肠挂肚"四个字。

人生在世，或多或少都会有牵挂，而叶浮生的牵挂更是从来不曾放下。因此只要他一闭眼，脑子里尽是昨日烟云，望之可叹，触之不及，好几次差点就真的睡死过去。

他自诩七尺男儿，不肯死得这么可悲可笑，更不想在黄泉路上还哭得涕泗横流，所以从那以后再也不曾安睡，只能浅眠休憩，强打精神，数日下来，脸上也就带着病病鬼一样的疲色。

"幽梦"之毒已让他的眼睛和右腿出现问题，现在左手又被刺中，可真是再倒霉不过了。

"能压住此毒月余不入心肺，郎君果真好功夫，不过这样苟延残喘累不累？何不放弃挣扎，让奴家送你去做个长睡不醒的好梦呢？"

步雪遥飞身而来，右手屈指抓住叶浮生肩头，两人身形翻转，竟是风驰电掣般撞在一根廊柱上，吓得站在旁边的人连连后退。

叶浮生吃了眼睛看不见的亏，被步雪遥这一下撞得极狠，头上立刻流了血，而步雪遥则借着这一下把右手关节撞了回去，活动一下后就环过叶浮生脖颈，竟然是想生生扭断他颈骨！

来不及想太多，叶浮生并指点上他手腕，一股内力炸开，步雪遥脸色一变，霎时便觉得半边身子都没了知觉，手下便是一松。

挣开束缚，这两人踏着荷叶与梅花桩在池塘上兔起鹘落，你来我往拆了不知多少招，不知多少人看得眼花缭乱，谢离更是觉得眼珠子都要脱眶了，忍不住问薛蝉衣："他……他会赢吗？"

薛蝉衣摇摇头："难说。"

谢无衣却起身了，他的目光从战局上一扫而过，伸手拿过了薛蝉衣的赤雪练。

此时此刻，叶浮生内息翻滚，原本强自压下的毒又被那一针引出来作祟，脑子里雪花般的细碎画面纷至沓来，恍神了片刻，步雪遥拼着被他一记手刀劈上肩膀的危险，右手屈指抓在叶浮生腹部，衣衫扯裂，竟然还撕下了一片血肉来。

伤口处鲜血淋漓，叶浮生却没被痛感刺激得清醒，大脑反而更加昏沉了。步雪遥见状心喜，一手就抓住了叶浮生咽喉，只要再用力一分，就是神仙难救。

这一刹那，谁都反应不过来。

步雪遥甚至已经笑出了声。

然而，又是一指惊雷点在手上，他手臂一麻，叶浮生就从眼前消失，下一刻，他脚下的梅花桩倏然从中断裂！

叶浮生适才脱困，就俯身而下，几乎是贴着水面横掠而过，一手立掌成刀劈在梅花桩上，碗口粗的木桩齐整断开，步雪遥只得咬牙退后，再寻着力点。

可惜他这一退，就被叶浮生逮了个正着。

他明明目不能视，却算准了步雪遥抽身后退的方向，步雪遥这一下就撞在了他怀里，来不及转身，叶浮生的手就扣住了他咽喉。

他嘴唇翕动，距离如此之近，步雪遥依然只能听到他细碎的话语，像是做梦一样呢喃，听不真切。

下一刻，叶浮生猛地鹞子翻身，狠狠地把步雪遥踹了下去！

他倒是有心再补一脚，可惜内伤作祟，也紧跟着掉了下去，好在一道红绡卷来，紧紧缠住他的腰，瞬时将他拖回长廊，这才免了变落汤鸡的下场。

"咳咳咳……多谢庄主。"

"明知身有痼疾，还要上去逞能，果真是嫌命长了。"谢无衣放开赤雪练，依然开口无好话。

叶浮生耸了耸肩，打算不跟他一般见识，没想到下一刻就被灌了一杯味道古怪的姜茶，咳得死去活来，肺管子都差点炸了。

"少碍事，坐下！"

薛蝉衣放下空掉的茶盏，眉目间满满都是嫌弃和不耐烦，倒是身后的谢离忍不住"噗"了一声。

这杯姜茶可是谢庄主今天一早就吩咐下来给叶浮生准备的，用了四块老姜才熬出这么小小一盏，谁喝都得呛。

以生姜欺负人者恒被生姜欺之，果然是因果循环报应不爽。

步雪遥也爬上长廊，吐了一口血，这才觉得胸中淤塞稍减，他对着厉锋耳语几句，厉锋原本阴沉的眼顿时一亮，又很快暗淡下去。

他招过一名下属吩咐几句，对方退下之后，厉锋才拿刀起身，运起轻功落在一根梅花桩上，道："既然眼下胜负未分，那么就由厉某来请战这胜负一局，谢庄主，请吧！"

一时间，整个潜龙榭安静得落针可闻。

直到谢无衣一声冷笑，打破了这片寂静。

他纵身飞至梅花桩上，一手缓缓拔出断水刀，随着这一举动，仿佛风停云止，就连已经出现暮色的天空似乎都暗淡了一下。

感受到照在身上的日光已不复灼，叶浮生揉了揉发胀的太阳穴，他勉强平复下胸中气血，伸手解开蒙眼黑带，立于廊下荫蔽处，勉强能看清池上两人的轮廓。

厉锋覆上腰间那把皮鞘长刀，将其缓缓拔出，刀身竟然是半透明的，仿佛一块澄澈的白琉璃，映着暮光水色，恍如秋水佳人眼波流转，浑然不似他这个人的阴沉冷厉，竟有种缠绵欲语的柔意。

"刀名'雪晴'，请战断水！"

话音落，刀光起，那一道刀光就像美人舒展眉目时瞥来的一个眼神，轻巧婉转，眨眼间就落在你身上。

刀美，招快，人狠！

他上一刻还离谢无衣有三丈远，下一刻就到了眼前，刀锋只差分毫就要贴上谢无衣的颈，仿佛美人的唇就要轻轻吻来。

断水刀振袖而出，在间不容发之际以刁钻至极的角度挡在咽喉与雪晴刀之间，顺势一转，就削向厉锋持刀的手。

厉锋干脆利落地撒了手，断水刀顺着胳膊砍向他的脖颈，却被厉锋右手握住谢无衣持刀的手，空出来的左手接住落下的雪晴刀，蓄力捅向谢无衣的腰腹。

"哼！"

厉锋的刀不可谓不快，雪晴瞬息之间已刺破衣衫，刀尖切入皮肉，饮到了一点温热的血。

可他笑不出来。

右手被内力震开，断水刀攻势不减，雪晴的刀尖才刚刚刺入谢无衣半寸，断水就已经横在自己喉前。

他立刻抽刀而退，细密的血丝从一道微不可见的刀口里溢出，再进一些，就能割断气管。紧接着，又是一声冷笑，刀锋切开空气的声音凌厉得让人耳朵发疼，断水雪晴在某一处猛然相撞，然后又交缠错开，谢无衣和厉锋都采取了毫不花哨的对拼，淋漓尽致地展现自己的速度与力量，快如奔雷，重逾千钧，每一次落下就能将梅花桩踏得下沉几寸。

下一刻，双刀再度相撞，没有发出声响，池面却骤然炸起数道水柱，水花四溅，轰然作响！

水雾弥漫，恍若漫天大雨，映着夕阳暮色，璀璨得令人难以逼视，厉锋冲出水幕，谢无衣仍在其中。

凝目片刻，雪晴刀穿过无数水珠破空而出，厉锋整个人的精气心神都灌注在这一刀上，挟着凌厉无匹的气势排山倒海般压了过去，刀锋直取谢无衣胸膛！

观战者中已有人不忍再看断水庄主被一刀穿心的下场。

雪晴刀风劈开水幕，断水刀以极快的速度在谢无衣身前画了个圆，劲气带动了他身周水幕，汇聚成一道轮转的水流，随着断水刀锋所向，锁向如同惊雷奔至的雪晴刀。

双刀交错的刹那，所有人都失了声，陆鸣渊手中折扇落了地，步雪遥脸色煞白，叶浮生长长地叹了口气。

对招之后，就是擦肩而过。

厉锋脸上还有笑意残留，他自己的手持着雪晴刀，如愿刺入了谢无衣的胸膛。

可是他的人，已经与谢无衣擦肩而过。

发生了什么？

雪晴刀刺入了谢无衣的胸膛，再近一分就伤及心脉，他膝盖一软就要倒下来，最终还是站稳了。谢无衣伸手点穴止血，然后转身拔出了那把刀，连同上面那只断手一起扔到步雪遥面前。

那只手砸在步雪遥身前三步位置，五指还微微抽搐了一下。谢无衣这一刀快到任何人都没有反应过来，直到这一刻，厉锋才感觉到那种撕心裂肺之痛。

一阵剧痛席卷了他的意识，厉锋的身体晃了晃，鲜血流了半身，落在池水中晕开一片淡红。

他脸色惨白，从牙缝里挤出两个字："沧澜？"

谢无衣一笑，抹掉唇边的血，手腕一翻，断水在握。

这一刻，他似乎年轻了十三岁，回到当年在西域纵横的时候，恩怨情仇皆付于刀下，快意潇洒，不被世情所累。

山川未有清浊定，吾独一刀破分明。

"这只手，是教你们学个乖。"谢无衣扬起下巴，露出经久不见的不可一世，"再嚣张的走狗，也别在人面前张牙舞爪，毕竟不是每个人打狗都会给主人面子。"

葬魂宫众人脸色齐齐一变，白道那边却几乎要欢呼起来。

叶浮生脑子里的浑噩被这一刀尽数斩天，他看着谢无衣的背影，依稀间看到了一把锋芒毕露的刀。

步雪遥的脸色很难看，悄然挪了几步。

陆鸣渊清了清嗓子，道："既然如此，那么今天这一场夺锋大会，是断水山庄胜……"

他话音未落，一直安坐在轮椅上的谢重山突然动了，他双腿已废，只有上半身还能动作，便忽地扑向了步雪遥，险些两人一起滚下栏杆。

与此同时，叶浮生听声辨位，手中把玩的黑带灌注内力飞射出去，恰好横在谢无衣面前，挡下两枚银针。

这番变故突如其来，除了一直注视着谢无衣的谢重山，以及听力过人的叶浮生，没有人注意到步雪遥的动作。

见暗算败露，步雪遥倒是不恼，他反手扣住谢重山咽喉，一脚踢起雪晴刀，飞身落在了厉锋身边。

刹那间，墙外长街突然传来兵戈碰撞和厮杀叫骂的声音，一场惊变就发生在瞬息之间！

步雪遥曼声娇笑，兴奋让他拿着雪晴刀的手有些发颤，却依然很稳。

"谢庄主好刀法，好武功……"厉锋缓缓转过身来，脸色苍白得像鬼，双眼亮得像坟头磷火。

断臂之伤让他整个人看起来十分狼狈，可他竟然还能笑，笑得快意张狂。

案几上的三炷香早已燃尽，却仍有一股淡淡的余味萦绕不散。

叶浮生、谢无衣、陆鸣渊三人的脸色齐齐一变！

铿锵数声，廊上众人拔刀相向，然而白道这边刚一提起内劲，下一刻就头昏脚软，颓然瘫在地上！

陆鸣渊脸上血色褪尽，他扶着柱子站定，看到对面葬魂宫里走出几个熟悉的面孔，那是这几日来所居客栈里的"店家伙计"。

"各位这些时日里用的茶饭都是我葬魂宫精心安排的，可曾顺意？"步雪遥笑道，"让堂堂'天蛛'端茶送水，尔等又不多给些报酬，我们就只好自己讨利息了……茶饭里有无色无味的'相思泪'，香里掺了'伤神散'，两者本无毒，合在一起却是最上等的麻药，武功越高，用力越大，就倒得越快。"

谢无衣寒声道："尔等要如何？"

"谢庄主武功高强，刀法精绝，无愧于'天下第一'的称呼。"步雪遥将雪晴刀抵在谢重山颈边，"宫主素来欣赏英雄，但是如谢庄主这般的英雄，脾气硬，又记仇，若是今天让你走脱，他日恐怕奴家和厉郎都会是你刀下鬼。"

"既然要谢某的命，何不自己来拿？"

"没有'相思泪'为引，奴家也吃不准'伤神散'对谢庄主这等人物有多大影响，万万不敢拿性命打这个赌。"步雪遥勾起朱唇，扫了一眼廊上众人，"此番我等耗费这般心血，无非是为了一个'利'字，只要各位肯付出相应代价，自然能买命赎身……"

廊上白道众人纷纷大骂，有人脖子一梗，硬气道："妖人！莫说买命，就算给你说句软话，那也当我猪狗……"

他话未说完，就被一名葬魂宫下属一剑插入口中，挖出条血淋淋的舌头！

"奴家和谢庄主说话，哪容尔等煞风景？"步雪遥看着谢无衣，眼波流转，"适才说到哪里？哦，对了，他们可以买命赎身，但是谢庄主你伤了我的厉郎，又不肯对我葬魂宫俯首称臣……那么，庄主若是不想看见断水山庄血流成河，令尊死于眼前，就请自裁如何？"

谢无衣冷笑，他抬起刀对准步雪遥，看也不看谢重山一眼："魔教妖人，谢某这辈子，最恨被人威胁。"

话音未落，他竟是腾身而起，挥刀直斩步雪遥！

谢无衣的刀有多狠，步雪遥已经亲眼见识，他不敢迎接，只能飞身后退，抬手挥动雪晴刀，想要扫开断水。

就在这刹那，谢重山反手抓住了他，任由雪晴刀顺势割断自己的喉管，血喷了步雪遥半张脸，步雪遥被死死抱住，身形顿时一滞！

片刻间，断水刀已近在咫尺！

所幸厉锋到了步雪遥身边，左手一揽他腰身，抬腿将谢重山踢出去，二人双双飞退，落在长廊顶上，临风而立。

从他们的角度回头一望，就看到十里长街上不分敌我的厮杀！

眼见谢重山砸来，谢无衣瞳孔一缩，撒刀伸手，堪堪卸去冲力，将谢重山抱住。

可是他已经死了。

这个辉煌过也落魄过的老者，这个给了谢无衣骨肉之身却造就他一世悲惨的父亲，就这样猝不及防地死在他面前。

谁也不知道他为什么要抓住步雪遥。

谁也不知道他死前有没有想说什么。

生死来去匆匆，终究什么也没留下来。

谢无衣怔怔地看着他，全身已经开始发麻，终于抱不住这具尸体，任他滑入水中。

肺腑里气息翻涌，骨髓中似有百蚁啃噬。

麻药发作，内力反噬，被解封的毒也在催命。

现下已是第七日的酉时，谢无衣已是英雄末路，强弩之末。

可是他眉目轻扬，唇角翘起讽刺的弧度，看着廊顶上的厉锋和步雪遥："好阴谋，好算计，可惜……"

厉锋皱了皱眉："可惜什么？"

"你们知道，我为什么要把比武地点定在断水山庄吗？"谢无衣站得笔直，仿佛一把磨去锈迹的刀褪去斑驳尘痕，显露出冷厉嗜血的锋芒。

厉锋、步雪遥脸色剧变！

薛蝉衣一直站在北面墙角，背后是一面看似普通的兽头浮雕。

在谢无衣说出最后一句话的时候，她一手将谢离推到叶浮生怀里，一手在兽头上一拍，那浮雕竟然从中陷了下去，发出机括震动之声！

下一刻，轰然数声巨响，整座断水山庄淹没在烈火之中！

四

荒凉古道边只有一座简陋茶摊，已经离开断水山庄数日的楚惜微如今竟然还停留在古阳城外五十里地。

孙悯风为楚惜微取下遮眼的药布，他眨了眨眼睛，好容易才适应了光线和风尘，满意地点点头，问道："今天是夺锋会召开的日子吧，有消息传来吗？"

孙悯风道："估计也快……嘿，说曹操，曹操就到了！"

一人如鬼魅般飘来，然而尚未近身，楚惜微就闻到了浓浓的血腥味，不禁皱了皱眉："受伤了？"

那人在他身前单膝跪下，背后是一道皮肉翻卷的伤口，自己却好像浑然不知疼痛，答道："回尊主，果然不出您所料，葬魂宫出手了！"

楚惜微在离开之前已经收到线报，说发现古阳城内有葬魂宫的"天蛛""百足"踪迹，心知对方是要借机生事，却也没打算插手，而是决定隔岸观火，到时候浑水摸鱼，坐收渔人之利。

"走狗不咬人，哪会有肉吃。"楚惜微嗤笑，随口一问，"谢无衣可不是个好相与的，更何况断水山庄下还埋有那些东西……呵，这场戏可真有意思，可惜看了容易惹麻烦。"

那下属犹豫了一下："还有……"

"还有什么？"

"属下窥探夺锋大会时，发现一人轻功卓绝，竟略胜'飞罗刹'一筹，而他的步法却……和主上您颇有相似之处，您看怎么处置？"

楚惜微浑身一颤！

他使的步法出自惊鸿诀的霞飞步，幼时偷懒耍滑不肯勤练，师父就将轻功步法简化修改，速度更胜一筹，却变化莫测，外人极难学会。

"那个人……是不是叫叶浮生？"

"回尊主，是。属下还见到步雪遥遣人传了密信出去，遂杀人夺信，不敢擅自翻阅，还请主上过目。"

楚惜微动作很快，一下子撕开信封，拿出里面薄薄的一页纸。

下一刻，在场所有人只觉得眼前一花，信纸被内力震碎如雪纷扬飘落，楚惜微却化成了一道黑色的风，运起十成内力，以轻功向古阳城赶去。

然而他刚刚看到城墙，就听到了一声惊天动地的巨响，脚下的大地似乎都颤了颤。

他看不到断水山庄，却能看清那片顷刻被火光照亮的天空。

火光如血，映在了楚惜微的眼睛里。

潜龙榭本不叫这个名字。它地处断水山庄北院，长廊环水，一到夜里就能映出水月相融的美景，因此在三年前，它还叫作映月廊。

三年前，谢无衣推翻谢重山，将整个山庄操控在手，然而他心性偏激，遭过背叛就断不肯再吃第二次亏，纵使粉身碎骨，也要让仇敌死无葬身之地，是故他与百鬼门暗中做了一笔生意。

他早年行走西域，为了生计也曾与商贾为伍，再加上有毒魁留下的部分财物，手里很有几分资本。那笔生意，就是用这些财富从百鬼门手里购买了一批威力惊人的震天雷，并遣能工巧匠秘密在断水山庄内进行改造，将一半震天雷都藏在映月廊的西、南两处，只要按下机关，充作引线的火药就会遇风而燃，顷刻就会将此地炸开！

自此，映月廊改名潜龙榭，就是取"潜龙在渊，一出惊天"之意。

剩下的一半震天雷收在庄内密室，此前谢无衣遣散大半护院奴仆，整个断水山庄几乎人去楼空，留下的都是宁死不弃的心腹。他们每人各揣了一枚震天雷在身，又把余数火药分放在各个院落里，埋了火药成线，一旦潜龙榭出事，这些人就会各自点火引爆震天雷，让断水山庄各院接连炸毁。

宁为玉碎不为瓦全，便是如此决绝。

潜龙榭长廊是由青石制成，见风则崩，遇酸则解，被震天雷威力一炸，顿时从西南两边开始接连崩塌，火势迅速蔓延，眨眼便似一条火龙盘踞水上，热浪滚滚，把池中的鱼虾都快蒸熟。

厉锋和步雪遥在薛蝉衣伸手刹那便腾身而起，随着几声巨响，西南两边长廊上的葬魂宫人大半都被翻滚的火浪席卷着冲上天空，剩下的有些在池子里拼命挣扎，有的见机冲去东北两侧，场面混乱不堪。

轰隆数声，整个断水山庄顷刻间变成一片火海，浓烟滚滚中尽是挣扎的人影和高声呼喊。陆鸣渊屏息凝神，手中白纸扇逆风而扫，强行以内力挥开扑面而来的火浪，勉强护住背后白道众人，冷不丁被人在肩膀上拍了一记。

薛蝉衣脸上都是黑灰和血汗，她急促道："庄主有令，命我带各位从水下密道离开山庄，快随我来！"

"多谢！"陆鸣渊心知此番不能善了，当下带着还能活动的人扶起同道，跟着薛蝉衣跳入水中，很快就不见了踪影。

叶浮生却没有跟上，他紧紧抓住谢离，小少年在他手下挣扎不停，往日故作成熟的安静沉稳在这一刻都喂了狗。

突然，叶浮生瞳孔一缩，一手抱住谢离飞身后退，顺势一脚踢了块掉落的房梁出去，房梁被人一刀劈成两半。

是厉锋和步雪遥！

叶浮生抱着谢离，体内"幽梦"也在持续作祟，并不敢硬接，只能连踩霞飞步且打且退，眨眼间已在生死边缘走了好几趟，眼看刚刚躲过步雪遥一掌，雪晴刀就已当头劈下。

一道刀光乍起，雪晴断水再度相撞，厉锋退了三步，谢无衣退了六步。

"我死之前，你敢对他人动手？"谢无衣的身躯已经发麻，虎口震颤几乎要握不住刀，体内反噬的内力和毒素麻痹了所有感官，就算后背已经被火药炸得鲜血淋漓，他脸上竟然还没有痛色。

一反手，谢无衣断水刀扔在叶浮生手中，谢离怔怔地看着谢无衣的背影。

谢无衣从一个死人身上抽出把长刀，没回头，只是笑了笑。

"阿离，跟他走，不许哭，也别回头。"

话音未落，谢无衣与厉锋再度战至一处，叶浮生抱着谢离腾空飞出。

"我一旦引发震天雷，断水山庄便只有两条生路可走。届时蝉衣带着武林白道从水路直达城南，虽然稳妥但目标太大，必定会引走葬魂宫大半人手，你就带着阿离从后山去望海潮暂避，待风头过了再出来。"

早上谢无衣的吩咐回响耳边，叶浮生在即将塌落的房顶上连蹬七步，纵身投向院墙之后的山林。

步雪遥轻叱一声，提起望尘步飞身追去，厉锋本欲紧随其后，奈何谢无衣虽是强弩之末，刀法却愈加凌厉，兼之厉锋已失右臂，一时间斗得难解难分。此时整个潜龙榭只剩下他们两个活人，头顶脚下接连传来木石焚烧解体之声，烈火熊熊，映得两人都像血染一样。

滚滚浓烟遮蔽视线，谢无衣窥见一人身影，长刀斜砍而去，不料劈飞的却是一颗已被烧毁的头颅！

厉锋已借机闪到他身后，雪晴刀自后腰贯体而出。

火焰像毒蛇的信子舔舐他们的身躯，厉锋握刀的左手虎口裂开，全身忍不住发抖，遂发力想要拔刀撤离。孰料全身跟遭了凌迟之刑般无一块好肉的谢无衣，到了此时竟然还有余力。只见他手中的长刀飞快抬起，然后重重从自己胸膛刺入，刀长三尺，贯体之后还能顺势捅入厉锋左胸，像一根签子上同时穿了两条垂死挣扎的鱼。

刀锋入肉，厉锋一口血就喷了出来，他拼起一掌打在谢无衣身上想要分开两人，奈何这身躯竟是不动如山。谢无衣运起轻功疾步而退，厉锋的后背重重撞在摇摇欲坠的墙壁上，长刀将两人都死死钉在一起，与此同时，上方一条断梁塌下，当头砸落！

电光石火的瞬间，厉锋抽出了雪晴，用尽全力砍在贯穿两人的长刀上，然后在间不容发之际扑出长廊滚落水中。断梁砸在谢无衣背上，压得他整个人跪了地，火焰燎着了身体，胸前刀口血流如注，鲜血喷溅在火焰上，火势竟不减反烈。

男儿至死心如铁，热血犹能续柴薪。

周围火势熊熊，可谢无衣全身发冷，从肺腑冷到骨髓。

大概人死的时候，就是这样冷吧。

听说黄泉路是最寒凉的路，他以这一场大火拉了无数走狗垫背，想来到了九泉之下，还能拼了一腔热血战个痛快吧。

又是轰然一声，热浪排山倒海而来，整个潜龙榭终于淹没在大火之中，滚滚热风携着血腥味和焦煳气息直冲云霄，惊动了整个古阳城。

无数被惊醒的百姓推门开窗，惊骇地看着那一方天地，仿佛苍天被捅了个洞。

叶浮生也看到了。

他面无表情地收回目光，抱着谢离在后山急奔，凭着记忆赶向那处隐匿在山中的望海潮禁地入口，霞飞步被他用到极致，快得将两边景物模糊了轮廓，可惜右腿左臂疼痛难当，四肢百骸都如虫咬一样发麻，他终究还是慢了下来，单膝跪了地。

谢离从他怀里冒出头来，鼻涕眼泪糊满了衣襟，他惶急地去看叶浮生，眼睛却被一道红色晃了一下。

步雪遥纵身而下，宽大的衣袖灌注内力，就像一把锋利的钢刀，照着叶浮生暴露出来的后颈斩下！

说时迟那时快，一条长长的锁链飞至，卷住步雪遥的手臂，将他扔出了一丈开外。

一个蓬头垢面的女人像山间野鬼般出现在他们面前，臂上缠着两条玄色锁链。

原本该待在禁地的容翠竟然出现在这里，她甩出锁链缠上叶浮生和谢离，腰身一折，然后腾空掠起，拖着他二人低空飞掠，很快就看到了一处山洞。

与此同时，步雪遥也追了上来，他就像一条色彩艳丽的毒蛇，在发动攻击的刹那奔腾而至，顷刻就到了容翠身前！

一刹那，血雨喷溅，他一只肉掌屈指成爪，深深插进了容翠胸口！

同时，锁链飞舞，一条将容翠和步雪遥缠在一起，一条顺势一甩，将叶浮生和谢离扔进了洞中！

也就在这一瞬间，月光乍现，谢离看到了女人那只有四根指头的左手，看到了那张憔悴如鬼的脸。

他在这片刻，想起了一点往事——三年前，他娘病逝的时候，就病恹恹地躺在床上，用这样一只手轻轻摸着他的头，用这样一双眼看了他很久，直到他被薛蝉衣抱了出去。

再然后，他就没有娘了。

谢离全身都在发颤，声音抖得不成样子，喃喃道："娘……"

可他人已经被扔进洞里，下一刻断龙石从上方落下，把洞口完全堵死，隔绝了他的视线。

他自然也不知道，这一声猫叫似的呼喊，容翠听到了。

她回头看了眼那迅速下落的断龙石，血淋淋的手用力一推，震碎洞口机关，和步雪遥一起瘫在了地上。

"贱人！"步雪遥怒火冲天，一掌打在容翠头顶，她却笑了，阴鸷地看着他，突然张口，吐了一口血在他脸上。

那血沾上皮肤，竟然像火烧一样，皮肉迅速溃烂，步雪遥惨叫一声，又是一掌盖上容翠天灵，挣脱锁链连连后退。

月光下，那张艳若桃李的脸只剩下一半光彩如旧，左半张皮肉溃烂，血管虬结如最丑陋的虫子。

西域毒魁一生只收过一个徒弟，她不会医，却善于用毒。

容翠瘫在地上，从头顶淌下的血糊了满脸，她最后这一眼，看向了自己的手。

那年红妆花嫁，女子素手梳髻，誓言寸寸青丝结白首。

那年喜得麟儿，女子素手制衣，恨不乞巧穿梭织锦绣。

可惜世上男子大多偏爱，女子又太过偏心。

她弃了七岁孩儿死遁禁地，不见天日只为等夫君远行归来。

只可惜，等了一个再会无期。

这一夜，古阳城地动天摇，下了一场腥风血雨。

古阳城共有四个出口，其中被官府把持的三处入夜后若无命令绝不开启，唯有剩下的西城门废弃多年，一出则可见苍茫四野。武林之事向来避于官府，逃亡众人又经过了一番零散打乱，一部分向市井遁去，一部分便向西方而奔。

步雪遥此番布置周全，以"天蛛"混入其中充为耳目，又遣"百足"穷追猛打，丝毫不给逃出来的武林白道一点喘息机会，一步步将他们逼向陷阱，同时令其他的部下埋伏于西城门外。

葬魂宫的人都是守株待兔的猎犬，一旦闻到猎物的血腥味，就兴奋地一拥而上，势要将其撕咬成碎块。

可是苍茫荒野下，无端端听到了一阵凄厉哭声，端的三分可怜，七分可怖。

可怜在于哭泣者当是梨花带雨的女子，可怖在于这哭声离他们很近。

其中一个黑衣人只觉得毛骨悚然，因为他背后本该是空无一人，现在却有一双冰冷滑腻的手臂环过他的脖颈。

"咔"的一声，女子哭得更加凄厉，凄厉到极致竟然掺杂了笑声。

黑衣人回过了头，他看到自己身后多了个白衣披发的女子，苍白脸庞上画着艳丽妆容，他本能想要砍出一刀，可是刀还稳稳握在手里，直指前方。

他的人还端正站立，眼睛为什么看到了背后呢？

女子抬腿踢开这具被她拧断脖子的尸体，身体就像无根浮萍，飘到了西城门口。

这里有二十四个葬魂宫的杀手，他们呈扇形包围住城门口，女子这一来就把自己暴露在他们所有人眼中。

可是他们谁也不敢动，因为每一个人背后，都多了一个森然身影。

男女老少，有衣衫褴褛者，有穿红戴绿者，他们脸上表情各异，喜怒悲欢皆有之，却像画在纸上一样凝固。

孙悯风无视了眼下不敢动弹的葬魂宫杀手，遥遥向白衣女子一拱手，笑眯眯地道："二娘的动作依然这么快。"

被称为"二娘"的白衣女子说话如泣如诉："鬼医，你放招魂香召集方圆五十里内的百鬼众，是要做什么？"

孙悯风掐灭了手中余香，道"尊主有令，古阳城方圆五十里内，诸鬼倾巢而出，务必在天明之前杀尽葬魂宫恶犬。"

杀手背后的人都抬起头，露出一张张青白可怖的脸，眼里像狼一样闪过绿光。

二娘道："摄魂令何在？"

孙悯风扬手，一枚弯刀状的黑色玉佩落在二娘手中，确认无误，众鬼尖笑出声！

荒野之下，杀声四起，而此时此刻，楚惜微却站在了断水山庄门前。

整个山庄已湮没于火海之中，烈火熊熊几欲焚天，不时有残垣断壁发出不堪重负之声后倒下，溅起一阵火星乱窜。

滚滚热浪几乎要把他的衣发都燎着，鼻腔里闻到的是浓浓焦煳味，掺杂着不易察觉的腥气。楚惜微目眦欲裂，他几乎想也没想，拂袖就往火海里冲，却被一个人拦住了。

薛蝉衣奉谢无衣之命送陆鸣渊等人撤退，一路上不敢回头看上一眼，只怕自己看一眼就再也没有离开的勇气。

直到白道众人分散离去，她才避开葬魂宫杀手，拼命往山庄跑，结果看到了正要冲进火场的楚惜微。

"楚公……"

她话没说完，楚惜微一手卡住她的脖子，双目赤红如血，在火光映照下凶狠得几乎要择人而噬。

"他在哪儿？"

"你……"薛蝉衣被他掐得喘不过气，一道赤雪练挥了出去，竟然没被楚惜微躲开。

他生生挨了这一下，手里倒是松了松，薛蝉衣甫一脱困，便警惕地退后。

楚惜微依然死死盯着她："叶浮生，在哪儿？"

薛蝉衣不敢轻言答话，她下意识地运起轻功就要逃走，不料脚下一沉——楚惜微一把抓住了她的脚踝，用力一甩，薛蝉衣被他掼在地上，背后重重一砸，顿时眼冒金星。

那只冰冷的手掐住她下巴，迫使她与自己四目相对。

薛蝉衣脑子里立刻嗡嗡作响，无数画面如漩涡翻滚般，最后轰然一声，只剩下眼前血红一片。

楚惜微的声音带着无法抗拒的蛊惑："叶浮生，在哪儿？"

薛蝉衣浑身发抖，双目无神。

"……望、海、潮。"

话音未落，楚惜微已化成一道鬼影，在夜色下迅疾掠去。

一路风驰电掣，他很快到了后山禁地出口。

然而他只看到了破碎的机关、压下的断龙石，以及地上那具女人尸体。除此以外，还有一道血迹遗留在地，蜿蜒向前，最后消失于巨石之下。

森冷双眸在女子尸身上一顿，楚惜微的袖中滑落一管短笛，凑于唇边，运起内息吹出一声尖锐长鸣。

笛声如厉鬼尖啸，刺耳生疼，片刻后，远处已见黑影绰绰。

"殓了她，再去灭了断水山庄的火。"

扔下这句话，楚惜微低空飞掠，遍地草木都被内劲摧折开去，劈出一条最短的直径来。

他幼年习武，总是惫懒，认为武夫鲁莽有辱斯文，总不肯多学一些。

直到现在与生死争命，他却恨不得更快一些。

他更恨当日自己目不能视，恨没有多留七天，没有亲自看上那人一眼。

直到现在，擦肩错过，追悔莫及。

片刻之间，楚惜微已望见断崖尽头，他毫不犹豫地提了一口内息，纵身跃下。

"十年之后，我这项上人头，等你来取，决不食言。"

师父，十年了，都说祸害遗千年，你果真还活着。

既然你活了下来，那么在我杀你之前，你就不许死。

"……你还好吗？"

眼前是伸手不见五指的黑暗，在滚进来的时候叶浮生伸手护住了谢离的头脸，那只手现在已经被眼泪鼻涕糊得湿黏一片，然而叶浮生没出声嫌弃他，也没把手挪开。

谢离感觉护着他的这只手越来越冷，还在微微颤抖。

他从叶浮生怀里爬起来，但是这里太黑了，什么也看不到，只能胡乱摸索，结果这一摸，就摸到叶浮生背后湿热一片，就算不看，谢离也知道那是血。

他吓得头皮发麻："你、你……"

叶浮生知道自己现在的情况很不妙。

他中了"幽梦"之毒已有月余，这段日子以来无一时好眠，只敢稍作小憩，生怕松懈半分就会沉溺于梦境之中，天知道会做出什么事情。

然而人终究是血肉之躯，他比武时又中了一次毒针，诱发了本被强压下的"幽梦"之毒，刚才又挨了一刀后全力施展轻功逃命，内息翻滚作乱，眼下已经压不住这毒了。

他已经听不清谢离的声音，眼前是一片黑暗，间或闪过些光怪陆离的人像，耳朵里嗡嗡作响，却全是七嘴八舌的嘈杂之声，仿佛要把他整个脑子都按在马蜂窝里，被无数根毒刺戳得千疮百孔。

叶浮生一把推开谢离，撑着膝盖想要站起来，可是右腿已经没了知觉，整个人又一下子坐了回去，全身都抖似筛糠。

谢离不知所措地爬过来："你怎么了，你别吓我，我怕……"

他的声音戛然而止，叶浮生的手罩在他脸上，五指用力，捏得他骨头生疼，像是要把这颗脑瓜子给生生捏碎。

谢离手脚冰冷，血液一时间都蹿上脑袋，紧接着被一股大力抛了出去，后背砸上墙，疼得他眼泪都涌了出来，然后只听黑暗中传来"咔咔"两声——叶浮生将自己还能活动的右手和左腿拧脱了臼。

剧痛让他的脑子清醒了一些，嘶声道："走。"

谢离呆若木鸡地趴在地上，愣愣地重复："走？"

"……把这扇石门关上，机关在你头顶上方七寸处，然后找个地方躲起来。"叶浮生眯起眼，勉强看到了黑暗中的石室布局，"不管听到什么声音，都别过来……拿着断水刀，谁对你不利，就一刀捅过去。"

断水刀砸在谢离面前，他一手拿着，却没得到安全感，反而更怕了。

他颤声道："你怎么了？"

"咳，咳……小孩子别问太多，招人烦。"叶浮生无力地靠着墙，"你听话，走。"

谢离手脚并用地爬过来，哆嗦着去探他额头，摸到了一手冷汗。

他愣了愣，忽然抱住了叶浮生，号啕大哭起来："你到底怎么了……不要吓我，别丢下我，我真的怕……

"我求你了，别留我一个人……"

眼泪糊了叶浮生一脸，他忍下又要咳出来的一口血，苦笑："傻孩子，这世上，哪有人离了谁就不能活？"

话音未落，内力在经脉里一滞，叶浮生的脸顷刻白了，他伸手把谢离推开了。

谢离吓了一跳，惶急地去抓他的手，却被用力从那处门洞扔了出去。

叶浮生整个人抖得不成样子，声嘶力竭地吼："滚啊！"

一道掌风悍然而来，凌空劈碎了机关，石门迅速下落，谢离只觉得飞尘扑面，他再往前一凑，就撞上了冷冰冰的石门。

他六神无主，终于大哭大闹起来，再故作成熟，终究只是个孩子罢了。

"叶浮生！叶浮生……"

谢离拔出断水刀拼命劈砍，全身力气都汇聚到手上，脚下软得像面条："开门！你怎么了……求你，开门……"

然而他却始终没听到门里半点声息，小小的身躯不断发抖，仿佛成了被压上最后一根稻草的骆驼。

他哭得声嘶力竭，喃喃道："爹，娘……"

天地苍茫无所依，三山五岳无归处。

叶浮生一动不动地瘫在石室里，唯一能活动的左手不断屈伸，最终攥成拳头，指甲深深嵌进肉里，鲜血淋漓。

他胸中气息翻滚几乎要炸开，脑内千头万绪纠结成团，眼之所见，耳之所闻，顷刻就变了番模样，无数张面孔在眼前闪过，无一例外，都是鲜血淋漓的模样。

——你这狗贼，为虎作伥，犯上作乱，活该千刀万剐！

——畜生，畜生！

——狗奴才，本宫今日杀不了你，死后也化为厉鬼，咒你不得好死！

——师父，为什么是你？为什么，是你！

…………

"不得好死……呵。"

"幽梦"混淆了记忆与现实，所见所闻皆是镂刻在心却不堪回首的东西。

叶浮生仰起头，闭上眼睛，嘴角的笑意几近凝固，颤抖的身躯也渐渐不动了，仿佛将死的鱼。

恍惚间，他听到了一声巨响，谢离的哭声由远至近，叶浮生勉强睁眼看了看，微弱的火光刺痛眼睛，隐现一个人的轮廓。

楚惜微举着火折子，运足内力一刀劈开石门，火光驱散满室黑暗，蓦地看见一人蜷在墙角。

这一次，楚惜微终于看到了他的脸。

十年岁月，他把那个人的容貌刻在心间，每每午夜梦回，恨不能生食其肉，却又很快怅惘若失。

眼前的人依然是他记忆中的模样，只是狼狈得很，一身血汗，灰头土脸，手脚不自然地蜷曲在地，脑袋歪着，若不是胸膛还有起伏，简直像个死人。

楚惜微仿佛被泼了一盆冷水，透骨生寒。他根本不知道自己现在脸色有多难看，只是单膝跪地，颤抖着手摸了摸叶浮生的脸。

叶浮生像是感觉到动静，费力地睁开眼睛，迷茫得像个还没睡醒的人，眼里没映出任何人的影子，转瞬又要闭上。

如果他真的闭上，也许就再也醒不过来了。

"不准，我不准你睡……"楚惜微喉咙喑哑，他扣紧叶浮生的双肩，十年来想过千言万语，到了现在一字难说。

"……师父，楚尧来赴十年之约，我不杀你，你敢死？"

怀里的人浑身一抖，似乎把这句话听了进去，血淋淋的左手吃力抬起，摸索着楚惜微的脸。

可惜他还没摸个清楚，手就已经完全脱了力，冰冷的手指从楚惜微眼下陡然滑落，指尖残留的血在那张苍白的脸上留下一道红痕。

"师父！"

番外
君问归期未有期

人这一辈子要做很多事情，做对了有时不值一提，做错了也许还报无期。

他来到这个苦寒之地已经有月余，没人认得他是谁，连他自己也不知道。

前半生拥有的一切，大抵是从别人身上偷来的，如今一一还清，就只剩下孑然一身。因此在登记名册的时候，他皱着眉头想了好一会儿，还是姓谢，思量着自己比那人要年长几许，就写了谢大郎。

谢大郎什么也没有，拖着不大灵便的右手跟着士卒们冲锋陷阵，在死人堆里打盹儿，在数九寒天下出操，渐渐地，很多人死了，但他还活着。

亲手埋葬同袍时他没掉过眼泪，一刀砍下守将头颅时他也没手脚发怵，只是看着那颗死不瞑目的人头，莫名感到疲惫。

他心里清楚得很，沙场生死由天，庙堂身不由己，答应了天子招揽，就是把自己这个人，变成握在别人手里的刀，刀锋所指，是天子所向。

两年中他杀了很多人，做过很多曾经被自己嗤之以鼻的事情，几番出生入死，方知何谓世间黑白。

在见识这些明涛暗涌之前他觉得自己是胸怀尺秤的铮铮男儿，几看浮沉之后，方觉自己卑微无知尚不如垂髫孩童。

他懂了很多，不懂的却更多。

世间总有事情无可奈何，也有太多对错。

惊寒关急报传来的那夜，他正倚在树上看着远方，漆黑天幕上有明月高悬，月光泽被天下，也当落在他遥远的家。

算一算时间，三年之期也该到了。

惊寒关的情况比他们之前最糟糕的预想还要恶劣，城里的老弱妇孺都已用血肉之躯封堵城墙。

一百七十八名掠影卫，短短几日，折损过半，而城中士卒伤亡惨重，粮草也已告罄，明朝背水一战，不是鱼死便是网破。

统领决定兵行险着，将剩下的掠影卫大半安插在城中各要处，自己带四名手下伪装成蛮人伤兵混入战场，那时候他本该在城楼上协助守备，却鬼迷心窍般跟一个兄弟换了职务，紧紧跟上了统领。

统领手里擦拭着一把玄色长刀："我去是因为我是掠影统领，当身先士卒，他们愿意跟我去是因为了无牵挂甘于马革裹尸，那你呢？"

他说："不为什么，不求什么，不知道。"

他一问三不知，最终还是跟去了。

北蛮连日征战，伤亡也并不轻，营地里随处可见哀号的伤兵，还有一张张麻木不仁的脸。

他们混入其中，但危险也如影随形，一队不下于掠影卫的暗客竟然也混迹在军营里，很快就盯上了他们。

那时候月上中天，离天明已没有多久。

于是两名掠影卫自曝身份吸引敌军，一名舍身烧营制造混乱，他与狠辣残忍的暗客缠斗拖延时间，让统领成功在这片刻潜入胡塔尔大帐，砍下敌将首级。

他一身是伤，抢了一匹战马冲进包围圈，抓住统领的手，一同突围。

可惜天无绝人之路这句话，很多时候狗屁不通。

彼时面前穷途末路，背后狼犬追猎，他们两个人只有一线生机：移花接木，一命换一命。

统领那时候已经有些支撑不住，但却比他更要执着，半昏半醒间，嘴里只念着一个人的名字，只记得一个十年之约。

他也是有一个约定的。

三年前赴凌云峰一战前，妻子温柔地给他束发穿衣，才刚到他膝盖高的儿子抱着木刀眼也不眨地看着他。

小孩子的声音软糯得像米糕，问他："爹要去哪儿？"

他避重就轻，像每一个搪塞孩子的大人："很快就回来。"

儿子乖乖地点头，妻子握着他的手一路无话，却紧张得手心里都是冷汗。

在离开的时候，她终于说："别忘了你答应过什么。"

他回头对她笑了笑，还是那句话："我很快就回来。"

可他那时没有回去，现在，却回不去了。

他这辈子说起来也算辉煌，前半生纵横江湖，又三年为国为民，但归根究底，都不过是矫情自欺。

扬威武林的岁月时，他欺世盗名、任人算计，三年明暗的辗转时，他抛家弃子、苟且偷生。

他终于明白，其实自己谁也对不起。

有愧发妻，有亏幼子，有负故人。

可他终究没回头。

背着一具躯体在烽火中逃命，本以为早已冷却的热血渐渐点燃，他好像又回到了当初在刀剑会上，生平唯一一次的纵情快意。

人间三六九等百态世情，大概也只在生死之前能所视如一吧。

可惜穷途末路时，沸腾的热血也会流淌干净，掏空了一身豪情，到最后他左手以刀支身，被削去三根指头的右手颤巍巍抚上心口，背后是一面绝壁，身前是无数蛮兵执刃相对，弯弓搭弦。

三十四年恩怨情仇，终将以这样的方式尘埃落定。

万箭齐发的刹那，他的眼睛里映入的不是铺天盖地的箭雨，而是天上那一轮皎月。

我寄此心与明月，随风可至故园西？

谢无衣那一晚睡得很不好。

耳闻窗外风声凄凄，眼见屋内烛火摇曳，一阵风吹开半掩窗扉，桌上的烛火顿时灭了。

都说人死如灯灭……他没来由地心里一跳。

谢无衣从床上翻身坐起，倒了一盏凉茶慢吞吞地喝，手不知怎么有些发抖。直到房门突然被敲响，他抽开门闩，看到小少年抱着木刀，仰着头看他。

他对这个孩子向来有种不知所措的尴尬，既不打算迁怒，也做不了什么慈父，基本上除了指导武艺再没多少交集，眼看着三年来日渐疏远，却没想这孩子今夜会突然到来。

谢无衣还没想明白，谢离就松开木刀，抱着他的腿埋头蹭了蹭，几滴温热的液体浸透中衣，让他更加迷茫了。

"你……怎么了？"

"爹，我做了一个梦。"谢离抬起头，"我梦见你去了一个很远的地方，再也不回来了。"

谢无衣的手僵了下，良久才道："男子汉休作儿女态，梦而已，回去睡吧。"

谢离喏喏点头，又忍不住问他："爹，世上有什么地方是最远的？"

南辕北辙，天涯海角，算不算远？但只要有心，总会有相见那天。

真正遥不可及的，大概也就只有生死殊途了吧。

谢无衣道："有一个地方，去了就回不来，别人也找不到……"

谢离疑惑地看着他："那是什么地方？为什么找不到？"

"因为你得活着。"谢无衣犹豫着摸了摸他的头发，"你早晚会知道那是哪里，不过就算知道了，也不许早早就去，否则我不允。"

谢离还太小，他是个死心眼儿的孩子，机灵都用在了钻牛角尖上，平日里故作成熟，实际上比谁都懵懂可怜。

谢无衣一生败于算计，自然知道生死难测，可他从来不信命，那么这个被他亲自抚养三年的孩子，当然也不能信。

他回头看着那盏灭掉的灯火，忽然有了大限将至的预感。

谢无衣将谢离驱回房间，提了一盏白灯笼，慢慢踱步到断水山庄门前。

那块玄武石碑上的刻字映入眼帘——天下风云出我辈。

怎奈何……一入江湖岁月催。

谢无衣方过而立之年，却在这一刻觉得自己老了。

风越来越大，刮得手下灯笼不断晃动，夜幕沉沉，明月渐被乌云所掩，似乎大雨将至。

　　谢无衣恍然想起，那个为期三年的约定，也是时候兑现了。

　　然而那个人还没回来。

　　他在风雨欲来时提灯而立，眼中不见山河倥偬，亦无夜归人。

JINGHONG
JIUYUAN

第一章 轻狂

　　"他中的是'幽梦'，这毒我可没招。"孙悯风给叶浮生把了把脉，无奈摊手，"你别用这种眼神看我，他被困在自己的梦里出不来，外力虽然能把他强行叫醒，但是只要他一日不肯释怀，这毒就日渐浸入奇经八脉，神仙难救。"

　　楚惜微看着床上昏睡过去的人，眼里血丝密布："叫醒他。"

　　"何必呢？"孙悯风看着针尖那点火光，刺得人眼睛生疼，"这种毒能让人沉迷于过去，他现在这个样子就是摆明了不愿意醒过来，你让他安安静静地睡死，不好吗？"

　　"我说，叫醒他。"楚惜微转过头，面色淡淡，"是我说话不好使，还是你耳朵聋了？"

　　孙悯风看他这样，脸上的笑意敛了："主子，你可真想好了？现在把他叫醒，遭的罪比死一回还难受，这得是有多大仇，你才这么狠心呢？"

　　楚惜微慢慢勾起嘴角："他的命，是我的。我要他死，他才能死……我要他活，那么他想都不能想这个'死'字。"

　　孙悯风叹气道："调制'幽梦'的解药不难，难的是缺少药引。"

楚惜微眉峰一挑："何物？"

"极寒之血。"孙悯风摊开手，"可以是先天生长在极寒之地的灵物鲜血，也可以是修炼上乘极寒武学高手的心头血，但是这两样东西……我们都没有。"

"步雪遥也没有吗？"

"步雪遥制作此毒，本来就是为了把人折磨致死，唯一能痛快点的办法就是干脆利落来上一刀，他怎么会配制解药？"

楚惜微沉默了半晌："能拖吗？"

"能，我最多能为他拖三个月的时间，三个月后还没有解药，他必死无疑。"孙悯风晃动着手指，"至于拖的办法，得看主子你的意思。"

见楚惜微看过来，孙悯风解释道"老门主赠予主子的冰魄珠，虽不是极寒至阴，但也是难得的阴寒宝物，把它碾碎成粉末入药，再辅以我的针灸，能够把'幽梦'毒性压制下去……不过，此物乃主子你护体的东西，一旦取出，恐怕你的内息将会不稳。"

楚惜微一怔，手指从衣领中勾出一截天蚕丝线，其末端系着一枚指甲盖大小的白色圆珠，在灯火下散发出莹润的微光。

他看也不看地扯下挂绳，将珠子抛了过去。孙悯风探手一接，一阵寒意刺骨，整只手顷刻覆盖上薄薄的白霜。他拿帕子把圆珠裹好，看着楚惜微浮现出病态潮红的脸色，阴阳怪气道："真舍得啊……看你这样子，也不明白究竟是他欠了你一条命，还是要了你的命了。"

"多嘴！"楚惜微咳嗽了两声，孙悯风从布包里取了一瓶药给他，道："每日吞一枚，切忌大喜大怒，尽快回宫找老门主。"

"我知道。"楚惜微吞下药丸，"他什么时候能醒？"

"明天一早，我保证还给你一个活蹦乱跳的人。"

楚惜微被赶出房门，对着紧闭的门扉怔怔出神，忽然听得风声一动，他转过身看着来人，又恢复了波澜不惊的神色："事情办得如何？"

来人是被称为"二娘"的白衣女子，她轻抚眼下泪痕，语气幽怨阴森："步雪遥反应快，发现有变就率领'天蛛''百足'撤退，我们的人只抓住了几条尾巴，不过……"

"不过什么？"

"我们抓住了厉锋，主子打算怎么处置？"

楚惜微嗤笑一声："抓了走狗，自然要让主人来看看，不然他永远学不会管教自己的手下。"

二娘会意，道："属下这就派人去给葬魂宫送信。"

"再替我发布'百鬼令'，遍寻天下极寒之物，献上此物者重赏。"

"是。"二娘正要离开，又想起一件事，"主子，那断水山庄的少庄主……死活要回去。"

"那就让他回去。"

"可是……"二娘犹豫了一下，"现在情势不明，古阳城算不得安全，断水山庄毁于旦夕，眼下是各方瞩目，他一个身份敏感的孩子贸然出头，恐怕……"

"二娘，是不是女人都有心软的毛病？"

楚惜微不带感情的声音从头顶传来，二娘心头一跳，单膝跪地："属下不敢。"

"江湖上没有男女老少之分，他拿起了刀，走上这条路，那么就要有面对一切的准备，需要你来替他操心？"楚惜微勾了勾嘴角，"他要去，就让他去，看看能不能从那堆残垣断壁里刨出具全尸来。"

"……是。"

"他收殓遗骨的时候，你带几个人在旁边盯着，倘若发现鬼祟之辈，不用我说也该知道怎么做吧。"

"属下明白！"

心下一松，二娘不再多留，嘴里发出一声鬼哭似的尖厉呜咽，暗处黑影耸动，跟着她消失在夜幕中。

楚惜微没回房，他在院子里那棵半枯的桃花树下坐着，眼睛一眨不眨地盯着门，里头灯火通明，窗台上映出孙悯风忙碌的影子。不知过了多久，从房里蓦地传来一声压抑不住的痛呼，仿佛被人活生生打断骨头又撕了块肉下来。

楚惜微脸色一白，他站了起来，脚刚一迈开就生生止住，强迫自己坐了回去，自嘲地笑了笑，忽然给了自己一个耳光。

"……没出息，他配吗？"

这么一说，他坐得更端正了，只是听着里面时不时传来的声音，双手不经意间紧攥成拳，指节发白。

"……我就是贱！"深吸一口气，楚惜微霍然起身，大步走过去一脚踹开了门，"庸医！你治个病怎么跟杀人一样？他这么痛你就不能轻点……"

声音戛然而止，床上的叶浮生已经睁开双眼，正直直地看过来。猝不及防四目相对，楚惜微心里一慌，可是定睛一看，只见叶浮生目光空洞涣散，根本没看到他。

叶浮生的四肢被紧紧捆在床栏上，脚踝手腕都被割了一道婴儿嘴大小的伤口，孙悯风并指落在他身上，沿着经脉往下运功，将黑色的毒血一点点逼出来。

孙悯风抽空道："刚刚针灸完毕，强行把他叫醒了。他中毒已久，毒素经由旧伤扩散到了手足，如果不想以后做个残废，就得拔毒……既然你没睡，那就来帮忙，我正要出门熬药，刚打算叫人进来看着他。"

逼完毒血，他抹了把汗："这里有一盒活血生肌的药膏，你给他敷在伤口上，再用这块药布蒙住他的眼睛，两个时辰后取下，他的眼睛就能恢复正常。不过药膏敷上会奇痒难忍，布上的药则会让他双目剧痛，你不能让他乱动，更不能让他把布扯下来。"

楚惜微接过瓶子和药布："能减轻痛苦吗？"

"稀奇，疼的是他又不是你，怕什么？"孙悯风白了他一眼，背起药箱出了门。

楚惜微在床边坐下，拧了把热毛巾擦干净叶浮生手脚上的污血。叶浮生直勾勾地盯着上方，意识已经开始回笼，但依然认不出眼前的人，哑声问道："……你是谁？"

楚惜微没回答，沉着脸从盒子里挖出一块玉色药膏，动作粗鲁，下手却轻，就连药膏都在手心里焐热了，才慢慢匀开涂抹在叶浮生手脚关节上。

"跟着我的孩子……在哪里？"细密的奇痒仿佛有无数只虫蚁在伤口里蠕动啃噬，叶浮生的声音里带上几不可察的颤抖，说话也虚弱得可怜。

楚惜微看着这样的他，几乎要想不起对方十年前意气风发的模样了。

一块带着药香的布帛蒙住了双眼，上面冰冷的药膏接触到皮肤后很快融化，液体钻入眼睛，就像两根冰冷的手指插进眼窝里，疯狂地搅弄抠动，活像要把眼珠子生生挖出来！

叶浮生顿时脸色惨白，楚惜微的手在间不容发之际伸了过去，对方下意识咬住了他手掌，顿时咬出了血。

楚惜微好像不知道痛一样，另一只手摩挲着叶浮生食指上经年日久的牙印，这样的感觉与奇痒剧痛相比微不足道，却仿佛触到了一块逆鳞，让叶浮生全身都战栗了起来。

"它还在……你，我，都在。"楚惜微用一种平静到可怕的语气慢慢说，"师父，你说，我是谁？"

叶浮生颤抖着松开口，脸色惨白得像具尸体。

他在那一刻仿佛是真的死了，直到楚惜微的手覆盖在咽喉上，他才活了过来。

叶浮生嘴角勉强勾起一个微笑，向楚惜微的方向侧过头，轻声呢喃道："阿尧……"

楚惜微想了很多次重逢的场景，可真事到临头，一个也没有上演。

原因无他，叶浮生又昏过去了。

叫完一声"阿尧"，仿佛长久绷紧的神经骤然松懈，奇痒与剧痛都压不住席卷而来的疲惫，因此他脑袋一歪，干脆利落地沉入梦乡，徒留楚惜微坐在床边好不容易忍住了一口老血。

他气急败坏地想把人晃醒，可是看到那张疲色深深的脸，又很不是滋味。原地踟蹰了片刻，楚惜微端着一张乌云罩顶的脸给叶浮生涂药包扎，然后一甩袖子出了门。

楚惜微在路上溜达了一会儿，不想转头回去，又不愿意跟没头苍蝇一样乱窜，就索性去了断水山庄故地。

此时距夺锋大会惊变已经过了两天，整个古阳城全面戒严，随处可见剑拔弩张的武林人士。平民百姓噤若寒蝉，日常出行都不敢多看多谈，唯恐一不小心招惹了祸事。

楚惜微踏着细碎的暗光走来，断水山庄的火早已扑灭，只留下断壁残垣被笼罩在夜色下，匾额早已碎裂，门前的玄武石碑塌了半边，再不复昔日光景。

天下风云出我辈，一入江湖岁月催。

就这么短短一句话，要让几代人用血肉来承，最终玉石俱焚，至死方休。

抽刀断水，从此怕是真的断了。

楚惜微摇了摇头，抬脚正要进入，却忽闻一阵箫声起，吹落穹空点点碎星，声声如泣，仿佛忘川绕过人世，最终归于奈何。

这是一曲《送魂》。

楚惜微站在原地听了一会儿，低声问道："内中除了谢离，还有何人？"

暗处的手下现身道："回尊主，一炷香前有名白发道人来此祭奠，我等不方便现身，便只能看他进去，二娘已经跟上了。"

楚惜微颔首，循声踏过一路焦土烂瓦，终于走到了昔日潜龙榭所在之处。

那修筑典雅的长廊早已付之一炬，只剩下一个池塘还残留当日光景，泥水污浊不堪，时不时可以看到被热浪蒸死的鱼虾和浸泡在里面的建筑残骸。

山庄里的尸体早被闻讯赶来的武林人士清理出来，谢重山的尸体滑入水中，捞起来时倒还完整，只可惜谢无衣一代英豪，却葬身火海，最后连具全尸也拼不起来。

尸骸被安置在上好的楠木棺里，谢离颤巍巍地伸手去推棺盖，也不知是力气小，还是胆子不够大，只虚虚推开了一道缝隙，就再也没能继续，他双膝一软，跪倒在地，伏在棺上号啕大哭，身边一盏灯火，映着满目苍凉废墟。

楚惜微一走到这里，就听得一声几不可闻的声音，那是二娘在示警。

他不动声色地往二娘藏身之处看了一眼，耳边箫声竟然依旧未绝，甚至不闻短促不继的破音，足见此人内息绵长，可谓骇人。

楚惜微凝神看去，池塘边果然立着位道人，正背对着他手按箫管，霜雪白发被一支乌木簪松松挽起，对男子来说显得颀长消瘦的身体笼在一袭黑白错落的道袍下，仪态从容自然，仿佛不是来祭丧，而是送别一位萍水相逢的路人。

楚惜微很有耐心地等他吹完这支曲子，曲终之后，道人转过身来。

光看他背影，像个年过百岁的老人，可是观其面目，却不过是白梅盛绽般韶华初露。

广寒玉树，风仪天成。此人完美得似乎不带人气，冰冷得也仿佛不近人情。

白发道人面如静水，眸有寒霜，就连说话也冷淡："贫道端清，打扰了。"

说话间，他将玉箫悬回腰间，和一只巴掌大的银壶挂在一起，抬步就向楚惜微走来。那一刻藏在暗处的二娘下意识绷紧了身子，却被楚惜微示意不要轻举妄动。

自称"端清"的道人果然没在楚惜微身边停留，转眼就与他擦肩而过，倒是楚惜微开口道："请等一下。"

端清侧过头："有事？"

"冒昧相询，道长是与断水山庄有故？"楚惜微回过身，"偌大基业一朝倾颓，实在令人唏嘘。道长若是有心来此，不如多留些时日。"

端清道："昔年与谢老庄主有一面之缘，算不得交情，只是恰好路经此地，闻说不幸，遂来拜祭。"

楚惜微眯了眯眼睛，谢重山这三年被禁于庄内，可是之前也有多年未出古阳城，那他与这道人的一面之缘……怕至少是有十年之久了。

可是观此人形貌，顶多不过而立罢了。

他这边思量，端清的目光落在谢离身上，开口道："少庄主年少失怙，半生颠沛，命途多舛，然而险中求胜，今后自有作为，谢庄主在天之灵当可安心。"

谢离仍失魂落魄地跪着，怕是什么也没听进去，楚惜微笑道："道长善卜？"

"山野散修，略懂而已。"端清看了他一眼，"公子心有郁结，大喜大悲最是伤身，还请释怀一些，否则不仅于己不利，也恐累及旁人，有时候随心任性未必不是件好事。"

楚惜微心里咯噔一下，袖子里的手慢慢收紧了。

"多谢道长赠言。"他道，"在下有个不情之请，还望道长不吝赐教。"

端清摇摇头："贫道这点微末伎俩，不足以献丑，适才妄语也是观公子身上气息不稳，这才出言提醒，谈何赐教？"

楚惜微垂眸："若道长肯应，不论对错，在下皆可应下道长一件事。"

端清看着他："百鬼门主的承诺，现在已经如此容易得了吗？"

"道长果然是知事之人。"楚惜微勾了勾唇，"在下不是君子，但言出必行，不知道长意下如何？"

端清不作答，楚惜微便当他默认，道："我想请道长为一个人算命，只不过我没有他的生辰八字，姓名也不便告知，道长可有办法？"

一般的算命先生闻说此言都会扔他一脸花签，端清看了他两眼："那就请公子给写个字吧。"

"叶。"

端清思量片刻，道："我算不得。"

"为何？"

端清的语气平平淡淡："叶飞叶落，前者飘零不定，后者归根沉泥，本是一生颠沛、至死方休的命局，现在落入公子手里，此人的命已经不属于自己，而操握在你手里，贫道说的不算。"

楚惜微默然，半晌才道："道长神机妙算。"

端清道："贫道不过由人观事，妄自揣度。既然交易达成，那么也请公子应贫道一事——请将厉锋交于贫道。"

楚惜微目光一凝："这等奸恶之人，不值得道长脏手。"

端清只问道："公子是要毁诺？"

"在下说了言出必行，自然不会失约。"楚惜微笑了笑，"只是将厉锋交于道长，便是将葬魂宫的爪牙递了过去，道长方外之身，恐怕要沾上不必要的麻烦。"

"贫道自知。"

言尽于此，楚惜微便道："我会吩咐属下将厉锋带到西城门，并备下车马送道长一程，请。"

"多谢。"端清忽然一顿，从腰间解下银壶递给楚惜微，"公子行了方便，贫道身无长物，便以此酒相赠。日月不同天，山水有相逢，再会。"

霜雪般的人影消失在眼前，楚惜微手握银壶，看了看已经不再哭泣，正在整理棺木的谢离，想了想，到底还是没说什么，就准备回去了。

谢离忽然叫住了他，沙哑的声音听起来多了几分成熟："楚公子，断水刀……给你。"

他从背后解下那把承载断水山庄多年基业的宝刀，双手捧着，小心翼翼地递给楚惜微。

楚惜微看着他黑乎乎的发顶："就这么给我，甘心吗？"

"爹说了给你，那就要给你。"谢离抬起头，"我说过要拿回来，将来也一定会拿回来。"

"呵，我等着。"

谢离看着他离开，又回头看看棺木和满地废墟，天光流泻出一缕，拉长了他小小的影子。

这个孩子，仿佛在这一瞬间长成了大人。

光阴弹指，流年刹那。

叶浮生醒过来的时候，已经是第二天的清晨。

窗扉被微风吹开缝隙，落了几片细碎的金叶进来。

叶浮生躺在床上发了会儿呆，眼前已恢复清晰，右腿钻心般的疼痛也消失不见，身体倒是难得轻快。

"醒了就别装死。"孙悯风过来给他把了把脉，"脉象平稳，气血有亏，暂时没什么大事，回头自个儿啃点红糖枣子什么的。"

叶浮生认出了孙悯风，再把昏迷前不成片段的记忆拼凑起来："多谢相救，阿……你家门主呢？"

"他出去遛弯了。"孙悯风塞过去一堆花生，"吃吧，刚煮的，不上火。"

两人跟仓鼠一样剥了满地花生壳，叶浮生看着孙悯风眼含戏谑的眼神，挑了挑眉："孙先生有事要问在下？"

孙悯风道："你跟我家主子有什么不可告人的关系吗？"

叶浮生差点被一口花生米噎死，好不容易才道："我……"

话没说完，门口就进来一人，冷声道："鬼医，你要是闲来无事，就先治治自己的大长舌。"

叶浮生抬头，只见楚惜微面沉如水地进了屋，把手里的一只小银壶往桌上一放，力道重得整张桌子都晃了晃。

孩子大了，脾气也大了。

看他这样的脾性，又想想之前在望海潮下的时候，叶浮生忽然就有了这样的感慨。一别十年，物是人非，怎么都不能算把酒言欢的好时候，更别提两人之间横亘的不是陈芝麻烂谷子的旧账，就是几乎无解的血海深仇。

楚惜微没有把他剁碎了去喂狗，已经是天大的意外了。叶浮生想到这里，便扬起笑脸向他道："回来了？过来坐。"

孙悯风向来见机，遂圆润地滚了出去，片刻后声音已经远在门外："主子我先去悬壶济世，你们慢聊！"

他一走，屋里的气氛不见缓和，反而更尴尬了些。楚惜微站在原地看了叶浮生好一会儿，才迈腿走了过去，居高临下地看着他："叶……浮生？"

叶浮生摸摸鼻子，有些不大习惯这样高低转换的视角："一个名字而已，你爱怎么叫就怎么叫吧。"

"也是，我以前可都管你叫……'师父'。"楚惜微看着他披散下来的黑发里掺杂了几丝霜白，负在背后的双手紧握又松开，"可你觉得，自己还配吗？"

叶浮生心里一刺，笑容却不改："阿尧，你现在脾气大了不少，小时候……"

"别跟我提小时候！"楚惜微忽然伸手卡住叶浮生的喉咙，直接把他摁上背后的墙，后脑勺撞得生疼。

他的眼瞳边缘隐隐浮现出不正常的暗红来，说话的声音很轻："我是真想杀了你，顾潇。"

叶浮生平复了一下呼吸，冲楚惜微扬起一个笑脸："好啊。"

说完，他两眼一闭，竟然撤去刚才本能的防御，任人捏住要害，反而是楚惜微的手掌颤抖了几下，慢慢地收了回来。

"你这条命我已经等了十年，也不差这么一会儿。"他退回了桌边，"不过，我是真没想到，再见面你竟然已经沦落到这种地步。"

"三十年河东三十年河西，谁还没个倒霉的时候？"叶浮生睁开眼睛，上下把楚惜微打量了一番，"不过，虽然都说女大十八变，可没想到男孩子变化更大啊。当年你连人带鞋摞一块儿都没我肋骨高，还是个小胖墩儿，跑起来肉都一颠一颠的，练轻功时我把你拎上梅花桩，就跟往竹签上扎了颗肉丸子一样……"

"闭嘴！"楚惜微恼羞成怒，"你是真以为我不会杀你吗？"

叶浮生在脖子上比画了一下，眨巴着眼睛："这颗头颅都替你寄存十年了，随时来取。"

狗咬王八无从下嘴的感觉让楚惜微更觉烦躁，他瞥见刚刚被自己放在桌上的银壶，一把捞过来灌了一口。

下一刻，他脸皮一抽，转头就喷了，狼狈地咳嗽两声，苍白的脸腾起晕红。

这酒无色无味，他也先用银针试过了毒，但是现在甫一入口，就好像灌了一嘴黄连辣椒水，又苦又辣，刺得喉咙生疼。

叶浮生掀开被子下了床，伸手拍着楚惜微后背给他顺气："你怎么了？"

楚惜微呛得说不出话来，捂着嘴压抑住胃里翻江倒海般的恶心感，眼里的暗红倒是顷刻褪去，只留下被刺激出来的眼泪。

以前那小胖墩儿被自己欺负的时候，也是这样要哭不哭的样儿呢。

叶浮生看着他这样，从满目疮痍的心中开出了一朵花来，颤巍巍的，却搔得心痒。

他给楚惜微倒了盏热水，拿起了那只小银壶细细端详。这银壶不过巴掌大小，做工精致，嗅了嗅也没有什么异味，与其说是酒，不如说是一壶白水。

他轻轻嘬了一口，整个人顿时僵住，好半天才说道："这是……沧露？"

楚惜微感觉到轻拍他后背的那只手突然顿住，抬头只见对方一脸僵硬，怔了一下："你怎么了？"

叶浮生的手不自觉地加大力道，银壶被他捏出了一条细缝，酒液泄露出来沾湿了他的手，这才如梦初醒般松了力道，先把里面剩余的酒液都倒了出来，以免全部洒漏。

他看着楚惜微，眼眶已然发红，嘴唇翕动："这个，谁给你的？"

"一个白发道长，道号端清。"楚惜微有些疑惑，"你认识？"

"端清，端清……"叶浮生反复念叨了一会儿，看得楚惜微几乎以为孙悯风给他喝的是假药，眼下犯了失心疯。

下一刻，叶浮生死死抓住了他的手。

"阿尧，那个人在哪儿？"叶浮生看着他，四目相对，楚惜微能看清他眼里骤然升起的一点光，仿佛一个行将就木的人，在这片刻间死灰复燃。

他心里莫名有些不舒服，没好气地说："做什么？"

"阿尧，你带我去见他，我见他一面之后，从此你说什么我都应你。"叶浮生脸上没有表情，眼眶却湿了，"我这辈子没求过你，就这一次，你答应我。"

这浑不懔的浪子几乎没有如此正经的时候，就连十年前那一场生死之约，他也只是轻飘飘的一句："你要杀我报仇？好啊，十年之后，这条命就归你了。"

富贵如浮云，生死若等闲。楚惜微一直以为，这世上不会再有任何人与事能动摇叶浮生。

直到现在。

楚惜微心里有些无端的难受，拢在袖里的手慢慢握紧，低垂的眼瞳再度泛起猩红，脸上却不动声色说道："这位道长我在三个时辰前见过，你想见他的话，现在就可带你去追，不过……你先告诉我，他到底是谁？"

叶浮生踌躇了一下，轻声道："他，是我的……师娘。"

"……啊？"

世上本没有叶浮生这个人，只有一个叫"顾潇"的毛头小子。

那时候世道不好，先帝病重，几个皇子你争我夺，就是腾不出手照看民生。因此老百姓的日子过得艰难，还总有流寇趁火打劫，苦不堪言。

师父顾欺芳说她当年单枪匹马杀进土匪窝，战得昏天黑地日月无光，最后踏过漫山遍野的土匪尸体，终于从死人堆里抱出个还在嘬手指的娃，只觉得这小孩儿命大又好像脑子不好使，怕是没人要收养，就干脆自己留下来做徒弟了。

小孩儿跟她姓顾，她觉得这孩子虽然生得不容易，但是好歹得活得潇洒痛快，于是就取名"顾潇"。

顾潇没有父母，只有师父和师娘，他们占山为王，顾欺芳把土匪窝里的银子大半散去救助难民，只留了一小部分贴补家用，时不时帮着护送来往行商赚些小钱，还能打些猎物下山交易，两大一小的日子过得还算滋润。

从顾潇从他记事起就知道一件事：这座山上师娘是老大，惹了师父顶多被揍屁股，招惹师娘是会被师父漫山遍野追着揍成狗的。

师父对师娘百依百顺，但是顾潇一直觉得师娘是被师父抢来的。

原因无他，一看脸，二看作风。

师娘端清是个眉清目朗的道长，不知道为什么还俗娶了妻，但是宁静如画，气度平和，还琴棋书画样样精通，担负着教导顾潇诗书礼仪的重任，压根儿不像落草为寇的人；师父顾欺芳虽是女流之辈，可是性格果断爽快不输男人，喜欢跟人喝酒划拳，也不吝啬，一言不合大打出手，简直是个女土匪。

顾潇认定师娘是被她抢来的压寨夫人，可他们的感情却一直很好。

且不知为何，明明比起脾气率直火暴的顾欺芳，端清的脾气好了不知多少倍，顾潇却在他面前总有些放不开——对方常年喜怒不形于色，顾潇吃不准他的心思，也就不敢造次，每到他面前都尿得让人不忍直视。

顾潇坚决不承认自己是怕，因为从记事以来就没见过师娘动武，平日无论遇上野兽还是流匪，都被师父顾欺芳拎刀解决了，师娘只负责站在后面抓住顾潇，防止他看得太激动给冲出去。

他自忖好歹是半个江湖儿女，哪能怕手无缚鸡之力的柔弱道士，遂欣然将这归结于尊敬，直到他十岁那年发生了一件事。

那天顾欺芳留在山上练武，端清打算下山买些笔墨，顾潇闲不住就跟着他去了。一大一小在市井里转了半个上午，刚出集市就被人盯上了。

顾潇当时没察觉到有人跟在后面，直到师娘握紧他的手，快步转入一条无人小巷，这才后知后觉地发现不对。

昏暗的小巷子里出现了八个人，穿着与平民百姓没什么两样，无声地贴着墙壁摸了过来，兵器寒光映出他和师娘的脸。

顾潇平日里自觉师娘老大自己第二，神气得不行，到了这个时候却有些腿软，想要往前站一步，却迈不开腿，显露出属于这个年龄的手足无措。

"缺少磨炼，回去该罚了。"

端清叹了口气，弯腰把顾潇抱了起来，下一刻，杀手提剑刺来，顾潇惊骇地瞪大眼睛，耳边传来"叮"的一声脆响，剑尖消失了。

端清一手抱着他，一手夹住了气势汹汹的长剑，逆势一折，精铁制成的剑刃从中断裂，上半截还握在那人手里，下半截却刺入了对方的咽喉。

那是顾潇有记忆以来第一次看到师娘动武，也是第一次在这么近的距离看到杀人。

"吓着了？"端清用滴血不沾的手轻轻拍了拍他的后背，语气却很冷，"怕也要看着，不许闭眼。"

只是几个呼吸的时间，却好像过了半辈子光阴。

很快，端清放下了他，牵着那只被冷汗浸透的小手慢慢走出巷子，谁也不知道，在这片刻之间已经有八个人从世上消失。

端清牵着顾潇从城镇走回飞云山，一路上顾潇不敢说话，端清也没开口，直到黄昏时候回到木屋，看到顾欺芳百无聊赖地倚门等待。

见他们回来，顾欺芳脸色微变："阿商，你动武了？"

"不妨事。"端清把今天的事情说了一番，顾欺芳眼里的笑意已经完全不见。

"饭做好了，你先去喝碗汤。"她把臂间的一件外袍罩在端清身上，又拿帕子擦了他的手，眼看端清进了屋，这才转身看着顾潇。

"吓着了？"

同样的问题，端清问的时候顾潇只觉不寒而栗，眼下听顾欺芳问起，他犹豫了一下，点头。

"可是你怕，又有什么用？"顾欺芳居高临下地看着他，"如果你师娘不会武功，如果你怕得连逃命都不会，那我是不是只来得及去收尸？"

顾潇被问蒙了，他下意识移开视线，又忍不住继续抬头看她。

"你常说自己也是江湖儿女，那么混江湖的，就不能怕。"顾欺芳解下腰间玄色长刀，和一袋银子一起扔过来，"你还小，我不能强迫你，但你现在必须做选择——是当个普通人平淡一生，还是跟我们一样做个厮杀不休的江湖人？"

他低声问："我选择了平淡，就必须走吗？"

"是我们得走。"顾欺芳摸摸他的脑袋，"旧怨上门，我们本来就该走了，你要是想做普通人就去找个安全的地方过日子，不然就要跟我们一起浪迹天涯。"

他犹豫了很久，顾欺芳也很有耐心地等着。

半晌，顾潇终究拿起了银子，顾欺芳眼中一黯，没等她说话，顾潇又拿起了刀，越过她往屋里走。

"我要去告诉师娘，你偷藏私房钱，一定是准备去买酒。"顾潇笑出一对虎牙，"我跟你们一起走，教我学刀吧，师父。"

"……"顾欺芳死死盯着顾潇手里的钱袋，"乖徒弟，学刀好说，告状不行！"

他冲顾欺芳做了个鬼脸，大呼小叫地冲进了屋子。

当天晚上，被勒令不准进房的顾欺芳苦着一张脸把顾潇拎出来，往他嘴里塞了一大把姜糖，然后看着他扎马步。

顾潇被辛辣的甜味刺激得直流眼泪："说好的学刀呢？骗子！"

顾欺芳翻了个白眼："下盘不稳还想练我的刀法？丢不起这人！"

"你的刀法很厉害吗？装什么神气！"

"呸，不识货的崽子你记住了，这套刀法可是……"

一大一小在院子里互呛，端清放下支撑窗户的竹棍，挑亮了灯芯，铺开白纸，提笔写字：

惊鸿。

一剑破云开天地，三刀分流定乾坤。

破云剑消失在江湖已有十年，三刀之中断水风头正盛，挽月只传女子，至今已无昔日荣光，而惊鸿自三十年前扬名以来，历代传人都是昙花一现，神龙见首不见尾。

顾潇怎么也没想到，自己那不着四六的女流氓师父，竟然会是这一代惊鸿刀主。

等顾欺芳把他按在祖师爷灵位前磕了三个响头，顾潇还顶着一脑门儿灰没回过神来。

顾欺芳看得有趣，一边剥好果子给端清递过去，一边问道："这孩子被天上掉下来的馅饼砸傻了？"

端清看了顾潇一眼，拈起枚果子吃了，这才慢条斯理地说道："应该是臆想与现实差距太大，不能接受。"

"我怎么觉得你在嘲笑我？"顾欺芳掏掏耳朵，凑过去叼走他刚刚含在唇间的野樱桃，囫囵吞了下去。

端清瞥了她一眼，没说话，耳朵却红了，他板起脸："休要胡闹，做事去吧。"

"哎哟喂，阿商你脸皮越来越薄了！"顾欺芳调戏了他两句，这才走上前，抓住顾潇后衣领，把他像拎鸡崽子一样提了出去。

他们离开了原先所住的地方，辗转了两个月，才在这座无名深山落了脚，因着它高耸入云，奇松挺拔，怪石嶙峋，被端清起名"飞云峰"。此地远离乡镇，背靠天堑，是易守难攻的地方，十分适合武人修炼，只是离人烟远了些，哪怕去最近的城镇，也要花上一整日。好在顾欺芳轻功卓绝，拎着两大包琐碎用品就跟提棉花一样，脚下如御清风，不过一个时辰就能来回。

顾潇学刀的生涯很苦，苦得做梦都不愿意回想。

顾欺芳平日里嬉笑怒骂没个正形，在授刀这件事上却严苛得过分，她没有拿惊鸿刀，双手环胸道："一炷香内，你能碰到我的衣角，晚饭加鸡腿，不能的话就吃咸菜吧。"

顾潇从地上捡了根树枝，气沉丹田就冲了上去。他体格小，力气也不大，于是聪明地避免了正面相抗，绕过顾欺芳身体，树枝从一个刁钻的角度疾点而出，又懂得留三分余劲，以这样的年龄，就算放眼世家门派，也少有如此出色的弟子。

顾欺芳双手未动，却总是在间不容发之际错开树枝，以至于一炷香后，顾潇已经满头大汗，她却连发丝都没乱。就在这一刹那，顾欺芳忽然抬腿，脚尖一扫他小腿，顾潇身体前倾，整个人就砸在她腿上，好歹没吃一嘴灰。

顾潇一屁股坐在地上："你躲得太快了！"

"躲？"顾欺芳敲了他一个脑瓜崩儿，"傻徒弟，看清楚再说吧。"

顾潇的目光落在她脚下，他们练武的地方是一块沙地，此时上面布满了他小而凌乱的脚印，顾欺芳的脚印却只有一双，似乎她一直站在原地，动也没动。

"看明白了吗？不是我快，是你太慢了。"顾欺芳丢掉他手里的树枝，"天下武功唯快不破，惊鸿刀法的真谛就在于一个'快'字，是以翩若惊鸿，矫若游龙，无论步法、手法还是刀法，你都要比敌人更快，否则……"

说话间，顾潇只觉得眼前一花，来不及反应，背后就贴上一个人，他下意识地张开嘴，结果被塞了一嘴野樱桃。

顾欺芳在他身后站起身，把手里剩下的樱桃塞进嘴里，一口气吐出八九个核，还不忘回头对端清抱怨："太酸了，你怎么吃得下去？"

端清站在离她三丈远的一棵树下，看了看盘子里所剩无几的樱桃，没说话。

顾潇绷紧的皮却还没松弛下来，他含着一嘴樱桃都忘了吞吐，背后寒毛竖起。

顾欺芳揉着他的头："你看，刚才如果我是敌人，你是不是就没命了？"

顾潇脸色惨白，顾欺芳擦了擦他脸上的灰，道："《惊鸿诀》分为七步练习，即眼、耳、手、足、心、感、刀，无论哪一处不够快，你都可能失了先机，所以从现在开始，不许喊累叫苦，更不准偷懒，为师总不会害你的。"

"……弟子明白。"顾潇鼓起腮帮子好不容易把樱桃肉咽下，吐了好几枚果核，这才躬身应下。

从那以后，他每天练习的内容变得千奇百怪，不是到草丛里捏着筷子捉蚊虫，就是被蒙上眼睛扔到树林中听顾欺芳扔石子敲击物品然后辨认方向，再不然就是漫山遍野追着鸟兽跑，到后来直接演变成两人对殴，别说无聊，就连休息的时间也不多。

一晃六年，身材矮小的孩童抽长成身量顾长的少年，眉目也渐渐长开，顾欺芳的面庞增添了妇人风韵，唯有端清始终不变，如岁月静好的画卷。

顾潇自幼跟随顾欺芳，先有七年反复锤炼打下的坚实基础，又有六载夜以继日的艰苦训练，在他十六岁的那年春日，顾欺芳终于大发慈悲解了禁，扔给他一把刀和一个包袱，把他端下飞云峰去江湖历练。

说什么"井底之蛙不知天高地厚，总要出去见识一番"，顾潇觉得师父是嫌弃自己妨碍她跟师娘调情。

顾欺芳因为被抓住偷偷喝酒，正被罚在家跪算盘，只有端清陪着他走出飞云峰。

"一入江湖，不可大意。"

"师娘放心，弟子明白。"

"人心险恶，死伤不知凡几，你当谨慎。"

"……您就不能说点吉祥话吗？"

端清笑了笑："我问你，假如面临险境，进退两难，你当如何？"

顾潇想了想："同归于尽，死也要拉个垫背……哎呀，师娘你为啥打我？"

"愚钝。"端清收回手，恨铁不成钢，"行事不得莽撞，三思而后行，谨防人心险恶，不可轻信他人，不可一时冲动。行了，我就送到这里，你且去吧，我与你师父等你回来。倘若损了惊鸿威名，或者有所伤残，便等教训吧。"

少年背着包袱，腰悬长刀，一步三回头地走远。端清摇了摇头，转身，看到大树后露出的红色袍角。

"既然来了，为什么不见他？"

"那崽子看着你都一脸要哭的样儿，我要是出来了，他不得哭鼻子？"顾欺芳从树后走出来，"我总不能照看他一辈子，有的事情得自己去学，有的教训也要吃亏了才长记性，左右趁着你我还在，他就算把天捅了窟窿，也还能帮衬着些，不然等多年之后你我入土，他还能找谁哭呢？"

"你总是有道理的。"端清抬手折了一枝桃花，以指风削成花簪插入她发髻间，"新绽的桃花，很配你。"

顾欺芳眉清目秀，性格爽利，打扮也不浓艳，看起来多少有些朴素。可端清为她插上这枝桃花，就好像穷山恶水间开出一朵艳丽的花，娇俏得让人屏息。

她摸着发上的花朵，高兴得像个得了糖的孩子，忍不住踮起脚在他脸上亲了一下："阿商……"

端清笑了笑，任由她握住自己的手："起风了，回去吧，他一定会平安回来。"

坟头野草论短长，荒山客栈有流氓。

顾潇觉得师父这辈子大概也就说了这么一句大实话。

他下山已经半年，在山间小路救了遭遇劫匪的大姑娘小媳妇，却被一句"以身相许"吓得落荒而逃；去什么黑风寨老虎洞惩奸除恶，跟左青龙右白虎的绿林好汉斗殴；等走过了穷山恶水，度过几天逍遥日子，却因为在街上收拾了几个地痞流氓，又被不知哪旮旯来的乌合之众追着要求入伙。

江湖人怎么这么复杂？

顾潇一脚把追上来游说他加入什么帮的小卒子踹翻在地，又把女子扔来的手帕团好放在花枝上等待主人取回，就啃着干馒头翻身上马，一骑绝尘。

他下山之后举目无亲，也没有什么确切的目的，就随心所欲地把自己放逐在三山四海之间，走到哪里算哪里，遇到好事图个欢喜，惹上祸害权当历练。

天已入秋，落叶萧瑟，本就荒凉的野道愈加少了行人，路边几座无名的旧坟杂草丛生，徒增阴森。

顾潇翻身下来，用惺忪的睡眼打量着这家在夜色下更显诡异的荒野客栈。

这荒山野岭只有这么一家怎么看怎么像黑店的客栈，两层楼高，黄泥糊墙，茅草盖顶，大门上打补丁似的贴着数道新旧不一的木板，门前两盏纸灯笼里烛火明灭，映得门顶上的"天诚居"三个红漆字仿佛成了血糊的"人成尸"。

说这不是宰客劫掠的地方，怕是鬼都不信。

顾潇看了看暗沉天色，琢磨着怕是要下雨，就牵了马去敲门。

"来嘞，客官请！"

爽快的迎客声响起，摇摇欲坠的大门被拉开，露出一张满是横肉的脸，顾潇看了一眼就觉得这人长得不像小二，更像个杀猪的。

"帮我把马喂了，再来一间房，上些热食。"

他扔了一块碎银子，小二掂了掂分量，笑得更真切了些："好嘞，您先坐下歇会儿！"

顾潇迈过门槛，只见大堂内倒是灯火颇明，左侧一道破破烂烂的布帘子挡住后院，右侧桌椅摆放整齐，只是陈旧得很，上面还有擦不掉的油污，看着颇为倒胃口。

小二牵着马往后院去了，顾潇扫了一眼，三个人高马大的跑堂正在收拾桌上的残羹剩饭，只是不见客人。

正前方的柜台后站着位三十来岁的老板娘，敷粉施朱颇有姿色，见顾潇进来，她眼睛一亮，提着酒壶从柜台后走出来，笑道："哎哟，好久不见这样俊俏的客官，这天儿冷，先喝杯酒暖暖身子？"

"多谢掌柜的。"顾潇接过酒杯仰头欲饮，借着袖子遮挡把一杯酒倒进了衣襟里，好在今儿穿了一身黑衣，看不出有何不妥。

他将酒杯往柜台上轻轻一放，杯底无声嵌入木台内，周围却没有龟裂开来，好像这杯子一直就长在那里。

"小子不知轻重，这点银子给掌柜的换张桌子。"

老板娘看着那嵌入木桌的杯子，笑容僵在脸上，半晌才勉强抽动了一下嘴角，掂了掂银子，赔笑道："客气了，这银子别说换桌，加上客官今晚食宿也是够的，请。"

顾潇颔首，抬步向二楼走去，老板娘招呼人端着托盘跟上，托盘上有一碗热汤、一盘熟肉并两个荞面馒头，并不精致，量却足。

大抵是得了老板娘吩咐，跟上来的小二不敢造次，放下吃食就麻溜儿地往外走。顾潇审视了一下这间客房，除了一张床一张桌子一个浴桶外再无其他，被褥散发着陈旧潮湿的味道。

他摇摇头，到桌边坐下，夹了几片肉裹进馒头里，就着热汤吃着。窗外传来淅淅沥沥的雨声，见雨花被寒风卷入，顾潇就起身去关窗。

没承想手刚碰到窗闩，劣质的木板挡不住喧嚣，楼下就传来了一阵噼里啪啦的桌椅翻倒声，夹杂着店小二的叫骂和小孩的哭闹。

他皱了皱眉，本来不准备管闲事，但是听这动静越来越大，小孩儿号得跟杀猪一样，终究还是没忍住，提刀下了楼。

楼下，店小二骂骂咧咧地把一个小孩子踹倒在地。那是个七八岁大的男孩儿，白白胖胖，跟民间供着的年画娃娃一样，穿了身绸缎衣服，一看就是富贵人家才能养出来的，可惜现在脸上满是涕泪灰土，身上还被踹了几脚，正滚地葫芦般磕在顾潇脚边。

老板娘和店小二等人并不想招惹顾潇，因此见他下楼，就赶紧收回了手脚，那小孩儿倒是机灵，顺势抱住了顾潇的腿，鼻涕眼泪糊了他一裤脚，大声叫道："救命！他们是开黑店的，救救我！"

顾潇挣了两下，奈何这孩子重得跟秤砣一样，手脚并用抱着他的腿，差点儿把裤子给拽下去。无奈之下，顾潇一手抓紧腰带，吊着眼梢问道："这是干吗呢？"

"哎呀，这死孩子打扰到客官了是不？这便赔个不是。"老板娘上前赔笑，"这是我的儿子，他爹去得早，我一个寡母也没管教好他，这不因着他惹了点祸事，就打算教训教训，没想到搅扰客官了。"

"大胆！你胡说！"这孩子当下松开顾潇的腿，几乎一蹦三尺高，稚嫩的童音竟然很有几分狐假虎威的气势，"你们都不是好东西！"

顾潇挑了挑眉，只见店家几人的脸色都有些不大好看，老板娘勾起嘴角："都说清官难断家务事，客官难道连我这个寡妇打儿子也要插手吗？"

"娘子这般风姿，怎会生出这么个肉丸子？"顾潇一手揪住孩子衣领，把他拎了起来，"都是走江湖的，明人不说暗话，这孩子跟我没关系，我的确是不必多管闲事。"

闻言，那孩子立刻在他手里挣扎不停，老板娘脸色一缓："客官是明白人，既然如此，天色已经不早了，还请休息去吧。"

"等会儿，我饿了。"顾潇不等老板娘发话，继续道，"我不爱吃那些个腌臜畜生，眼下既然有鲜活的肉菜，还请老板娘下个厨吧，银钱我会另付。"

店小二和跑堂脸色大变，老板娘在他和小孩之间看了几回，犹疑道："客官的意思是……不瞒客官，我们这儿虽然是黑店，干的也是杀人越货的买卖，可是这人肉……"

"开黑店的，连人肉都不会做，说出去怕是要令人笑掉大牙。"顾潇嗤笑一声，手里的胖娃娃好像被吓傻了，现在才回过神，拼命也挣扎不开，终于号啕大哭起来。

老板娘惊疑不定地看着他："这……我们本来也是看他有些身家，打算向他家里勒索些银两，只是这孩子不识趣，不仅不说家世，还一时不慎叫他跑了出来，但人肉……"

"你看这孩子穿着，就该知道他家非富即贵，说不定捞不着钱，反倒惹来祸事，不如赚点小钱毁尸灭迹来得干脆。"顾潇摇了摇头，拿出两锭银子在她面前一晃，"这孩子给我做了下酒，二十两银子归你们。"

二十两银子，足够普通人家几年的花销。老板娘咬着嘴唇犹豫了一会儿，终于下定决心："好，但是我们这厨子没做过人肉，这……"

"那就把厨房借我，我自己来。"顾潇说着就提起小孩儿往后院走，看着手里不断踢蹬的崽儿，顺嘴问道，"乖，叫什么？不然等会儿我不知道给你起什么菜名儿啊。"

小孩儿哭得直打嗝："你、嗝！坏、嗝！"

"男人不坏女人不爱呀，小屁孩儿懂什么？"顾潇一脚踹开厨房门，把他往灰扑扑的地上一丢，抄起菜刀亲切地问，"你看红烧怎么样？对了，你要是不告诉我名字，等下我就管你叫红烧肉丸子好吗？"

"你！哇——"小孩儿扑在地上大哭，"我、我叫楚尧，不……不要吃我！"

楚尧还没哭完，顾潇手里的菜刀就落下了。

那把刀打着旋儿从他手里飞了出去，斩破窗户，直直劈在了外面的木桩上。刀锋入木三分，离店小二只有不到一寸，他若是动一动，就要让那颤巍巍的刀刃切开皮肉，像被割喉放血的一头肥猪。

店小二身边的老板娘花容失色，三个跑堂呆立当场，手里抄起的棍棒砍刀噼里啪啦掉了一地。

楚尧被这一下惊得忘了哭。

"狗改不了吃屎，做贼的当然也不走空。"顾潇回身看着门外五人，手里摸出那锭银子，"人为财死，鸟为食亡，世上从来不缺脑子不够胆子来凑的蠢货。"

他之前没想过惹麻烦，这黑店的人自然也不会来触霉头，按理说顾潇完全可以安然无恙地睡上一晚，明日一早又酒足饭饱地上路。

可是这么个小肉丸子要真是落在黑店手上，下场估计也只能是去喂狗了。

顾潇犹豫了一下，终是决定再行一回善，左右一个连人带鞋都没三个马扎高的小娃娃又不会跟他以身相许，大不了把他往家人那里一扔就甩手走人，说不定还能蹭顿好的。

那二十两银子，不是真为了买肉菜，而是露白，倘若这店里的人识趣，他自然留下银两带着孩子走人，井水不犯河水；然而他们见财起意，那么也就不怪他师出无名了。

老板娘急促地喘了几口气，用力拔出木桩上的菜刀，厉声道："怕什么？他一个人还能反了天不成？都给老娘上！"

顾潇笑了笑，黑店众人身边那根木桩突然发出一声怪响——这客栈十分简陋，木石早已陈旧腐朽，外面搭建的窝棚只由四根烂木头撑着些碎砖烂瓦和茅草，适才他那一菜刀嵌入，刃入三分，劲去七分，现在又被生生拔了出来，残留的断木自然就支撑不住了。

老板娘脸色大变，还来不及呼喊，窝棚就坍塌了，劈头盖脸地把他们五个人压在了下面，灰尘腾飞，泥水四溅。

"要露宿荒野咯。"顾潇一手拎起楚尧衣领，从厨房里一跃而出，屈指在唇边吹了声口哨，土墙后就传来一声嘶鸣。

顾潇拎着楚尧翻墙而过，果然看见了那匹被拴在矮树桩旁的老马，他扯断麻绳，翻身带着小孩上马，道："抓紧点儿啊，掉下去的话估计会脸着地，当心将来娶不着媳妇儿。"

楚尧今年七岁半，头一回看到如此不是东西的大人，真是长见识了。

然而那马虽老，脾气可大，被拴了这么一会儿，早不耐烦了，眼下终于脱困，就跟疯了一样刨了几下地，然后呼啸一声冲进苍茫夜雨之中，一路撒疯狂奔，好几次险些把楚尧给摔下来，吓得他只好化身为四脚蛇，死死抱住马脖子。

顾潇不厚道地笑起来，好在还有点良心，当楚尧连打三个喷嚏后，他终于脱了外袍，用力拧干了水罩在楚尧身上，嘴里还不肯歇："这荒郊野地哪儿能有大夫？争气点儿啊，肉丸子！"

他们纵马在雨夜里狂奔了好一会儿，终于发现了一个山洞，顾潇先下马去探了探，这才把孩子也抱进来。

楚尧冻得小脸发青，在他怀里瑟瑟发抖。现在下着雨，顾潇身上的火折子也都湿了，他在洞里捡了些干草铺在地上，把自己和小孩儿的外衣都扒下来挡住洞口风雨，又从包袱里找了件还没湿的衣服把楚尧裹成了春卷儿，这才把他抱在自己怀里，警告道："敢趁我睡着乱跑的话，当心被狼叼走！"

说话间还做了个鬼脸，幸好这洞里太黑，楚尧才没被吓哭第二次。

他在顾潇怀里窝了一会儿，嗫嚅道："谢谢。"

顾潇捏了捏小孩儿肉嘟嘟的脸，道："当然该谢我，要不是你，我现在还在跟周公他老人家的千金花前月下呢。"

"看你不像穷人家的孩子，大半夜孤身一人跑到这儿来做什么？难道是被他们从镇上拐来的？"

楚尧犹豫了一下，才嗫嚅道："不、不是……我是，自己跑到那里的。"

顾潇奇道："小小年纪就学会荒山猎艳了？"

他作为一个正直纯洁的小胖墩儿，完全不能与这满心污秽的家伙交流。

顾潇逗猫般挠了挠他的下巴："算了，明儿个我就把你送回家去，对了，你家在哪儿？"

"我家在……不！"原本安安静静窝在顾潇怀里的肉丸子突然一抖，差点儿滚了出去。

顾潇被这反应一惊，楚尧双手抱着他不放，哆嗦不已。他揣测这孩子是受了极大惊吓，到现在还没缓过来，因此没急着说话，只用一双温暖的手顺着楚尧背脊轻抚。

过了一会儿，楚尧才开了口："我家很远，这次是跟哥哥溜出来玩儿的……"

"然后呢？"

"我们遇到了坏人，被抓起来了……"楚尧混乱的小脑瓜努力回忆着，"我们是在眠枫城遇到那些人的，他们杀光了保护我们的侍……仆人，把我和哥哥塞进马车，前两天哥哥趁他们不备带着我跑了出来，但是很快被追上了，他让我跑，我……"

"所以你就跟没头苍蝇一样跑到这儿，看到个客栈以为能吃点东西就钻了进去，结果差点儿变成一盘菜了？"顾潇了然地点评道，"蠢。"

楚尧觉得这人要是自己家的，早被拖出去杖毙了。

不过他眼下也没有第二个人可以相求，于是小孩子无师自通了"龟壳神功"，继续说道："我、我想请你去救我哥哥……我不会让你白干的！我们家有钱，真的很有钱！你要什么都行！"

顾潇摸了摸他的小脑瓜，感觉这孩子真是太实诚了，生怕别人不把他当肥羊宰。

他自诩是个有道义的好人，于是思量了一会儿，断然摇头道："我帮你救人，不要钱。"

小孩儿刚震惊于这人仿佛转性一般，就听见他下一句话："我要人，既然你家有钱，那么就给我个人吧，要长得特好看的。"

哪怕洞里黑暗，楚尧看他的眼神也如同看一头孽畜。

顾潇懒得揣测小屁孩儿的心思，他自己算盘打得很好，行走江湖哪能一个人闯荡，身边带个漂亮的人，哪怕不能一起干架，看着养眼也是舒服极了。

说不定最后还能拐个媳妇儿回山，让师父师娘高兴一下呢。

越想越是愉悦，顾潇随口问道："你知道那些人什么来历吗？"

楚尧赶紧道："我不清楚，但偷听他们谈话的时候，提到了……嗯，他们提到了葬魂宫。"

顾潇的眉头顿时皱紧了。

武林中有三种东西是数不清的：三教九流的杂鱼，各大门派弟子的情仇爱恨，葬魂宫的亡命人。

所谓亡命人，一指葬魂宫麾下的大批死士，一指死在他们手里的人。

顾潇幼时居住过的山下有个村子叫"百花村"，因为村子依山傍水，村民不经常与外界交流，乱世狼烟多年没有侵袭这里，在被顾欺芳清剿了山匪之后，村民更是安居乐业，但是如今，那里却变了副模样。

他下山后故地重游，本打算去寻觅一下幼年时照顾过他的村民玩伴，结果到了那里，却看到本来宁静平和的村子荒凉了许多，不少人家房屋破败，村头村尾还添了许多坟。

那些死去的人家，都曾经与他们师徒三人有过或多或少的交情。

村头的牛大夫乐善好施，顾潇小时候有头疼脑热，都是去他那里看诊抓药，可他却在五年前的一个夜里被人剁了脑袋，一家老小连看门狗都没放过，共计八个头颅整齐摆在药铺门口；

卖豆腐脑的许娘子，年少守寡，照顾膝下不过七岁的儿子，她尤其喜欢顾潇，每次见到他必定送一碗热腾腾的豆腐脑过来，可是这样温柔的女子却被人活生生扒下脸皮，吓疯了她早起的儿子。

村尾种花养蜂的莲姐儿，每每见到端清必面红耳赤，却只敢送上一束含露鲜花，远远偷瞧一眼，然后就被顾欺芳瞪回去，从无坏心眼，五年前她被人挖了双眼剁下双手，关进了蜂房里……

百花村二十五人，在一夜之间惨遭杀害，而他们平日里纵有恩怨也不过是小小口角，哪会招来如此大祸？

更遑论，死的人都是曾和他们师徒三人有过交集的。

顾潇想起十岁那年的事情，直觉杀人凶手是冲着他们来的，只是他们恰好先走了一步，找不到目标的凶手就拿了这些无辜的人泄愤。

那一天阴云密布，顾潇去祭奠了亡魂坟冢，恭恭敬敬屈膝磕头，然后转身去了他们生前居所查探。

村子里的人不多，死过人的屋子大抵不吉利，这些年来便一直荒废着，顾潇把自己折腾成了一只上蹿下跳的灰猴子，这才找到了一把遗留在许娘子家中的匕首。

匕首上有血槽和倒钩，不难想象它的主人是如何握着它剥下一名无辜女子的脸皮。顾潇仔细端详了一会儿，发现把柄处刻了一枚小小的花纹。

那花状似罂粟，是西南迷踪岭特有的般若花，因为嗜血，以死去的动物作为养料，所以又被称为"血肉花"。

迷踪岭内只有一个势力——葬魂宫。

顾潇追查葬魂宫半年，虽说一路且走且停，但是对方行事诡谲，很少留下尾巴，以至于他目前还没正式跟葬魂宫的人交上手，倒是没想到在这儿逮着了机会。

不管葬魂宫跟师父师娘有什么旧日冤仇，既然都能迁怒旁人到这个地步，那么他们一旦找到飞云峰，恐怕又是一场大麻烦。顾潇终于认真了起来，问道："你是在哪里逃开的？"

楚尧年纪小，记得也不甚清楚，只好一股脑地竹筒倒豆子，顾潇从这些胡言乱语里找出了线索——在眠枫城被绑，行陆路三日，在金水镇趁夜逃脱。

顾潇在心里盘算了一下，发现这伙人是一路向西，也就是说，他们很可能就是要去迷踪岭。

楚尧等了一会儿没听到下文，在他怀里不安分地动了动，小心地问："怎么了？"

"没什么，我在想怎么办。"顾潇回过神，摸摸他的头，"来，先睡吧，或者你需要我给你讲个故事？"

楚尧迟疑了半晌，才"嗯"了一声。

顾潇小时候其实没听几个故事，看过最多的杂书也是从师父屋里翻出来的小话本子，可那些记载了市井艳辞丽章的玩意儿绝对不适合讲给小孩子听，于是他决定取材生活，现编现卖——

"在很远的地方，有一个凶残可怕的女土匪，她身长八尺，腰间挂着一把杀猪刀，每天都要吃小孩子的心肝儿，还总喜欢下山去抢男人，后来她把一个长得很好看的男人抢上了山……"

楚尧在他怀里抖了抖："她要扒皮做衣服吗……"

"你这是鬼故事，一点儿也不真实。"顾潇撇撇嘴，"后来这个男人做了她的压寨夫人，女土匪又捡了个小孩子，从此改邪归正，一家三口齐了，大团圆结局。"

楚尧终究还是在顾潇怀里睡了过去，等一觉醒来，发现已经日上三竿，自己伏在顾潇背上，这混蛋正一手接了卖花姑娘一枝秋菊，一手拿着个小酒壶喝酒。

楚尧眨眨眼睛，看到周围竟然都是街坊市井，不由愣住了，几乎以为自己是在做梦。

"这是哪儿？"

"金水镇。"

楚尧一惊，他刚从金水镇逃出来，一路藏在行商走贩的车里才混出城去，又在荒郊野岭跑了一天多，却没想到只是打个盹儿的工夫，竟然又回到了这个地方。

顾潇解释了一句："昨晚你睡着之后，不久雨便停了。我琢磨着得早点动身，又看你睡得跟死猪一样，就干脆用轻功赶路，一大早就进了城。"

说话间，他把楚尧放下来，小娃儿落地就往他背后钻，结果这家伙反而把他拉到身前，将一张胖嘟嘟的小脸暴露在光天化日之下，好像生怕别人看不清楚。

"你做什么？"

"我带着你在金水镇转了大半天，别说有人找茬，连个行踪鬼祟的人都没遇上。"顾潇压低声音，"这到底是他们太不把你当回事儿，还是说……他们的目的已经达到，而你这么个小孩子对他们来说，无关紧要呢？"

楚尧听不大明白，只是隐隐嗅到了某些不寻常的味道。

顾潇话说得轻巧，心里可一点也不轻松。

这小孩的打扮非富即贵，说话谈吐不似一般小儿，是普通富贵人家养不出来的气度，可见他们兄弟身份都不简单；再说，葬魂宫不是打家劫舍的土匪，随便绑上两个富家子弟就开始勒索，既然费了心力把他俩掳走，为什么丢失其一之后却没耽误他们的行程，不说急追疯找，连个留守待信的探子也没留下，这可就太奇怪了。

除非葬魂宫真正的目标只有他哥哥一个人，而且并不打算取这孩子性命，更不怕从他口中泄露了消息。

楚尧看着他脸上笑意消失，莫名就有些怕："我们怎么办？"

顾潇低头看了看他："绑你们的人多吗？"

"不多，我十个指头数两遍都不够。"楚尧想了想，"但是他们驾了四辆车，我和哥哥被绑在中间一辆，只被两个人看守着。"

"你哥哥把你放走的时候，有说过什么话，或者给了你什么东西吗？"

楚尧咬着手指头想了很久，强迫自己去回顾那一夜惊慌破碎的记忆，顾潇也很有耐心地等着。

"他说'北边起风了'，还给了我一个小布包。"楚尧在身上摸了摸，可是一路颠簸，那玩意儿早被弄丢了，他只好努力回想着里面的东西，"布包里是一撮黑色粉末，闻起来很臭，就像……嗯，就像过年时放炮仗的味道！"

"北边……起风了？"

顾潇心念急转，在某一刻忽如惊雷在脑中炸响，顿时脸色大变！

金水镇这个地方，是南北交界之地，从眠枫城到金水桥，路线是一行向南，因此他事先推测葬魂宫人是想回迷踪岭，但是还有一种可能，他们是在此地弃马换船，从水路北上！

顾潇这段时间虽然走的地方不多，但是对边关战事有所耳闻，听说北方有藩王造反，勾结蛮族大举兴兵叩关，幸被边关守将抵死相抗，北方卫所守备均连成铁桶一线，才没让逆贼得逞，只得退军七里，隔河驻守，但依然虎视眈眈。

北方战事紧急，内城也暗流疾涌。听说有不安分者已经开始走私盐铁生意，趁着乱世牟取暴利，不惜与叛贼勾结，武林中有些零散势力甚至已开始接针对朝廷要人的暗杀，以及掠夺火药兵器之类的生意。

味道刺鼻的黑色粉末，很可能是火药，而这两个孩子……顾潇眯了眯眼，深深看着眼前手足无措的小肉丸子。

他倒是疏忽了，这天下姓楚的人不少，但是真正值得葬魂宫大费周章的不多，而其中最有可能的，就是那以国为姓的天潢贵胄啊。

顾潇动笔写了一封信，用信鸽送往飞云峰，然后把楚尧拎到一个僻静角落，也不说话，就这么深深看着他。

楚尧被他盯得腿肚子直打哆嗦，生怕自己哪里惹着了这个疯子。可他虽然吓得脸色发白，却好歹忍住了眼泪，坚持着抬头跟顾潇对视。

顾潇有些惊讶，心道这小肉丸子还很有几分骨气胆色，将来不是倔牛脾气，就是死心眼子。

他缓和了脸色："答应你的事情，我会去做，但是这件事牵扯太大，实话跟你说，我有点怕。"

顾潇今年十六，混迹江湖不过半年，虽说初生牛犊不怕虎，但是没说惹麻烦不嫌大。如果他猜对了，那么这件事就不是普普通通的江湖恩怨，而是事关家国生死的大事，顾潇自觉身无二两肉，肩膀挑不起这么重的责任。

楚尧眨了眨眼睛："你怕……死？"

顾潇摇了摇头："我更怕害死别人。"

"不……都一样是怕死吗？"

"一个是一了百了，一个是死了都不得安心。"顾潇蹲下来，"人这辈子最怕的是问心有愧，所以你想做这样的人吗？"

楚尧此时还不能明白他话里的深意，只凭着本能懵懂摇头："不想。"

"乖孩子。"顾潇微微一笑，"我会去救你哥，但不能带着你。我会找个安全的地方把你藏起来，然后会有人来送你回家，你只需要等待就好了。"

楚尧脑袋摇得像拨浪鼓："我要跟着你，我怕！"

"带着你，我就什么都做不了。"顾潇笑了笑，"你可想好了？"

楚尧抿着嘴，嗫嚅道："你一定要带我哥哥回来，别骗我。"

"放心，我从来不骗小孩儿。"顾潇拉着楚尧的手，"我先把你藏起来，不许闹。"

他刚才那封信是寄给顾欺芳的，毕竟眼下除了师父师娘之外没有谁可以让他毫无顾忌地托付信任。在那封信上，他写了一家客栈的位置，这地方在金水镇普普通通毫不起眼，店家他早上也见过，是个忠厚之人。于是他开了两间房，交足了银钱，嘱咐楚尧平日少出门，每日饭食都在房中用，又在另一间房外画了只小小飞鸿，这才准备离开。

楚尧一直看他忙活，心里七上八下："你让什么人来接我？"

"我师父，一个又高又瘦的女人，腰间有把黑色长刀，很凶，你一看到就能认出来。"

楚尧这才放下点心，觉得这混蛋哪怕不说人话，好歹功夫过得去，他师父应该更靠谱一点，没想到只听见顾潇补充了一句："就是昨晚我跟你讲的那个女土匪，别怕，她从良了。"

顾潇赶在被肉丸子抱腿之前一溜烟儿蹿了出去。

北方前线是在惊寒关，距此路途遥远，在这短短两天里，别说那些人是走水路，就算插了翅膀也绝对到不了那里，想在半路截下人应该还有机会。顾潇找经验丰富的行商画了张地图，皱着眉头思考了一会儿，决定绕路而行。

水路胜在隐秘，想来他们没打算惊动关卡，难免会迂回辗转。顾潇买足了水和干粮，又买了匹好马，心中算着行程，一路策马狂奔，连跑了两天，差点儿连自己都找不着北，这才发现了一片芦苇荡。

前方不远就是"雁回河"，船行数里就可转陆路，已经靠近了北地，按理说此地应设下关卡，但是这雁回河暗流湍急，中游之后飞瀑而下，两岸怪石嶙峋，山势陡峭得很，可谓一道天堑，若非艺高人胆大，也不会来这儿跟老天爷赌命。

眼下黑灯瞎火，正是浑水摸鱼的好时候。顾潇把马放了，趁着夜色沿河岸略略查探了一番，没发现什么端倪，想必这两日来没有船只或者车马从此路过，于是放下些心，安静藏在了芦苇荡里。

趴了近两个时辰，河面上还是半点行迹不现，顾潇不禁有些慌了。

遇到楚尧的时候毕竟为时已晚，手中掌握的线索不多，大半还是凭感觉猜测。这一路日夜兼程，满心都是唯恐赶不上对方，却忘了也许自己的猜测是错的。

顾潇犹豫着要是再等一个时辰不见情况，就冒险向官府那边报信。之前不如此作为，不外乎江湖庙堂泾渭分明，外加他也不清楚官场如今哪些人可信，这才决定自己拼上一把，若是猜错了这一次，那就只能铤而走险了。

幸亏老天爷还是眷顾了这只瞎猫。

在他已经有些按捺不住的时候，江面上终于出现了几艘船只的影子，船没旗，也没点火把，不晓得撑船的人到底有何本事，竟然能在这黑夜中行路无碍。

顾潇想了想，从衣袋里摸出了一块叶片状的琉璃镜。

这东西是幼时顾欺芳给他的玩物，据说是友人从西域带来，雕琢精美不说，还能视远如近，即便在夜里也如观白昼，可算是他幼时上房揭瓦掏鸟摸鱼的一大倚仗，即便长大了也没舍得丢。

顾潇闭上左眼，将琉璃镜贴在右眼前，昏暗的夜色如同被拨开沉雾一般，内中掩藏的一切分毫毕现——三只不大不小的船，外表普普通通，船头船尾各有两个黑衣人，中间船舱被油毡布盖着，觑不见里面一星半点的情况。

距离太远，顾潇根本听不到船上动静，只能依稀看到那些黑衣人彼此间偶有交流。思量片刻，他叼了根芦苇管，悄无声息地下了水。

顾潇沿着芦苇荡迂回，然后一口气潜了下去，紧贴在最后一艘船的底部，中间不小心激起的水花，还不如一条鱼蹦趷得厉害。

他选择这条船是有原因的，前面两艘船吃水差不多，想来里头装的东西重量相若，而这最后一艘船下陷要深些，如果上面不是多装了东西，就应该是多载了人。

顾潇一边像鱼一样小心吐着气泡，一边摸出了匕首，模仿海商里的凿船水鬼，运起内力凝聚在掌心，狠狠朝着船底刺过去。只是他忽略了水的阻力，这一刀虽然出手迅疾，却被水卸去了不少力道，最后刀身插入船底，却没能如愿捅出个洞，反把船震了一下！

"谁？！"

顾潇心道不好，整个人冲出水面，顺手抽出腰间长刀，恰恰劈断一人兜头打下的船桨，脚在那人头上重重一踏，"咔嚓"一声，这人脖子就往里陷了半寸，死得不能再死了。

这厢生变，剩下两艘船立刻掉头，船上已有人弯弓搭箭，顾潇旋身将刀一扫，荡开飞箭，同时一脚踢开船舱遮帘，冷不防一人从中杀出，手里齐眉棍连出七下，顾潇虽然躲过要害，但是肩膀挨了一记，顿时整条左臂都发麻了。

让他惊诧的是，刚才交锋时足够他看到船中之物——不过是些装了劳什子的破麻袋，并无火药气息，更遑论有被绑的富贵公子。

顾潇心头一跳，回首一看，只见后方被芦苇挡住的滩涂上还有一条小船，船上之人发现前头生变，立刻弃船往崎岖山路而奔，顾潇匆匆一瞥，是一男一女劫持着一名少年。

顾潇还来不及看清，又一棍携着劲风迎面扫来，他侧头避过，忍痛抬起左手，屈指在那人腕上一点，内力在关节炸开，那人手上失了力气，就被他夺了齐眉棍。

前面两条船已经倒转回来，挡住了他撤退之路，三船就连为品字，顾潇只觉眼前一花，六道长绳飞射而出，上面缠着柳叶刀，贴上皮肉就是鲜血淋漓。他不敢轻慢，脚下一点，身如鸿雁拔地而起，六道长绳在他脚下交错勾连，紧握它们的六个黑衣人也腾身而起，以顾潇脚下绳结为点，纵横移动，几个呼吸间就在半空中把他绑成了粽子！

其中一人喝道："绞！"

柳叶刀已经在顾潇身上切开浅口，再一用力，便如凌迟之刑将人千刀万剐。此人话音刚落，顾潇手中齐眉棍趋势扫出，重重打在一人头上，那方劲力一松，不待其余人发力，他轻喝一声，反手长刀斜出，同时身如重石般陡然下坠！

下坠之力与逆刀之势相抵，顾潇身上被撕开了好几条血口，好歹是脱困了，他一手抓起绳索，运足全身力气重重一抡，一个没来得及放手的黑衣人被他甩了出去。

余光瞥见那边三人已经快要跑过山坡，顾潇一咬牙，生挨一掌，借力踏水而去，脚下如凭虚御风，几个起落就落在那三人面前。

趁着追兵未至，顾潇还没站稳，手上长刀便顺势一转，腾挪身法，使出惊鸿刀法第一式"游龙"。

"翩若惊鸿，矫若游龙"，这一式出手快，刀势凶，如狂龙摆尾摧枯拉朽，力抗四方不在话下。转眼间，他整条右手都被震麻，刀却稳稳架住了那男人手中的铁钩，两相角力，顾潇不肯吃气力的亏，手下一松，长刀被铁钩带得当空一扬，便在这刹那，他左手已并指如刀，点上这男人的巨阙穴。

惊鸿刀法第二式"惊雷"，是以点破面的"破"字诀，运用在刀上，最适合从重围中突破，然而顾潇年纪尚轻，见缝插针的眼力远远不足，索性将这一式改为指法，专门用作偷袭关节大穴。

巨阙乃人身死穴之一，被这暴烈指力一催，全身内力都在此处炸开，那男子本欲趁机封喉夺命，结果钩子刚搭上顾潇脖颈，心脉便被寸寸震断。

铁钩差点划开顾潇脖子上皮肉，从鬼门关捡了条命回来的他后怕之余更有热血沸腾的兴奋，听得耳后风声起，扯下外袍当空一甩，将一件好端端的衣服被射成了马蜂窝。

心知追兵将至，顾潇见得那女子手握峨眉刺抵在少年咽喉，忽地伸手入怀掏出一物当面一甩，如暴雨梨花般绽放！

事出危急，那女子本就被男人惨死吓住，现在被暗器唬得失了方寸，下意识把少年推到面前一挡，那劈头盖脸的玩意儿顿时落了少年一身！

与此同时，顾潇欺身而近，接住长刀，将那女子算得上娇媚的脸蛋儿劈成了半面鬼。

"这位壮士……"少年还没回过神，适才那些小东西打得他生疼，却无甚杀伤力，定睛一看，才发现原来是一把湿淋淋的瓜子。

顾潇抽空喘了口气："别叫壮士，叫英雄！"

来不及多说，之前船上的十二名黑衣人都已追至，顾潇护着少年且战且退，忽然听得少年叫道："没路了！"

顾潇回头一看，山坡尽头已无前路，下方是陡峭岩壁和湍急水流，终于忍不住爆粗："娘的！"

一打十二再带个累赘，顾潇自问没这本事，他深吸一口气，挡下一剑的时候飞快问道："你会憋气吗？"

少年苦笑摇头。

"要命了这是……"顾潇一刀逼退欺近的杀手，反身抱起少年跳了下去，身后的刀剑几乎是擦着他砍过来，却只来得及割下几缕被风扬起的头发。

两人就像石头在飞湍瀑流间急速坠落，水声掩盖了所有的惊叫和呼喊，顾潇根本没空去管少年的反应，他的眼瞳紧缩，死死盯着越来越近的水面，忽然将长刀向下一掷，深深插入一块凸出水面的石头上。

下一刻，他脚尖稳稳踏在了刀柄上，卸下的余力将整把长刀生生震断，这才因站不稳，两人一起狼狈地滚落水中。

水的力量几乎要压瘪胸腔，四肢百骸无一处不被拉扯拍打，顾潇把少年护在怀里，吐了口血，只是那鲜血也很快被流水冲走，什么也没留下。

少年用手指抠着水里的石头，好不容易扶着他爬出水面，顾潇缓了口气，颤抖着手摸出琉璃片定睛一看，发现两人已经被冲出了一段距离。

岸边有一片山林，他抓着少年蹚水上岸，刚一踩到地面，全身力气都没了，手脚软得像面条。

拼着一口气走出老远，眼前的树木从稀疏到渐渐茂密，两人这才瘫坐在地上。

顾潇身上伤口被水冲得裂开了，疼得他龇牙咧嘴，哆嗦着伸手摸出药瓶准备上药，可惜摸了个空，想来那小小的药瓶子不知道被冲哪里去了。

暗叹一句倒霉，顾潇把思绪从惊心动魄的战斗里拔出来，这才想起自己杀人了。

他下山以来伤口多，真正杀人却还没有，哪怕是在荒野客栈，也不过是砍断木柱压住了店家。毕竟还是个少年郎，谁能真的做到视人命如草芥呢？

可是今晚他杀了三个人，当时情急之下并不觉得如何，现在回想起来却是惊大于怕的。

他出了会儿神，忽然听到身边传来一道声音："多谢这位……英雄。"

顾潇欣然回神，借着惨淡星光打量身边的少年，声音带着正当这年纪的沙哑，但语气很是有礼。

"不客气。"顾潇曲起一条腿，好奇地问，"你叫什么？"

少年满肚子的话堵在嗓子眼儿，他不可置信地问："你不知道我是谁？"

顾潇翻了个白眼。

"那你为什么要从葬魂宫手里拼命救我？"

"受人之托，忠人之事。"顾潇叹了口气，"一个肉丸子变的小孩儿涕泪交加地求我，让我去救他那被坏人抓去即将下锅的哥哥，所以我就来了。"

少年一怔，随即喜出望外："阿尧？"

"看来是没错了。"顾潇看向他，"所以，肉丸子的哥哥应该怎么称呼？"

"……我叫，楚珣。"

少年的回答简单明了，也诚挚无欺，顾潇反而沉默了。

他没听过楚尧的名字，却听说过楚珣。

大楚皇室以国为姓，当今圣上有九位皇子，其中被立为储君的大皇子早年病逝，只留下嫡长子作为皇长孙，为圣上所喜，赐美玉为名，是为楚珣。

由于早有怀疑，顾潇眼下并不诚惶诚恐，只是生出不祥的预感。

"朝廷中有叛贼与武林势力勾结，走私兵器火药，暗杀各处重要人物，意图让各地镇守官员疲于应对，无力支援北方。然而眼见北方战事依然僵持，这些个亡命之徒便通过叛贼线报，找到了微服出宫的我和阿尧，打算将我们带去前线交给反王，威胁守关大将。"楚珣说话很有条理，聪明冷静得不像十二三岁的少年人，"我抓住机会放跑阿尧，也是希望他能把这个消息带出去。"

可惜肉丸子光长肉,没长脑子……这句话顾潇没说,而是换了比较委婉的说法"可惜他太小了,不懂你的意思,只能没头苍蝇一样到处乱闯,希望能找到人来救你。"

楚珣苦笑一声:"不管怎么说,能从葬魂宫手中脱困已是大幸。"

"现在就松口气还太早了。"顾潇捡起树枝在地上划拉了几下,"动皇室的人,可是在拿脑袋拼命,他们这次会变成水蛭咬住我们不放。"

他心里明白,楚珣以真名实姓相交,并非感念什么救命之恩,只不过是眼下别无他法。

楚珣太需要一个能保护他回到安全所在的人了,怕死也好,为了大局也好,他和楚尧都必须好好的,不然后果不堪设想。

这个少年将自己的性命跟家国绑成一线,一同交付给自己这个陌生人,赌的不是人情冷暖,而是恩仇道义。顾潇若是应了,便如负千钧重担,举步维艰,一不小心就死无葬身之地。

可他若是不应……

半晌后,顾潇开了口:"你想去哪里?"

"先去找阿尧,离北方越远越好。"楚珣心头一喜,"距眠枫城不远的瑜州城里,守将陆大人是我九皇叔的亲信,素来亲民爱国,应是可信。顾大侠若能将我兄弟二人送到陆大人处,便再无顾虑,他日必定重赏以报!"

顾潇扯了扯嘴角,笑不出来。

顾潇这十几年来走过最艰难的路,就是带着楚珣回金水镇这一路。

葬魂宫的杀手层出不穷,几番死里逃生,顾潇就算是艺高人胆大,现在也几乎成了惊弓之鸟,夜里哪怕一阵大点的风声,都能把他惊醒。

他从未如此感谢师父师娘这些年来不曾懈怠的教导,也从未如此深刻感受到自己的心有余而力不足。

顾潇像沾水的棉花一样拼命从对手身上学习一切有用的经验,逼迫自己在最短的时间里迅速成长,不仅仅要用武力面对困难,还要学着抓住各种各样的机会寻隙突围。

等到他好不容易暂时甩开追兵，带着楚珣回到金水镇的时候，已经是五日后的黄昏。

顾潇筋疲力尽仍不敢大意，整个人绷成了拉紧的弦，警惕着擦肩而过的每一个人。他没有直接带着楚珣去那家客栈，而是在城里绕了大半夜，确认没有鬼祟之人跟上之后，才换了身打扮去找楚尧。

顾潇向掌柜的打听一番，得知这几日来无甚异样，只在三天前有一带刀女子来过，至今住在店里。

顾潇心下松了口气，先走到那有刻印的房门前，隐约可见里面烛火通明。

他敲了敲门，模仿着店小二的口气："新出的杏花酒，佐了糖渍梅子，客官要不要？"

门开了，一只纤细修长的手电射而出，准确无误地揪住顾潇一只耳朵，把他往屋里一拖，单手按在了桌子上。

门外的楚珣被吓了一跳，呆若木鸡。

"外边的，愣着做甚？进来！"动手的是个身着绛红衣衫的女人，长发高挽盘髻，一手揪着顾潇的衣领，左腿抬起踩在凳子上，只一个眼神，就比楚珣曾见过的大内供奉更凌厉。

楚珣犹豫了一下，顺手关上了门。

这一进来，他才发现床铺上隆起一小团，正是睡得猪一样的楚尧。

一路风餐露宿、提心吊胆的兄长看到幼弟这天真不知愁的睡相，总算松了口气，转头只见那女人抓着顾潇耳提面命："好小子，胆儿肥了啊，什么事都敢管！"

顾潇疼得眼泪都流了出来："疼疼疼！师父别、别揪我耳朵，扯掉了快！"

"不听话的耳朵留着也无用，干脆割了给我下酒。"冷笑一声，顾欺芳倒是松开了手。

顾潇赶紧蹦出三尺远，揉着被扯红的耳朵，直咧嘴吸气："救人是行善，师娘教我的！我错了吗？"

"他可没教你不自量力。"顾欺芳把刀鞘磕得震天响，屋子里的人顿时噤若寒蝉。

"俗话说'江湖庙堂两不接，泾渭分明不相合'，你是下山半年把规矩都忘得一干二净了吗？"她从怀里摸出书信，压在桌子上用内力震得粉碎，"你有本事做，现在就别尿啊！做事的胆子是气沉丹田增肥出来的吗？"

顾潇不敢吭声，任由顾欺芳当着俩孩子的面把自己训得狗血淋头，感觉师父是把胸中两点墨兑水成了两大缸墨水，随着唾沫星子喷射而出，骂得他头都不敢抬。

等顾欺芳搜肠刮肚地把最后一个字儿也骂完，才用眼神示意他一边凉快去，转身看向楚珣和楚尧。

楚珣才发现楚尧并不是睡着了，而是被人点了睡穴，便偷偷给他解了。本以为这娇气的堂弟定会哭闹，没想到楚尧眼睛还没睁就听到了顾欺芳一番节节拔高的骂声，竟是无师自通了龟息大法，一动不动活似睡死了。

顾欺芳哼了一声："醒了就别装死，皇帝家的儿孙就这德行，倒真是一代不如一代了！"

两兄弟被这胆大包天的刁民惊到，顾潇也不面壁了，扭过头来就惊诧道："师父，你知道他们是谁？"

顾欺芳慈祥地看着楚尧，皮笑肉不笑："我可是个凶残的女土匪啊，他要是不说实话，我就把他的心肝儿挖出来吃了。"

楚尧终于忍不住哇的一声哭了出来。

顾潇想起当时的随口编排，觉得自己作为一个大逆不道的逆徒，大概要被清理门户了。

顾欺芳这才示意顾潇过来把前因后果都说清楚，听完之后问道："你是打算再去一趟瑜州？"

顾潇下意识地点头，结果还没点下去，就被顾欺芳一巴掌拍成个偏头落枕。

师父这脾气也忒大了！

顾欺芳慢悠悠地问："年轻有为的顾少侠，你是觉得自己武功盖世、天下无双，差不多能以一当百，拳打葬魂宫，脚踹八方英豪了是吧？"

顾潇愣了愣，想争辩几句，顾欺芳就好像窥得了他的心思，继续道："你认为自己能瞎猫碰上死耗子，有惊无险地把人从雁回河带回金水镇，就算是了不得的本事，再来几波也能依葫芦画瓢应付了是吧？"

顾潇一噎："师父，送佛送到西，我总不能就这么把他们给丢了吧？万一要再出点事，前功尽弃不说，回头我还是千古罪人。"

顾欺芳抬起眼皮看了看他："你咋这么大脸呢？"

"顾潇，你以为，自己算个什么东西？"她放下酒杯，静静地看着顾潇，黑白分明的双眼褪去嬉笑温柔，竟然如刀刃一样锋利凛然。

顾潇的身体不自觉地颤了颤，双手握紧拳，喃喃道："我错了吗？"

顾欺芳不轻不重地拍了拍顾潇的肩膀，道："是非对错先不定论，单说你，以为自己下山这半年长了见识，在生死输赢间打了几个滚，就真能无惧所有的大风大浪了？"

顾潇迟疑了一下，摇摇头。

"呵，还不算无药可救。"顾欺芳深深地看着他，"潇儿，你告诉我，这一路上你带着他亡命而逃，心里想得最多的是什么？"

这个问题让楚珣屏住呼吸，楚尧虽然不大懂，却也被这凝重的气氛吓得不敢插话。

半晌，顾潇才道："我在想……如果失败了，怎么办？"

"对啊，如果失败了，你要怎么办？"顾欺芳的声音带着尖锐嘲讽，"你今年还不到十七岁，家不成业未立，要是失败了，横竖不过搭上一条命，但是这两个孩子怎么办？天家皇子落入敌手，北方军民怎么办？"

她的口气难得严厉，顾潇听她细细说来，那些强自压下的后怕现在都席卷回来，手脚冰冷。

"你觉得自己一肩担起家国大事，是行侠仗义，是义薄云天！可是你有没有想过，自己这副身板儿是不是铜筋铁骨，撑不撑得起这些负担？你到底哪来这么大的自信，觉得能够无所不能？"顾欺芳寒声道，"顾潇，你现在，也不过是比他们大几岁的孩子而已！"

顾潇心头一滞，他用近乎茫然的目光一一扫过楚珣和楚尧，一时间不知道说什么才好。

见这小兔崽子总算把那点不自量力的胆气压下，顾欺芳这才徐徐松了口气。

行侠仗义不是单凭胆气的鲁莽，而是呕心沥血的谨言慎行。

她从楚尧口中得知了顾潇近日的行事，又从今日一见里窥得他眼里紧张与兴奋交杂的神情，既欣慰于徒弟的成长，也忧心他过分滋生的骄傲。

顾潇是她半生心血养出的传人，武功底子好，性子也像极早年的她，正因如此，她曾经跌过的坑，才不能让他再陷下去一次。

眼见顾潇把这番话听进去了，顾欺芳才问："知道错了吗？"

顾潇双膝跪地，恭恭敬敬地对她磕个头："徒儿知错，谢师父教诲。"

他话音落下，顾欺芳便笑了，让楚珣、楚尧不约而同地松了口气。

"既然知道错了，就回去领罚。"顾欺芳的手指敲击着桌面，"每日挥刀万次，入夜去替你师娘抄书，他在家等你。"

顾潇没反对，只是问道："那他们俩……"

顾欺芳的目光瞥过两个孩子，眉目间染上经久不见的郑重："明日一早，我亲自护送他们过去。"

顾潇这一夜辗转反侧，怎么也没能睡着。

过了三更，他索性下了床，听了听隔壁动静，便翻身跳出窗，径自去后厨摸了瓶酒和一碟花生米，放下银钱就回了院子，在大树上找了个既能隐藏自己，又能时刻关注他们房间的位置窝着。

这是一棵桂花树，据说已经有上百年的树龄，长得十分粗壮喜人，因此店家盘下这块地的时候也没挪了它，他就当个招财进宝的吉祥物，至今仍安然无恙地立在后院。

眼下正是桂花盛放的秋季，顾潇摘了几朵桂花放进酒瓶里，鼻翼间的馥郁香气萦绕不散，只是再香的酒，现在喝着也有些没滋没味。

忽然，树下传来一声猫儿似的呼唤："顾潇，你在这里吗？"

顾潇拨开掩映的花枝，看到树下有个圆滚滚的肉团子正仰着头看来，肉团子身上穿得有点薄，在秋风夜里瑟瑟发抖，时不时吸吸鼻子。

楚尧嗫嚅道："你在上面做什么？"

"看风景。"

楚尧往周围看了看："这里哪有什么风景啊？"

顾潇不怀好意地拖长声线："长了腿的肉丸儿啊，粉嫩细白，还会说话，算不算风景？"

"……"楚尧一跺脚就要跑开，顾潇将花生米盘子往树杈间一放，双脚勾着树枝倒吊下来，长臂一伸把这很有点分量的小孩儿拦腰抱起。

楚尧猝不及防双脚离地，转眼就窝在顾潇怀里，少年一口酒水还没咽下去，一双桃花眼映着桂花和月光，眨一眨就如花开刹那，天心月圆。

楚尧一时间也忘了挣扎，小孩子大抵都喜欢好看的东西，于是怔怔地伸手去摸他眼睛。顾潇也不躲，只是眨了眨眼，睫毛在细嫩的掌心里扫过，酥酥痒痒的。

顾潇把盘子拿过来，往楚尧嘴里塞了一颗花生米，问道："大半夜不睡觉，跑到这里来做什么？"

"白天睡久了，现在睡不着。"楚尧在他怀里挪了挪，"你为什么不睡呢？顾姨说睡不好会长不高。"

生平头一次听到有人这样称呼自己师父那个女土匪，顾潇失笑："那是说小孩子，我已经长大了。"

"可是今天顾姨说你也是孩子。"

"在长辈眼里，孩子都是长不大的。"顾潇一边吃一边喂，笑眯了眼睛，"到底找我什么事？"

楚尧捧着双颊道："你好厉害，能不能跟我回宫，做我师父？"

他从楚珣口中知道身份已经交代，现在当着顾潇的面也不再绞尽脑汁地遮掩了，听说了对方一路上护持楚珣回到金水镇的惊险壮举，正是对顾潇崇拜得五体投地的时候，恨不能直接把此人打包回宫，做自己的师父。

大楚国力虽盛，但繁华之下内忧外患无数，因此圣上对于子孙的要求极高，无论皇子皇孙，都自幼识文断字、练武学骑射，等楚尧过了八岁，就要有专门的大内高手来教导他武功。可他小小年纪，不懂得大内高手与江湖侠客的差别，只觉得自己亲自见闻的才最好，现在只认为再没有比这对师徒更厉害的人了。

顾潇不答话，楚尧就掰着手指头一句一句地说道："你救了我和珣哥哥，我皇爷爷还有父王母妃一定会赏赐你的！你做我师父吧，要什么有什么，谁都不敢亏待你，我、我也听你的……"

"行了，谢谢你的好意，我不想跟你走。"顾潇摸了摸他的脑袋，"你看我这个人，没大没小，胆子永远比脑子大，说不定哪天就闯了大祸，跟你回去反而是不好。"

楚尧回忆了一下这家伙的满口胡言，一时间竟然找不到理由反驳，半晌才憋出一句："规矩都可以学的……"

"得了吧，要是学了规矩，我还是顾潇吗？"顾潇捏了捏他的脸蛋儿，"别说了，没戏。"

"可我说过要报答你的。"

顾潇耸了耸肩："你把我忘了，就是最好的报答了。"

楚尧不明白，又不敢问，一时委屈得红了眼睛。

"以咱俩的身份还能相遇，已经是很有缘了。"顾潇刮了刮他的鼻子，拿起酒壶岔开话题，"尝尝吗？不醉人，还很香，不信你闻闻。"

楚尧犹豫地凑过去嗅了会儿："桂花？"

顾潇把酒壶递过来："尝尝？"

楚尧还是没敌过好奇，双手接过来抿了一口，顿时咳了几声，然后二话没说就倒在了顾潇怀里。

顾潇被他吓了一跳，把人接住后又翻眼皮又把脉，顿时无言以对。

皇帝家的儿孙，居然是个一杯倒，这可真是……

他浑然不觉自己给小孩儿灌酒的行为有多么无耻，戳了戳那肉嘟嘟的脸，这才抱起小孩回房，一大一小裹成了夹馅春卷，心满意足地睡了。

第二天尚未日出，顾欺芳就收拾好行装准备上路，她雇了四辆马车，其中两辆各向一边而去，一个时辰后，再派出一辆向瑜州去。等用过了早饭，她才让乔装成少女的楚珦抱着还在睡觉的楚尧上了马车。

顾潇对着那少年穿红戴绿的扮相笑得满地打滚，直向顾欺芳竖大拇指："师父，你、你这招绝了！坏脾气的婆婆买了个童养媳带孩子，哈哈哈……这话本我能笑一年！"

顾欺芳今天换了身酱色衣裙，头发盘髻，只将眉眼和唇色一勾，竟如同换了个人，板起脸就活脱脱是个刻薄的妇人相。

她不知把惊鸿刀藏在了哪里，伸着手指一脸数落："你给我滚回家去，再敢惹是生非，等我回去打断你狗腿，三条！"

顾潇腿间一凉，赶紧翻身上马，一口气跑出四五丈，才勒马回首，道："你们，小心啊。"

顾欺芳翻个白眼不说话，楚珦抱着小孩儿不方便动作，只冲他微笑颔首。

顾潇的目光在楚尧身上顿了顿，有些可惜昨晚灌了他一口酒水，搞得现在连好好道别都不能够，转念一想，那小子爱哭得很，今天若是醒着，指不定又要哭鼻子，何必呢？

这样想着，马蹄在原地踏了两圈，顾潇终于转过身，扬鞭策马。

一路行行复行行，他走得不快，却很平顺，没遇到什么危险，平和如曾经的无数个普通日夜。

他心里计算着路程，大抵还有个三四天就能回到飞云峰，端清喜静，一个人留在山上想必也不无聊，估计不是在浇花弄草，就是抄经打坐。

顾潇琢磨着等师父回来，自己大抵是要吃一顿竹笋炒肉，于是满心想着怎么从师娘这边寻摸块护身符，不求逃脱责罚，但求师娘求个情能让师父下手轻点。

正想得入神，前方突然一道银光乍现，顾潇猝不及防，只能仓促后仰，上半身都贴在马背上，才发现那是一根细长坚韧的古怪丝线，一端连着蛇形银钩钉入树里，一端连在一个人手上。

适才若他反应慢点，估计头都要被这线割下来。

横遭拦杀，顾潇还以为是葬魂宫那帮人追了过来，结果抬眼一看，却是个勒马回首的男子。

男子一身白衣胜雪，背后负着把古朴长剑，墨发高束，脸上戴着雕刻云纹的白银面具，若非他出手狠辣，顾潇几乎要以为这是个不食人间烟火的谪仙。

男子一抖手将丝线收回，慢条斯理地团成一个小球挂在腰间，男子的声音透过面具传出："你往前边去？真巧，我也是，你绕路吧。"

顾潇气笑了："大路人人走得，不过同路而已，难道你向这边走，我就不行？"

"同路？"男子将这两个字咀嚼一番，慢慢笑了，"少年人，我现在心情很好，趁我改主意之前，走吧。"

顾潇皱了皱眉头，想起顾欺芳叮嘱，不与这一看就不好对付的疯子计较，开口道："前方乃是一道天堑，车马绝路，人迹不见，阁下是不是走错路了？"

他这话所言不虚，前方是一片沼泽，其后还有地陷裂谷，可谓穷山恶水，牲畜代步是不可行的，每次都是他和师父以轻功渡过，多年来不见外人，才让裂谷深处的飞云峰隐藏于山林之间，因此顾潇这句话是提醒，也是想把这古怪的人劝离。

男子漆黑如墨的双眼从面具空洞中露出，看着他的眼神有如盯住猎物的毒蛇。

接着，男子慢吞吞地笑道："走错路倒没有，不过……"

话音未落，他整个人从马背上腾身而起，快得像一道鬼影子，顾潇只觉背后生寒，下意识地侧身落地，一股鲜血就溅在了身上。

他所骑乘的白马倒在了地上，马脖子上有一道深可见骨的伤痕，鲜血淋漓，皮肉翻卷，马半晌都没能爬起来。

白衣男子站在血泊里，一点也不介意马血脏了他的云纹缎靴，只轻轻地笑道："原来是顾欺芳的徒弟。"

顾潇汗毛直竖，他下意识握住了刀柄，目光慢慢下移，忽然瞳孔一缩，定格在男子手上——他的左手中，握着一把雕刻着般若花的匕首。

心头怒火在这一刻点燃，顾潇几乎是咬牙切齿地问道："你是葬魂宫的人？"

男子轻挽匕首，好脾气地解释道："不，葬魂宫是我的。"

顾潇心头一震，他看着这男子，背后冷汗已经浸湿衣服："你是葬魂宫的主子？那，百花村的二十五条人命，是不是你做的？"

男子回忆了一下，道："好像是有这么回事，要不是剥那女人脸皮的时候她太聒噪，让我顺手割了她舌头，我也快不记得了。"

"你跟他们有何冤仇？"

男子摇了摇手指："不不不，我跟他们无冤无仇，只是他们不该遇上你们师徒三人。"

"那你和我师父又有什么仇怨？"顾潇终于压不住怒气，长刀出鞘带起一道月华，劈风而去，直取男子脖颈。

这一招"白虹"是惊鸿刀法中最霸道狠厉的招数之一，倾注顾潇身上八成内力，本以为就算不能杀他，也能伤之。

男子的左手还在把玩匕首，右手屈指在颈侧一弹，刀刃顿时偏了方向，而他右手屈指在瞬息之间迎面袭来，顾潇只来得及侧头，便觉肩上一痛——竟是被活生生连衣带皮地撕出三道血淋淋的指印！

"反应还不错，果然是惊鸿一脉的武功，听手下说你坏了我的大事，本也打算回头去找你的。"匕首抵住他的下巴，男子细细地看了他，忽然又笑了，"你长得不像你师父，也不像他，我很欢喜。"

顾潇一咬牙，长刀回转荡开匕首，抽身而退的同时解下腰间一管竹笛。

这是顾欺芳给他的东西，可顾潇不会吹曲，眼下也只是灌注气力用力地吹出一个破音，这一下声裂竹管，远震云霄，惊起林中无数飞禽走兽！

男子玩味的动作一顿。

顾潇吹完这一下，胸中竟有些气息不继，他已经明白这疯子是冲飞云峰去的，眼下师父不在，他只希望师娘能听到这声示警，赶紧躲起来。

"和你师父一样讨厌。"男子不再管他，飞身向前而去，顾潇大骇，赶紧横刀而出，只想着能多拦此人一会儿。

男子之前还在试探他的武功，眼下却全无耐心，一手掐住他的右腕，顾潇长刀脱手，骨头几乎要被捏碎！

他咬着牙一言不发，男子却向前方眺望了一会儿，忽然道："他出事了。"

顾潇一怔，随即背后窜上一阵莫名的恐惧。

"他要么不在，要么就是被什么事情牵绊住了，否则听到你那一声笛音，一定会来救你。"男子捏住他的脉门，"罢了，想来我现在过去，也该是无用的，倒不如……"

冷汗涔涔的顾潇一咬牙，左手点向自己的巨阙穴，却被男子早有所料般拍开，一掌击中他胸膛，他整个人倒飞出去，趴在地上咳了一大口血，怎么也爬不起来了。

"我准你现在死了吗？"男子在他身边蹲下，银白的面具在月色下更显森然，"跟我回去吧。"

他用匕首在那倒地的白马身上刻了几个字，拎起顾潇回到自己马上，又转头看了飞云峰方向一眼，遗憾地摇摇头，策马走了。

一个时辰后，披头散发的道长从林中走来，步履跟跄，脸色苍白如纸，唇边还有未干涸的血迹。

他身形有些不稳，走得却很快，到这里时已经控制不住自己的呼吸，只手撑着大树，目光迅速扫过眼前，将地上血迹、树上刀痕一一收入眼底，最后抬步走到那气绝的白马身前。

上面只刻了一句血淋淋的话，仿佛是多年不见的故人欣然问好，却让人透骨生寒——

一别经年，君尚安否？

第二章　出山

楚惜微沉默太久，叶浮生却已经等不了了，他披上外袍就往外冲，可惜伤势初愈，别说健步如飞，就算出这个院儿都有点勉强。

他推开门时楚惜微才回过神来，只见叶浮生起身在石雕上一踏，却没能踏风而去，反而后力不继跌了下来。

"你找死吗？"楚惜微稳稳将人接在怀里，免得他后脑着地又摔昏过去。

叶浮生一口气还没喘匀，道："阿尧，我要去找他，一定要找到他。"

他被那一口味道古怪的酒水勾起了千丝万缕的牵挂，恨不能光阴倒转，回到那一切还没开始的岁月，然而时间总是不留人。

楚惜微看了他一会儿，忽然脱了自己身上那件连帽斗篷，劈头盖脸罩在叶浮生身上，然后将其打横抱起，一路踏树踩檐直向西城门急追而去。

叶浮生被这姿势雷得一佛出世二佛升天，但是楚惜微显然没有听他啰唆的耐心，在他刚刚把头露出来的时候，就皱眉道："你再多嘴，我就把你扔下去。"

"……阿尧，你越大越不可爱了。"叶浮生一噎，就真的一言不发，楚惜微有千言万语在喉咙里打了好几回转，终究也没吐出来，只好把轻功又一提速，不多时就到了西城门口。

他本来想着开启城门的时间刚到不久，就算端清乘坐马车也走不了多远，可没想到自己急急赶来，只看见伪装成马夫的下属牵马引车，在城门前逡巡。

那车门敞开，一眼便可窥见内里空空。楚惜微放下叶浮生，沉声问道："人呢？"

下属道："那位道长说无须马车，只带了厉锋离开，我们本打算跟上，可他身法奇诡，出城后没一会儿就不见了人影。"

叶浮生攥紧了拳头，声音有些嘶哑："他走了多久？有没有说过去向？"

"已走了一个时辰，未曾言说去向，不过……"

楚惜微眯了眯眼："不过什么？"

"那位道长是往西南离开的。"

叶浮生脸色一白："难道……他要去葬魂宫？"

这个念头刚冒出来，他就再也站不住了，翻身就准备上马去追，依然被楚惜微牢牢扯住。

楚惜微冷冷道："你要去哪里？"

"他去葬魂宫了……他不能去！"叶浮生的双眼血丝密布，声音因哽咽而嘶哑。

"凭你现在这副样子，能追得上他吗？"楚惜微回忆起昨夜那短暂的会面，以他今日功底，竟然窥不出那白发道人的内力深浅，"若他也擅长轻功，一个时辰够他走出很远了，就凭现在连路都走不稳的你，想去追他？"

叶浮生面色颓败，片刻后才勉强勾起嘴角："那……也总要去追的。"

楚惜微气极反笑："当年我去追你，叫你回头，你回头了吗？我追上了吗？"

他本是说的气话，可是看着叶浮生此刻通红的双眼，神思莫名回到了当年，胸中一股躁意几乎要如火焰点燃，笼在袖子里的双手紧握成拳，手背上青筋暴起。

"……我回了。"沉默半响，叶浮生忽然低声道。

楚惜微一怔，叶浮生却不准备再说了，他伤势没好，在寒风里站了这么一阵，已经有些头昏，只能低头揉揉额角。

满腔怒意无处宣泄，楚惜微深呼吸两下，好在被一人拍中肩膀，耳畔传来嘱咐："静心，不要动怒。"

来者正是孙悯风，眼光在楚惜微和叶浮生身上来回打了个转，识趣地不去掺和，操起唱戏似的荒腔野调道："老爷差人送来家书，言小姐思君，欲诉别情，相公可要一览衷肠？"

叶浮生被这腔调惊醒，他下意识地问："你已成家了？"

"没有！"

见楚惜微黑着脸走向茶楼，孙悯风顺手扯住叶浮生衣袖，笑眯眯道："他每个月都有几天心情暴躁，你别见怪。"

叶浮生当然不会因此跟楚惜微置气，他只是有些感慨："当年明明那么乖的孩子，脾性何时变成这样大了。"

孙悯风认真想了想，道："我也不记得他是什么时候长气性了，只知道他每见到你都会变得更暴躁。"

叶浮生摸摸鼻子："大概是我不讨人喜欢吧。"

孙悯风眯起眼不予置评，转头对一旁的下属道："你去找二娘，通知她派人留意从古阳城到迷踪岭沿途的大道小路，若是遇见了与厉锋同行的白发道人，就设法把人留下。"

属下领命而去，叶浮生一愣之下瞥见孙悯风挤眉弄眼的神色，下意识地往茶楼那边看去，果然见到楚惜微满脸不耐烦地坐在二楼靠窗处，看到他目光转过来，又"啪"的一声关了窗。

叶浮生忍不住笑了笑，心中郁结和焦急都被冲淡了些，虽然重逢后楚惜微每次见到他都鼻子不是鼻子眼不是眼，却总能让他高兴起来。

他跟着孙悯风上了茶楼，楚惜微叫了满桌瓜果点心，却未点茶，只让上了一壶白水。

他神情冷淡，手里却很细致地剥着瓜子，叶浮生和孙悯风在下面不过耽搁了一会儿工夫，剥好的瓜子仁就已经装了一小碟。

两人落座，孙悯风笑道："多谢主子！我是最喜欢……"

他伸手就去拈瓜子仁吃，不料楚惜微虽没抬头，手上功夫却极快，左手在碟子边缘轻轻一推，小碟就被推到了叶浮生面前。

叶浮生的双眼已经恢复，因此只需一瞥，他就能看出这碟瓜子仁怕是有百余枚，脑中回想起当年他戏弄小肉丸子，说自己吃果子不剥皮吃瓜子不吐壳，硬是让堂堂小皇孙亲手给他剥了一百枚瓜子仁。

叶浮生垂下眼没说话，拿起小碟将瓜子仁一口闷了，腮帮子鼓起来像只努力咀嚼的松鼠，让这个风流的男人在这一刻显出几分孩子似的天真来。楚惜微看了他这样子，心里的郁气散了些，神情也缓和下来，对孙悯风道，开口问道："信呢？"

孙悯风也不知什么心态，竟也没避讳叶浮生这个外人，从怀里摸出一张叠好的信笺纸。那纸张是颇为风骚的淡粉色，还贴了朵淡黄蜡花，怎么看都像个女儿家送给情郎的私信。

端清那边有人去追，叶浮生现在也轻松了些，见状便故态复萌："让我猜一猜，这信的开头莫非是'别后经年梦如狂，日日思君空断肠'？"

孙悯风笑得打跌："正是这个话！叶公子，很懂嘛！"

两个老不正经的家伙四目相对，隐有惺惺相惜之情。楚惜微忍了又忍，毫不留情地把蜡花扯下，展开信纸就开始阅览。

信上洋洋洒洒写了满篇，都是些不知从哪段戏文里摘抄出来的不实华章，楚惜微拧着眉头看下去，终于在最后看到了一句人话——

"夫人忌辰将至，兰裳出走，欲寻旧仇，尔当速往，将其带回谷中，不可声张。"

看到这句话，楚惜微不仅是头疼，连牙都开始疼了。

叶浮生看他一脸烦闷本是有趣，可是见那眉头深锁，又有些心疼他——这孩子以前大哭大笑，性情直率，更别提皱眉的，现在怎么变成这样了？

这十年来，在自己看不到的地方，他到底怎么过的？

叶浮生这样想，就忍不住抬手将那信纸抽了出来，楚惜微也没阻他。等到叶浮生看完，他挑挑眉："这是老丈人让你去抓逃家的未婚妻？"

"想什么呢，她只有十三岁！"

叶浮生眼中笑意更深："那就是童养媳？"

孙悯风看够了笑话，为了防止某人恼羞成怒，终于出来打圆场："是我们老门主的孙女，现在离家出走要去做些不知天高地厚的事情，当小叔的哪怕再麻烦，也得把她带回去教训。"

楚惜微的手指敲击桌面，冷笑道："她不是不知天高地厚，是吃了熊心豹子胆，要翻天了！"

"左右不过一个半大女娃，能翻出什么花来？"叶浮生给他倒了杯水，"先消消气。"

楚惜微灌下一杯水，余怒未消："还记得陆鸣渊吗？"

"三昧书院的陆鸣渊？"

"断水山庄一朝倾覆，武林中有些头脸的人物近日都朝古阳城赶来，唯有他率领手下人折返回去……你说，这是为什么？"

叶浮生思索片刻，猛然想起时值八月，能让陆鸣渊低头赔罪也要抽身离去的事情，唯有……

"是秋试！"叶浮生眼中精光一闪即逝，"南儒出山了？"

大楚建国至今三代，算上虚岁也不过六十八载，而三昧书院在高祖建国后创立，迄今已经六十一年了。

它的创立者是名盛天下的南儒阮清行，此人本是前朝翰林院编修，出身落魄世家，受祖荫，不经科举而直入翰林，伴前朝太子读书讲习。二十三岁时，前朝破灭，阮清行辞官，返乡做了个教书先生，创三昧书院。他才德罕见，在七年时间里教书育人，将一个小小私塾逐渐发扬光大，广收学生弟子，著书立说，泽被天下。门下有学子一朝登科上榜，阮清行之名再现朝堂，因其久居南地，遂称"南儒"。

高祖求贤若渴，三传不授之后竟然微服亲往，阮清行终拜辞不能，重回朝堂，从此步步高升，位及丞相，于五十七岁时因病去世。

他一生未娶，膝下有一关门弟子，改姓阮，名慎，临终前收为义子，赠字"非誉"，接下他一生基业，辗转于庙堂江湖，任太子师，今上登基后官拜丞相，主持变法易矩，成了新一代"南儒"，今年也正好是五十七岁了。

"六年前地龙翻身，恰是新法推行的重要时期，一时间朝野上下人心惶惶，有人借机生事，矛头直指新法，说易祖宗法实为不该，地龙翻身，百姓受难，也是老天爷的警示……那个时候天子羽翼未丰，为群臣所掣肘，不得不做出让步，任职丞相的阮非誉告病辞官，新法事宜交由其弟子继续执行。天子暂得喘息之机，在这六年里清理朝堂沉疴，这两年好歹把皇位坐稳了些，看来是想借秋试改革之机，复用阮非誉。"

"你连皇帝的心思都能揣度，看来伴君十年，也不是白过的。"楚惜微的声音从前面传来。

坐在车上的叶浮生打趣道："阿尧，你呷醋了。"

楚惜微忍住没把这赖在自己马上的泼皮丢下去，也没回他，勒马抬眼，打量着周围环境。

四天前，楚惜微接到老门主传书，也不知道那丫头是怎生了一番熊心豹子胆，又有哪般开解不了的先辈恩怨，竟然带着两个死士就离家出走，要去找这位名震天下的南儒麻烦。

阮非誉虽然辞官，但有点脑子的都知道他简在帝心，辞官是权宜之计，早晚都会重登庙堂，况且三昧书院在江湖上举足轻重，谁都不会无缘无故去找他麻烦，因为动手的后果，可比捅了天大的马蜂窝还棘手。

哪怕百鬼门不怕江湖上任何势力，也不是连天家都不放在眼里的。

此事从急，却不能大张旗鼓地去追人，一旦横生枝节更是麻烦。楚惜微信不过旁人，索性自己避过外人耳目，去将那丫头逮回来。只是五湖四海中找一个人如大海捞针，秦兰裳自幼又是在百鬼门长大，深谙如何避开自家人的追踪，离家就如鱼入江海。

好在楚惜微焦头烂额之际，身边还有个能派上用场的人。

南儒身份敏感，辞官后不知所终，但叶浮生曾做了十年掠影卫统领，皇帝楚珣私底下那些个动作，有大半都曾经他手处理，暗中联系阮非誉商讨对策更是他每隔一段时间就要亲自做的事情。这六年来他人不在朝廷，种种大变之后却都有这位南儒的影子。

阮非誉心思缜密，从来不会在一个地方停留超过半年，距离叶浮生上次去给他送天子私信，已经过去将近一年，原先的地方自然是去不得了。他思量了一下，想起当初临别时，阮非誉曾提笔书就《英雄赋》，上书"大江东去原是英雄血，苍天雨落方为将军泪"。

北疆边陲有个"将军镇"，远上惊寒关，中隔三座大山，一条长河蜿蜒绕过，从将军镇直通惊寒关外，因四十五年前北蛮九部联合犯境，大楚军士沿河抵抗，无数英雄骨肉成泥，使得河水漂红百里，便有了"英雄河"之名。

将军镇位于边陲苦寒之地，除了行商走卒和边民，几乎不见什么外人。楚惜微买下一辆载着皮货的马车，着一身粗布短打，像个不伦不类的伙计，倒是叶浮生被他塞进锦帽貂裘里，捧着紫砂壶喝着鬼医留下的药汤，怎么看怎么像个富贵商人。

两人装模作样地处理了些皮货，随后转入一条长街，两边街坊门可罗雀，看着颇为凄凉，在这边陲之地却再正常不过了。

挑了家最热闹的饭馆，有爽利的店家娘子招待他们入内，尚未点菜，就先送了碟腌萝卜和一盘花生米，叶浮生拈起一颗花生吃了，笑眯眯地问："娘子这里有什么拿手酒菜呀？"

他生得一张风流相，此时裹了身庸俗笨重的皮衣，却不显臃肿，反倒衬出些贵气来，店家娘子看花了眼，忙道："回客官，俺们这儿的烧刀子酒烈性大，再佐炙羊肉和酱骨架，那……"

她边说边看，一只手忽地伸过来，把叶浮生头上的皮帽往下狠狠一压，遮住大半张脸。

楚惜微冷冷道："我们管事的体弱，吃不得大油大荤，店家拣些精细的上便是，不必打酒。"

叶浮生被那帽子遮了眼睛，无奈地伸手扒拉，自然也就没看到店家娘子一张笑脸被这活罗刹吓得惨白，唯唯诺诺地去了。

好不容易把帽子摘下，店家娘子已经逃也似的离开，叶浮生只好叹气，正巧有伙计端着托盘来上菜，他抬眼一瞅，俱是些清淡小菜，顿时就没了兴致，叫住伙计道，"小二，你且留一下，打听个事儿。"

外头生意不错，伙计本不欲多留，见到楚惜微放在桌上的银两，这才转了笑脸："爷，您请吩咐！"

"这事儿吧，本该是家丑不可外扬……"叶浮生面露难色，说话语意模糊，却最能恰到好处地勾起人兴致。伙计心里痒痒的，忙道："爷您说，我知道的一定告诉您，决不向别人漏口风！"

"嗯，我看你也是个老实人，来，先喝杯水。"叶浮生倒了碗茶递过去，见伙计喝了，向楚惜微使个眼色，后者才端起茶碗慢慢喝了起来。

"我有个小妹，今年十三了，从小被爹娘宠着，性子有些骄纵。这不，前几天闹着要去听学，可这什么世道你也清楚，我们走商的和你们开店的，都不过是混个温饱，哪有闲钱让个女娃去私塾？"叶浮生眉头深锁，"何况老话都说'女子无才便是德'，爹娘在世的时候也只准她学女工管账，听那些个子曰诗云有什么用？结果她一负气就带了两个家仆跑了，说就算自己做简工也要寻摸个先生教她诗书，我一路打听过来，听说她是往这边来了，小二你可曾见过？"

伙计听得心满意足，仔细想了想，摇头道："没，小的记性可好，只来过一次的客人都记得他爱吃什么口味的菜，但这半月来也没见过爷说的小女子，不过……"

"不过什么？"

"不过，爷的妹妹若是真往这边来听学，那我倒是知道点事儿。"伙计眼珠子一转，"咱们这儿有个老先生，很有学问，城里有上不起学的人家都把孩子送过去求教，老先生教人不拘男女，我们店家有个小女儿也在那里听过学，如今都会背千字文章。倘若爷的妹妹在这城里落脚，到那里说不定能打听到消息。"

"多谢！"叶浮生连忙追问，"不知老先生家住何处？怎么称呼？"

"老先生姓沈，就住在城南黄花巷。"顿了顿，伙计又道，"说来也奇怪，老先生是年前到咱们这儿的，一连好几个月也不见外人来寻，这些日子倒有好几批人来打听过，昨儿个还有一人问我先生是不是姓阮，嘿，也不晓得是不是找错人了！"

叶浮生闻言，与楚惜微对视一眼，神色俱是一凛。

城南黄花巷，是将军镇里一条平淡无奇的巷子，因这几年战事频发，镇里人走了不少，这巷子里头只剩下两三户居民，其中最靠里的那家院子就是沈先生所住。

听说沈先生年近花甲，在这地方住了大半年，虽然不常出门溜达，但谁家有个大事小情，去央他个主意准没错。只是这两日沈先生忽然停课，将听学的娃娃们都赶回了家，说是抱恙。有人提了鸡蛋面饼来看望，也吃了闭门羹。

眼下深秋时节，从沈家院子里爬墙而出的那棵老树在寒风中奄奄一息，枯黄的叶子落了满地，一只瘦巴巴的乌鸦停在树杈上，瞅见生人也不怵，张嘴就号丧。

楚惜微忽然笑了笑："一来就听见乌鸦叫，大不吉利。"

叶浮生挑了挑眉："你还怕乌鸦？"

"我这些年见的乌鸦多了，没什么稀奇，不过……"楚惜微唇角一翘，"每次见到乌鸦，都会遇上死人。"

叶浮生上前拍门，也不见他捏着嗓子，声音就扮作了妇人腔，急道："沈先生在吗？我家闺女说来找你问字，可这天儿也不早了，她还没回来，先生见过否？"

那门是从里面锁死的，叶浮生拍了几下不见动静，内力附于门上一推，横插的门闩就从中断裂，一排钢针从门缝中倏然射出，几乎是擦着他的衣角钉在了对面石墙上。钢针齐头没入，上面不知淬了什么东西，竟然能将周遭石头都腐蚀出指头大小的洞！

楚惜微拧眉，运力一掌拍在墙上，一根钢针被震了出来。他拿手帕拈起查看，此针尖端有三角倒钩，若是打在人身上，就算不淬毒药，也是像要连皮带肉撕扯下来一样，十分阴毒。

对视一眼，两人先后进门，甫一入内，便闻到一股若有若无的血腥气，伴随着淡淡药味扑面而来。

院子里应该刚被冲洗过，因为天气寒冷潮湿，地上还有水汽未干，然而叶浮生一眼就瞥见了石砖缝隙里冲洗不掉的红色，那是血下渗凝结之后才会形成的痕迹。

楚惜微皱了皱眉，捕捉到那一线药味是从屋子里飘出来的，房门紧闭，不知道里头究竟是何情形。

他伸手就要推门，被叶浮生一把抓住，示意他往下看——只见门槛下端，有一道不起眼的刻印，状似倒钩，倘一错眼，恐怕只当它是个普通刮痕。

见到这痕迹，楚惜微倏然回头，果然看到叶浮生沉下来的神情。

叶浮生摊开楚惜微的左手，在他掌心写道："刺血针，勾魂印……是'掠影卫'的标记。"

直属天子的掠影卫，帝心所向，刀锋所指。

叶浮生在惊寒关一战中死里逃生，掠影卫统领这个身份却随之失去，他自己心知肚明，谢无衣替他而死能瞒过与他交集不深的北蛮敌军，却绝对瞒不了为他收尸的掠影卫，更瞒不了楚子玉。

来的路上与楚惜微几番浅谈，对方言语间对他之前的"死讯"不乏余怒，叶浮生从中推测，怕是楚子玉明知他未死，却选择了替他隐瞒。

然而楚子玉如今要复用阮非誉，必定会招来各方有心人士的耳目，为了稳妥起见，一面大张旗鼓昭告天下转移视线，一面私派掠影卫前来接应，明暗相应，才是合适的手段。

楚惜微对掠影卫毫无好感，尤其不喜欢看到叶浮生与之扯上关系，这人在那里做了十年鹰犬，让他每每想起便如鲠在喉，恨不得让两者再无交集才好。

他压下胸中躁动的真气，退后了一步。叶浮生有心拍拍他肩膀，却被他躲了过去，莫名有些失落，便中途转了方向，在房门上连叩五下，末了嘬口轻呼，如一声嘶哑鸟鸣。

门里有个苍老的声音响起："谁？"

叶浮生道："秋风瑟瑟冷入骨，倦鸟恹恹难回巢，好心人，借个火炉暖过冬。"

掠影卫一年四时的接头暗号各有不同，叶浮生按着眼下时节开口，屋子里静默两秒后，有脚步声慢慢靠近。

开门的是位瘦削老者，穿着身洗得发白的长袍旧衫，花白的头发规规矩矩地束起，已经浮现苍老痕迹的面庞愁眉苦脸，看着就像个饱受磋磨的老秀才，带着一身挥之不去的沧桑。

他大概是眼睛不大好，看人的时候忍不住眯着眼，手还扶在门上，也不说话，就这么看着这两个不速之客。

南儒阮非誉，无论在朝堂江湖都是这般穷酸倒霉相，但他一旦认真起来，便是运筹帷幄之中，指点江山于手掌翻覆间。

叶浮生不动声色地扯了扯楚惜微衣袖，对老者道："我二人乃乾字营中人，主子令我们前来接应大人。"

掠影卫内部为了方便管理，按照八卦名分设八营，其中乾字营不过二十人，由天子和统领秘密调遣，其他七营对此也知之不多，正适合眼下取信。

叶浮生失了统领令牌，但掠影卫的刺青还在，他佯装没看见楚惜微冷漠的脸色，撸起左手衣袖，苍白臂膀上果然有一只玄色鸿雁，振翼欲飞。

"辛苦一趟，来得正好。"老者见了刺青，面色稍霁，放他二人进了门，这才看到屋里烟熏火燎，小炉上煮着锅乌漆墨黑的汤药，与空气中的腥臭味混杂在一起，着实不好闻。

床榻上还躺了一个人，身着黑衣，脸罩面具，正是掠影卫的夜行打扮，只是此刻露在外的双目紧闭，看着就气息奄奄。

叶浮生沉声问道："怎么回事？"

"此番行动走漏风声，他们昨晚来的时候被尾巴跟上了，虽然及时将之诛杀，但是两名掠影卫一死一伤，我一把老骨头与其出走遭劫，还不如在此静观其变。"老者眼光在他二人身上一瞥而过，"所幸你们来得快，只是那袭击我们的暗客不知何方来历，单你们两个，怕也悬了。"

闻言，叶浮生脸色大变："来得匆忙，不知这边已生变故，我二人先护送大人离开此地，再设法联络接应。"

"也好，不过他这伤势严重，我缺医少药，不知道你们可带了应急的东西？"老者闻听可以撤去，却不见多少喜色，只看向榻上伤者，目光中流露忧色。

叶浮生见此，脸色也柔和了点，道："有些金疮药，请大人让开一些。"

老者退到他身后，叶浮生从衣襟里摸出一个小指长的瓷瓶，俯身就去搭对方腕脉。就在这时，原本"昏死"的人突然睁开眼睛，盖在他身上的被褥掀起，遮蔽了叶浮生视线，靠墙的右手中竟然持了一把匕首，趁机当胸刺来，叶浮生的手却还被他紧紧抓住！

与此同时，老人浑浊的眼睛里陡然露出精光，袖中滑落一把剑，直戳楚惜微丹田！

一声闷哼，刀锋入肉，也不见叶浮生如何动作，眼看就要将罩在他身上的被褥翻转，叶浮生顺势缠住那人持刀的手臂，匕首穿刺出来，却被叶浮生点中腕脉，夺下刀刃反手刺了回去，鲜血溅在被褥上，随即倒下了一具死不瞑目的尸体。

"生前辛苦装睡，不如死后长眠，何必呢？"叶浮生摇摇头，回身看向楚惜微。

方才间不容发之际，那老者本以为这番偷袭十拿九稳，没想到被楚惜微生生攥住了手腕，震断了手臂经脉！

老者疼得浑身颤抖，脸上却不见冷汗，叶浮生屈指在他脸上一扯，便撕下了一张精妙的人皮面具，下方的脸庞分明是个壮年男子。

这人恨得睚眦欲裂："你们……"

"我问你答，否则……"楚惜微说话带着股阴森味道，这人见状就要咬牙，结果被兜头扇了一巴掌，半张脸都肿了起来，几颗牙混着血水吐了出来。

叶浮生觑见其中一颗牙里的毒囊，对楚惜微赞道："眼疾手快，我很欣慰。"

"我准你死了吗？"楚惜微没理他，居高临下地看着在地上挣扎的人，语气充满寒意，"你们是谁？"

所谓初生牛犊不怕虎，大概是在知道天高地厚之前，就先无师自通了如何找死。

秦兰裳已经在这山谷里转了两天，渴饮露水，饥餐野果，饿得眼睛比狼都绿。

她警惕地看了看周围，奈何这片山谷到了傍晚就不见天光，眼下更是黑得跟煤炭堆一样。一般人光是摸索道路就已经磕磕绊绊，更别提追着那些神出鬼没的人了。

好在秦兰裳自幼在百鬼门长大，自知轻功一般，不敢追得太紧，只能不远不近地跟着前方那辆马车，心急如焚，却不敢轻举妄动。

她已经吃够苦头了。

这回她带了两个手下私自离开洞冥谷，本是为了找南儒阮非誉，但对方辞官多年，早已不知所终，她一边躲着百鬼门的追踪，一边又要打听消息，跟乱撞的没头苍蝇差不多了。

然而就在五日前，外出打探消息的一名下属未能如约归来，她疑惑之下追查过去，却在一条古道旁发现了下属已经冰冷的尸体——

被摧心掌打中心口，心脉寸寸断裂，下手的人也没留下任何痕迹，身边的下属仔细翻找之后，才在尸体下方的泥土上发现一个潦草刻字，应是此人死前匆忙划下，写的是"北"。

掩埋了尸体，两人向北方追去，路经一片小树林时，敏锐的下属发现其中一块地皮有异，掘开之后，发现了三具尸体。

江湖上见到尸体并不稀奇，然而他们却看到了尸体臂膀上的鸿雁刺青，这是朝廷掠影卫的标志！

在这紧要关头调动掠影卫，除了南儒还能有何事？然而掠影卫向来行动隐秘，怎么会走漏行踪被截杀在此？

秦兰裳二人依靠蛛丝马迹追了上去，兜兜转转，于三日前到了将军镇，却在镇外看到了风尘仆仆的陆鸣渊等人。

三昧书院陆鸣渊，秦兰裳哪怕没与他见过面，却也是听说过的。前几年自己念书习武偷懒，还总被祖父拿此人来说嘴，恨不能把他的画像天天挂起来当靶子。

陆鸣渊出现在此地当然不是偶然，秦兰裳仗着有轻功过人的下属，一路跟在他们身后做尾巴，直到了黄花巷里。

陆鸣渊一行十四人，入了沈家院子后却悄然无声，秦兰裳等得心急，入夜后终于按捺不住，带人翻入院墙，却没想到撞见了血腥一幕——陆鸣渊带来的十三人都跟睡死的猪一样瘫倒在地，有三人手起刀落，砍瓜切菜般割开他们的喉咙，鲜血流淌满地。

院里石桌上，陆鸣渊无知无觉地趴着，对面有老者安坐如山，桌上茶碗翻倒，想来其中被下了药。

这一番情势急转，他们尚未反应过来，那老者手中便掏出一根竹管，钢针扑面射来，秦兰裳被下属挡住，钢针刺入下属体内，伤口顿时溃烂。

来不及多说，下属看也不看身后要命的刀剑，一把将她扔出院子。秦兰裳一路拼命地跑，冷汗眼泪糊了满脸，好在那四人大概是没想声张，见她跑上长街就折返了回去。她也不敢走远，藏在暗处小心窥探，终于在丑时看到一辆马车从院子后门驶出，向西南方向去了。

驾车的只有两人，也就是说还有两个留在院子里。秦兰裳略一踌躇，咬牙追了上去。这俩一人驾车一人在内，谨慎得很，在这山谷里兜兜转转，时不时就要杀个回马枪，秦兰裳好几次差点被发现行踪，不敢生火做饭，只就着冷馒头啃了两顿。

过了两天不见异常，这俩人总算是消停了些，终于停下来生火，驾车那人留下守着马车，原本车里的人则出外打猎。秦兰裳在草丛里忍着蚊虫窝了一会儿，确定对方是走远了。

马车里发出些动静，生火的那人不耐烦地喝道："老实点，再敢动就……"

他话没说完，就觉得脑后生风，下意识地回身一挡，却是一块石头。与此同时，秦兰裳一个鹞子翻身落在了车辕上，她使的兵器乃一剑一鞭，此时怕声响惊动了别人，便趁机将软鞭缠上了那人脖颈。

她年纪小，力气却颇大，长鞭一头缠住男人咽喉，她手持另一端翻身落下，往车底钻过，借力将男人拖倒在地，那人手里的刀还没出鞘，便落在了地上。

秦兰裳右手紧握软鞭，几乎使出了吃奶力气，左手拔剑出鞘，朝着那人胸腹连捅了七八下，血溅了满手，直到这人再也不动了，才将其一把推开，爬起来的时候手脚都软得像面条。

她回过神来登上马车，推开车门就要说话，却见车中是一只被裹住嘴巴的野狗！

一声轻响，只见一颗黑黢黢的雷火弹从车门顶上滚落下来，秦兰裳脸色剧变，立刻转身飞退，但闻一声巨响，雷火弹轰然炸开，那辆马车炸得粉碎，失了缰绳的马也被炸伤，受惊之下仰天嘶鸣，没头没脑地跑了开去。

秦兰裳后背鲜血淋漓，软鞭蹿上了火焰，烧得活似条被烤焦的蛇。她在地上滚了两下才扑灭身上的火星，张嘴吐了口血，肺腑怕是被震伤了。

来不及爬起身，一双脚就落在面前，秦兰裳心头"咯噔"一下，正是那打猎之人去而复返，居高临下地看着她。

"我还当是谁，原来是你这个胆大包天的小姑娘，白费了我一番工夫。"那人冷笑一声，"前两天叫你给跑了，如今却自己送上门来。"

秦兰裳不肯坐以待毙，左手在地面一拍，身体借力而起，紧握手中的长剑自下而上斜劈过去，在间不容发之际抵住了一把匕首。

匕首上刻有般若花，秦兰裳目光一凝，咬牙道："葬魂宫的狗？！"

"百鬼门的大小姐，眼光果然不差。"那人抬掌迎面击来，秦兰裳不得不避，手中长剑被一脚踢飞，匕首抵住了咽喉。

只是秦兰裳顺势一爪抓上了他的脸，没能抓个皮开肉绽，反而扯下了一张人皮面具，原本青黄的男人脸庞顿时变作雪肤红唇，竟是个柳叶眉杏核眼的女子。

"哎呀，这爪牙还挺厉害。"那人微微一笑，嗓音也恢复成轻柔女声，"大小姐，相见即是有缘，不如跟姐姐走一趟吧！"

她一边笑一边抬手点了秦兰裳身上八处穴道，出手颇重。秦兰裳不能动弹，也不能说话，只能用一双眼睛死死盯着她。

"倒是生了双漂亮的眼睛，宫主若见了，必是喜欢。"女子的手抚上她的眼角，"那便多留你几天，待得宫主来了，亲手挖了你眼珠玩儿！"

挖了活人眼睛，在她嘴里就像摘颗葡萄般司空见惯，秦兰裳听得毛骨悚然，女子的手又拍拍她的脸，赞道："怪水嫩的，等我完事后剥了你的皮做张新面具，定比你现在更好看。"

她是个漂亮女人，说话也柔声细语，活像民间话本里挖心剥皮的妖狐鬼魅。

秦兰裳已知道她是谁了。

葬魂宫除了宫主之外，另设左右护法和四大殿主，两位护法常年驻守宫中，协助宫主处理大小事情，而四殿主中唯有主暗杀的白虎殿主萧艳骨是女儿身，精通易容术，喜剥人皮，点穴与暗器功夫出神入化，是个比蛇蝎还毒的女人。

林中风声忽起，又有一蒙面人扛着陆鸣渊过来，那书生双目紧闭，看来还没从药性里恢复过来。

萧艳骨做事谨慎，抬手又封了陆鸣渊穴道，这才开口："后事处理得如何？"

"回殿主，已派人留守黄花巷，若有人寻去，定斩草除根！"

"很好。"萧艳骨看了看陆鸣渊，笑靥如花，"有了陆鸣渊在，何愁那老不死的不肯松口？"

秦兰裳心头一跳，没等她继续想，萧艳骨便从袖中取出一条袖带绑在她腰上，将个不甚瘦小的少女一把提了起来。

两人这一次没有刻意绕路，带着她和陆鸣渊施展轻功向山谷外飞蹿而去，这里本就接近出口，不多时便出了山林，见到了停在山壁前一辆毡棚大马车，四个走贩打扮的人守在四方。

秦兰裳和陆鸣渊被扔进车里，险些摔作了一团，好在被一双枯瘦的手臂堪堪挡住。

车里还坐着个老人，头发花白，身形清瘦，在群狼环伺中安之若素，扶住她的时候，秦兰裳甚至闻到了一股淡淡的书墨香。

老者看着就像个古板迂腐的教书先生，说话却是十分和蔼："姑娘，无碍否？"

他的手小心避开了秦兰裳背上的伤处，可秦兰裳看他一眼，全身血液都已凉透。

南儒，阮非誉！

当楚惜微和叶浮生离开那间院子的时候，天已经黑了。

屋子里已经不再剩下活人，可是叶浮生现在浑身发冷，跟死人也差不多一个温度了。

近两个时辰的逼问，那人软硬不吃、逼诱不受，面对楚惜微的摄魂术也能狠下心自剜双眼，不肯吐露半个字。

叶浮生这十年来混迹掠影，见过的私刑审讯之事不少，自己也曾执刀对着犯官逆贼施凌迟之刑，从一开始恨不得把胆汁都呕出来，到后来能对着一堆烂肉吃饭，早已经司空见惯。

可是楚惜微刚才的手段，却一点也不逊色于他。

楚惜微以指力慢慢捏碎那人全身骨头，他的内力霸道诡谲，隔着血肉能把人骨生生捏得粉碎。那人死扛着不说，他问得也很有耐心，说错或者不答，都捏碎他一节骨头，把一个人活活变成连皮带肉的泥。

直到他终于得到了想要的答案，那人才被他踩碎脊骨，如愿解脱。

叶浮生至今还记得当年那个又怂又乖的孩子，别说打杀宫人，平日里连句重话也是不怎么说的，大多时候都不过是发点骄纵脾气，却也很有分寸，从来不做折磨人的事情。

自重逢以来，楚惜微在他面前的表现一如当年，骄横脾气见长，刀子嘴豆腐心也似乎没变，驱散了叶浮生心里那一团阴影，直到方才被引出来，他一直刻意让自己不去想的问题，终于直白地袒露眼前——这十年来，楚惜微究竟是怎么过来的？

"我当然，是一天天活过来的。"

叶浮生一惊，这才发现自己想得太入神，竟不自觉地问了出来，楚惜微回过头静静地看着他，嘴角笑容冷厉中带着讥讽："每一天，度日如年，终于让我一步步爬上了这个位置。"

百鬼门传世近百年，历代门主几乎没有善终，不是死于江湖恩怨，就是亡于门派内斗，因为它不是血缘传承的世家大族，也不是什么讲究仁义礼智的名门正派，每一代门主都没有特别指定，能者均可居之，通过一次次残忍厮杀决出十名少门主，然后由老门主布下任务，让他们十个人争先完成，最终胜者为主，如同养蛊一样自相残杀，九死一生。

叶浮生嘴巴张了又闭，最终也只道出一句不成样子的话："你……我记得，你当初连把大点的刀，都拿不起来的。"

楚惜微已经比叶浮生要高上一些了，走近时便有了压迫感，让叶浮生不自觉地退后一步。

看见他退，楚惜微那带着讥讽的笑也消失了，道："是啊，当年弟子不成器，能有今日都拜师父所赐。"

这句话像一把锈迹斑斑的刀，撕开皮肉插入肋骨，贯穿了叶浮生本来跳动着的心脏，他扯了扯嘴角："拜我所赐……是啊，我还真的是……受之无愧。"

他笑得比鬼还难看。楚惜微压下胸中翻滚的情绪，却没再说什么，伸出手打算拉他一把，却陡然想起了什么，拿出一条帕子胡乱擦手。

楚惜微刚才杀了人，虽然未曾染血，可他总觉得自己的手是脏的，不能去碰别人，更不能碰叶浮生。

他心慌意乱，擦手的动作也就失了方寸，差点把指甲都掰折了，叶浮生被他这动静拉回思绪，脸上的笑容忽然就柔软下来。

这气急败坏的样子，比当年更别扭了。

叶浮生扯过那条帕子，毫不在意地擦了把脸上汗珠，笑道："上等的丝绸，送我吧。"

楚惜微瞥了他一眼，冷哼一声，转身走了。

叶浮生把丝帕叠成小方块，塞进衣襟内，快步跟了上去，问："现在这般情况，你怎么看？"

"葬魂宫杀了掠影卫，假扮天子使者劫走南儒，朝廷这一次决不会善罢甘休。"

"但是眼下，朝廷还不知道是他们做的，而我们也没有证据。"

"他说过两日前有百鬼门的人闯入这里，一个被杀了，一个少女跑了，应该就是兰裳。"楚惜微若有所思，"以兰裳的性子，定然不会善罢甘休，这附近没有百鬼门分舵，她应该会自己追上去，现在十有八九是出事了。"

"她一个小姑娘构不成威胁，又有个好身份，葬魂宫的人只要没傻到姥姥家，都不会急着杀她。"叶浮生眯起眼，"对于葬魂宫来说，阮非誉身份敏感又极其重要，陆鸣渊却是可有可无，他们留着陆鸣渊的性命，想必是利用阮非誉爱徒之心作威胁，逼迫他答应一些事情，然而能最大限度利用阮非誉的，不过一件事罢了。"

楚惜微眉目一凛："新法。"

阮非誉提出的新法，主要是落在税收、科举和世袭上。旧法苛扣百姓农田数量，税收负担极重，却对官员侵占田地大开方便之门，世袭制度更是旧派传承利益的途径，哪怕降爵承袭，也有至少三代风光。然而新法却要废世袭，改军功加官、科举入仕，无功绩者降爵贬职，有过者加倍罚之。对很多人来说，这都是伤其根本的举措。

"阮非誉的眼光很远，志气也高，但他挡了太多人的路了，这一时半会儿，我们也猜不出究竟是谁要给他挖坑。"叶浮生叹了口气，"你有什么打算？"

楚惜微冷笑："朝廷的事，跟我没有关系，我只要找回兰裳。"

叶浮生道："可惜那人只是被留下来断后的弃子，并不知道他们究竟要往何处去。"

"不过两日，又带了累赘，走不远的。"

"他们带着人质，应该不会走街道和有关卡的大路，想来是从山野绕行。"叶浮生想了想，"我们不如买些水粮，找当地人打听一下附近山路，也好追上去。"

楚惜微颔首，然而眼下天色已经不早，本就不多的店铺也接连关门，两个人把一条长街从头走到尾，才看到路口有个风烛残年的老人家正在收摊。

他卖的是些粗制滥造的糕饼，看着就不大喜人，因此一天下来也没卖出多少。老人一边裹紧了破烂袄子，一边颤巍巍地收拾。

旁边还有张桌子，上面摆着一盘冷硬的馒头、一碗只喝了一半的粟米粥，桌边坐了个男子，年纪看着跟叶浮生差不多，剑眉星目，一头墨发被松松垮垮地系在脑后，一身重紫长袍，轻带广袖，颇有疏狂名士之风，正低头作画。

楚惜微盯着馒头糕饼，眉头拧成一个川字，显然是嫌弃得很，却也没把挑剔说出口，拿起一双干净筷子翻看着勉强顺眼的食物。叶浮生对他摇了摇头，索性去看那男子的画。

一朵勃然怒放的花，殷红如血，可惜只有一半，像是被辣手摧花之人生生扯碎了另一部分。可它依然很美，不因太过浓丽而艳俗，也不因残破而失色，如生命一样炽热。

然而这样生机勃勃的红花，却开在了枯骨指间。

整幅画的背景是夕阳西垂时的战场，残壁断垣，折戟沉沙，带着浓烈的忧伤。在满地焦土上，有一具森然白骨倚石而坐，它身上不少地方七零八落，唯一完整的右手指骨间，便夹着这朵残破的花，红白相衬，分外妖冶。

"他死的时候，一定是笑着的。"叶浮生道。

男子的画笔一顿，饶有兴致地看过来："哦？"

这一个眼神看过来，叶浮生忽然便觉得背后一寒，如被蛇盯上的青蛙，却是转瞬即逝。再看那男子，笑意温煦如风，不见丝毫阴鸷。

叶浮生向来记性不错，他确定自己从没见过这张脸，但也仅仅是脸——对这个人，他有一种莫名的熟悉感，却一时抓不住头绪。

他这厢愣怔，男子倒是好脾气地又问了一遍："阁下此言何解？"

叶浮生回过神来："因为他如愿以偿了。"

画上战场惨烈，那具白骨残破不堪，然而它背倚焦土青石，折下这片战场上最后一抹亮色，也带走了这方天地下最后的容光。

它当是长笑而去，死而无憾。

楚惜微挑好了干粮，老者拿帕子擦了擦手，这才用油纸把它们一一包好，犹豫了一下，对这边道："这位公子，老朽要收摊了，您……在这儿坐了一下午，是不是……"

男子递出了一锭银子，道："这张桌椅，我今晚包了，老人家不必等我，径自回去吧。"

他给出的银子，就算是买两张上好金丝楠木桌也是绰绰有余，老者愣了一下，颤巍巍地接过银子，咬了一口，连声道："好、好、好！那老朽就不打扰了，公子你自便！嘿！"

言罢，他将收好的东西胡乱往推车上一堆，步履快得不似个老人家。叶浮生看他走远了，才收回目光，笑眯眯地问："这位公子怎么称呼？"

"慕燕安。"男子搁笔，邀他两人坐下，轻轻一笑，"两位看起来，也不像本地人士。"

叶浮生笑道："游历到此，只想着长点见识，不过看燕安兄的模样，似乎也是同道中人。"

慕燕安淡笑："既是游历，可有寻到什么好去处？"

"在街坊间转了整日，不见什么稀奇，恐怕要乘兴而来，败兴而去了。"

"这几年边关战事吃紧，这些边陲城镇也就逐渐破败，的确无甚稀奇，不过……"慕燕安只手托腮，"若两位不嫌弃餐风饮露之苦，那么这附近倒还有一处可做看头。"

"何处？"

"不瞒两位，在下此番远来，是冲着此地一个传说。"慕燕安一只手轻敲桌面，

"两位可曾看到这城中乌鸦甚多？"

"自然是见到了。"

"乌鸦食腐喜丧，在这久经战火牵连的地方并不少见，但是这将军镇的乌鸦，却是日出入城，夜后回山，秋冬两季也不南迁，宁可冻死，也不离开这将军镇方圆五十里。"慕燕安侃侃而谈，"但是在四十五年前，还没有这样的怪事……"

四十五年前，这里还是"白水镇"，那条河也叫"白水河"。那时候北蛮还未大动干戈，这里虽然说不上多么繁华，但也不似现在这般落魄。

直到那年秋季，高祖驾崩，先帝压制不住朝堂中结党营私的牛鬼蛇神，便有了分封在此的藩王借机叛乱，私通北蛮九大部落大举犯境，更有蛮人装成行商偷入白水镇，在送往边关的粮草中下了毒药。

因此，作为北疆咽喉重地的惊寒关被攻破城门，守将殉国，全城百姓十不存一，士卒更是血溅沙场，连俘虏都未能活命。

乱军长驱直入，再过两座大山便可夺下白水镇，自此后将国门大敞，兵临天京不远矣。

国难当头，先帝一面急遣大军抗敌，一面广招天下义士相襄北疆。那时候武林正邪两道中有志之士，都暂且放下恩怨，随军向北疆而去，与白水镇百姓配合，不知多少人血流成河，魂去万里。

有人死，有人退，就连主将也因死难之故临危换了三四任，在最后紧要关头，竟然是一个江湖草莽做了副帅。

那江湖草莽本无权无势，却在武林中颇有盛名，凭着满腔肝胆一身武艺，又曾与当朝丞相阮清行是患难相交，在那危急关头由丞相代之请命先帝，让他从旁协助主帅抗敌，军中无人不服。

无奈情势危急，城中又弹尽粮绝，他们与当时朝廷派来的掠影卫合计，主帅自刎头颅交于其手，使其以杀将献关为名接近乱军主帐，得到了反王信任。

次日反王亲自领军来犯，主帅人头高挂敌军旗杆，朝廷大军怒斥其背国求荣，悲愤之下倾力死战，血流成河，尸骨遍地。眼看形势即将颠倒，此人临阵反戈，当众刺死反王，身受重伤而不退，连战北蛮三名大将，最终被乱刀分尸，骨肉难辨。

叛军大乱，不得已退回对岸，又有掠影卫潜入其中，趁机煽动内乱，终于撑到了援军来到，将叛军赶出国门，夺回惊寒关。

战后，新任主将亲自率人打扫战场，寻回袍泽尸体就地厚葬，然而骨肉成泥，不知被人马践踏到多远的地方，秋日之下，唯有乌鸦食腐唱丧。

酒祭英魂，长河漂灯，全军泪洒战场，从此才有了"将军镇"与"英雄河"。

让人惊异的是，那些乌鸦从那以后再没离开将军镇，它们在这附近落巢繁衍，一代传一代，每日飞到城里的大树小墙上，夜深又飞回城外。人们都说这些乌鸦是吃了英雄骨肉成精了，战士成灰心不死，他们的魂魄附在了乌鸦上，还要巡视着这里，保卫镇上百姓，遥望边关无恙。

"传说毕竟是传说，谁也不知道其中到底有多少是后人添油加醋的，但是在这个镇子里，人们的确把乌鸦当作守护一方的神灵。乌鸦群居的地方是镇外往东二十里的一处山谷，平日里人迹罕至，但是山林环绕，黑羽遮天，也算得上一处奇景。"

叶浮生听得十分入迷："多谢燕安兄这番讲古。"

慕燕安笑了笑，见桌上画纸墨迹已干，便将其卷好放置，重新铺开宣纸，提笔蘸墨。

这便是言谈已尽的意思了，叶浮生识趣起身，一直默不作声的楚惜微看了慕燕安一眼，也站了起来。

叶浮生拱手道："不打扰燕安兄雅兴，这便告辞了。"

慕燕安已将心思附于画纸，无暇他顾，叶浮生也不觉失礼，和楚惜微并肩而去，临到街头转角，他回首看了一眼，那人还借着一盏如豆灯火在风中挥毫作画，静默得仿佛把那方寸之地也融入了画里。

楚惜微轻声道："他武功很好。"

叶浮生毫不意外："有多好？"

楚惜微："不知道。"

叶浮生笑了起来，目光却颇冷："我也不知道。"

这世上让他们两个都探不出底细的人，已经不多了。

叶浮生道："他似乎对我很熟悉，但我没见过他……或者说，没见过这样的他。"

楚惜微嗤笑一声："他从头到尾不与我说一句话，而是一路讲古岔开话题，看来是觉得与我相谈，会暴露他的身份。"

叶浮生："不过他给我们指了路，倒也算是做好事了。"

"往陷阱指路，也是好事？"

"有陷阱就一定有饵，我们现在也没选择。"叶浮生向他伸出手，"走吗？"

楚惜微瞥了他一眼："我去是在其位担其责，你又是为了什么？"

叶浮生漫不经心："为了你呀。"

没等楚惜微说话，叶浮生就转口道："刚才那人说得很仔细，现在我给你补充一点。"

"哪一点？"

"那以身殉国的江湖草莽叫秦惊鹜，一手长枪出神入化，四十多年前曾名震武林，人称'锁龙枪'。"

楚惜微瞳孔一缩，就听他又道："秦惊鹜为国而死，是侠之大者，可惜妻子早逝，只有两子一女，两个儿子随之征战沙场，均在那场血战里立下汗马功劳，可惜幺子战死，只有长子归来，战后被封为护国大将军，大楚人人敬仰。"

叶浮生不再走了，他看着楚惜微，眼中目光闪动："他的长子，就是'北侠'秦鹤白。"

那个时候，世上还无人听说阮非誉，名盛天下的南儒是他老师，阮清行。

南儒阮清行，北侠秦鹤白，文武各掌半边天，奈何不是同路人。

四十五年前，秦鹤白一战成名，由江湖转入庙堂的时候正是二十八岁，与其父相交莫逆的南儒阮清行却已是不惑之年，对这个后辈多有提携，就连他受封大将军之事，也少不了阮清行从中美言。

当时先帝的龙椅正在风雨飘摇之际，能够倚仗的心腹能臣并不多，对于阮清行可谓是言听计从，不但封了秦鹤白大将军之职，还将十万大军也交给了他。

秦鹤白也的确不负重托，他不似那些空有蛮力的莽夫，很懂得学兵法论策略，不但能领兵打仗，还治军有道，让一帮子等着看他笑话的人纷纷闭嘴。八年下来，他彻底在朝堂上站稳了跟脚，成了武官之首，与阮清行并为先帝的左膀右臂。

文武同天本该是一件幸事，可惜人生总是无常。

秦鹤白既是权倾朝野的大将军，也是江湖上人人称道的北侠，可谓风光无两，那时候无论谁提起他都会觉得此人是天之骄儿，就连先帝也曾赞曰："文有阮相，武有秦公，寡人之大幸也。"

就是这样一个得天独厚之人，偏偏不得善终。

他二十八岁被封大将军，征战八年平定东海之乱，又北上抗敌，逼得北蛮退军关外，三年不敢入侵，后从边关返回朝廷，被破例封为"护国公"，官居一品，年近不惑便与当时五十四岁的阮清行地位相当。

"这世上大罪，除了犯上作乱，就是功高震主。"叶浮生摇了摇头，"秦鹤白死得太冤，也不冤。"

那时候南儒阮清行已经重病缠身，对于文官势力的掌控不如以前，加上先帝沉溺寻仙问道疏于政事，朝廷上势力割据，文官中党派内讧，武官的势力倾轧而上，隐有把持军政之势，也许秦鹤白没有这样的心思，但是他也没能采取手段遏制，放任了这样的力量失衡。

就在这个时候，阮非誉横空出世。

"两年后，先帝因采补和服用丹丸而亏损了身体，朝堂后宫都是暗流疾涌，然而阮清行病重难以控制文官集团，秦鹤白智计有余城府不足，无法避免武官势力中的结党营私，因此迫切需要一个平衡。"叶浮生捻了捻眉心，"为此，阮清行呈词先帝，请开恩科，选出可用之人协助他扶持文官势力，阮非誉就是其中之一。"

三十五年前，阮非誉只是个二十二岁的青年，不晓得他是怎样得了阮清行青眼，被收为关门弟子，在三昧书院待了两年也不见名声传出，安静得像冬天里蜷缩在窝棚里头的鸡崽子。

然而那一次恩科，却是他金榜题名，力压群才。

新科状元，虽无家世支撑却是阮相高徒，纵无名声久传却有真才实学，在翰林院当了两月差后，就被破格选入刑部办事，前途无量。

新官上任三把火，他办的第一个案子，就烧到了秦鹤白身上。

西北一带有镇守武官私收番邦贿赂，准其商人僧侣在治下"便宜行事"，结果城中混入了奸细，偷出城中布防图，引得外族叩关，险些酿成大祸。

那武官跟随秦鹤白征战多年，后者念在这些年的情义上对他小惩大诫，只治了镇守不力之罪，将其贬职发落，隐瞒了其中细节。

本该处理好首尾的事情，不知如何被阮非誉得知，由此顺藤摸下，还真叫他摸出端倪来——那武官根本不是一时财迷心窍，而是早已与番邦勾结，成了卖国求荣的奸贼。

先帝本就多疑，曾经对阮清行、秦鹤白的重用到那时已成忌惮，尤其是手握兵权的秦鹤白更令他如鲠在喉。摸准帝王心思，阮非誉上奏天听，先帝震怒之下拿了那武官回京，当殿问责，秦鹤白险些被打为同党，只是无真凭实据证明其通敌，又念在多年战功的份上，只当殿责了二十大板，令其回府反省。

这样一来，文武势力被重新划分，阮非誉有了其师在背后支撑，又有文官集团里众多同门相助，因与武官党派针锋相对，更是和秦鹤白结下了梁子。

楚惜微皱了皱眉："可是从百鬼门的记载来看，北侠并非心胸狭隘之人。"

叶浮生点了点头，道："正因如此，禁足一月之后，秦鹤白没有重回朝堂报复阮非誉，而是自请外调，镇守惊寒关。"

楚惜微道："但是我记得，秦鹤白三十九岁便死了，犯的是谋逆之罪，满门抄斩。"

叶浮生"嗯"了一声："他在惊寒关驻守了一年不到，就被先帝以金牌令箭急召，却不知为何拒不还朝，先帝怒极之下派遣掠影卫前去拿人，才把他绑回了天京。"

原来在那之前，宫中爆发了一件大事——先帝病重呕血，太医院仔细诊断之后查出是中毒，而毒药就来自先帝每日必要服用的"仙丹"，少服无恙，久服大患，会对肺腑造成极大伤害。

更令人震惊的是，炼制仙丹的僧道是二皇子为讨先帝欢心所献，而在拷打之中，有人招供说是二皇子意使下毒，为了弑君夺位。

先帝震怒，二皇子被囚，朝堂上人人自危，时任刑部侍郎的阮非誉上书启奏，参秦鹤白拥兵自立，私与二皇子勾结，意在谋逆作乱，并提出证据若干。

二皇子重武轻文，素来与秦鹤白交好，再加上惊寒关乃北疆重地所在，陈兵于此如扼住国之咽喉。秦鹤白本就为先帝所忌惮，如今又与谋逆之事牵连，急召不回，更是让先帝认定了他要谋反，是故着掠影卫前往擒拿。

秦鹤白武功了得，惊寒关内又多为亲兵，一行十名掠影卫奈何不了他，最后还是当时的掠影卫统领出手，才堪堪拿下了他。

当庭对质，秦鹤白申冤无凭，阮非誉却证据确凿，一方拒不认罪，一方咄咄逼人，最后以阮清行抱病上朝力挺其徒，秦鹤白身边心腹中途反水为终，秦家连同仆人在内共计一百三十六人，全部下狱。

护国公秦鹤白犯上谋逆，可算是大楚开国以来的第一大案，几乎牵扯了当时的整个朝廷，就连江湖也因北侠之事动荡不已，那时候不知有多少人高呼冤枉，甚至有百姓滚钉拦轿，只为递上一纸血书，恳请朝廷从实再审。

然而三审之后，依然不能找到秦鹤白的脱罪之法，有意气人士妄图劫狱不成，更将秦家推入深渊，先帝下令择日问斩。

行刑日大雨滂沱，天京城万人空巷，新任刑部尚书阮非誉亲自监斩，秦家一百三十六颗人头落地，雨水冲干血迹，尸身倒落石阶。

三月后，阮清行于大雪纷飞之日病逝，临终前交付三昧书院于阮非誉，从此他就成了权倾朝野的"南儒"。

楚惜微眉头拧得死紧："听起来，南儒似乎不是什么好东西？"

叶浮生道："这天下本就没有绝对的好人和坏人。北侠一案至今不见平反，先帝在时有想要为其伸冤的官员，不是同罪就是被贬官，剩下的都是些明哲保身之辈，秦鹤白到底有没有谋反，也就成了一个悬案……因此，阮非誉到底是不是好人，也有待商榷。"

楚惜微看了他一眼，道："可我听你讲述，却分明是为北侠鸣不平的。"

叶浮生摊手："我一个后生晚辈，对这些陈年旧事无权置喙，自然只能跟着前辈的脚步走。"

"前辈？哪个前辈？"

叶浮生撸起袖子，露出那个让楚惜微看一眼就觉刺目的鸿雁刺青，道："自然是当年那位掠影卫初代统领。"

他一提起这茬，楚惜微就不爽快，冷笑道："看来你这十年过得不错，这般有归属感。"

叶浮生没呛他，问道："阿尧，你不觉得这刺青眼熟吗？"

楚惜微目光一凝，脑中细细一想，脸色顿时变了。

叶浮生轻轻道："与惊鸿刀刀鞘上的刻纹一模一样，对不对？"

楚惜微沉默片刻："你想说什么？"

"我记得你当年曾经跟我告状，说我师父不喜欢你和子玉。"叶浮生看着他，"她的确是不喜欢你们，准确地说，她不喜欢大楚皇家每一个人。"

掠影卫是高祖所建立，初代统领是当年与他在行伍间生死与共的兄弟，一起闯过江湖风浪，一同起义厮杀，更一起推翻前朝，助高祖坐上皇位，然后隐姓埋名，做了他一辈子的刀刃。

可是这样一个人，不为先帝所喜。

先帝生性敏感多疑，更不肯重用掠影卫，尤其是在秦鹤白一案中，掠影统领曾冒大不韪，夜入天泽宫，长跪不起，为秦鹤白求情。

他顶着被先帝茶杯砸出来的满头伤痕，只求先帝开恩。

最终他也没能救得秦鹤白，反而震怒先帝，被斥为贼党，于辕门外凌迟处死，被割了整整一千刀，弃于宫外乱葬岗。掠影卫也从此废除，所有成员皆割舌断筋，被逐出天京城。

戎马一生，死无葬身之地，连名姓也少有人知。

十年前，叶浮生进入掠影卫，才找到了这人的生平记载，让他胆战心惊。

顾铮，字承钩，燕川人士，善用刀术，身法独步天下，曾有江湖美名曰"惊鸿刀"。

顾承钩触怒先帝，获罪而亡，唯有一女远离天京，不及牵连，是为顾欺芳。

楚惜微一颗心悬在嗓子眼里，不上不下，全身血液冷透。

这个地牢位于一处井下，空间不大，阴冷潮湿，除了上方井口，再没有什么通风的地方，而井壁光滑得无处着力，就算轻功绝顶之人想出去也要费上些工夫。

秦兰裳趴在一堆干草上，后背疼得厉害，陆鸣渊也跟她一同挤在这一亩三分地，那些绑他们到此的人自然不会讲究什么男女之分，把个青年男子和半大姑娘推搡进一间牢房，结果姑娘趴在干草上不以为意，倒是醒来后的陆鸣渊紧贴石壁，恨不能离她越远越好。

周围不见什么守卫，秦兰裳号了一会儿不见回应，便对陆鸣渊道："书呆子，你过来。"

陆鸣渊闻言却是往墙上贴了贴，扭头不去看她："不合礼数。"

秦兰裳这次出门没看皇历，一路连坑带吃亏，现在早就被磨得没了脾气，道："他们扔了瓶药进来，但我不能给自己后背上药，你帮帮忙，不要见死不救。"

陆鸣渊这才转过头，看到她背上一片血肉模糊，再看看地上那个瓷瓶，依依不舍地跟石壁分离，捡起瓶子闻了闻，是金疮药。

药粉突然撒在伤口上，秦兰裳疼得龇牙咧嘴："你就不能用手擦吗？"

陆鸣渊轻咳一声："非礼勿碰。"

"我伤的是背，你为什么倒在我肩膀上？"

"非礼勿视，在下没看清。"

秦兰裳翻了个白眼，忍了一会儿后，终于决定没话找话，转移一下聚集在伤口上的注意力："你为什么不问我是谁？"

"非礼勿问。"

饶是秦兰裳已经成了过江泥菩萨，眼下也要生出三分火气来，她柳眉倒竖："你再这么暗示我，我会忍不住非礼你的，现在孤男寡女共处一室，你叫破喉咙也没用。"

陆鸣渊被这半大姑娘狂放不羁的发言给震惊到了，手里的药瓶差点没砸下来，好一会儿才回过神，手上动作利索了不少，嘴上也开始絮叨起来："女儿家还是不要这般口无遮拦，于礼不合，万一遇上了登徒浪子，如此言语是会惹来麻烦的。我们书院里无论女夫子还是师姐妹，俱都没有这样言行的……"

果然这天底下最唠叨的除了市井间长舌妇人，就是这些个酸腐书生。秦兰裳深深叹了口气，想要一巴掌把这喋喋不休的婆婆嘴给拍歪，奈何陆鸣渊已经收了手，退回去跟石壁再续前缘了。

他忽然住嘴，秦兰裳还有些不习惯，问道："你怎么了？"

陆鸣渊看了她一眼，道："我在思考三件事，谁抓了我们？我师父在不在这里？该怎么逃出去？"

秦兰裳竖起两根手指："葬魂宫，他在，剩下一个问题不知道。"

陆鸣渊皱起眉："麻烦了。"

"嗯？"

"他们现在没动我们，说明我们还有利用的价值，但是他们已经暴露了身份，那么为免麻烦，在利用完之后一定会杀了我们。"陆鸣渊摇摇头，"这位姑娘，在下陆鸣渊，怎么称呼你？"

她抬了抬下巴："我是秦兰裳。"

"秦姑娘，虽说同是天涯沦落人，在下还是有件事不明白。"陆鸣渊看着她，"葬魂宫素来与外族有勾结，会拿我师徒开刀并不稀奇，但你一个小姑娘，为何也落到这步田地？"

秦兰裳犹豫片刻，道："寻仇，可惜出师未捷先遭罪。"

陆鸣渊正要说什么，眉头忽然一皱，伸手捂住鼻子向秦兰裳使了个眼色，后者会意闭气，然后双双倒在地上。

不多时，上方井口探出一个脑袋，他仔细看了看下面，确定两人没了动静，这才熄了手里迷香，放下一道长长的铁链。

这迷香味道极淡，劲儿却颇大，秦兰裳只吸入一点就有些头昏脑胀，好在还能保持清醒，也不知道那书生究竟是不是属狗，鼻子这般灵敏。

那黑衣蒙面人顺着铁链落下，伸手就去抓陆鸣渊，就在此时，佯装昏迷的秦兰裳突然发难，顾不得背上的伤还疼得刺骨，下手却不失精准，搓掌成刀在那人后颈一劈，陆鸣渊默契地接住那人身体，没折腾出异常动静。

秦兰裳指指自己，又看看上面，陆鸣渊点头之后，她便抓住铁链，忍痛往上爬。刚爬出井口，就发现这里还有一个蒙面人，见冒出来个半大姑娘，对方一惊之下立刻拔刀。

好在秦兰裳身子娇小，手脚动作也麻利，险险避过这一刀后，翻身落在地上，顺手抄了根倚在墙上的废弃铁棍，携风扫了过去。

铁棍没有与长刀相接发出锐响，而是在交锋刹那陡然一转，狠狠打在那人持刀的手臂上，她这一下顾不得背后伤口撕裂，使出了吃奶力气，差点儿把对方手臂打折，随即顺势回身，重击在对方脑袋上，那人顿时头上冒血，趴在地上不动了。

她挂着铁棍喘气，背后的伤口疼得她龇牙咧嘴，好不容易才定了定神，打量了一下周围环境，发现这是一间暗室，正前方有一道铁门，此外不见其他守卫，要不然估计自己也就去见列祖列宗了。

喘了片刻，她弯腰去扒那人身上的衣服和蒙面巾，刚好爬上来的陆鸣渊看见她这般动作，脸色一僵，小声道："秦姑娘，男女授受不亲……"

"他要是还能醒过来，我便收他做通房！"秦兰裳看了眼那人猫嫌狗厌的长相和半脸血，明显死了，这才假惺惺地说道，"长得再丑也不嫌。"

陆鸣渊觉得自己跟这姑娘之间隔了从惊寒关到天京城那样远的鸿沟，简直不能沟通了。

思量片刻，他挫败地叹道："子曰……"

秦兰裳发誓他要是敢说"非礼勿脱"，自己就给他一棍子，照嘴抽。

孰料陆鸣渊走到她身边蹲下，代替她去扒这守卫的衣服，口中继续道："机不可失。"

"……哪个子曰的？"

"忘了。还有，麻烦姑娘转过去。"

秦兰裳背过身去，只听到后面窸窸窣窣的换衣声，她本来也有这样的打算，却忘了自己身量太小，穿上去也不顶什么用。

陆鸣渊将自个儿包得严严实实，这才道："可以了。我先把姑娘送出这里，再来找师父。"

她愣了一下，转过身来看着陆鸣渊唯一暴露在外的明亮双眼，犹豫了片刻："我不走。"

陆鸣渊劝道："此地危险，报仇之事来日方长，姑娘不要鲁莽。"

"我说了不走，跟你一起去找你师父，听不懂吗？"秦兰裳疼得抽了口冷气，再多的桀骜也成了气急败坏，"大男人这么婆婆妈妈犹豫不决，当心将来娶个厉害老婆，敢不听话就给你一天三顿打，跪着荆条哭爹娘！"

陆鸣渊今年二十有一，还是头一回遇到这么厉害的姑娘，当下不知如何是好了。然而眼下情势危急，容不得他多加犹豫，只好道："那就得罪了。"

言罢，他拖起那具惨遭洗劫的尸体扔下井去，再弯腰把秦兰裳往肩上一扛，一改方才迂腐扭捏之态，大步流星地推门而出。秦兰裳在他肩上刚想挣扎，就听见了一个陌生声音，连忙闭眼装死。

门外还有两个守卫，其中一人问道："殿主让带陆鸣渊过去，你怎么把这妮子弄出来了？还有一人呢？"

陆鸣渊压低了嗓音："姓陆的出了点事，他在里头守着，你们进去看看。"

两人对视一眼，越过他走了进去，就在这片刻，陆鸣渊放下了秦兰裳，低声道："一人一个。"

铁门悄然关闭，秦兰裳无声点头，与陆鸣渊一左一右贴了过去，那两人正低头往井下看，冷不丁脑后风声突起，各自挨了一掌一棍，连吭声也来不及，便一头栽下井去。

秦兰裳松了口气，心里却回想着陆鸣渊方才一掌，这书生内功被压制大半，出手时仍快如雷霆，之前看着迂腐的一个人，提掌却如天公降怒。

秦兰裳心道，这便是"奔雷掌"了。

三昧书院尚文，但南儒阮非誉这些年来虽身在高位，却总立在风口浪尖，针对他的暗杀不计其数，一般人早死了千百回，他却依然活到了现在。

"一剑三刀，东南西北"，若非早有江湖传说，谁也不会想到看似手无缚鸡之力的南儒竟然是中原八大高手之一，他极擅掌法和奇门暗器，尤以"奔雷掌"和"乱雨棋"力压群雄，就陆鸣渊这一掌来看，已得其师真传。

心头一凛，秦兰裳收敛了自己适才升起的轻视，看着书生温和如旧的眼神，回想今日匆匆一瞥的南儒阮非誉，蓦地发寒，三昧书院的人，都这般深藏不露吗？

陆鸣渊也觉得这姑娘不简单。

他们跟瞎猫一样东摸西走，好几次差点露了马脚，干脆趁人不备抓回了一个活口。然而葬魂宫的人嘴紧，还得秦兰裳亲自出马，扳起那人下巴，迫使其与自己四目相对。

不过几息时间，刚才还如锯嘴葫芦的人就跟着了魔一样，竹筒倒豆子般把地宫的情况说得一清二楚，连岗哨轮换都没有保留。

这丫头年纪不大，还到不了让人色迷心窍的地步，陆鸣渊心头思忖，忽然想到了一门武功——摄魂大法。

此功法被归于旁门左道一类，总共分为三层，第一层只是暗示，第二层能催眠神志、趁机套话，第三层就蛊惑心智，能让旁人为己用。

摄魂大法虽只三层，也并非一家所专，可这姑娘不过豆蔻年华，竟然在此道上已初窥第二层了，不晓得何方高人才能教出这般后人。

他心里转着念头，秦兰裳问完话就把那人打晕之后藏在角落里，道："这家伙也不知道你师父被关在哪里，怎么办？"

"他们费这么大的心思抓了我师父，当然会放在最紧要的地方。"陆鸣渊道，"秦姑娘，你怕不怕？"

秦兰裳从小无法无天惯了，当下一仰头："怕什么？你且说来。"

"我们去火药室，把雷火弹拿出来炸了。地宫一旦出事，他们除了来抓人，就是赶紧去首领那里禀报，如果我没猜错的话，那位白虎殿主应该正与我师父深谈，否则咱俩这一路敲闷棍，不可能没碰上硬茬子。"

饶是秦兰裳胆大包天，也被这一鸣惊人的书生震在当场。

陆鸣渊心道这小姑娘可算是怕了，于是温声道"这很危险，我等下去炸雷火弹，你就趁乱赶紧跑吧。我看你武功不错，见识胆量都不是一般小门小户能教养出来的，只要能逃出地宫跟家人会合，萧艳骨短时间内不会找你麻烦……"

这番碎嘴让秦兰裳回过神来，她抬脚踢了陆鸣渊一下，道："闭嘴，走吧！"

陆鸣渊："呃，要我送你？"

秦兰裳对这时精时傻的书生无可奈何："我去偷雷火弹捣乱，你趁机去找你师父。"

陆鸣渊反对道："不行，大丈夫焉能让女儿家迎难在前？"

秦兰裳撇撇嘴，她也不愿意让陆鸣渊轻视，奈何自己套上黑衣也着实不像样，萧艳骨但凡没瞎，一眼就能认出她来，那就不是找人，是找死了。

懒得跟他分说，秦兰裳一猫身就钻了出去，只留下了一句话："快滚吧你！"

萧艳骨进门的时候，阮非誉正在写字。

烛火照影，白纸黑字，气度清寒的老者从容提笔蘸墨，萧艳骨仔细看去，写的却都是人名。

准确地说，是死人的名，从变法开始至今，不知为此死了多少人，其中有反对他的人，也有为他舍了身家性命的人。一桩桩事，一个个人，无论大事小情、身份高低，他竟然还记得清清楚楚。

萧艳骨的目光落在最上面的两个人名上——秦鹤白，顾铮。

她嫣然一笑："先生好记性。"

阮非誉搁笔，道："人老了总喜欢回忆前事，这样也好，免得做梦时都不知道梦见的是谁。"

"先生对故人念念不忘，那么对身边人就毫不关心吗？"

阮非誉头也不抬："贵宫花了这样大的心思，想必不是只为了杀人，鸣渊现在当是有惊无险的。"

萧艳骨笑了："先生是聪明人，那么是否该先道谢呢？"

阮非誉掀了掀眼皮："谢姑娘杀了前来接应的掠影卫和我的十二位门徒吗？"

"这可不敢。"萧艳骨只手点唇，"我要先生谢的，是救命之恩呢。"

"哦？"

"自从圣旨昭告天下，先生这些年来所结的仇敌都闻风而动，回天京的沿途大道小路上都有人执刀以待先生。若非我葬魂宫先下手为强，先生恐怕也活不到今天了。"

阮非誉垂下眼睑："竟有这样猖狂的事情？"

萧艳骨觑着他的脸色，道"先生是七窍玲珑之人，我也就不说暗话了……先生，相信小皇帝是真的要起复您吗？"

阮非誉奇道："天子金口玉言，又颁布圣旨昭告天下，怎么会是假的？"

"昭告天下……呵，这便是了。"萧艳骨眼波流转，"若皇帝真心要重用先生，怎么会大张旗鼓，将先生置于风口浪尖，引得四方暗箭相逐？"

阮非誉望她不语，萧艳骨继续道："如今新法推行已过了最险要时机，一切都只待完善和料理后续，先生又已年迈，对于皇帝来说，已经不再是必不可少的肱股之臣了，他这样做不过是……"

"萧殿主心思过人，口才也很是不错，只可惜生作女儿身，不能入朝与百官并肩。"阮非誉忽然打断了她，"但是江湖人，还是不要妄议朝政为好，以免招惹麻烦。"

萧艳骨掩口轻笑："我等已经是债多不愁，倒是先生，明知自己是被帝王做了诱靶，竟还能安之若素，叫人不得不佩服。"

一阵风吹过，阮非誉咳嗽了两声："明知背后厉害，葬魂宫还要沾手，是为什么呢？"

"葬魂宫是替人办事的地方，这一次当然也不例外。"萧艳骨拿起那张写满姓名的纸，凑近了烛火，"皇帝要拿先生尸骨做巩固新法的垫脚石，自然也有人敬仰先生，不忍看英雄末路。"

"这世上想让老朽死的人很多，要留我活命的却少。"阮非誉思量片刻，"是……二爷？"

纸张一角已经点着了火焰，萧艳骨眨眨眼："先生果然好记性，正是您的这位老友。"

"不敢高攀、不敢高攀！"阮非誉摆摆手，咳得更厉害了些。

萧艳骨道："二爷说他当年受过先生恩惠，如今也不想看先生老无善终，还请先生给个机会。"

说完，她将手中一块玉佩放在桌上，那是上好的羊脂玉，可惜被摔碎过，如今被能工巧匠修好，但仔细看去，还能看到细密的裂痕。

阮非誉沉默了很久，喟叹一声："二爷是个有心人。"

萧艳骨还没来得及笑出来，就听他继续道："一如当年。"

她尚未绽开的笑容冻结在脸上，道："先生可向来是个识时务的人啊。"

阮非誉收起玉佩，看着已经化成灰烬的纸张，淡淡道："生老病死，往事成空，天下无有不变的人物。"

萧艳骨脸上的笑容消失了，她幽幽道："先生，正如您刚才所言，想要您性命的很多，可现在愿意保下您，又能保得住您的，可就只有二爷了。"

阮非誉笑了笑："老朽已经这把年纪，命都不值钱了。"

"那么先生不担心自己的弟子吗？"

"鸣渊已过弱冠，是该顶天立地的年纪了。"阮非誉的手指拂过余温渐失的灰烬，"老朽如他这般的时候，已经敢在老虎头上撒野了。"

闻言，萧艳骨妩媚的容颜横生煞气，忽然喝道："来人！"

一名黑衣人应声而入："殿主有何吩咐？"

"把陆鸣渊带过来！"

黑衣人迟疑了一下，道："回殿主，属下已经派人去了，只是不知为何，现在还没回……"

话音未落，就听见外面一声巨响，整个地宫都晃了两下。紧接着发出一阵喧哗，隐有打杀之声，像是有人突然捣乱，搞得这里都闹腾起来。

萧艳骨双目生寒，看得那黑衣人背脊发凉，连忙出门查探情况，不料正好跟另一个冲进来的蒙面人撞在了一起。

闯进来的蒙面人十分狼狈，身上多了好几条口子，忙声道："大、大事不好了！殿主抓回来的那两人逃出来了，他们不知如何找到了火药室，引爆了十几枚雷火弹！"

萧艳骨神情剧变，这里建在地下，全靠甬道和承重墙支撑，略显密闭的空间里一旦炸开火药，后果不堪设想。

"该死！你们看着他！"萧艳骨一把推开手下，夺门而出。

等她走远了，之前的黑衣人刚想说点什么，忽觉脑后生风，在间不容发之际抽剑格挡，掌与剑刃相交，剑身纹丝不动，肉掌被割出血痕，然而黑衣人的蒙面布巾下却溢出了鲜血，两眼暴突。

他身上毫发无损，掌力却以剑为媒介，窜入经脉，摧折肺腑。

尸身无声倒下，蒙面人看也不看他，转身对阮非誉急声道："师父，快跟我走吧！"

第二章 脱困

　　叶浮生觉得老天爷太缺德了。

　　慕燕安所说的地方，是镇东二十里的乌鸦谷，山高林深，人迹罕至，不知多少乌鸦在这林子里做了巢，地上不少鸟屎和乱羽，走动的时候还要防止"天降横祸"，腥臊的味道十分刺鼻，让楚惜微刚进来就忍不住打了个喷嚏。

　　看着楚惜微走路跟踩刀尖一样，叶浮生有点想笑，赶紧上去拉人，轻声道："你倒是留意一下附近，踩了陷阱怎么办？"

　　楚惜微压着火气道："等我把那死丫头找回来，一定打得她跪着哭！"

　　"别这样，虽然只是一个小姑娘，你也要学会怜香惜玉。"

　　楚惜微冷笑一声，突然出手如电般向左侧一抓，与此同时，叶浮生脚下一蹬，身如离弦之箭穿入树木缝隙间，几个起落就不见踪影。

　　楚惜微这一下突然发难，把暗中跟上的人唬了一跳，自以为高超的潜行身法被人一眼看破，那人立刻从树后蹿了出来，同时挥刀而下，不料肉掌与刀刃相撞，却是刀刃断成了两截！

　　那人来不及惊诧，那只苍白的手已经掐住他的咽喉，楚惜微手臂发力，把一个比自己壮了一圈的男人生生提了起来。男人被掐得喘不上气，双脚拼命踢蹬，可捏住咽喉的手纹丝不动。

很快，叶浮生的身影出现在楚惜微背后，他手里多了一把刀，上面干干净净，但还有淡淡的血腥味。见楚惜微侧目看来，他甩了甩手："追着那家伙跑了一段路，看到他跑到一处山壁前准备打开密道进去报信，我就夺刀把人宰了。"

"很好。"楚惜微勾了勾嘴唇，目光落在手中人的脸上，"那就不用留着你了。"

话音未落，只听一声轻响，那人的脑袋耷拉下来，气息全无。

叶浮生看着那两眼暴突的尸体，道："阿尧，我觉得你最近有点不对劲。"

楚惜微皱了皱眉："嗯？"

"在断水山庄初见你的时候，你不像现在这样易怒冲动。"叶浮生仔细回想了一下，那个时候的楚惜微虽然立场不明，但总的来说还是沉稳居多，然而从自己醒来之后，就发现他情绪浮动极大，尤其动武的时候冷酷狠辣，不似平常。

楚惜微面带嘲讽："十年不见，你以为自己有多了解我吗？"

"阿尧，你别这样。"叶浮生难得皱了皱眉，他伸手就去探楚惜微的腕脉，却被反手抓住。

楚惜微这一手用力极大，叶浮生忍着腕骨传来的剧痛，在感受到对方松力的时候趁机反扣，抓住了他的手腕。只是这人如今滑得跟泥鳅一样，他只号了不到一息的脉象，楚惜微已经抽手退后。

他冷声道："你以为自己现在是谁？凭什么管我？"

这句话一出口，两个人都愣住了。

叶浮生心里被刺了一下，扯了扯嘴角打算插科打诨蒙混过去，可楚惜微脸色也不好看，没等他开口便脚下一点，去了叶浮生归来的方向。

"倔驴脾气。"摇摇头，叶浮生把这事暂且记下，遂施展身法跟了上去，可他功力未复，跟上楚惜微有些吃力，一晃眼就丢了人影。

"这么大个人了，咋还是个撒手没啊？"叶浮生追到山壁前，发现这里空无一人，密道也是关闭状态，吃不准楚惜微是先一步进去了，还是溜达到了哪里。

犹豫了片刻，叶浮生准备去按下山壁上那块稍微凸出的石砖，没想到还没碰上，脚下传来一声巨响，伴随着地动山摇，他差点没一屁股坐在地上。

叶浮生好不容易站稳，面前的暗门却自动开了，从里面蹿出四个黑衣蒙面人来，看到他这个堵在门口的不速之客，黑衣人眼神齐齐一变，一人喝道："来者何人？"

另一人则道："杀！"

"孙子哎，叫爷爷！"叶浮生心道这真是赶早不如赶巧，提刀插入四人中间。

四人同时一惊，叶浮生旋身一扫，后面两个立刻退开，前面两人避得慢了些，刀锋如狂风刮过般在他们胸膛上开了条大口子，溅起老高的血，连痛呼都来不及，便倒在了地上，不知死活。

叶浮生一刀方过，一棍一剑便左右齐来，他左手分花拂柳般在棍上一拍，顺势将其引向长剑。两者相撞，持剑者退了一步，叶浮生趁此机会欺身而近，刀锋一闪，便割了他咽喉。

剩下一个黑衣人大惊，铁棍携风直扫叶浮生头颅，他在间不容发之际后仰，劲风拂面，刮得生疼。

叶浮生眼神一凛，在铁棍照腿扫来的时候，他抬足在棍上一踏，那人只觉得眼前一花，对方已出现在他上方。眼见刀锋直斩而下，他下意识地举棍相抗，不料叶浮生刀锋一转，贴着铁棍滑了过去，削断了他握棍的一根手指！

十指连心，那人手中铁棍一松，没等惨叫出声，叶浮生空出的左手已趁隙而入，一掌击在了他面门上！

血从额头滑落下来，叶浮生收刀站定，看也不看身后的尸体，从密道口走了进去。

这条密道不宽，他听得不远处动静颇大，想来这里是出了什么乱子，不晓得是不是楚惜微搞出来的，犹豫一下还是决定去看看。

他做了十年掠影卫，对于藏身潜行最为擅长，一路隐在暗处像只灵活矫健的壁虎，四处搜寻的地宫守卫都没发现有这么一个家伙跟自己擦肩而过。

越往里走构造越是复杂，眼看一队守卫就要与他狭路相逢，叶浮生闪身蹿上房梁，不料跟猫在上面的一道身影撞个正着。

脑袋磕上一块硬物，叶浮生还没说话，就被一只手捂住了嘴，直到下方守卫经过，那人才松开手，喘着气低声问道："你谁啊？"

叶浮生鼻尖嗅到一股血腥气，这里灯火昏暗，只能勉强看清是个身量娇小的少女，他心念一转，压低声音："兰丫头，你爷爷叫你回家吃饭。"

秦兰裳正吃不准他来路，闻言心头一跳："你到底是谁？"

果然是她。叶浮生松了口气，笑道："你小叔带我来找你回去，你觉得呢？"

"你跟我小叔什么关系？"秦兰裳不信邪地伸手过来，叶浮生趁机握住她手腕探了下脉，眉头一皱："你受了内伤？"

秦兰裳扁了扁嘴："外伤也有，可疼了。我小叔呢？"

"你叔八成被什么绊住了，我先把你送出去。"

找到了人，自然不能在这里耗着，叶浮生掂量了一下自己的余力，觉得护着这丫头逃出去还成，眼下情况混乱，与其没头苍蝇一样乱找，还不如先回约定好的地方等着楚惜微自己回来。

秦兰裳自告奋勇地带路，说是能避开守卫，叶浮生跟着她左拐右转，没感觉自己在出逃，反而更像是深入探查，奈何这条通道太窄，只能容小姑娘自由转身，他一个大男人弓身提气才能免得被卡在里头，低声问道："确定没走错吗？"

身后无人应答，只有脚步声急促远去，想也知道是跟在自己身后的小丫头转身跑了。

秦兰裳这两天倒了大霉，可不敢再轻信谁，吃不准这人所言真假，干脆先想办法甩了他，自己再去找陆鸣渊会合。

"人小鬼大。"叶浮生好气又好笑，这下子被雏雁啄了眼，他也没别的法子，只好先走出通道再去把那丫头拎回来。

好在这条通道不长，尽头是一扇狭小的石门，只有人来高。叶浮生用力一推，不料手下忽然一空——不晓得是谁这么缺德，这石门是虚设的，若人用力一推，就得被自己的力道带进去。

骂娘都来不及，叶浮生一头栽了进去，里头是条蜿蜒向下的甬道，地面和墙壁都被打磨得十分光滑，活像是被蛇爬过的洞穴，叫人连个着力点也没，只能尽量护住要害，顺势滚了下去。

所幸这甬道不长，他很快就到了底，头昏脑胀地爬起来，心里把楚惜微连同秦兰裳骂了几遍，才抬头打量起周围的环境。

他却是不知道，秦兰裳可为了他精选了这条路，因为吃不准立场，她也不敢把人往死路带，想着之前问出的地宫路线，发觉此地是个闭关的密室，而掌控地宫的萧艳骨本人又在跟南儒较劲，估计眼下正好是空的。

密室里没有点烛，墙上镶嵌着夜明珠，照得整间密室幽亮，借着这泛绿的光，叶浮生看到密室中央是一个水池，其上有一方石台，七尺方圆，上面有一台放置着古剑的檀木剑架。

叶浮生提气飞上石台，看清了那把古剑——剑长三尺，古朴典雅，剑柄上刻有流云。

在这片刻间，他全身发寒。

这当是一把好剑，可他还是顾潇的时候，就见过这把剑。

浑身血液在迅速冷却后又突然沸腾，他还没来得及压制自己汹涌的情绪，身后便传来石门开启的声音。

叶浮生眼中杀气突显，右手覆于刀上，回头看了过去。

陆鸣渊扶着阮非誉急匆匆闯入密室，没想到里面还有别人，幸好他记性不错，很快想起了在断水山庄的一面之缘："叶公子？"

叶浮生听这声音还算耳熟，再看他搀扶着的老者，正是引起此番风波的南儒，心念一转，道："是陆公子吧，好巧。"

南儒抬眼看了看他，不作声，手在陆鸣渊小臂上轻拍一下。

这就是可信的意思了。陆鸣渊松了口气，问道："叶公子怎么在此？"

"受人之托，来找个逃家的小姑娘，不知二位可曾见到？"叶浮生犹豫了一下，还是弯腰把那长剑拿起来，脚下一踏，飞身落在陆鸣渊面前，保持着让双方都安心的距离。

陆鸣渊在断水山庄时曾见他力战步雪遥，不晓得他到底是何方神圣，眼见此人如今眼不瞎腿不瘸，心里更不敢轻慢他，只好含糊说道："小半个时辰前见过的。"

叶浮生盘算了一下，想必那丫头跟这书生分路不久便撞上了自己，然而眼下自己误打误撞跟这两人碰了面，秦兰裳却又不知跑到哪里去了。

阮非誉道："先走吧，此地不宜久留。"

现在整个地宫乱成了一锅粥，既适合浑水摸鱼，却也容易节外生枝。他们三人这般情形，并不适合去蹚浑水，否则不仅找不到人，还可能把自己折进去。

叶浮生问道："这间密室，是什么地方？"

陆鸣渊道："在下也不甚清楚，只是之前从此地守卫口中套得消息，说这里有个闲人免进的密室。刚才为了躲避守卫，这才向这边赶来。"

叶浮生不得不佩服他的胆子："万一这是个有进无出的绝路呢？或者里面有

个闭关修炼的老妖精呢？"

阮非誉咳嗽两声，苍白的脸上浮现潮红："若老朽没猜错，这里是个练功室。"

说话间，他意有所指地看向墙壁，叶浮生抠下一颗夜明珠，只见那洞深约莫半指，而且五五一组，像是有人五指穿入后再把夜明珠填入空洞，周遭没有半丝破裂痕迹，仿佛只是插进了一堆棉花中。

南儒的阅历远胜叶浮生，当下便道："萧艳骨暗器之法可谓一绝，但武功并非一流，能使出这般指力者必身怀上乘武功，内力深厚，还要手段狠毒……因此，在这里闭关练功的人，定不是萧艳骨。"

叶浮生一点就透："她将此列为禁地，不准旁人靠近，是为免走漏消息，也就是说在此地闭关的人身份十分重要。既然如此，里面的人定不会从寻常门路出入，密室里一定会有直通地宫之外的暗道。"

陆鸣渊闻言，赶紧把周遭都打量了一番，奈何这密室修得十分封闭，除了墙上指洞和叶浮生掉下的甬道口，再无什么出处，然而那条甬道尽头仍在地宫内，说不准就要跟萧艳骨等人打个照面。

"没见着暗门啊。"

叶浮生眯了眯眼睛，突然撕了截布条把刀剑往背后一挂，纵身跳入水池，快得让陆鸣渊阻止都来不及。

池水冰冷刺骨，尤其越往下越觉暗流涌动，他心里有了计较，浮上水面道："这是活水，下面有出口。"

陆鸣渊大喜，却又犹豫了，他咬咬牙道："叶公子，能否请你帮我把师父送出这里？我……秦姑娘想必还在地宫，她助我良多，我是不能把她丢下的。"

叶浮生一笑："有了姑娘就不要师父了？"

陆鸣渊连忙道："不不不，不是这样……只是我本就不谙水性，从这里走也是拖累师父和公子，再说把秦姑娘留在这里，实非君子所为。"

叶浮生与南儒对视一眼，应道："既然如此，你将师父安危交我，我便把丫头性命托付给你，还望我俩都能不负此约。"

陆鸣渊肃然道："不敢失约。"

叶浮生问道："这位老先生可识水性？"

"南地人，焉能不做浪里白条？"阮非誉笑了笑，"只是我现在气力不够，还需公子帮衬着些。"

"好说。"

叶浮生一手抓住了他，两人立刻潜了下去。陆鸣渊站在岸边看了片刻，确定水下无甚危险，这才从叶浮生掉落的甬道口小心爬了上去。

这池水十分怪异，表面平静无波，下面却是暗流疾涌，声势惊人，两个大活人落入其中，就像被狂风摧折的枯草。好在他俩水性都不差，叶浮生憋着一口气，拖着阮非誉顺流而下，直到胸中渐渐憋闷儿欲炸裂，才觉水力减缓。

他估计这是到了出水口，便拉着阮非誉向上游去，待到钻出水面，才发现原本黑沉的天已然将明，天边出现了鱼肚白。

周围是一片荒草萋萋的空地，水势到了这里便减缓了，叶浮生和阮非誉爬上了岸，全身气力几乎耗尽，瘫在地上歇了会儿，他转头打量附近，才发现这里是英雄河下游一处偏僻位置，想来那池水正是从河中引入，依据地势修成了水道。

叶浮生轻拍南儒后背，老者身体虚弱，咳嗽数声，看得叶浮生都不禁担心一代南儒就此两脚一蹬，要去跟老天爷讲经论道了。

所幸阮非誉还是挺了过来，他吐了水，喘了几口气，对叶浮生露了个笑容："这一次多谢统领了。"

这老东西心眼儿多得有如漫天繁星，何况叶浮生在这十年里与他多番打交道，一点也不意外自己被看破了身份，只庆幸楚惜微眼下不在此处，否则又要揪着这陈芝麻烂谷子的一点小事闹脾气。

他摆了摆手道："哪里哪里，举手之劳，倒是阮相老当益壮，龙精虎猛。"

阮非誉咳了一声："之前听闻统领殒身惊寒关，老朽深感天妒英才，如今再见方知天公有眼。只是统领既然脱险，为何不回天京向陛下报个平安呢？"

这话说到最后带上隐隐的严厉，叶浮生笑了笑："阮相以为，陛下会不知道我活着吗？"

阮非誉深深地看着他，半晌才道："急流勇退，死里逃生，统领是得天眷顾的聪明人。"

他笑道："谢老先生吉言，在下叶浮生。"

言尽于此，两人都放过了这个话题，叶浮生琢磨着陆鸣渊虽然唠叨了些倒也不失为一个可靠的人，秦兰裳又是个鬼灵精，想来趁乱保住自己应该是不难。

唯一让他挂心的是，楚惜微到现在都没有任何踪迹，不晓得是在地宫遇到了硬茬子，还是在地宫之外就被什么给半路引走了。

叶浮生心里挂念，可惜毫无头绪，叶浮生也不可能真把阮非誉丢在这里，便干脆带他回了将军镇。

两人一路跋涉，回到镇子的时候天已经亮了，想着南儒在此地颇有名望，叶浮生把外衣脱下罩在南儒头上，去之前跟楚惜微约好的客栈开了间房，等着他回来。

这一等，就等到夕阳西下，那三人都没回来。

叶浮生向来是个很有耐心的人，现在却有些坐不住了。

"统……叶公子以前，可不会如此自乱阵脚。"阮非誉淡淡道。

叶浮生反问道："先生的弟子也没回来，可您似乎一点也不担心？"

"关心则乱。"阮非誉摇摇头，"左右眼下情势不明，我们不如说说别的事情。"

叶浮生挑眉："与此有关？"

阮非誉的目光落在桌上："你从密室里带出的这把剑……"

叶浮生皱了皱眉，他缓缓拔剑出鞘，剑身泓亮如水，映出他的眉眼。

好剑，但是这把剑太新了。

十几年前他见到这把剑的时候，剑虽未出鞘，已有古拙大气盘旋其上，想必是一把传承多年的古剑，但不管保护得多好，也不会这般崭亮。因此在拔出剑后，他就颇觉失望。

他抬起眼："这把剑有什么来历吗？"

阮非誉的手指一寸寸抚过剑柄云纹，道："这把剑出自巧匠之手，锋利刚硬，是好剑，但依然改不了它是个赝品。"

叶浮生追问道："那真品何在？"

"叶公子，你今年方过而立，不认得它情有可原，只是对我们这样的老家伙来说……那把剑，是永远不会忘的。"阮非誉的目光里掠过怀念，"一剑破云开天地……这天下第一的'破云剑'，已经在江湖上销声匿迹三十多年了。"

叶浮生心头一跳，来不及说话，就听到门外有急促的脚步声传来，紧接着有人拍门，声音压低，却能听出是秦兰裳的声音："有人没！快开门！"

刚打开门，满身是血的陆鸣渊就被扔了进来，秦兰裳顺手关上门，两腿一软就跪倒在地。

叶浮生把陆鸣渊往床上一放，回身拎起这丫头搁在凳子上，把脉一探，内息翻滚，但不算什么大碍，倒是查探着陆鸣渊情况的阮非誉眉头深锁，看来颇为不妙。

叶浮生懒得跟一个小姑娘计较之前的事情，从袖袋里摸出一枚药丸，拿开水化了递给秦兰裳，问道："发生了什么事情？"

秦兰裳一口把药汤灌了，喘了下气，道："对不起，是我误会了你。昨夜与你分路之后，我便回去找书生，结果人没见到，反而遇到了萧艳骨他们。"

"他们？"叶浮生皱起眉，虽然只跟这丫头见过一面，但是来路上向楚惜微打听过一些，知道秦兰裳年纪虽小，却是个骄纵泼辣的性格，一般喽啰绝不会被她拿来跟萧艳骨并提。

秦兰裳重重点头："嗯，还有一个男人，又高又瘦，穿着身白色衣服，脸上还戴了个银雕面具。"

叶浮生脸色一白："萧艳骨怎么称呼他？"

"我听着……是宫主。"秦兰裳拍了拍胸口，"我本来藏得挺好，萧艳骨都没发现我，却被他一下子察觉到了。我没办法，赶紧钻进小道跑，结果还是被撵上了，要不是书生突然出现，萧艳骨的一把暗器就打在我身上了。"

叶浮生按捺住心里波涛汹涌，问道："那你们怎么逃到这里的？"

"多亏我小叔。"秦兰裳握着茶杯的手紧了紧，"他伤了萧艳骨，又抢了我的雷火弹扔向那个什么宫主，趁机带着我们俩出了地宫。"

"那他人呢？"乍闻楚惜微的消息，叶浮生不但没放下心来，反而提得更紧了些。

秦兰裳的身体不自觉地抖了抖："我们逃出来没多远，那个宫主就追上来了，小叔……让我带着书生赶紧跑，到这里来跟你们会合。"

叶浮生心上好像有一块塌了下去，灌进了呼啸的冷风。

葬魂宫主，他十几年前就领教过这个人的手段，至今仍是他无法忘却的梦魇。虽然与楚惜微重逢不久，可叶浮生了解这个从小就有些倔脾气的孩子，不到万不得已，"求"与"退"都是轻易不说出口的。

他让秦兰裳带着陆鸣渊跑，只能说明他自己脱身的把握不大，所以干脆留下断后。

秦兰裳不敢说话了，她看着刚才还好端端的叶浮生，在这几句话的工夫里仿佛成了具被抽去魂魄的死尸。

"我去找他！"叶浮生霍然起身，提刀就要往外走。他脑子里嗡嗡作响，只晓得要赶紧去把楚惜微找回来。

"你现在去，有什么用？"阮非誉的声音传入耳中，声音不大，却如被兜头泼了一盆带着冰碴子的冷水，让叶浮生浑噩的神志一清。

他浑身一颤，回头看着屋里的三个人，目光在这刹那竟是茫然的。

阮非誉道："葬魂宫的人到现在还没追过来，说明被什么事情给绊住了，想来你那位同伴应无大碍，还给他们造成了不小的麻烦。"

叶浮生深吸一口气，强行让自己冷静下来："丫头，他还说了什么？"

秦兰裳被他刚才陡然爆发的杀气吓得动也不敢动，这会儿才小心翼翼地说道："小叔让我们先离开将军镇，他回头会追上我们的。"

叶浮生看着她，问："你信？"

"从小到大，我没见过小叔有办不成的事，敢不听话，他就要教训我。"秦兰裳犹豫了一下，还是抬起头回答，"所以，他让我跑，我就跑；他说会追上来，就一定会追上来，你……也信他一回吧。"

叶浮生握刀的手紧了又松，回头看向床榻。阮非誉已经脱下陆鸣渊的上衣，只见其肩背上一片红色小孔，看起来十分可怕，那是一把细如牛毛的小针，钉入皮肉便生根虬结，因为太小太细，无法完全打落，故而陆鸣渊那时回身抱住了秦兰裳，让她免于遭难。

阮非誉的手指在一处伤口附近轻轻按了按，松了口气道："这是萧艳骨的独门暗器'缠绵'，一入人体便穿筋透骨，就算剖开皮肉也难以刮骨去毒，好在这次没有淬毒，鸣渊又及时用内力护体，细针并没有入得太深。"

说话间，他连点陆鸣渊身上几处穴道，向叶浮生道："还请帮个忙。"

眼见阮非誉的手放在陆鸣渊背上，叶浮生会意，右手并指放在陆鸣渊的左腕处，与阮非誉一同自下而上地向伤处以内力推行气血，一个个针尖相继从那些小孔中被挤出来，活像一堆小虫子从沙土里钻出头，看得人毛骨悚然。

这从血肉里挤毒刺的滋味可谓是痛极了，哪怕陆鸣渊还在昏迷，全身肌肉也本能地紧绷了，脸上也浮现出痛色。秦兰裳看得心里一揪，也不敢出声打扰他们，只能屏住呼吸，大气也不敢出。

等到细针冒出了小半截，叶浮生和阮非誉同时出手开始抽针，只见这针头被打造出了旋纹，入肉钻骨，抽离的时候极容易带出血肉丝来，果然不负"缠绵"之名。

等到最后一根针也抽离，陆鸣渊的肩背几乎已经不见好肉，叶浮生取了药给他敷上，又往他嘴里塞了颗药丸，伸手抹了把头上的汗。

忙活了这么一会儿，他倒是冷静下来了，问道："此地不宜久留。我受人之托，要带这丫头回家，不知道先生有何打算？"

闻言，秦兰裳的目光从陆鸣渊身上移开，落在阮非誉脸上。气度平和的老者正端起一杯热茶，道："自然是回京复职。"

秦兰裳脱口而出道："天高路远，你一个老头子带个残废要怎么走？"

"丫头，对老先生不得无礼。"叶浮生淡淡地斥了一句，他语气并不严厉，但秦兰裳此时并不敢忤逆他，扁扁嘴，安静地如一只窝着的鸡崽子了。

叶浮生满意这刺儿头终于消停了，看向阮非誉道："丫头话糙，但也不无道理。眼下不知道多少牛鬼蛇神埋伏在回京路上，只等先生前去，不如先联系三昧书院和朝廷，再做打算吧？"

"在这个节骨眼上，来的人越多，老朽越不能安心。"阮非誉摇了摇头，"至于安全……若是叶公子和百鬼门都不能保老朽这条命，那就真是天要亡我了。"

叶浮生摆了摆手："在下自知力不能及，不敢受先生重托。"

阮非誉笑了笑："叶公子你们初来乍到，却能如此准确地找到地宫，若老朽没猜错，是得了有心人指引吧。"

"非常时期，无所选择。"叶浮生眼神一凛，"只是，这有什么关系？"

"前来接应的人被杀，老朽与鸣渊失踪，朝廷一定会派人前来追查。"阮非誉给自己续了杯茶水，"葬魂宫这一次敢做此事，自然是给自己找好了退路，其中莫过于……替罪羊。"

叶浮生的声音带上寒意："若在下拒了，这些事就都会推在百鬼门头上？"

"叶公子此番相助，老朽与劣徒感激不尽，自然没有以怨报德的道理。"阮非誉微微一笑，"但是葬魂宫与朝廷中人有所勾结，若此番计成，而老朽没能活着回到天京陈述事实，百鬼门就有麻烦了。"

果然是只心脏手黑的老狐狸。

叶浮生心里思量，奈何身后的秦兰裳脑子发热，连声道："好！我们护送你回京！"

她没注意到叶浮生翻出来的白眼，从凳子上跳了下来，扯动伤口时倒吸一口冷气，道："看在书生面子上，我们答应了，你要说话算话，别回头再给我们惹麻烦！"

叶浮生："丫头，能把'们'字给吃回去吗？"

秦兰裳奇道："为什么？"

叶浮生竖起两根手指，道："第一，我没答应；第二，我没加入你们百鬼门，只是个外人。"

"你咋能是外人啊？"秦兰裳扯着他的袖子摇来摆去，"小叔都能把我交给你，你当然是他的内人了，对不对啊？"

叶浮生无语凝噎，佛曰今日不宜揍孩子，可他好像有点忍不住了。

阮非誉耐心极好地等他俩胡闹完，才笑眯眯地问："商量好了？"

叶浮生忍了又忍，回头道："她既然答应了，我也只好舍命相陪。只是我并非百鬼门中人，而这丫头年纪小也不懂如何调遣部署，要护送先生两人回京实在难如登天。"

阮非誉道"你放心，只需要将我二人送到卫风城，我便能联络旧部，再无忧患。"

卫风城，是北疆与中都相接处的一个城镇，离此地有百里之远，不但有重兵把守，还有先皇第九子分封于此，听说此人是个不折不扣的纨绔，无心朝政，贪生怕死。

叶浮生骑虎难下，只得捏着鼻子认了，回头瞥了眼小丫头，终是忍不住敲了她一个栗爆，道："等你叔回来收拾你。"

一场喧嚣终于尘埃落定，日夜轮转了一番，抬头又是墨色如洗。

萧艳骨倚靠着密道外面一棵大树，看了眼黑沉沉的天光，胸中气血还在不断翻滚，她忍不住吐了一口血，五脏六腑仿佛被扔在了滚水锅里，不仅炽热难忍，还在不断变质。

一名属下低头道"殿主,暗客已倾巢而出,方圆五十里内的关卡也全部启动!"

"我要他们一个都跑不了。"萧艳骨拭去唇边血迹,"发现宫主的踪迹了吗?"

属下道: "宫主追着打伤您的那人远去, 至今不见回来。"

萧艳骨手掌按住腹部, 面沉如水。

昨夜她本可拿下陆鸣渊和秦兰裳二人, 却没想到半路杀出个程咬金, 只是一个照面, 就以掌力荡开了她三道连发袖箭, 更拼着被她打上一把"缠绵", 也一拳轰在她身上, 若非宫主出手卸去部分力道, 定会毁了她的经脉。

萧艳骨站在风中寸步不移, 她身为一殿之主不能在下属面前示弱, 然而那霸道的内力还在她体内肆虐, 她全身大汗, 几乎快站不住了。

幸好她等候已久的人, 终于回来了。

白衣银面的男人拿着一方帕子擦拭手上的血迹, 看起来走得不快, 却在转眼后便由远至近, 但萧艳骨只是眨了下眼睛, 他就已经站在自己面前了。

"宫主! "萧艳骨单膝跪地, 目光只能看着白衣下的一双云纹缎靴。

男人脚尖勾起她的下巴, 温声道: "你这双眼, 倒也挺好看的。"

萧艳骨心头一惊, 却动也不敢动。

"可惜你有眼无珠。"男人如同看一条看家不力的狗, "是身居高位太久, 就让你看不见潜藏于下的隐患了吗? "

萧艳骨背后冷汗已浸湿了衣服: "是属下的过错, 轻视了小辈, 现在已派人去追, 请宫主给属下一个将功补过的机会。"

男人朝着萧艳骨的脸伸出手, 他右手食指和中指上都戴了一只秘银指套, 如钩的尖端徘徊在萧艳骨眼角, 仿佛随时就会挖了她的眼睛。

萧艳骨瞳孔紧缩, 幸好那只冰冷的手慢慢移开, 她听见男人仿佛喟叹的声音: "我的耐心, 不多了。"

他不再说话, 萧艳骨犹豫了片刻, 才问道: "宫主, 那擅闯地宫之人……"

"他没死。"男人的声音很愉悦, "我已经很久没遇上这么有本事的后生了。"

萧艳骨一惊, 她本以为宫主出手定能将那人斩落, 可没想到竟然还有活路?

"属下斗胆, 敢问那人到底是谁? 日后也好多些注意, 免叫他再坏了大事。"

"百鬼门现在的主子, 脾气硬, 武功也硬。"擦拭完最后一根手指, 男人松开手帕, 任由它飘落在地, "不过这世上, 从来慧极必伤, 刚过……易折。"

"百鬼门跟我们作对已经不是一天两天了，宫主为何……"话没说完，萧艳骨就看到白衣人侧头过来，幽深目光透过面具上的空洞投过来，她打了个冷战，再也不敢多话了。

"杀了他容易，但还不到时候。"白衣人轻轻一笑，"查到他们的去向，然后将消息披露出去，但不准擅自动手。"

"是。"

白衣人这才抬步向地宫走去，直到他的身影完全消失，萧艳骨才蹲下来把那块手帕捡起，只见素白的帕子上有几道斑驳血色，触目惊心。

她回想起宫主那只手，血迹就是从上面一点点擦下来的，也就是说那五根指头曾穿过皮肤，深深刺入血肉之中。

一念及此，萧艳骨陡生寒意，手中的帕子落回地面，很快沾上了一滴透明水色。

下雨了。这场雨来得快，势头越来越大，打在人身上怪疼的。

叶浮生他们雇了一辆马车，奈何出城不远就被这场大雨拦了路，不可谓不晦气。

大雨天赶路易生事端，叶浮生琢磨着找个地方暂避，车里的阮非誉适时开口道"此地往西不远，有一处破屋可暂时栖身。"

这老家伙在将军镇住了大半年，虽然不怎么出门，却跟个土地公似的无所不知。闻言，叶浮生立刻驱车赶了过去，约莫一刻钟后，就看到了那座伫立于风雨中的破屋。

那屋子大概是曾有猎户暂居，占地不大，但还能挡些风雨。阮非誉和秦兰裳带着陆鸣渊先行入内，叶浮生把马车拴在了屋檐下，为谨慎起见，又撑着伞顶风冒雨地在小屋外绕了一圈，这才进了屋子。

秦兰裳已经从屋里收拾了一堆柴草，用打火石点着了，坐在火堆旁暖身子，见他进来，就一把扯了他坐下。陆鸣渊被放在铺好干草的门板上，睡得无知无觉，阮非誉坐在他身边守着，不言不动的时候就像一座经年日久的石像。

这雨看来是要下一整夜，破屋里谁也没有说话，阮非誉毕竟年老，不知何时已经倚靠墙壁睡去了。叶浮生打了个呵欠，从包袱里翻出一只小银壶，喝了一口味道清奇的沧露，本有些困倦的神志也清醒了些。

摩挲着冰冷的银壶，感受口中余味，叶浮生不禁想起如今都下落不明的端清和楚惜微，怎么也放不下心来。

他不自觉地叹了口气，就在这个时候，一个压低的声音毫无预兆地在耳畔响起："对不起。"

叶浮生侧头，只见小姑娘看了眼那边无知无觉的两师徒，挪到了自己身边。她眼睛里映着火光，轻声道："这次是我鲁莽冲动不懂事，拖累了小叔和你。"

挑了挑眉，叶浮生道："既然知道鲁莽，为什么还要去做呢？"

秦兰裳咬了咬嘴唇，一直天不怕地不怕的神情松了下来，换上了符合她这般年纪的无措和迷茫，嗫嚅道："只是……不想什么都不知道罢了。"

叶浮生回忆起那封别出心裁的家书，因着阮非誉就在此地，也就没把话说得太明白，转口道："其实我也鲁莽过，而且比你更不知天高地厚。"

秦兰裳以为自己会被训斥，闻言扭过头，看见叶浮生拿起一根木柴拨动了下火堆，淡淡地说道："人这辈子会遇到很多事，做很多次选择，没有谁敢说自己一生无错。我这样，你也是这样，与其向我道歉，不如想着如何改过。"

这人从初见起就没这么正经过，秦兰裳愣了一下，把这番话放在肚子里来回咀嚼了两遍，目光就落在叶浮生脸上挪不动了，忍不住道："你……这么说话，我听着怪不习惯的。"

叶浮生深沉地叹了口气，道："没办法，听说死要面子活受罪的傻姑娘都吃善解人意的大叔叔这一套。"

秦兰裳："呸！"

不过这一番对答，反而让两个陌生人之间的距离拉近了些。秦兰裳搓了搓手，又听叶浮生低声问道："事成之后，你有什么打算？"

他说话时瞥了眼后面的阮非誉，左手似乎不经意地在颈上划过，秦兰裳吃了一惊，连连摇头，道："当、当然是回家。"

叶浮生意有所指："空着手回去？"

他说得含糊，秦兰裳却很明白，她回想起自己离家时留下的书信，低声道："我已经惹了大麻烦，更不能把祸端带回去。"

她来时满腔意气，恨不得指天发誓要让南儒一世英名毁在自己手里，可这些日子以来，再刺儿的脾气也要学乖些。

叶浮生："那你折腾这么久，就不后悔？"

"我总要亲眼看看他是个什么样的人，看过了，就不后悔。"秦兰裳点点头，目光飞快地扫过阮非誉，闷声闷气地道："就算他真的……那也是，人贱自有天收。"

这姑娘年纪不大，却很会给自己宽心。叶浮生想起脾气越来越别扭的楚惜微，不禁就有些羡慕，就在这当口，秦兰裳又问他："哎，你和我小叔，到底什么关系呀？"

"师徒"两字在嘴里打了个转，终究还是没说出口，叶浮生沉默了一会儿，笑道："朋友。"

秦兰裳刨根问底："什么样的朋友？"

"过命的朋友。"叶浮生指了指自己，"这条命是他的，只是暂时寄放在我这里。他想要，随时可取。"

秦兰裳有些惊讶："那我以前为何没有见过你，连听说也不曾呢？"

叶浮生苦笑道："我对他来说，就像心上一道疤，当然是能不动就不动为好。"

"我看不像。"秦兰裳嘟囔了一句，"我小叔那个人别说是一道疤，就算是一根刺卡在肉里，他都要把肉给剜了，现在不仅留着你在身边，还带你来办这么重要的事情……我不知道他怎么看你，反正，不像是能舍得要你命的。"

叶浮生摩挲着酒壶，神情难得怔忪。

楚惜微很讨厌下雨，尤其是在周围只有自己一个人的时候。

此时，他缩在一处山洞里，冷风卷着雨花从洞口灌进来，楚惜微借着一块大石头隐藏身形，吹燃了火折子，勉强照亮了这一亩三分地。

右边额角有血淌落，污了小半张脸，楚惜微面无表情地擦了擦，顺手把火折子底部插入石缝，然后解开了衣袍，露出结实瘦削的上半身，只见他左边腹部赫然五个指洞，鲜血已经凝固在伤口附近，看着便触目惊心。

"修罗手……"

他眼中厉色慢慢沉淀，撕出一块布来擦干血迹，然后摸出一枚药丸捏成粉末敷在伤口上，背倚石壁，呼吸微不可闻。

那时候与叶浮生分开，是一时意气，也是不得已而为之。

楚惜微这些年来过得并不好，身居高位生杀予夺也不过是这一两年的光景，在此之前，他还过着每日刀口舔血的生活。

一入百鬼门，不似在人间。楚惜微能活到今天一是命理难说，二是他自己敢拿命去拼。

他所修行的武功出自百鬼门至高心法《歧路经》，影射"红尘歧路，殊途同归"之意，无自身法门限制，却可吸取对手内力并与之同化，与太上宫的《无极功》和葬魂宫的《千劫功》并称江湖三大绝学。《歧路经》虽是一门求同存异的武学，但它的入门之法却要先通彻气海摒除杂元，也就是说欲修炼者必须废去自己以前的武功从头开始，否则极易走火入魔。

当时与他一同学习《歧路经》上卷的还有其他九名门主继承人，年纪都不大，在面对至高武学的时候都能狠下心来舍旧取新，唯有楚惜微不肯。

他八岁开始学武，那人虽说是个不正经的脾气，当初对他却是真心以待，将《惊鸿诀》倾囊相授，甚至在两人反目之前，还把整套武学的关窍都对他说得清清楚楚，唯恐他练出差错。

此后世事无常，他从一个得天独厚的皇家子孙变得一无所有，沦落江湖后除了傍身的武功，再无什么是属于自己的了。

《惊鸿诀》于他，便如浮木之于溺者。楚惜微不肯废了《惊鸿诀》，也不肯坐以待毙，而是明知不可为而为之。

《歧路经》是天下最诡异的内功心法，本身没有固定的武学招式，因变而变，随心而发，只有以这样的真气作为底子，才能为后来的"变通化异"打下基础，否则极其容易相冲。楚惜微刚开始修行的时候，就被两股真气折磨得死去活来，经脉百骸无一处不疼，若非得了老门主青眼相助他几次，恐怕现在坟头草都比他高了。

等到他把痛苦熬成习惯之后，总算是苦尽甘来，摸到了一点窍门。

也算楚惜微命不该绝，《惊鸿诀》是惊鸿刀一脉的不传心法，走的是逍遥快意、灵动机巧之风，本身也是"变"多于"定"，与《歧路经》倒有异曲同工之妙。在楚惜微破罐子破摔之后，他索性取同去异，强行把两种真气合二为一，不仅误打误撞地练了下去，还有相辅相成之效，比旁人的进度还要快上三分。

老门主曾道："死心眼，犟脾气，熬得过去就是不认命的阎王。"

楚惜微这些年半点也不敢松懈自己，武道走得比独木桥还要惊险，到如今总算有所成了。然而隐患毕竟还在，早年练功的差错在体内埋下祸根，一旦他情绪激动便会有真气作祟，轻则走火入魔，重则伤人伤己，癫狂至死。

正因如此，老门主才将故人所赠的"冰魄珠"转送给他，能强行令他静心凝神。可自从他与叶浮生重逢，又失了冰魄珠，他的大喜大怒就愈发多了，体内千钧真气仿佛悬于一发，随时可能坠落灭顶。

在林中被叶浮生看破异样，他心下慌乱口不择言，回过神来更是暗恨，为免自己情绪继续放纵，楚惜微才选择了先一步离去，并没有进入地宫，而是寻了个僻静处调息。

结果刚平复气息，就被一阵巨响惊动，他心道是地宫出了事，匆忙而入却不见叶浮生。

心急如焚地在地宫里兜兜转转，眼见一锅粥都搅成了糨糊，他终于听到一声尖叫，正是那逃家的死丫头。

楚惜微循声赶去，不料那里除了萧艳骨和一干喽啰，还有个未曾见过的白衣人。

他为救人硬受了萧艳骨一记"缠绵"，将其重创后趁机带人逃出地宫，霞飞步快如御风，把一干喽啰都甩到不知何处，却没想到那银面白衣人还能跟上来。无奈之下楚惜微只得让两个累赘先走，独自与其对上。

"你这般的年纪能把《歧路经》练到如此境界，是个天下罕见的英才。"那人并指挡住他迎面一掌的时候如此说道，"可惜呀，太嫩了。"

两人周旋五个回合后楚惜微就化攻为守，那人一手快如幻影罩向他面门，一手屈指成爪插向他丹田。楚惜微以《歧路经》卸力，又使《惊鸿诀》退避，险险避开了要害，原本挖眼的两指刮过脸庞，抓伤了他额角，插落丹田的手则错开方寸，在血肉中一触即被他打开。

这厢一交手，楚惜微便认出了这人所用的武功，正是《千劫功》里记载的狠辣武学——修罗手！

修罗手以指掌为刃，无坚不摧，穿皮裂骨只是等闲，据说百年前曾有人以此功横行江湖，不知杀了多少英雄，最终伏诛在太上宫祖师手中。只是那魔头虽死，这邪功却流传下来，被西南一带的邪魔外道所得，后来更是成了葬魂宫主修行的武学。

楚惜微不敢自大，竭力与其战了一番，才终于抓到空隙借力遁去，好在那人意不在要他性命，并没有穷追不舍。

楚惜微已许久未尝一败，此番不可谓不惊。

他身上带伤，体内真气也激荡起来。楚惜微不能贸然去找叶浮生他们会合，打算设法联络附近的门人先行疗伤，没想老天爷专爱趁火打劫，他半路遭了这场大雨，也是倒霉得没脾气了，便找了这么个山洞避雨调息。

还没歇上多久，忽听外面有人声传来，楚惜微当即熄了火折子，顺手将地上的血迹和碎布用泥土盖了，身子向洞里无声移去，如一道漆黑鬼影融入暗中死角。

不多时，一行人陆续钻入山洞，一边叫着"天公晦气"，一边围成一堆生火取暖。所幸这洞很深，楚惜微藏在了火光映照不到的地方，暗中打量这些人。

四男一女，年纪最大的已经满头华发，最小的女子却还是豆蔻年华。

他们都带着鼓鼓囊囊的行李，看起来是长途跋涉的远行人，说话口音各异，闲聊的事情也不一样。楚惜微粗略一听，那名老者说的是前两年东边长宁县水患一事，官府中饱私囊，如今激起民怨，有的人背井离乡，有的人扯起破布当旗子要造反；高大的男人跟瘦小男子大概是两兄弟，一边啃馒头一边说起南方大旱，不少人易子而食，路有饿莩；少女则感叹着前两月惊寒关一战，同乡里死了好多男人，妇道人家要么跟着来往行商走了，要么就留在村子里能活一天算一天……

听起来像是一群难民凑在一起比惨，楚惜微的目光却落在那一直没有开口的富态男人身上。

那人看着四十来岁，锦帽貂裘，跟其他四人格格不入，浓眉大眼，笑得像弥勒佛，看着就是和气生财的富商相。

他拿了个馒头啃着，把他们的诉苦当咸菜嚼完一起咽下去，等到其余四个人都看过来，才道："说完了？"

老者轻咳一声，胖男人拍掉手上的碎馒头屑，道："既然你们说完了，那就轮到我了。"

顿了顿，他先看了眼洞里，楚惜微敏锐地藏了藏，这人没发现端倪，便回过头来，一字一顿地说道："阮非誉出山了，你们怕死吗？"

听到"阮非誉"三个字，楚惜微眉头一凝，只见那四人都不开口了，呼吸陡然沉重下来。

"怕他娘个熊！"突然，高大男人咬牙切齿地开了口，目光如电，"老匹夫苟活了这么多年，已经是老天爷不开眼！要不是他会当缩头乌龟，老子早割了他脑袋以告先人！"

老者道："之前还道你为何突然送密信召集我等，原来是为了此事……不过何老板，阮慎行踪成谜，而且有朝廷暗卫和他手底下的走狗保护，要动他？难。"

话音未落，瘦小男子已经嗤笑道："张老，莫不是越来越怕死了？你要是不敢，就回家养子抱孙，不用在这里了。"

"不得如此讲话！"被称为"何老板"的胖男人轻斥道。声音不大，语气也不重，却没人敢造次。

少女犹豫了一下，道："老爷，消息可靠吗？"

"京中探出的消息，我派出去打听的探子也证实了，而且……"何老板摸了摸她的头发，"那位也留了暗信，没错的。"

闻言，瘦小男子急不可待地问道："时间，地点？"

"再过三日，就到安息山。"

楚惜微眯了眯眼，"安息山"三字一出，除了那少女之外，剩下四人都眼眶通红，老者恨声道："该！报应！他死在安息山，最好不过！"

何老板的目光看过他们每一个人，缓缓道："这次若不成功，我等此生就再无杀这奸贼的机会了。消息倘若走漏，更是会牵连甚广，各位可是想好了？"

"怕什么？"高大男人声音嘶哑，"那老匹夫一日不死，我也绝不瞑目！"

他们不再说话，何老板展开一张羊皮地图，跟另外三个男人凑在一起用手划拉。那少女从包袱里抱出一把琵琶，坐在石头上弹唱，她拨琵琶的手艺不算多么高超，曲子也凄楚："百里青山埋荒骨，一代新坟换旧墓。霜冷残烛无人哭，遍地黄花不见路。坟头草青绿，沉潭碧凌凌，千古英雄今何去？噫吁嚱，山河尽是骨堆砌……"

第二天一早，大雨终于停了，一行人继续赶路，转过山水绕行树林，终于在第五日的晌午到了安息山。

这座山位于谷中，风入难出，阴云垂地，连飞禽走兽都少见，更别说人迹。当地人对此唯恐避之不及，不仅因为山势崎岖，更因为它又名"死人山"。

三十多年前，这里还只是座无名山谷，草木算得上繁茂，附近村里也常有人进来打猎。然而那个时候，北侠秦鹤白涉谋逆罪满门抄斩，他曾留下驻守边关的将领亲兵也被急召回朝，共计三千余人，途经此地时已然深夜，又赶上连天大雨，便在此驻扎休息。

就在那一夜，山中突生走蛟，地动山摇，犹如凶兽的泥沙洪流以万钧之势吞没了这里，把这三千士卒连同周围的两个小村都覆盖在泥水木石之下。

等天灾过后，官府带人前来收拾，只见累累尸骸埋没泥沙之下，为免爆发疫病，只好把死者遗骨堆积在山中，一把火烧了三天三夜，才把他们付之一炬。

从此方圆三十里再无村镇，只有零星几户人家还在山中寂寥度日，守着这穷山恶水和与土石融为一体的英魂。

正值晌午，然而因这几天落雨，天空有些阴沉，地上的路很是泥泞，稍不注意就要滑倒。叶浮生驱着马车尽量寻着平顺些的路走，但是要走出这座大山也不是一两日的工夫，他担心着入夜还有风雨，便一路注意着四周，打算寻摸个晚上歇脚的地方。

阮非誉在车里闭目养神，陆鸣渊今早倒是醒了过来，只是浑身还没什么力气，只能趴在车里装鹌鹑。秦兰裳在里头闷了一会儿，终究还是坐不住，掀开车门坐在了叶浮生身边要帮他赶车，然而这大小姐下手没轻没重，一鞭子怕是能打得马儿撒蹄子狂奔到天涯海角，叶浮生可没打算拿自己几人的血肉之躯跟山路较劲。

于是，面对秦兰裳抢马鞭的行为，叶浮生抬手把鞭子拿远了些，诚恳道："丫头，帮我个忙吧。"

秦兰裳："什么？"

"一边儿凉快去。"

秦兰裳听出他嫌弃，恼羞成怒，双手环臂道："我是怕你打盹儿，等下把马车赶到沟子里！真该找面镜子照照你自己，跟昨晚做贼去了似的！"

叶浮生无从反驳，他这几天的确没休息好。

其实自打当年那件事情之后，他就再没真正安寝过。直到在破屋那一晚，被秦兰裳一句话震飞了三魂七魄，不知怎么的倚靠土墙睡了一觉，还做了一个梦。

他梦见自己回到了很多年前，却不再是什么掠影统领，只是个普普通通的江湖游侠，楚惜微又变成了孩童模样，却也不是什么龙子龙孙，只是个富贵人家的骄儿，一遇见他，就死活不肯回家，做了整天腻在他身边的小徒弟。

没有那么多钩心斗角的阴谋，也没发生那些无法挽回的恩仇。他看着楚惜微从一个只知道撒娇卖乖的小孩子，长成了身高体长的大人，自己却由满头青丝的少年郎，逐渐鬓染霜白。

梦中他们住在江南小院里，东篱生黄花，西墙倚碧树，楚惜微着一身粗布麻衣，慢悠悠地练刀法，他就拈起一颗糖渍莲子扔了过去，懒洋洋地训道："才加冠的年轻人，动起来怎么跟七老八十一样慢吞吞的？"

楚惜微张嘴把莲子接了，嚼巴嚼巴，道："哪比得上师父你？"

他气笑了："是啊，师父比你老，比你早进棺材，以后等你被人打哭了鼻子，看谁给你报仇砸场子去！唉，指望你练成个武林高手看来是不行了，我还是趁自己能动弹，寻摸个厉害的徒媳吧！"

"不要！"楚惜微往背后大树上一靠，"等师父你寿终正寝，我陪你去了就是，怕什么？"

叶浮生一颗莲子砸在他脑门儿上："没出息，胡言乱语！"

"没胡说。"楚惜微转头看着他，"师父，我说真的。"

叶浮生迎上青年从树影下投来的目光，仿佛一树碧桃绽在他眼里，刹那满目灼华。

胸腔内那团血肉好像被一只手狠狠一抓，叶浮生睁开眼睛，身边人事不变，唯有地上火堆剩下的余灰。

他愣了很久，又睡不着了。

闻言，这个没头没脑的梦又在脑子里回想起来了，他脸上不动声色，心里瞬息万变，直到前方出现两道人影。

他们走的这条路没多少杂草，泥泞上留下了来来去去的杂乱脚印，可见是平时多有人行走的。此时，一高一矮两个人影逆着天光由远而近，叶浮生抬眼一看，是个骑驴的老人家和一个背着粗糙弓箭的瘦小男子。

两人见了平时难遇的马车，都愣了一下，以为是哪个老爷打这儿路过，不敢惊了贵人，离了三丈远就赶紧挪到路边。叶浮生的目光从他们身上一扫而过，就在即将擦肩的时候，他忽然开了口："这位兄台，那只兔子吃不得。"

两人一愣，老者诚惶诚恐地问道："这位官人，好端端的野兔子，咋、咋就吃不得？"

叶浮生勒马，侧头道："因为有毒。"

瘦小男子一惊，赶紧去看那兔子，只见灰色的野兔在手中一动不动，身上没什么外伤，却不见什么活力。

"野兔本狡，看它没有受伤，却在你手中不动弹，本就有些奇怪。"叶浮生扬了扬下巴，"仔细看它的耳朵和口鼻，恐怕是误食了毒草。"

男子把野兔抱好，这才发现它的耳根内和口鼻都有少许黑血溢出，两只眼睛虽然还睁着，却不知何时已经没了光，空洞得瘆人。

他吓得赶紧把野兔扔了，老人愣了片刻，连连拿细竹竿打他，骂道："遭瘟的！就说哪有恁便宜的事情，兔子在地上一动不动等你来捉！差点毒死一家人！"

细竹竿打在人身上生疼，男子却不敢躲，只能用手护着头脸。秦兰裳咧了咧嘴，小声地对叶浮生道："这老人家打自己儿子，怎么跟打龟儿子似的？"

叶浮生但笑不语，扬起马鞭就准备继续赶路了。不料那老人家打完了儿子，在这当口出声道："敢问一句，官人是要去哪？"

叶浮生道："自然是要出山。"

老人顺着他扬鞭方向看过去，脸色一变，道："官人，你绕路吧！那边去不得的！"

秦兰裳奇道："为何去不得？"

"有山匪啊！"瘦小男子接话道，"我们这里不是什么好地方，但是无论北上还是东行，都是要从这边过路的。虽说山里只有几户无处可去的穷人家，但是前些日子来了伙匪徒，在前头占山为王，向过路人勒索财物，稍不如意就要杀人，可凶嘞！"

"那帮子匪徒有多少人？"

"怕有百十来个，不好惹！"老人眼里流露出一丝恐惧，"他们看不上我们这些穷人，平日倒还相安无事，但是官人你们倘若路过，怕就……那路去不得，官人还是绕行吧！"

叶浮生眼睛一眯，笑了起来："不妨事，多谢老丈提醒。"

言罢，他就要扬鞭驱马，老人一时间不知道如何是好，车里就传来了阮非誉的声音："叶公子，多一事不如少一事，听这位老人家的吧。"

秦兰裳不晓得这么一个惯会趋利避害的鳖蛋，怎么敢推新法废旧党，她就忍不住嘲讽道："老爷子，你要是怕了就待在车里别出来，左右用不着你拎刀砍人，怕什么？"

叶浮生拍拍她的肩膀，思量片刻，便对老人道："既然如此，那么老丈可知还有什么路能够出山？"

老人一听救命恩人不去送死，当下忙道："有的。在我家后头还有条小路，虽然陡了些，但是隐蔽，那些初来乍到的山匪也不知道。"

叶浮生道："能烦请带个路吗？"

"带路没事，左右也是往家走，不过……"瘦小男子插了句嘴，"那条路依着山崖，入夜后是走不得的，官人不妨在我家歇歇，也好报答刚才的恩情。"

"一句话的事情，算得什么恩？"叶浮生摇摇头，递出一角银锭，"那便麻烦了。"

老人连连推拒，瘦小男子却忙不迭地接了银子，笑容也真挚了些："不妨事！官人跟我们来！"

他们转向了另一条小道，直到身影消失之后，有一只手捡起了被丢弃的野兔。

身材富态的男人看着叶浮生等人消失的方向，忽然一笑："倒还有点善心，罢了……"

他们的家在半山腰处，用大青石堆砌而成，不知道经了多久风霜，有几块青石已经开裂，又拿小些的石头和木板堵上，斑驳着沧桑痕迹。

一个跟秦兰裳差不多大的姑娘正在外头洗衣服，吃力地拎了一桶水正要倒进木盆里，就听到瘦小男子呼喊的声音，抬头一望，却见到了陌生人，手下力道一松，水桶就砸了下来，溅开一地水花。

她大概是少见外人，十分怕生，赶紧躲进了屋子，只露出个脑袋小心窥探。老者把毛驴拴在树桩旁，抹了把头上的汗，喊道："秀儿，别躲了，快给客人倒杯热水！"

少女"啊"了一声缩回去，不多时就拿着一壶热水和几个旧碗出来了。见这姑娘倒水的时候连手都在抖，叶浮生对秦兰裳使了个眼色，然而大小姐枉披一张女儿皮，内心堪比糙汉子，搜肠刮肚只憋出一句相当棒槌的安慰："你别怕，我们不会吃你。"

叶浮生偷偷翻了个白眼，开口得罪人闷声作大死，也不晓得百鬼门的老门主究竟是何方奇葩，才能教出这等风骨清奇的孙女。

"姑娘莫怕，客扰主人本就不该，倘若哭花了脸更是我等过错了。"眼见少女都要吓得哭出来，叶浮生从怀里摸出一只小巧的红漆盒子递了过去，笑道，"看姑娘气色不好，这胭脂虽然拙劣，也可增补一二颜色。"

在这个世道，不少山野女子终其一生也不能碰上胭脂水粉，少女的手抖了抖，却还是接过了。叶浮生跟她轻声细语地说了几句话，又转头跟那瘦小男子以水代酒喝了半碗，把气氛缓和下来了。

老者开口道："秀儿，去烧灶吧。"

聊得火热的几人这才反应过来，瘦小男子跟少女进屋做饭，老者搬了只小凳子继续陪客。阮非誉虽然是读书人，却无甚清高架子，天南地北城里乡下的事他都能说得详略得当，不叫无知者自卑，也不叫知者无聊。

阮非誉问道："这地方苦，又有匪患作祟，老人家为何不跟其他人一样搬走呢？"

"往哪里走啊？"老人叹气，愁苦伴随风霜随着这一口气攀上脸庞，把每一条皱纹都塞得满满当当，"听来往的人都说，这世道哪里都不好过，亲朋好友大多也没了，尸骨都埋在这里，我一把老骨头不知道能活几天，早晚也要去和他们做伴，就不折腾了。"

叶浮生道："那么山匪作祟，官府就没管管？"

"官匪一家，管什么管？"老人放下水碗，"先不说县城离这里远，单说城里头也不太平，那些个混子当着官老爷的眼皮子底下就敢偷鸡摸狗，就算被拿进去了，花点儿钱又能不痛不痒地出来犯事。"

阮非誉的手指摩挲着水碗，问道："为何不上告呢？听说朝廷修改了法令，百姓告官不必再过棍杖滚钉板，只要一纸诉状呈上，人证物证为实，就可讨个公道。"

"老爷说的是新法吧？"老人抬起一双浑浊的眼，"虽说小老儿久不出山，但是也听行商们说过有人敢易祖宗法，好像是什么……嗯，是阮慎推行的。"

阮非誉笑了笑，看不出是自得还是如何："老人家也晓得阮慎？"

老人那双浑浊的眼里闪过一道精光，道："我听着来往的人对他有骂有夸，一样人说百样话，没亲眼见过。只是这天底下安于现状的人多，敢生变故的人少，他敢改一国法规，总是个胆子大不怕死的。"

阮非誉笑容不改："听老人家说话，也是个有才学的人。"

老人咳嗽了几声："早年念过几天书，可不敢装秀才！"

"那为何不继续念下去，考个功名呢？"

"家里穷，哪有闲钱？"

陆鸣渊忽然插嘴道："现在新法推行，家中贫穷的人可以工换读，左右也能识文断字，总是好的。"

老人看了他一眼，笑了笑："小老儿家中就一个不成器的儿子，一个小孙女儿，左右也是老死山里，不必费这些事了。"

秦兰裳身为女儿家，最不喜有人看轻女子，当即就道："老大爷，您那孙女儿年纪轻轻，将来总要成家管事，总不能一辈子做个大字不识的村妇吧？"

老人只是叹气，叶浮生见状岔开话题："对了，这连天大雨，到今日才稍稍止了些，老丈家住山中，可要仔细留意着，当心天灾啊。"

"官人是说走蛟？"老人笑道，"不必为这个担心！这么久了，也就听说三十多年前生了一场走蛟，这些年来一直都平平安安的。"

闻言，叶浮生眯了眯眼睛："那是我杞人忧天了。"

见阮非誉与这老人言谈甚欢，叶浮生拍了拍秦兰裳的肩膀，示意她跟自己到周围走走，陆鸣渊看了他们一眼，又看看自家老师，终是老老实实地坐着不动了。

他们行走在屋外的小路上，渐渐离远了些，秦兰裳嫌弃满地泥水脏了自己的鞋，问道："叶叔，你要跟我说什么？我正听得起劲儿呢！"

这姑娘是个鬼灵精，叶浮生也不跟她调侃，余光瞥过周围，确定无人窥探后才解下腰间小银壶递过去，道："喝一口。"

"这是什么？"

"能解毒的东西。"

"你……"秦兰裳快速看了一眼那间屋子，脸色凝重下来，"这三个人有问题？"

"房子很老，人却很新。"叶浮生环着胳膊，"他们看起来是在这附近住了很多年，却连这片山地土石不稳易发天灾都不知道，而且他和那个瘦子手上都有茧子，姑娘手上却没有。"

秦兰裳皱了皱眉："干农活的人有茧子不是很正常的事情吗？再说女儿家，总是爱漂亮的。"

"干活磨出来的茧子和武者可不一样，再说农活……呵，你看这片菜地，哪个农人会这样粗心？"叶浮生眼睛一扫，只见屋后的这块小菜地虽然有雨水滋润，但土里的白菜早已发黄变枯了。

山野不比皇家有田庄冰室，像白菜这样的蔬果在入秋后就该采摘贮藏，但是看这片菜地的样子，起码有半个月没有打理过了。

秦兰裳心头一跳，就听叶浮生继续道："兰丫头，你自己出身富贵，不知道贫困人家的苦。别说山野，就是市井里的女儿家也是从小要做活的，一双手再怎么都会粗糙，可是那姑娘的手指纤长白皙，唯独指甲有磨损，说明那分明是双弄琴拨弦的手。"

秦兰裳咬了咬牙："是阮老贼招来的祸事？"

"小小年纪还得斋口，不过要说冲着他……八九不离十。"叶浮生淡淡道，"所以，喝吧。"

秦兰裳将信将疑地喝了一口，差点吐了出来："这是什么鬼东西？"

"好东西啊。"叶浮生宝贝似的把小银壶接过来，"用赤心雪莲泡出来的药酒，寻常毒物遇到它，就跟老鼠遇到猫一样。"

赤心雪莲是天下罕见的奇药，素有解毒清心的神效，哪怕在百鬼门内也不是多见的。闻言，秦兰裳不可置信地道："这味道比苦药汤还不如，你骗我的吧！"

叶浮生摸了摸鼻子，事实上他曾经也不相信，然而自家师娘就是能顶着仙人似的脸，做出人所不能吃的玩意儿。

他轻咳一声："等下我给你打掩护，你让阮非誉跟那书呆子都喝一口，有备无患。"

秦兰裳不解道："既然明知道他们有问题，直接拿下不就好了？"

"丫头，你长脑子只是为了让自己看起来比较高吗？"叶浮生看着她，叹道，"我们四个人，把老弱病残都给占完了，还不知道他们有什么后手，贸然撕破脸，吃亏的一定是我们。"

秦兰裳皱了皱眉："那怎么办？"

叶浮生的眼神慢慢冷了下来："静观其变，引蛇出洞。"

夕阳西下，落日熔金。

阮非誉这老家伙，大抵是这辈子作孽太多，走到哪里都乌云罩顶，是个活生生的靶子。

这厢谈兴正浓，这厢生火造饭，叶浮生夹在两者中间，倚着摇摇欲坠的木门，看似闭目休憩，实则心念千转，把自己所知有关南儒的情报统统搜刮出来，在脑子里走马观花一样过了个遍，猜测着这三人到底是来自何方势力。

阮非誉起于科举，成于江湖，盛于朝堂，可谓桃李满天下，恩仇遍四海，一时间实在难以说明他的是非对错，要想送他下十八层地狱的更是数不胜数。

正思量着，阮非誉忽然道："看您的样子，不像是个普通农夫。"

秦兰裳心里一跳，好在被陆鸣渊早有预料般扯住了袖子，没露出什么端倪来。老人抬眼看了看阮非誉，叹气道："早年从过军，后来退伍回家了。"

叶浮生忽然感到一道目光落在自己身上，回头一看，却是那小姑娘从屋子里探出脑袋，见他回了头，犹豫一下伸出手，然而那老人也转过身来，笑道："秀儿，怎么了？"

"爷、爷爷……"手一下子缩了回去，秀儿嗫嚅道，"饭、饭做好了……"

老人起身拍了拍衣裤，引着他们往屋里走，陆鸣渊落后一步与叶浮生并肩，声音压低："刚才，秀儿姑娘似乎是有话要对你说。"

叶浮生颇为苦恼道："明眸皓齿，暗送秋波，未出一字意已无穷。"

陆鸣渊从未见过如此厚颜无耻之人，当下不知道该说什么，唯有拉开距离，明哲保身。

这间屋子并不大，一下子多了他们四个便显得拥挤，叶浮生打量了一下糊泥的墙和角落里的蜘蛛网，又看着老人使劲儿擦了擦里头唯一的木桌，秀儿和瘦小男子正把饭菜往上端。秦兰裳看着那又脏又破的盆碗和他们不小心浸泡在汤水里的手指，顿时就没了胃口，端起饭碗的时候犹犹豫豫，半天也没下筷子。

叶浮生拿着筷子准备夹菜，忽然感到脚下被谁踢了踢，他不动声色地看了对面一眼，秀儿正夹了一块萝卜干，和着稀饭一起吃了。

他微垂眼睑，夹了一块萝卜干扔到秦兰裳碗里，浑然不顾小姑娘看碗里的眼神如同他扔来了一只死耗子，犹豫许久后才壮士断腕般夹起来咬了一口。

相比于秦兰裳难以掩饰的嫌弃，久居高位的阮非誉反应却很平常，他喝着杂粮粥，吃着咸菜腌肉，看着就是个习惯了粗茶淡饭的老秀才，困窘于生活的穷酸苦寒里又带着书墨清隽。

然而没吃几口，阮非誉握筷的手就颤了颤，他的身体晃动两下，来不及说什么，就倒了下来。

坐在他旁边的陆鸣渊吓了一跳，赶紧扶住阮非誉的身体，可他自己也是陡然无力，用手撑着桌子。

秦兰裳脸色大变，抽出长剑就要指向对面，可惜她身子一软，剑"哐当"一声掉在桌子上，溅起不少汤水。

叶浮生手里的筷子定定立在桌上，头端入木三分，他一手握着钉入木桌的筷子，好像是在借此稳住自己的身体，一手接住了秦兰裳，免得她摔倒在地。

他目光冷冷看向对面，那老人有些忤他这样的眼神，侧头道："秀儿，那时你想对这位公子说什么？"

秀儿脸色一白："不、不敢！"

"养不熟的小贱人，差点被你坏了大事！"瘦小男子兜头就要扇她一巴掌，叶浮生拿起桌上一碗汤水泼了过去，打得男子手上剧痛无比，他赶紧收了手臂，愤然看向叶浮生。

叶浮生道"兄台何必动怒，这位姑娘刚才什么也没说。不过用麻药来招呼我等，着实是盛情了。"

"南儒身边的人，我等不敢小觑，然而此番目的是这老贼人头，与你们无关，只好用些手段叫你们不能坏事了。"老人看向阮非誉的眼神阴沉下来，"阮老贼，三十多年不见，看来你是记不得我了。"

阮非誉哪怕现在身不能动，气度也丝毫不减，道："若是每个要老朽性命的人都要被记住，老朽活得可就太累了。"

瘦小男子怒上眉梢，道："张老，何须跟他废话，直接砍了就是！"

秦兰裳破口大骂："死都不让人死个明白，你个鳖孙子赶着去投……"

叶浮生按住了她，道："阮老先生贵人多忘事，不如让在下来猜一猜？"

老人定定看了他一眼，叶浮生道："选在安息山守株待兔，老人家又是个退伍军汉，想来其中仇怨也当是与此有关，莫非是……'秦案'之后？"

老人眯起眼睛："这位公子，知道得越多，命可越短。"

叶浮生叹气道："在其位谋其事，这次若是让阮老先生死在了这里，就算你们放过，我一家老小也难逃牵连，总要有个推说的罪魁祸首吧。"

老人道："听你这样一说，我似乎应该现在就把你们一起杀了，免除后顾之忧啊。"

"最好如此，否则为了保全家人，回去之后我一定会连根带须地把你们都抓出来，有一个算一个，大家一起死。"

叶浮生语气淡淡，倚在他肩头的秦兰裳却悚然一惊，不晓得他这句话到底是玩笑还是真的。

"阮老贼身边的人，果然没一个好相与的。"瘦小男子提出一把厚背刀，"那就让你死个明白，我名严鹏，是前任兵部尚书严宏之子，十二年前阮老贼为了清除异己害我父流放至死，此仇不报，誓不为人！"

他说得极快，老人想要阻止已经来不及，沉默片刻，道："罢了，那便送你们明明白白地上路……老朽张泽，是秦公的副将，当年因阮老贼的诬陷致秦家满门抄斩，麾下将士牵连无数，我既侥幸不死，必要讨个公道。"

陆鸣渊的脸色顷刻便白了，他看着自己的老师，却见阮非誉依然安之若素，目光投向秀儿，问道："那么这位姑娘又是哪家之后？"

秀儿颤声道："我、我母亲为御史徐从夏之女，后因秦案牵连被充为营妓，生、生下了我。"

阮非誉自嘲道："倒还都是债主。"

"既然不冤，就下去认罪吧！"严鹏说罢，已走到阮非誉身旁，手中厚背刀高举，向着阮非誉当头砍下！

这一刀拿出了十分的力气，他几乎都可以看到老贼人头滚落血泊的样子，脸上太过兴奋，嘴角已经露出笑来。

可那笑容还没拉开，已经僵在了嘴角。

一只枯瘦的手掌不知何时已经到了他的腹部，来得太快，仿佛闪电划破夜空，惊雷奔过苍穹。

谁都没有反应过来，包括叶浮生。

血从严鹏口中溢出，滴落在那只枯瘦的手上。

血的温度似乎太烫，阮非誉收回手，淡淡说道："当年严宏为了一己私利勾结反王，老朽奉命查办，定了他满门抄斩。你拿此事怪我，无知也好，偏信也罢，总归是罪人余孽苟活至今，取你性命你也当无怨无尤了。"

一时间满座皆惊，严鹏想要说什么，可是张嘴的刹那，只有鲜血争先恐后地涌出。

血泊里，一小块肉触目惊心，叶浮生看得清清楚楚，那是一块碎裂的肺。

五脏六腑，一掌俱摧！

这雷霆一掌出罢，阮非誉看也不看缓缓倒下的严鹏，从袖中掏出一条帕子捂住嘴剧烈地咳嗽起来，然而无人再敢轻举妄动。

一剑破云开天地，三刀分流定乾坤。东西佛道争先后，南北儒侠论高低。

秦兰裳是听着这八个人的传说长大的，可惜生不逢时，她年未及笄，八大高手却已英雄迟暮，或被掩没红尘无影无踪，或传承后人不肖先祖，到如今空留盛名承担着昔日峥嵘。

因此她才敢把一代南儒视作不过厉害些的老贼，觉得左右不过成败二字，却不知猛虎虽老，其威犹在。

唯一不觉得意外的是叶浮生，他这十年跟阮非誉打的交道不少，因此只是一怔便回过神来。

饭菜里的麻药的确是好货，然而沧露更是难得的好物。拖延了这么一会儿，手脚麻痹的感觉已经散去，叶浮生活动一下腕子，站了起来。

在阮非誉动手的刹那，张泽已经猜到他们用了手段抵住麻药，眼下见叶浮生起身，他想也不想地把已经吓白了脸的秀儿往身后一推，喝道："锁门，跑！"

秀儿被这变故吓蒙了，尖叫一声，连滚带爬地跑了出去，总算没忘了张泽的叮嘱，手忙脚乱地把那扇聊胜于无的木门关上。

秦兰裳提剑就要破门去拦，不料张泽看着年迈，出手却十分迅疾，只见他右手往桌下一探，竟然摸出一把短刀，随着他身形一晃，这把刀不偏不倚地横在了秦兰裳面前，刀刃如白练飞过，就要缠上她的咽喉。

陆鸣渊脸色一变，手掌在桌上一拍，盘中花生米被内力震起，片刻之间，但见他指如莲花开落，那些花生米纷乱射出，却在间不容发之际击向张泽身上数个大穴。

张泽只得撤刀回防，花生米打在刀刃上，竟有铿锵之声，可惜陆鸣渊终究伤势未愈，附于其上的内劲差了些，三招之后就被荡开，刀锋趋势而来，直指阮非誉面门！

刀尖离眼珠只差半寸，可是张泽不能再进一步了。

前一刻叶浮生还在阮非誉身旁站着，一眨眼就移步到张泽身边，一手控住他肩膀，一手捏住他持刀手腕，看似轻飘，实则稳如磐石。

"虽说冤有头债有主，但眼下是非常时刻，只能对不住了。"叶浮生变抓为拍，荡开他逼命一刀，同时控住对方肩膀的左手往下一滑，擒住右肘顺势一捏，"咔嚓"一声，便拧脱了臼。

短刀落在地上，张泽疼得冷汗涔涔，叶浮生见此便松了手，无意伤他性命。然而老者血丝密布的双目在他们身上飞快扫过，用力将牙一咬，苍白的脸上骤然涌出血色，喉咙里发出一声困兽犹斗般的嘶吼，竟是管也不管叶浮生，猛然扑向了阮非誉。

叶浮生见得他嘴角一道鲜血流下，想必是牙齿里藏了某种秘药，咬破服下就会发狂。他顺手把秦兰裳往旁一推，搓掌成刀直斩张泽腰部——这一下若打实了，就算不死，下半辈子也只能瘫了。

掌刀切上腰间的刹那，张泽的手已经到了阮非誉面前，这才发现他指甲缝里的黑泥竟然不是农忙污垢，而是泛着暗淡绿色，恐怕是混了毒药，倘被抓破皮肤，下场堪忧。

陆鸣渊想也不想地以身去挡，就在这时，枯瘦手臂从他腋下探出，捏住了张泽的咽喉。

见此，张泽不怒反喜，五指狠狠抓在阮非誉手臂上，这一抓撕破衣袖，在枯瘦苍白的小臂上留下四道血痕！

下一刻，张泽腰部传来剧痛，仿佛绷紧的弦从中断裂，下半身陡然失了气力，叶浮生一手揪住张泽的衣领把他向后拉开。干瘦的老人匍匐在地，一边吐血，一边死死看着阮非誉，狂笑道："断魂草！哈哈，断魂草！阮老贼陪我一起死！够了！够了！"

断魂草是生长在北疆的一种毒草，并不常见，却见血封喉。闻言，叶浮生皱了皱眉，一把扯下腰间小银壶走向阮非誉，不晓得沧露能否解了这种剧毒。

然而等他走近却见那条手臂血迹斑驳，流出来的血是红色的。

张泽的笑声戛然而止。

阮非誉用那条帕子裹了伤，轻咳两声走到张泽身前，淡淡道："老朽之命尚不该绝，违你所愿了。"

张泽面如金纸，他忽然伸出左手死死抓住了阮非誉的脚，那带了毒药的指甲都嵌进了肉里，血浸湿鞋袜，阮非誉一动不动，仿佛不知道痛一样。

殷红血色刺痛他的眼睛，张泽被秘药掏空的身体在这一刻终于支撑不住，他全身控制不住地痉挛，颤声道："老天无、无眼！"

秦兰裳看着他这样子，又思及这白发苍苍的老者实际上是当年跟着北侠出生入死的军士，本就不多的怒气便消泯了。她垂下眼睑，轻声问："您说，自己是秦公的副将？可是我听说，秦公一生光明磊落，为什么你们要做这种偷袭暗害的事情？"

"小姑娘，咳……这世上，好人不长命，祸害遗千年。"张泽看了看她，目光触及这姑娘明亮的大眼睛，心里好像被什么刺了一下，"秦公一生为国，却被这老贼所害，满门不得好死……既然老天不长眼，国法无公道，那我等就做个替天行道的歹人。"

阮非誉淡淡道："你就算今日杀得了老朽，他日下了黄泉，云飞兄也不能瞑目。"

云飞是北侠秦鹤白的字，叶浮生这么多年来第一次听到阮非誉提起这个被自己一手推下高台的人，语气淡然自若，不似传说和案宗记载里水火不容的仇敌，更像是老友。

"秦公如何想，我们不知……这，便下去问问。"张泽气若游丝，却笑了起来，"阮老贼，不如你跟我一起，去问问吧！"

鲜血已经浸透张泽身下地砖，其中一块地砖高出地面少许，只是这屋子破旧，其他人一时间没能注意到。

叶浮生要拦已来不及了，张泽的手重重按下，脚下响起了轻微的机关启动声！

秦兰裳已经吓得闭上眼，片刻之后却还是静悄悄的，什么也没发生。

机关已经启动，可是整个屋子平静如昔。张泽双目圆睁，陆鸣渊脸上有压制不住的惊疑，唯有阮非誉还云淡风轻。

木门被人推开，刚才跑出去的秀儿被一把推了进来，脸上有说不出的惊恐。在她背后，一个人逆着夕阳余晖走进屋来，黑底暗纹的箭袖长袍被残阳裹上一层浅金，明明是阴沉颜色，却在这时温暖得不可思议。

叶浮生一路牵肠挂肚，到了此刻真见了人，才觉得心安了。

"阿尧，"他扬起一个微笑，语气中带着一丝雀跃，"你回来了。"

第三卷

南儒北侠

NANRU
BEIXIA

第一章 锁龙

楚惜微在山洞偶遇这五人之后，就一直跟在他们后面。

领头被称作"何老板"的胖男人看着臃肿，实际上步伐轻盈，也十分机警，该是五人之中功底最好的一位。楚惜微有伤在身，也不能追得太紧，只好不远不近地跟着，等到赶在昨夜进了安息山，这五个人就一分为二，何老板跟那高壮汉子去了出山必经之路，张泽三人则到了这里。

楚惜微本打算"擒贼先擒王"，可他眼见着何老板郑重其事地将一包火雷给了张泽，犹豫之后还是转向了这边。幸亏他这般选了，才能在张泽藏下火雷之后趁机扯断了彼此勾连的引线，还拿水把火药都浇了一遍，这才窝在附近静观其变。

果不其然，守株待兔的猎人终于等到了猎物，却不知道陷阱已经被破坏。

"你似乎一点也不担心？"听到招呼，楚惜微勾了勾唇角，"倘若我没来，这些火雷足够把你们炸上天。"

叶浮生摸了摸鼻子，道："你既然说了会来，我当然信你。"

一旁的秦兰裳翻了个白眼，楚惜微不置一词，他一掀下摆坐在板凳上，抬手拿了个冷馒头啃着，让叶浮生等人都要麻痹一会儿的药物被他没事儿一样吃下肚去，虽说不是狼吞虎咽，速度也是极快的。

看来是这两天饿得狠了。叶浮生想起当年那个贪吃怕累的小肉丸子，又看他现在这般模样，莫名就心疼他。只是眼下不是说这些的时候，他转头看着匍匐在地的张泽，却见老人不知何时已经气息全无，两只空洞的眼睛还盯着阮非誉。

"他最后说，老天不公……"阮非誉弯腰把张泽的双眼合上，笑了笑，"我觉得也是。"

秀儿到了这一刻才回过神来，伏在张泽尚有余温的尸身上大哭起来。

陆鸣渊一言不发，秦兰裳眼眶发热，她看着张泽的尸体和痛哭不止的秀儿，忽然就对阮非誉骂了一句："该挨千刀的老匹夫！呸！"

她年纪小，骂的又是年迈名盛的南儒，这一来可算是极为不知礼数。楚惜微眉头一皱，思及这丫头此番惹的祸事，本就不稳的内力又躁动起来，张口就要训斥她，好在叶浮生眼疾手快，见其脸色不对就按住了他肩头大穴，渡去一股柔和内力为他舒缓气息。

"你先歇歇吧。"叶浮生按住了他，这才不轻不重地在秦兰裳脑门儿上拍了一下，弯腰递给了秀儿一张手帕。

可惜这回秀儿全然不领他的情，她愤愤地推开叶浮生的手，泣道："都是一伙的贼子，不用你们假好心！"

"花儿一样的姑娘，说话不要这般鲁莽。"叶浮生把手帕塞进她掌中，语气还是温柔得很，"杀坏人的未必是好人，杀好人的自然也不一定是坏人。"

秀儿一怔，攥着手帕几乎要把它捏成一团，道："你狡辩！"

"跟她废话做什么？"楚惜微冷笑一声，"这些个自诩苦主正道的货色，只要觉得谁是恶人贼子，就可随便动手取命，成了便是'替天行道'，不成就是'老天无眼'，左右老天爷的意思都是他们一嘴说了算，也不晓得哪来这么大脸。"

"你！"

秀儿气得两眼通红，碍于打不过，只咬牙道："你们杀了我吧！"

叶浮生奇道："为何要杀你？"

秀儿惨然一笑："我们做了这样的事，难不成阮老贼会放过我？"

"你是徐从夏的后人？"阮非誉看了她一眼，忽然摇了摇头，"长得跟你外公不大像，只是都爱哭。"

叶浮生问道："先生还记得？"

"这辈子在朝堂上被御史扯着袖子边哭边骂的遭遇，左右也没几回。"阮非誉淡笑，"我还记得徐从夏被侍卫拖出宫门的时候咬破了手指，在地上一路连写了三十四个'奸'字，可惜最后一个还只写了一半，就被乱棍打死在辕门外了。"

他道起这些血淋淋的往事如同闲话家常，叫人陡生寒意，秀儿眼中愤怒更盛，却不由得染上了恐惧，瑟缩几下，不敢再乱动了。

楚惜微慢条斯理地吃完最后一口馒头，道："他们一共五人，还有两个在前头等着，一高一胖，都是好手。"

秀儿听他说完，脸上再无血色，叶浮生挑了挑眉，问道："你我出手，胜算如何？"

"若只为杀，我一人足矣。"楚惜微的手指敲击桌面，"只是带着这帮子累赘，免不得瞻前顾后，何况为首那人还携带了火雷，不得不防。"

叶浮生皱了皱眉："说起来，北蛮战事刚过不久，朝廷怎么还没管制火药？"

"朝廷早已颁下律令，敢在民间走私火药者一律视为重罪，违者打入天牢听候发落。"回答他的是陆鸣渊，三昧书院算是江湖与朝堂的一大交界，对这些消息还算灵通，"这律令已经推行开来，不晓得牵扯了多少人进去，按理说现在民间是没有人能弄到这么多违禁火药的。"

"既然不是民间，那就是朝廷了。"楚惜微眉目一寒，看向阮非誉，"这些流放多年的罪臣余党能弄到火雷，又知悉掠影卫动向和先生的行程，可见朝廷中必定有人作为内应……阮先生，可有眉目？"

阮非誉淡淡一笑，却道："老朽这条命，向来很值钱。"

楚惜微最不喜欢对付这种滑不溜丢的老狐狸，当即就皱了眉头，叶浮生却开了口："依我看来，对方未必是想要命。"

秦兰裳听不懂这些机锋，问道："那为什么？"

"如果我是那个人，既然能知道这么多不传之秘，那么也该知道就凭这些手段绝拿不下一代南儒。"楚惜微看着秀儿，神情轻蔑如看一块微不足道的小石头，"再多的绊脚石，只要不是泰山压顶，踢开之后也就不算什么了……换句话说，你们还不够拿南儒性命的资格。"

秀儿一脸不可置信，叶浮生道："那晚我就觉得奇怪，葬魂宫的人虽说不是三头六臂，好歹也没那么多酒囊饭袋，怎会那么容易被两个小辈闹成一锅糨糊？就连我救走阮先生也太过容易了。"

"还有，"楚惜微冷笑一声，"那个没脸见人的葬魂宫主，明明可以杀了我，却眼睁睁看着我借力遁走了。"

"你们是说葬魂宫是故意放人的？"秦兰裳瞪大了眼，"吃饱了没事干吗？"

"那就要问阮先生了。"叶浮生转身正视阮非誉，"他们，是否对先生有所求？"

世上所有的欲擒故纵，都不过是一场迂回角逐的勾当。

阮非誉看了他好一会儿，终于露了口风："葬魂宫拿钱办事，这一次也不例外。"

"那就是他们背后的雇主，希望先生做什么？"

"老朽这把年纪了，前半辈子咬的人太多，现在不想再做走狗。"阮非誉自嘲一句，叶浮生和楚惜微对视一眼，眉目俱是一凛。

堂堂南儒，位极人臣，若他自比鹰犬，那么能牵绳引缰之人，除了皇室还能有谁？

当今皇帝楚子玉向来重用阮非誉，这些年来但凡阮非誉提出的政策，莫不取善改之，两者可谓君臣相得，犯不着做这等勾当。又一言，楚子玉后宫之中妃嫔尚少，至今无一龙子凤女，那么还称得上皇家人的……也就只有，先帝留下的几个儿子，当今陛下的几位皇叔罢了。

先帝共有三女十一子，其中两位公主远嫁塞外和亲，一位早在四年前病逝；十一个皇子中最小的那位夭折，大皇子也在早年病逝，二皇子因当年牵涉秦鹤白一案被先帝不喜，剩下八个就卷入了夺位之争，为此罔顾手足之情，闹了个你死我活，却被皇长孙楚子玉横插一手，谁都没落着好。

夺位之时，八个皇子已折损过半，楚子玉上台之后又以各种手段收拢权力。闹到如今，还能在世上蹦跶，且有能为搞出这些动作的，也不过就三人罢了——

二皇子楚煜，被封端王，留守天京。

五皇子楚云，被封诚王，镇守东海关。

九皇子楚渊，被封礼王，镇守卫风城。

无论是谁做了这件事，都说明是有了不臣之心。

叶浮生心里一沉，他隐隐约约地感觉到，这件事情……不能善了了。

"萧艳骨受人之托，给老朽带了一件信物。"阮非誉摊开手掌，里面是一块布了裂痕的羊脂玉佩。

叶浮生一眼就看见了玉佩上雕刻的"煜"字，此乃先帝赐予子嗣的东西，每一块都代表了一位皇子的身份，天下难出赝品。

他眯了眯眼睛，道："在下若是没记错，端王的这块玉佩似乎是在十年前被阮相失手打碎过的？"

听到"十年"两个字，楚惜微脸色就是一沉。阮非誉笑了笑，将玉佩收入怀中，道："并非失手，而是故意。"

秦兰裳瞪大了眼睛："堂堂王爷把这么贵重的玉交给你，你却故意打碎了？"

阮非誉道："他当时所托太重，别说老朽一双手了，就算拆了我这把老骨头也担当不起，只好辜负盛情了。"

陆鸣渊皱着眉头，难掩忧虑："既然地宫那晚老师就拒了此事，那他们为何要放我们离开呢？"

楚惜微冷笑道："因为他们并没有死心。"

秦兰裳一怔："欲擒故纵？"

"不错。"叶浮生垂头看着呆若木鸡的秀儿和气息全无的张泽，道，"要招揽南儒不容易，杀他之后的麻烦更难处理，所以不到万不得已，他们绝对不会下杀手。"

他这么一说，秦兰裳更不明白了："那为什么他们不亲自动手，还要把消息透露给别人？"

"兰裳，义父讲策略的时候你是都睡过去了吗？"楚惜微斥了一句，"葬魂宫通过暗桩把南儒行踪透露出去，而阮先生仇敌遍天下，一旦暴露必然招致八方牛鬼蛇神，他们是在借此施压。"

秦兰裳一脸茫然，就这些人的本事来说，找麻烦可算一流，施压却远远不够资格了。

陆鸣渊看出她心中所想，指点道"秦姑娘，这些前来截杀的人，都与老师有故。"

从三十多年前阮非誉扳倒秦鹤白开始，这些年来他辗转于江湖庙堂之间，家国大事、武林纷争都权操在手，更因为新法之事触动了朝廷里相当一部分人的根基，各方势力已经到了水火不容的地步。

他这一生毁誉参半，有利国利民之举，也有陷害忠良之行，曾出谋划策推行新法以固家国，也曾大兴冤狱铲除异己，没人能说清楚他到底是好是坏，也没人能算得清他亏欠了多少性命，又福泽多少生民。

阮非誉虽然年事已高，武功仍在，智计犹存，三昧书院是他明面上的靠山，可没人知道他背后还有多少底牌。

葬魂宫赌不起，便只能借他人之手相逼，因为这世上最让人避无可避的，除了泰山压顶，便只有心中无所不在的囚笼。

张泽等人取不得阮非誉的性命，却能撕开他心上每一条伤口，直到满目疮痍。到了那时，谁也说不清阮非誉会不会改变主意，毕竟不到山穷水尽，哪知走投无路？

此外，就算阮非誉真的能死不松口，那么葬魂宫再借机下杀手，也不过是把罪名都推给了这些与他有旧仇的人们。

叶浮生想通关窍，赞道："借刀杀人，佩服！"

"卫风城是礼王所在之地，他镇守北疆多年，又与圣上关系亲厚，跟老师也有所来往，是眼下最能让端王投鼠忌器的存在。"陆鸣渊解释了一句，"此事倘若闹大，不知道要牵扯多少前事，累及多少无辜之人，所以不能联络书院的人前来护送，只能暗中赶路。"

楚惜微意味不明地笑了笑："看来先生此番，是有意要冒险袒护这些个旧案余党了。"

秀儿终于回过神来，她不可置信地叫道："我不信这老贼有这般好心！他、他恨不得我们早就满门死绝，再也不要给他找麻烦！"

叶浮生正要开口，就被楚惜微抢过了话头："他是好是孬，你说了算吗？哪来的脸，凭什么？"

秀儿被毫不客气地怼了一脸，楚惜微又道："事已至此，先生若是改变主意，我可发出信号召人前往三昧书院报信，只要在此间小心一些，便可无忧。"

阮非誉笑道："不必麻烦，老朽前些日子已经发过信件，卫风城里已有部署，只是要再麻烦……一程。"

他对楚惜微的称呼模糊在唇齿间，旁人听不真切，叶浮生却看得清清楚楚。

阮非誉说的是，小侯爷。

楚尧，当今圣上楚子玉的堂弟，先帝第四皇子的儿子，倘若十年前那件事成了，说不定……他就是如今的太子。

可惜当年那一场血腥宫变，先帝诸多皇子死伤被废禁，而楚尧猝然"病逝"，只被追封了一个侯爵虚衔。

从那以后，皇长孙楚子玉登基为帝，小皇孙楚尧变成了楚惜微，一入江湖，十年不知所终，再见时物是人非。

看出阮非誉口型变化，叶浮生脸色变了变，倒是楚惜微面无表情，似乎把阮非誉这个称呼当成了耳边风。

"既然是要行路，自然也少不得探路。"叶浮生摸了摸下巴，目光转向秀儿，"不知道姑娘是否愿意跑一趟呢？"

秀儿此时看他笑，已经没了之前脸红的羞怯，抖似筛糠。叶浮生一问不得答，费解地转过头来，一脸无辜："我这么玉树临风，哪里吓到人了？"

秦兰裳："呸！"

"何必麻烦？"楚惜微走过来，一把将叶浮生往后推去，在秀儿惊恐的叫喊声中，用手指扳起她的下巴，四目相对。

片刻之后，那吱哇乱叫的声音小了，秀儿仿佛被抽了魂魄一样呆呆地看着楚惜微，神情懵懂，眼神空洞。

楚惜微的声音较之平常更低更柔，带上了一丝不易察觉的蛊惑："你是谁？"

小姑娘喃喃开口："秀……儿……"

"你们领头的人是谁？"

"何……老……板……"

"他在哪里？"

"前……山……"

"可有办法绕开他离开这里？"

"有……小……路。"

"带我们去。"

"是……"

话语声落，秀儿整个人抖了一下，头猛然耷拉下去，然后慢慢抬起来，不声不响地往门外走。

陆鸣渊在旁边看着，不禁想起在地宫时目睹秦兰裳动用摄魂大法，当时只觉得玄妙，如今看了楚惜微施为，才知秦兰裳与之相比，不过是初窥门道的微末功夫。

叶浮生出言赞道："阿尧，你方才的眼神动作，都很像蛊惑良家少女的登徒子。"

楚惜微脸色一黑，忍不住刺道："你整天除了拈花惹草，还能不能想点别的？"

叶浮生眨眨眼："想你算不算？"

楚惜微："……"

他本来准备借题发挥的火气被这一句话噎了回去，想骂人，耳朵却先红了，只好鼻子不是鼻子眼不是眼地走出门去。秦兰裳在他们俩之间来回看了几眼，踢了陆鸣渊一脚，也出去了。

天上又下起了小雨。

秀儿走在前面，径直向屋后绕去。这里本就背靠峭壁，坡度很大，走起来险得很，不时有碎石往下滚，人要是踩滑了，那就得骨碌碌地顺坡滚下去，少说也要摔断一条腿。

楚惜微走在秀儿身后，神情阴沉，秦兰裳眼下是"戴罪之身"，不敢离他太近，就满脸牢骚地走在陆鸣渊身边，时不时给从容自在的阮非誉飞过去一个眼刀，好在老先生不跟她计较，只是小心翼翼地把手中一本旧书卷起，慎重地收好。

秦兰裳第一次在马车里见到阮非誉，他手里拿的便是这本书，只是那时候匆忙一瞥，只看到这本书无封无名，内里便什么也看不着。眼下见他这样小心，秦兰裳就不由得有些好奇，歪着脖子想窥探一下，结果被陆鸣渊一手挡了视线。

这呆板的书生又开始了絮叨，小声地对她说："偷窥他人之物，非礼也。"

秦兰裳已经快被他气得没脾气了。

叶浮生看得好笑，一个人在断后的位置上负手慢悠悠地走着，在这羊肠山道上闲庭信步，看起来随意到了极点，实际上周围风吹草动，无不了然于心。

这条路的确是没埋伏的，路上遇到最惊险的事情也不过是陆书生不小心踩到一条蛇，没等对方反咬一口，就被剽悍的秦姑娘拎着尾巴抖散了身体，徒手打了个色彩斑斓的蝴蝶结，远远扔了出去。

在崎岖山路上跋涉了整整一夜，连日奔波的众人脸上都露出疲态，更不用说里头还有陆鸣渊和楚惜微两个伤势未愈的。陆鸣渊一张小白脸汗水密布，楚惜微倒是不动声色，只有叶浮生看到他的脚步稍慢了些，地上也逐渐出现了他的脚印。

他和楚惜微练的都是霞飞步，行路无声，落地无痕，能让楚惜微在这土地上留下脚印，只能说明他是真的累极了。

之前在破屋里人多眼杂，也没抓着机会问问他到底伤势如何。

楚惜微小的时候，叶浮生没少欺负他，只觉得逗弄得小孩儿炸毛哭号是天大的乐趣。结果到了现在，楚惜微不动声色，见不着委屈难过，反而让叶浮生后知后觉地心疼起来。

好在过了不久，秀儿带着他们转过拐角，不多时脚下的路便宽敞起来，眼前也慢慢开阔。

他们一路下山，到了山下谷地。秦兰裳又累又渴，老早就想一屁股坐下生根了，这下子见了平地，立马往枯黄的草上一瘫，结果不到片刻就猛地跳了起来。

楚惜微回过头，冷冷道："大惊小怪做什么？"

秦兰裳脸色煞白，用剑鞘指着自己刚才坐下的地方，道："下面有……一只手。"

"手？"陆鸣渊弯腰去把那尺长的杂草给拨开，果然看到了一只断手，半腐烂的样子，断口参差不齐，像是被野兽咬下来的。

再一看，这片空地虽然宽敞，可不远处有阴森密林，近处则有狼藉掩盖于乱草之下，鸟兽人虫残骸都有，大多都已不全，想来是被野兽叼了去。

这里三面环山，风入难出，因此空气里弥漫着一股臭味，只是现在下了小雨，稍微压下了些异味，之前没注意到还好，一旦用心去感受，这恶臭就难以容忍，闻之欲呕。

楚惜微有些洁癖，当下以袖掩鼻，脸色难看得可怕，他扭头去看秀儿，却见那小姑娘不知何时已经倒下，一个男人站在她身边。

男人四十多岁，体形很胖，胖得一身貂裘裹在身上活像给肉球包了层面皮，叫人一看就不禁猜想他走路的时候到底是用脚走，还是直接滚的。

可是这样矮胖的一个男人，手里却提了一把七尺长戟，少说也有百十来斤重，戟头银亮如雪，刻了凤鸟暗纹，与戟杆相接之处还拴了一串金铃，风一吹清脆作响，在这空旷之地回荡开来，如雏凤初鸣，只是无端带了肃杀之气。

这铃铛声一响，一直没什么精神的阮非誉便睁开了眼，凝神看了过去，目光从戟上扫过，最终落在胖男人的脸上，微微一笑："阁下贵姓？"

男人说话很和气："不敢当，免贵姓何。"

叶浮生等人皱了皱眉，阮非誉追问道："秦家军先锋营的那个'何'？"

何老板眉开眼笑："那是我兄长，尸骨埋在这里三十多载，阮相要见见他吗？"

阮非誉向这片埋没骸骨的荒地躬了躬身，道："当年何校尉一手鸣凤戟纵横三军，除了秦公的锁龙枪，军中再无人与之相比，只可惜老朽身在朝堂，无缘得见。"

"锁龙枪"三字一出，秦兰裳脸色剧变，楚惜微好像背后长了眼睛般回过头，眼神冷如刀刃，让她不敢再轻举妄动了。

何老板笑道："阮相的遗憾，今日大可终结了。何某虽然不济，好歹也传承了几分家学，虽无兄长之能，也应不至辱没了鸣凤之名。"

"这是块埋骨的好地方。"阮非誉淡淡瞥了一眼四周，"我倒是忘了……那条小路，原来是通向这里。"

"阮相是贵人，又过了这么多年，怎么还会对这山野之地了如指掌？"何老板抬起头，"三十四年前，安息山发生了一场走蛟，此处位于低谷，泥水洪流势弱之后便由缺口泻入此地，除却吞没了两个早已迁空的小村之外，并未殃及周边，只除了……当时回京路过的三千多名秦家军。阮相，世上怎么会有这么巧的事呢？"

所有人心头一惊，秦兰裳在这电光石火间想明白了什么，目光飞快扫过这片埋葬了不知多少骸骨的土地，神情从大惊到大怒，再看向阮非誉的时候，眼眶几乎已经能滴出血来。

阮非誉仿佛不在意自己后背已经被目光插成了筛子，他只是看着何老板道"老朽记起来了，那年带兵回京的两人，一个是军师周溪，一个就是你兄长何冲。"

何老板道："阮相好记性，当年你借着连天大雨和地势，在军士路经此地的时候算准了方向炸毁山坡，引发走蛟吞没了三千性命……此事，你认不认呢？"

阮非誉倒是敢作敢当："是我所为，不敢推脱。"

"阮相既然认了，那就好办。"何老板手中鸣凤戟一顿，神色肃然，"皇天在上，后土在下，诸位英灵都与我做个见证，此事冤仇有主，不累旁人，各位与此无关，就请去吧。"

陆鸣渊率先开口，他向这片土地躬了躬身，然后对何老板行礼道："一日为师终身为父，师有罪，当并罚，师有难，当同担，故不敢去也。"

叶浮生转头看向了阮非誉，笑眯眯地问道："阮先生，现在不比之前，倘若你不改主意，我等也无能为力了。"

他指的是阮非誉打算放这些旧案余党一马的事情，若是阮非誉执意如此，哪怕天王老子也难以在不死不伤的前提下护他过了这一关。

阮非誉一整衣袖，慢吞吞地道："既是老朽一人的恩怨，三位能护持到此已仁至义尽，请去吧。"

楚惜微最是痛快，连场面话都懒得说上一句，从鼻子里"嗯"了一声，抓住秦兰裳就要转身离开。

一直在他手底下不敢动弹的秦兰裳突然挣了开去，抬头直视他的眼睛，一手按住剑柄，道："小叔，我不走。"

楚惜微寒声道："你胡闹得还不够吗？"

"我没胡闹。"秦兰裳转过头，目光从阮非誉和陆鸣渊身上扫过，最终定格在何老板手中那把鸣凤戟上，"我……就是觉得，现在不能走。"

叶浮生作为一个外人，面对这种情况自然不好插嘴，楚惜微脸色更冷，道："行走江湖当知进退，你不懂吗？"

"有的事情如果现在退了，以后就退无可退。"秦兰裳这次倒是不怕他，盯着楚惜微冷凝的双目，一字一顿道，"小叔，这是你告诉我的。"

楚惜微扬起了手，要给她一记巴掌。

陆鸣渊脚步一抬就要上前阻止，被阮非誉一手抓住，向来温和的老者投来目光，让他背脊顿时一寒。

自家人知自家事，秦兰裳从小就晓得在自家小叔眼里，男人女人没区别，因此从无"好男不跟女斗"的准则。因此她顶嘴的时候就做好了被揍的准备，这下就轻车熟路地闭上了眼。

然而这一巴掌并没落在她脸上。

"阿尧，孩子顶嘴不是什么大不了的事情，何必动手？"叶浮生一手擒住了楚惜微腕子，楚惜微瞥了他一眼，没挣开。

叶浮生转头看着秦兰裳，依然是笑眯眯的，只是口气里多了几分郑重："丫头，你要留下的话，一切后果可就要自负，不得后悔。"

秦兰裳怔怔地看着他，片刻后点了点头。

楚惜微皱了皱眉，冷冷地扫了在场众人一眼，拂袖而去。

"各位，后会有期了。"叶浮生笑了笑，拱手行了一礼，也跟着楚惜微离开。

何老板一直没有出言打断他们，直到看见这两人的身影远了，才收回目光，将鸣凤戟往地上重重一顿，对着阮非誉笑道："久闻阮相武功高绝，乃江湖八大高手之一，在下今日便要讨教了。"

阮非誉没有答话，倒是陆鸣渊上前一步，从袖中抽出一把白纸扇合于掌心，道："有事弟子服其劳。晚生不才，先请战了。"

陆鸣渊是阮非誉座下关门弟子，自幼聪慧勤奋，少年便已成名，一手奔雷掌得其真传，在三昧书院里也无同辈人能与之相比。只可惜他性格颇有些刻板，才学武艺虽无一处不好，在人情变通方面却有所欠缺，以至于南儒闻名天下的暗器手法"乱雨棋"落在他手里还不如撒一把铁豆子厉害，遂歇了学暗器的心思，改以白纸扇配合拳掌身法，可谓静如处子动如脱兔。

他一语落罢，身如离弦之箭射出，白纸扇在手中化为一道雪白流光，向何老板连出七下，快如雷霆。

秦兰裳看得清清楚楚，陆鸣渊为制不为杀，手里不带杀气，本该有些束手束脚，然而他出手干脆利落，瞬息间已锁定对手空门，反应、招式无一处不快，更无一处不见功底之深、技法之熟。

她正看得咋舌，就见何老板向后一踏。

仅仅是一步，就避开了陆鸣渊顺势而来的七次点穴。那样矮胖笨重的男人，在这一步之间却如移形换影，陆鸣渊只觉眼前一花，耳边就听见了一声铃响。

鸣凤戟也在这一步之间当面刺来，既拉开了两人距离，也捉隙逼命，月牙刃穿风刺雨，刹那间已到了他颈侧！

陆鸣渊不敢轻忽，白纸扇竖立一挡，一股巨力随之而来，震得虎口一麻。他当即撤手，顺势一个后仰，险险从戟尖下闪过，劲风割裂一缕发丝，陆鸣渊一腿飞起，踢向戟杆。

这一腿他用了八成力道，虽然成功将戟杆踢得往上一抬，右腿也麻了片刻。趁此机会，陆鸣渊不退反进，白纸扇迎风而展，恰如天刀带起飞虹，抹向何老板面门。

鸣凤戟力沉势大，但是长兵器一旦被近身，就施展不开。

他打的是好主意，阮非誉却在这刹那开口道："退！"

陆鸣渊还没反应过来，就听得一声金属摩擦的锐响，戟杆竟然从中脱开，内中竟然暗藏了一条锁链，被何老板往回一带，便勾着戟尖带了回来！

铃声更急，何老板笨重的身体在原地灵活一转，避开陆鸣渊当面一扇，同时锁链也轮转而来，化成一道冷光，锋利戟尖顺势而来，转瞬间就到了陆鸣渊头侧，眼看就要将他封喉绝命！

秦兰裳剑已出手，却还有一个人出手更快。

一枚石子从阮非誉手中射出，以无比刁钻的角度穿过霸道刚烈的劲风，后发先至，从何老板持戟的手臂上穿了过去！

石子比饭豆大不了多少，棱角也不见多么锋利，然而它穿过了血肉之躯，竟然还去势未绝地射出三丈，嵌入了一棵树干中。

何老板手上劲力一泄，戟杆向下一沉，原本割喉的戟尖顺势下落，在陆鸣渊右肩上划下一道不浅不深的血痕。陆鸣渊惊魂未定，被冲上来的秦兰裳一把抓住了腰带，连拖带拽地拉了回来。

血这才从洞穿的伤口喷溅出来，落在地上很快与杂草朽土融合在了一起。

何老板脸色一白，他也不知按了什么机关，锁链又缩了回去，戟杆重合如初。

他换了只手拎着鸣凤戟，对阮非誉道："阮相出手，果然非同凡响。这，是'乱雨棋'？"

雨势变大了，阮非誉以手帕掩口咳嗽了几声，活像个命不久矣的病鬼。手帕从掌心飘落，他越过了陆鸣渊和秦兰裳，对着两丈开外的何老板一笑："这才是乱雨棋。"

短短六个字的时间，他的双手已经抬起，指、掌、腕、臂在雨幕中飞快连动，没有人能在这六字间隙之内看出他究竟动了多少下，双手仿佛在这一刻脱开皮肉和筋骨，完全融于了雨幕之中。

何老板看不清他动作，却已如芒刺在背，鸣凤戟轮转如满月，荡开风雨，为他划出相对安全的屏障。

可是下一刻，三人都听见了一声怪响，仿佛万箭齐发后被无形的力量牵引同步，避无可避地锁死了他的退路。

一片天地之间尽是落雨，他又能逃到哪里去？

纷乱雨珠在这六息之间被阴冷内力凝冻成冰，刹那捉隙而入，打在鸣凤戟上竟然"砰砰砰"连响不绝，仿佛被铺天盖地的铁莲子打下一般，何老板握戟的手被不断反震的力道摧折着经脉。

何老板心头一寒，他左脚在右脚背上一踏，身子借力向上飞起逃开攻势。与此同时，鸣凤戟再度从中分开，锁链延伸到了极致，他一手握紧戟杆，身体在半空中硬生生地一转，戟尖便借着锁链挥舞之势，化成一道飞天坠月，扑向了阮非誉！

这一戟来得太快，阮非誉身体一晃，戟尖擦着他的身体掠过，划过胸膛，撕破衣物，割开了一道血痕！

下一刻，阮非誉一手抓住了锁链，干瘦的身躯顺势一转，戟尖被带得兜转而回，反扑何老板面门。此时他人在半空无处借力，一惊之下只得撤力，借着下坠的力道带得戟尖偏了方向，然而虽破了杀招，却也卸了后力，落地时一个踉跄，没能立刻回击。

就这么片刻迟滞，对阮非誉来说就已经够了。

他拢起的左手摊开，露出刚才战时用雨水凝出的五块透明薄冰，只有指甲盖那样小而薄，在漫天雨幕里弹指而出的时候，无人能注意到它。

肩、胸、腹、腿、手五处几乎同时被击中，冰寒内力透骨而入，本就在经脉中流转的内力刹那一滞，转瞬后何老板体内传来剧烈刺痛，暴露在外的皮肤上顷刻冒出一个又一个血点，又很快被雨水冲散！

何老板顿时便遭不住了，可是他不肯撤戟回防，反而脚下急进，铃声凄厉，鸣凤戟化成了一道寒光，刺向阮非誉胸膛！

他这一戟势不可挡，莫说一个行将就木的老人，就算是铁塔一样的汉子，也要被生生穿胸挑起！

阮非誉只是站在原地，动也不动。

戟尖瞬息而至，已经到了阮非誉面前，再进一分就能刺破血肉。

可惜何老板做不到。一身血肉如棋盘，奇经八脉如棋路，乱雨棋透入骨血，星罗棋布，已如毒手扼住要害，冰寒内力顺着雨珠钻入体内，瞬间便发作起来！

经脉如遭冰封，他再无余力，膝下一软，直挺挺地跪了下来。

就在这时，阮非誉终于动了，提起一掌携雷霆万钧向着何老板当头而落！

这一掌落实，就算不死，下半辈子也是个废人了。

何老板脸上已经现出绝望，下一刻，他的眼里便倒映出一道流光。

秦兰裳蓄势已久的一剑终于出手，她身子娇小，若是抬手提剑必然卸力，因此顺势而出，恰到好处地插入掌与头之间，剑锋一转逆上，若阮非誉一掌下落，就是自断手掌！

阮非誉似乎早料到她有这一招，变掌为爪锁住她手中长剑。秦兰裳当即弃剑，抬头与阮非誉目光相接，后者即便心志过人，也恍惚刹那。

她知道自己斤两，那点微末道行不比自家小叔，摄魂大法对南儒不起什么作用，顶多只能让他恍上这么一息不到。因此，就在这片刻之间，秦兰裳一手夺了何老板手中鸣凤戟，一脚把本就没跪稳的人给踹了开去。

阮非誉不知是懒得跟她见识，还是顾忌楚惜微和叶浮生，也没有趁机动手。秦兰裳拖着比自己还高的长戟后退，顺手摸索了几下找到机关，卸下暗藏锁链的一截和戟尖，长戟顿时缩短了四分之一，成了根貌不惊人的棍子，拎在手里仍觉得沉，但还勉强趁手。

陆鸣渊讶然："秦……"

"鸣渊，退下。"阮非誉对秦兰裳微微一笑，"秦小姐，这是何意？"

回答他的是迎面一棍。

秦兰裳一脚立定，一脚轮转，手里长棍顺势而出，直扫阮非誉面门。

阮非誉上身一晃避开她这一棍，枯瘦的左手如长蛇缠上，就要绞下她手中长棍。然而秦兰裳也不退反进，气力聚于一点，长棍一拍一震，竟在片刻间欺近了阮非誉。

她习武九年，轻功本事一般，用剑耍鞭更是一般，唯有这一手功夫最是熟练。

可惜不敢轻用，直到现在锋芒尽出。

秦兰裳人随长棍步步紧逼，转眼间连出数招，经验力道虽皆不足，招式却连绵不绝，仿佛游龙疾走，盘旋缠绕，锁定阮非誉身前空门。后者目光一凝，终于撤步飞退，长棍向下，紧随他的脚步连出十三下，在地上刺出十三个坑来！

陆鸣渊没见过这样的棍法，或者说……这根本不是棍法！

何老板眼中风云巨变，失声惊呼："锁龙枪！"

一声闷响，阮非誉抬脚踩住了长棍一端，他看着俏脸生寒的少女，轻声问："你是……"

"我姓秦。"秦兰裳抬眼看着他，"北侠秦鹤白的秦！"

"我曾听说秦家先祖是个画师，尤以山水花鸟为佳，因此历代秦家男儿都以飞鸟走兽入名，女子则化用花草树木。"

荒凉山道，落雨如泣，叶浮生不知从哪折了片野芋头叶遮在头顶，仿佛撑着一把碧绿的伞，对着楚惜微侃侃而谈："正如当年战死于北疆的秦惊鹜与其子秦鹤白，还有曾号称武林第一美女的北侠亲妹秦柳容。"

三十四年前，秦鹤白因涉谋逆罪被满门抄斩，一百三十六颗人头落地，至今还埋在天京城外无名荒山，恐怕早就烂成了朽土。

时过境迁，也许有人茶余饭后谈起这件凄凉往事，却无人知晓……当初处刑的时候，那一百三十六人，真的都是秦家人吗？

楚惜微的脚步顿了顿，回头问道："你什么意思？"

"阿尧，虽然你不喜欢，但我毕竟做了十年的探子，对江湖上的事情虽然不比朝堂了解得多，好歹也是有所耳闻的。"叶浮生笑了笑，"百鬼门上任门主娶了一位毁容女子为妻，这件事情可不算什么秘辛。"

情报记载中显示着，百鬼门老门主沈无端生性风流，好美人美酒，三十多年前还是肆意纵情的浪荡客，江湖上不知多少世家闺秀英气女侠都对他芳心暗许，可是这样一个情场老手，最终却选择了一位容貌尽毁的丑陋女子。

女子姓秦，脸上斑驳了数道伤痕，虬结如蜈蚣爬在面容上，丑陋可怕，何况她还是个哑巴，根本不会说话。沈无端娶了这样一个女人，不少人既替他可惜，又忍不住看他笑话，唯有他喜不自胜，好像得了天大的便宜，一生都已完满。

朝廷日理万机，掠影卫自然也不会去随便把心思花在江湖八卦上，只是对于叶浮生来说，这件事情并不一般。

江湖人只知道那女子姓秦，很少有人知道她的名字叫秦柳容。

北侠亲妹秦柳容，枪法已得父兄七成火候，可谓巾帼不让须眉，曾于年少时单枪匹马行走江湖，一手锁龙枪不堕家名，美人如花惊艳了三山五岳，被誉为"武林第一美女"。

可她毕竟是女儿家，又是个天生的哑巴，上不得战场朝堂，在江湖上游历不久便还家，从此委屈在院墙一隅，仍然祸从天降。

当年秦公案里，秦家满门被打入死牢，她自然也不例外。

可在行刑之前的短短七日里，有人私自将秦柳容悄然送出天京，寻了一名女性死囚灌下哑药代替，于行刑日随秦家其他人一起血溅长街。

能在天子眼下做出这样移花接木的事情，非一般人所能及，纵观庙堂江湖也不超过一掌之数，而百鬼门恰好是其中之一。

楚惜微的声音带上冷意："怎么，大统领要治我百鬼门窝藏钦犯之罪吗？"

"阿尧，你先不要急着动气，我很冤枉。"叶浮生把芋头叶移了些过去，"首先，我已经不是掠影卫了；其次，这件事情内里还有文章，你先听我说完。"

楚惜微入百鬼门也不过十年，对于这些陈年旧事虽然了解，毕竟说不上通彻。只是他性格护短，沈无端给了他十年恩义，楚惜微拜他为义父不生异心，因此即便知道了那位义母的身份，也只是动用手段和义父一起遮掩，让那命途多舛的女子平平安安活了这些年。只可惜她的身体早在当年大牢里被伤了根底，去岁重阳时满了五十寿数，便合目而逝。

他少年时遭逢大变，入百鬼门后更是忐忑不安，若非这位门主夫人多加照顾，沈无端也未必会对自己另眼相待。这一桩桩一件件，楚惜微铭记在心，只可惜无能以报。

一念及此，楚惜微的声音沉了沉："你且说。"

"天子脚下本就是禁军所在，何况是关系重大的死牢？我曾经亲自去试了试，不说飞不出一只苍蝇，一个大活人怎么都不容易出得来，更别提要救人。"叶浮生眉眼一挑，"百鬼门的根基在中都洞冥谷，要避开一路关卡远上天京，再于死牢里偷梁换柱救出个人，你觉得胜算有几分？再有，当初沈门主与秦家并没什么交情，他为什么要冒这个险？"

楚惜微眯了眯眼睛，这些事情他也想过，然而时间过去太久早已难得线索，沈无端与秦夫人也都不会言说，他自然就搁置了。眼下乍听此言，倒是又勾起了当初疑惑"秦夫人虽然在百鬼门安度余生，但是当年救她离开天京的却另有其人。"

叶浮生竖起两根手指："敢欺君的有两个人，其中之一是我那没见过面的师祖顾铮。"

楚惜微眉头一皱，又慢慢松开。

三十四年前秦公案名动一时，为免有人劫狱，先帝下令把死牢布置成了天罗地网，而主要负责看守的就是当时还没有被废除的掠影卫。如果是那时身为掠影卫统领的顾铮想要救人，虽然难，胜算却比外人多出不少。

"之前听你说起顾铮之死，我就觉疑惑。"楚惜微眉目一凛，"堂堂掠影卫统领，哪怕再不被先帝所喜，也不至于因为犯上求情就被处以凌迟之刑。"

"是啊，我师祖的胆子可比我大。"叶浮生的嘴角一勾，却看不出是笑容，"他求情不得之后，就干脆抗旨违君，本来打算放了秦鹤白，可惜北侠的脑子跟石头一样顽固，宁死也不走，只求他放了自己的妹妹……于是我师祖偷梁换柱把人弄出死牢，又派遣心腹送出天京，只是不知道后来发生了什么事，让你们的老门主把人领回家了。"

也正因如此，先帝大发雷霆，他对掠影卫本就不满已久，如今更忍无可忍，怒斥顾铮为乱党贼子，废除掠影卫，将顾铮凌迟处死，才解了心头之怒。

楚惜微终于了然。

从金水镇时就压在心头的雾水在这一刻终于化雨落下，他与叶浮生如今恩怨纠缠，可是血脉宗族却欠了惊鸿一脉不知多少，怎么算都是一笔烂账。

按捺下纷乱心绪，楚惜微问道"皇帝不会涉足死牢，更不会重视一个女流之辈，以顾铮的缜密心思，怎么会被察觉出来？"

"这就要说欺君的第二个人了，不过在说他之前，先提另一个与此事有关系的人。"叶浮生慢吞吞地道，"上代南儒，阮清行。"

当初阮非誉能把秦鹤白拉下马，最大的倚仗就是他这位权倾朝野、名满江湖的师父。阮清行起于前朝，为高祖赏识，时又受先帝重用，一生浮沉起落绝非阮非誉能比，更何况当年阮非誉不过是个青年人，而阮清行已经年近六旬，是个看透世情的人精。

"阮清行与秦惊鸷交好，秦惊鸷战死之后，他一度将秦鹤白视如己出，后者能位极人臣，不无他在朝廷中周旋之功……阿尧，你说曾经这般亲近的两人，为什么后来不但疏远，还会交恶呢？"

楚惜微冷笑一声："疏远正是因为他们太亲近，交恶无非是因为利益。"

自古以来虽有"将相和"的美谈，但是对于一个心思多疑又手段欠缺的帝王来说，文臣武将的关系越是亲近，就越容易让他大权旁落。

秦鹤白人微言轻之时还好，等到他位高权重，阮清行就必须与他疏远，否则就有结党营私之嫌。

也许一开始是为了避嫌，然而时间一久，就容易生出嫌隙变成真的渐行渐远。尤其等到秦鹤白班师回朝成了武将之首，文武势力就开始角力，他与阮清行也在一次次大大小小的矛盾中成了敌人。

"那时阮清行已经年老体弱，文官的气焰日渐低迷，而秦鹤白正值壮年，声名如日中天，看起来是占尽了上风。"叶浮生旋了下叶柄，叶面上的雨珠飞了出去。

楚惜微会意："这样一来，先帝所忌惮的就从他们两个人，变成了秦鹤白一个。"

示弱于人，祸水东引。阮清行摸准了帝王心思，在那暗流疾涌的时候退了一步，偏偏秦鹤白不懂得藏拙，就自然站在了风口浪尖。

"秦鹤白手掌兵权，不论在江湖朝堂都名声极盛，尤其是在东海和北疆，百姓竟然只知秦公不知帝王……阿尧，你应该比我更明白这其中的意思。"

楚惜微勾了勾唇："功高震主。"

"我一直认为，世上没有查不出的真相，除非是那个人并不想知道真相。"

三十多年前秦公案牵连甚广，且不论其中有几分真几分冤枉，其结果震惊天下，几乎把当时朝堂大清洗了一遍，依附于秦家的势力被连根拔起，武将势力更是翻天覆地，直到如今都还没有恢复元气，任文臣压在头顶指手画脚。

别说当年初出茅庐的阮非誉，就算阮清行，也没有这样大的手笔。

楚惜微眉头一动："你是说秦公案的始作俑者，不是两代南儒，而是……"

叶浮生面露苦涩，一手指了指上天。

"先帝铁了心要废秦鹤白，只是北侠名声太盛又位高权重，不能贸然动他。"叶浮生语气淡漠里透着尖酸嘲讽，"阮清行借由示弱暗表自己无二心，暂时重得了先帝信任，要想使这份信任长久下去，从而为整个文官势力谋取长远利益，扳倒秦鹤白势在必行，而阮非誉就是阮清行为秦鹤白准备的一把刀。"

"因为阮非誉除了他这个老师之外再无倚仗，所以只能听话做事，对吗？"楚惜微冷笑一声，"出头椽子不好做，他夹在君臣文武之间还能做到今天这个地步，也不愧'南儒'之名了，所以……你说的第二个欺君之人，就是阮非誉？"

顾铮有武，但是仅凭他要想从死牢里捞出一个人而不生枝节，实在太难，除非还有一个能对此事握有实权的人暗中相助，而那个时候负责秦公案的人，不就正是年仅二十多岁的阮非誉吗？

叶浮生欣慰点头："孺子可教也。"

"他当时是阮清行和先帝的刀，为什么要冒着欺君之罪的危险跟顾铮一起救人？"

叶浮生摇头道："这个我就不知道了，只晓得他插手的事情被阮清行抓住了马脚，而阮清行为了保住弟子也为了不牵连己方，就先一步卖了顾铮，我那个缺心眼儿的师祖也没掰扯其他人，自己梗着脖子扛到咽气为止。"

他说得平平淡淡，甚至还带了调侃，只是一双眼里雨雾沉积，冷凝成经年冰封。

楚惜微莫名想起了顾欺芳。

那个时候他才八岁，对于那个女子的记忆其实已经模糊了，只依稀记得女子利落的言行举止和偶尔瞥向他冷漠的眼神。当时他还不明白那目光里究竟隐藏了什么东西，然而小孩子也往往最是敏感，瞥见那眼神便毛骨悚然，直到他现在大了才恍然惊觉顾欺芳那一眼，是带了恨意深沉的杀气。

可她仍是尽心尽力地将兄弟俩送到了瑜州城，楚惜微犹记得女子纵马而去的时候，守将陆大人欲以财帛相报，却被女子一袖掀开了百两黄金。

"我这一趟，不为富贵，也不为他们。"顾欺芳言罢，扬鞭策马，一骑绝尘。

楚惜微忍不住出了神，叶浮生侧头问道："在想什么？"

"你师父……"

话音未落，楚惜微已觉不好，回神只见叶浮生脸上的笑意已经凝固在嘴角。

半晌，叶浮生又笑了起来，道："劳你惦记，她老人家一定很欣慰。"

楚惜微只觉得他笑得比哭还难看，赶紧岔开话题："这些事情已经过去这么多年，你怎会知道得这般清楚？"

叶浮生摸了摸下巴："这些年我曾经翻阅过当年案宗，奉命清查冤假错案的时候更是恨不得把对方祖宗十八代都挖出来，像秦公案这样的大案当然是要重点关注。"

楚惜微眼睛一眯："楚子玉要为冤者翻案？"

"新政要令律法清明，自然就先得正法，重审旧案是必不可少的环节。子玉有这个打算，而提出来的人是阮非誉。"叶浮生微微一笑，"不过，翻案重审的事情早在七年前就开始了，为此无论明侍暗卫都忙得晕头转向，堆满一室的案宗里更不晓得要牵扯多少人出来，所以……没等我们理出个头绪，作为新法推行者的阮相就先下台了。"

他话说得隐晦，楚惜微很快会意："地龙翻身一事可大可小，然而阮非誉被逼辞官，想必是反对新法的旧党借机对楚子玉施压了。"

叶浮生笑眯眯地道："但是他又即将起复，再掌大权。"

"一个强势的对手即将回到战场，要么想办法把他变成自己人，要么就在开战之前，先设法做掉他。"楚惜微抬头看了看前方泥泞山路，"委托葬魂宫办这件事的人，就是这个主意吧。"

葬魂宫出面谈和不成，便放出消息引来旧案余党，借他们对阮非誉施压，若成则皆大欢喜，若不成就必定会再度出手，借这个机会把阮非誉永远留下，心头大患从此除掉，黑锅也由这些被暗中利用的旧案余党来背。

"恩威并施、借刀杀人，做出这番谋算的人很有心机，只是看人的眼光差了点。"

"怎么说？"

"我第一次见到阮相，就觉得此人是个千年王八万年龟。"叶浮生笑了笑，"活得太久就腻了，见得太多也看惯了，你觉得还有什么能让他改变主意？"

"你觉得幕后之人在枉费心机？"

"我又不是算命先生，哪里说得准呢？"叶浮生顺着他的目光看过去，"啊，到了。"

他们所在的地方离之前空地不算太远，周围草木稀疏，脚下道路崎岖，放眼一看，前面是一处陡峭山坡。因为连天降雨，这附近的水土流失厉害，地上的泥沙土石都已经松动，好几块大石都裸露在风雨里，看着竟有摇摇欲坠的危险感。

楚惜微的声音压低："你确定是这里？"

"这附近也没有更合适的地方了。"叶浮生目光放远，"以己度人，我要是何老板他们，血海深仇一朝将报，还是在这么一个很有意义的地方，一定会忍不住以其人之道还治其人之身。"

他们会留下那三人来到此地，自然不是为了撒丫子逃跑，只因为比起身在明处的何老板，他们更在意的是火雷。

楚惜微一路跟着他们到了安息山，对方五人已出其四，只有那高大汉子不见踪影，有道是"明枪易躲暗箭难防"，在这紧要关头，他们必须多几分小心。

虽然不知道秀儿一个弱女子是怎么避过了摄魂大法，将计就计把他们带去谷中空地的，但左右不是无意之举，而后又见何老板主动出面，眼中恨火升腾，却偏偏还要多说话，怎么看都像是在拖延时间。

"与南儒有关的旧案太多，涉及的余党有数百人，其中半数都该是老弱病残了。"叶浮生嘴角一翘，"他们五个人敢做这件事，当然是有了不成功便成仁的决心，但绝不会愿意为那些人再招祸端，所以哪怕是同归于尽，也要选一个能断绝后患的办法。"

楚惜微意味不明地笑了笑："比如走蛟？"

当年阮非誉在安息山设计走蛟，埋杀秦家军三千人，如今他又重回此地，还恰逢天公降雨，怎能不好好利用一番？

何老板本就不寄希望于自己能杀了一代南儒，他的目的在于把阮非誉拖在那处谷地，然后旧事重演，把自己和仇人都淹没在洪流之下，尸骨难寻，尘埃落定。

叶浮生曾经为查这个案子来过安息山，虽不说了如指掌，好歹对这个事发之地算得上熟悉，再加上楚惜微也不晓得这十年究竟学了多少乱七八糟的玩意儿，竟是能根据草木生长和地形变化，推算出最容易发生走蛟的源地。两人边走边合计，也就省了冤枉路，直奔此地而来。

果不其然，尽管雨水冲去了太多痕迹，但叶浮生那比狗还灵的鼻子依然在迎风之时，敏锐地捕捉到了一丝火药味道。

大雨天火雷容易被雨水打湿，为了保证引爆，必定会安置在有遮挡的地方，山坡中下部的那些石头便是再好不过的屏障了。

那高大汉子必定也藏在那附近。

对视一眼，两人脚下一点，同时施展轻功就向山坡而去。

未出一丈，叶浮生忽然脸色一变，抬手将楚惜微生生往自己身后一拽，同时右手野芋头叶裹挟内力向旁侧飞出，恰好撞开一物。

那是一条云纹白帕，被人以特殊手法灌注内力之后竟有如飞刃，破开了半面叶片才卸力坠入泥水中。

"好戏还没开场，怎么就要把戏子赶下台呢？"温和笑声响起，尾音稍有拖长，带着一丝令人心惊的玩味。楚惜微目光一冷，却在这片刻感觉到叶浮生握住自己的手倏然僵硬，掌心沁出些许冷汗。

认识这个人十几年，还从没见过他这样失态的模样。

楚惜微抬头，只见从路边一块大青石后走出一人，身上披着白底云纹罩衣，脸上一张白银面具恍如鬼魅。

心下一凛，楚惜微移步挡在叶浮生身前，目光冷冷："尊驾要看戏，不如回迷踪岭叫上一场，何必在这幕天席地淋雨呢？"

来人舒展着右手五指，两只指套在雨中更显冷厉："那些个涂脂抹粉的生旦净丑，哪有活生生的是非恩怨好看？"

这便是不能善了。楚惜微拧眉，挣开叶浮生的手想让他先走一步，后者却开口了。

冷雨扑了满脸，却冲不走叶浮生眼里的血红，他在这一刻消去了所有慵懒放纵，整个人都冷冽起来，如一把出鞘的刀。

他盯着这个人，声音嘶哑："是……你。"

"顾潇，十年不见，过得好吗？"面具后传来笑声，又像是回想起了什么，"对了，你现在叫叶浮生……呵，是不是顾欺芳死了，你觉得没脸跟着她姓，所以改名了？"

楚惜微心里一跳，他侧头去看叶浮生，却发现那人脸上一片肃杀。

叶浮生看着那张面具，在脑子里把这两句话翻来覆去地拆开揉碎，蓦地回想起金水镇里言行怪异的紫衣人，道："你是慕燕安。"

轻笑一声，那人语气倒是温和："我姓赫连，单名御，燕安是我的字，这次可要记住了。"

秦兰裳的爹娘死得早，她是被祖父祖母带大的。

秦夫人在天牢里遭了罪，身子骨已经不好了，哪怕沈无端爱护她，可是她挣命生下的儿子依然不健康，从小泡在药罐子里，不到三十岁就病逝了。

白发人送黑发人的打击让秦夫人精神更差，好在亲儿生前还留了这么个女娃，虽然生母只是婢女，又在产时大出血，好歹给她留下一个小孙女。

秦兰裳出生时是小小的一团，身体底子并不好，所幸那时候孙悯风已入了百鬼门，才让她健健康康长大。她从小就喜欢舞刀弄枪，奈何百鬼门的功法不适合女子，便由秦夫人亲自教导了她锁龙枪。

锁龙枪法一共三十六路，可是秦夫人只学得三十三招，被称为精髓的"斩龙三段杀"随着北侠秦鹤白之死消失于江湖。

她不会言传，只能身教，好在秦兰裳练武从不懈怠，这些年下来虽然没能融会贯通，却也囫囵练了个熟悉。只可惜锁龙枪名声在外，一旦用出必定会招惹麻烦，因此秦夫人逝前曾把她招到床前，费力用手势比画，让她不得轻易在外人面前动用锁龙枪。

秦夫人去世后，秦兰裳一边哭一边整理祖母的遗物，从箱底发现了一本已经泛黄的手札，是秦夫人这些年来写下的大事小情。她从手札里得知了身世家仇，郁愤不能自己，跑到祖父面前叫嚷着说要报仇，却只得到了一句不能理解的回答："我答应过你祖母，对这件事情不问、不说、不插手。"

秦兰裳不信，那样的血海深仇让她这个没有亲眼见过的半大少女都不能释怀，更何况是死里逃生的祖母。

她那时就要任性，结果被祖父扔进练武场禁足了大半年，直到沈无端搬去了轻絮小筑安居，把百鬼门的大半权力放给了楚惜微，她才解了禁。

这一次秦兰裳学乖了，没漏半点风声，终于等到楚惜微出门办事，才带上两个心腹离家出走。

不管能不能报仇，她总要亲眼看一看。事到如今，她觉得看够了，也以为看清楚了。

虚晃一招，秦兰裳扭身回手，便是一记回马枪刺向阮非誉，她手中只是一根长棍，然而穿风刺雨时发出锐响，竟不亚于锋利枪尖！

阮非誉只是看着她，脚步未动，倒是陆鸣渊一个箭步上前，提掌拍在长棍上，一方迅疾，一方弄巧，好歹在沾身之前将长棍拍开。他来不及松口气，抬手就去抓秦兰裳肩膀，想让她冷静下来再好好说话。

秦兰裳怒在心头，眼下哪管得了谁是谁，手中一转，长棍便掉了个头，倏然撞上陆鸣渊胸口，这一下若是银枪，怕是能把他扎个透心凉。饶是如此，秦兰裳这下并没留力，陆鸣渊毕竟还是个刚爬起不久的伤兵，顿时就觉胸中气血翻滚，脸色一白，跪倒在地。

这书生认死理得很，跪下的时候还顺手抓住长棍一端，他毕竟人高马大，这一下就带得秦兰裳脚步踉跄，还没站稳，一只手就落在了头上。

阮非誉不知何时到了她身边，枯瘦手掌轻如无物般落在她头顶，秦兰裳却如芒刺在背，何老板眼见这一手罩住她顶门，顿时不敢轻举妄动。

陆鸣渊脸色一变，忙道："师父！"

"秦姑娘，年纪尚轻，做事也要三思而后行。"阮非誉说话依然温和，"否则不但容易受制于人，还会给别人带来麻烦。"

秦兰裳啐了一口，恨声道："老贼！"

何老板踉跄起身，道："阮非誉！你害死秦家上百条人命还不够，难道连个小姑娘也不放过？"

阮非誉转眼看向何老板："见到旧主遗孤，是不是很高兴呢？"

何老板咬牙切齿："你想做什么？"

"老朽当年能放你们一马，今日也无意为难，只要你们不找麻烦。"阮非誉淡淡道，"费心思把我们引到这里，你最后一个同伴又不见踪影，如果老朽没猜错的话……你们，是想玩玩老朽当年剩下的残局吧。"

何老板脸色一变，又惊又怒，但是投鼠忌器，脑子里盘旋了无数念头，目光从这埋没尸骸的土地扫过，最后落在秦兰裳脸上。

阮非誉很有耐心地等着，一动不动，就像一尊静默雨中的石像。

半晌，何老板背脊一松，好像在这刹那抽干了全身气力，竟然有些站立不稳，道："你……放人，发誓不追究无辜，我、我就让你们走。"

雨水落在秦兰裳身上，她听到这句话，只觉得全身血液都冷了，想怒喝一句什么，却连张嘴也做不到。

阮非誉一笑，正要说什么，却突然目光一凝，对何老板喝道："小心！"

可惜来不及了。

"扑哧"一声，利器穿透身体，何老板双目圆睁，一把匕首刺入他后心，他身体一晃，想要回头看一眼，却正好迎上了一只纤纤素手，指缝间暗藏六枚淬毒铁钉，刺入皮肉就开始溃烂。何老板惨叫一声，半张脸顿时血肉模糊，他奋力回手一掌，打得来人闷哼一声，可惜他后继无力，倒落雨中再无声息。

阮非誉眉头一皱，收回手掌，小姑娘也顾不上他，愣怔地看着刚才还好好的人变成了一具尸体。

刚刚被他打昏的秀儿不知何时站了起来，在何老板尚有余温的尸体上摸了几下，找出一只木哨，这才笑意盈盈地看着他们。

秦兰裳："秀……"

阮非誉打断了她的话："都说'螳螂捕蝉黄雀在后'，萧殿主深谙此道，这一手易容缩骨的功夫，江湖上的确再找不出第二个了。"

"秀儿"娇声笑了起来，她外表只是个豆蔻年华的小姑娘，声音却变作了成熟女子，端的妩媚诱惑，不叫人神往，只生出惊悚。

她是萧艳骨？！

秦兰裳和陆鸣渊脸色同时大变，只听得"咯吱咯吱"几声，好似骨头摩擦一样令人牙酸，原本比秦兰裳还矮小一些的姑娘陡然伸展开肢体，之前笼在身上显得宽大的衣服顿时便合体了，等到舒展一下腰肢，素手便在脸上一抹，撕下张薄如蝉翼的面具，又拿下了增补的东西，整张脸就变成了萧艳骨的面容。

"多谢阮先生赞誉，也不枉费我花费心思活剥下这张脸皮细细处理。"萧艳骨将人皮面具揉成一团，眼角一挑，"阮先生一路走来，见多了故人旧事，感觉如何？"

阮非誉淡淡道："他乡遇故知，当然是幸事。"

萧艳骨把玩着手里的木哨："阮先生豁达，可惜这些个旧案余孽都不开窍，一定要把有关无关的事情都怪在先生头上，誓要取您的人头呢。"

"多谢萧殿主关心。"阮非誉的目光扫过四周，"可是放出风声招惹他们过来的，不正是贵宫吗？"

"先生可是误会了。"萧艳骨掩口轻笑，"俗话说'一个巴掌拍不响'，这些个贼子若是没有歹心，区区一个消息又怎么会让他们前赴后继？当年先生没有把他们赶尽杀绝，这些人却不识好歹，筹谋已久要以怨报德，我等不过是让先生提前看清、早作打算罢了。"

"卑鄙无耻！"

秦兰裳话音刚落，脸上就挨了一记，嘴角顿时就瘀青了一小块，她愣了愣，只见一颗小巧的飞蝗石落在了地上。

可她并没有看清楚萧艳骨是怎么出手的。

"小姑娘，你给我惹了麻烦，我还没找你算账，就先别多嘴了。"萧艳骨垂下手，"阮先生，经此一役，您也该知道还有多少人想要您的性命。这天底下，三昧书院保不了您一世平安，小皇帝也只是利用您，能够容您施展能为、安度晚年的，也就只有二爷了。"

见阮非誉不答，萧艳骨继续道："之前的冒犯是不得已而为之，但二爷的诚意并没变过，还希望先生……"

"设局者不动，破局者不退，变局者不改。"阮非誉慢声细语，"萧殿主，你可明白？"

设下大局布置手段的人不可轻举妄动，行棋破局的人可迂回却不能退缩，而想要变局革新的人也恰恰是最不能改变初衷的。

萧艳骨脸上的笑意顿时凝固如纸上画皮。

片刻后，她垂下眼睑："没得商量了？那可真是……遗憾啊。"

秦兰裳踢起地上长棍掷了过去，萧艳骨飞身而退，几个起落就退回林间，秦兰裳和陆鸣渊正要去追，只听一声尖锐哨音刺破空气，声传甚远，在山谷中久久回荡。

几乎就在刹那，身后不远处的山坡传来一声巨响，惊天动地！

仿佛地下巨龙觉醒，地上的小石子开始微微震颤，天边恰有惊雷炸响，可是一声之后，山谷里也传来轰隆闷声，犹如擂鼓，让人心头发颤。

秦兰裳骇然回首，只见漫天雨幕之中，最先传来巨响的山坡塌了！

赫连御话音方落，楚惜微就反手推了叶浮生一把。

他们身后是那个藏了火雷的山坡，眼下情势千钧一发，万没有两人都被绊在此处的道理，更不用说叶浮生与眼前这人，分明就是旧怨已深。楚惜微晓得这不着四六的浪荡子不过是空有其表，体内余毒未清，全靠孙悯风的针药压制着，最忌大肆妄动内力，因此一路走来，哪怕楚惜微三番两次被撩起了真火，也没对他动过粗，事事挡在前面，就怕一个疏漏，连说好的三个月都扛不住。

他这样想着，就准备让叶浮生先走一步去拦下那守着火雷的人。可这一推没把人推动，反叫叶浮生抓住了手腕，用了个巧劲，把他向后一推，同时一掌附上后背，劲力吞吐，楚惜微只觉得身体一轻，脚下如御清风，顷刻被他推出了六丈之远。

"你——"

开口便灌入斜雨冷风，楚惜微被呛了一下，叶浮生回过头，轻轻道："阿尧，我等你回来。"

赫连御武功之高深不可测，楚惜微上次与他交手已见高下，叶浮生是万万不敢再把他留下，与其硬抗，倒不如以轻功身法周旋纠缠更能拖延时间。

叶浮生想得周到，可楚惜微已气得咬牙，奈何他早已过了任性妄为的年纪，只得把这口气咽下，愤然拂袖，头也不回地朝山坡去了。

叶浮生看着他的背影，心里笼罩的阴云忽然散了些许，嘴角不自觉地翘了翘。

"他是个不错的人。"赫连御饶有兴趣地道，"不管你有多难过，他总能让你笑起来……既然这么挂念他，不如让他回来吧。"

话音未落，就见他身形一晃，整个人竟如鬼影般消失在眼前，直追楚惜微而去，然而赫连御踏出不到片刻，面前就是一花，一道雪亮寒光劈开风雨，抹向他的脖颈。若非赫连御步法灵活，在瞬息间已收势后仰，这一刀就能割开他的咽喉。

惊鸿刀被放在百鬼门，断水刀也由孙悯风带了回去，此番事出紧急，楚惜微来不及叫人去把刀送回来，便解了自己的匕首丢给叶浮生，让他作防身之用。

这把匕首比巴掌长不了寸许，柄端带钩，可于指间腾挪旋转。不晓得是用什么材质打造而成，除了刀口雪亮，遍体乌黑，中间凹槽里带着清洗不掉的陈年血迹，不知曾饮过多少人血。

此物据说是老门主沈无端早年赠予故人的，可惜旧物尚在，故人已无踪，事后不见尸骨，只于废墟残骸里找到了这把不畏水火的匕首，自此常伴身侧，直到后来给了楚惜微。

"赫连宫主，旧还没叙完，怎么就要走呢？"

匕首在掌中一转，叶浮生已欺身而近，刀刃刺向心口，可惜扑了个空。他倒也不惊，脚下步法一转，身体旋开避过一掌，顺势又是一刀横过，正好与赫连御手掌相错，划过那只指套的时候发出刺耳的摩擦声。

"十年不见，你比当年进步多了。"

两息之间，交手已过六回合，三攻三守滴水不漏。眼见叶浮生像无根浮萍般从手下滑了开去，赫连御虚虚一按咽喉，似乎还能感到劲风割来之痛："你能有今天，顾欺芳若是看见了一定会很高兴，可惜她没这个福分。"

"不必拿我师父来激我，当年仇自有他日分说，今天我气竭之前，定不让你离此一步。"

叶浮生慢慢吐出一口气，不再压制的内力胀得经脉生疼，也让他之前被怒火笼罩的脑袋清明许多。

挽了个刀花，叶浮生凛目而视："想走？试试吧！"

这厢缠斗，另一边楚惜微行如御风，他虽离山坡不远，也不算很近，前几日被"缠绵"和"修罗手"伤到的地方因为没能好好处理又连日奔波，已经开始发作，仿佛有无数虫蚁在伤口上噬咬，这疼虽能忍，却耗费了他不少精力，也正因如此，刚才叶浮生才不敢让他留下。

他拧着眉，又把内力提了些，眼看就要落在一块巨石上，忽听得一声尖锐哨响从谷地方向传来。楚惜微当即脸色一变，脚下一点，飞身向后退去。

几乎就在刹那，一声巨响在山坡中轰然响起，震耳欲聋，楚惜微脑子里嗡鸣一声，耳鼻都渗出血来，身体从半空中坠落，幸而在即将落地时稍稍稳住，只手在地上一撑，半跪抬头。

只见那处山坡从中部炸开一隅，本就摇摇欲坠的巨石接连崩塌，挟着大量泥土顺势滑坡而下，仿佛洪水猛兽吞没沿路草木土石，很快就汇聚成一股势不可挡的洪流滚滚而去。

楚惜微顺着洪流方向看去，瞳孔顿时一缩——这一路都是顺坡而下，一无转折二无高山阻挡，必定会使滚滚洪流愈加磅礴，最后冲下断崖，灌入谷地之中！

片刻之后，就有一个选择横于眼前——回去接叶浮生，还是去救秦兰裳三人？

楚惜微回头看了眼之前离开的方向，双手紧攥成拳，指甲都嵌入血肉，猛然伸手擦了脸上的血迹，脚尖在地上一点，向着洪流奔涌的方向疾去。

他一身轻功是叶浮生所授，十年来无一日停止练习，虽不及叶浮生惊鸿掠影，也似风过青萍，飘然如风。此刻体内真气被他强行催发到极致，经脉发出阵阵隐痛，可他恍若未觉，脚尖连连踩过木石借力再起，只想着再快一些。

第二章　真相

　　谷地之内惊闻巨响，秦兰裳尚在愣怔，阮非誉便捡起了地上那根锁链，喝道："走蛟了，快跑！"

　　陆鸣渊一手便抓住秦兰裳腕子，此刻也顾不上非礼不非礼，恨不能把她变成一根绳子绑在自己身上，跟着阮非誉向旁侧高耸的山坡而去。然而他们三人的轻功都只能算是一般，尚未爬上高处，携带大量泥石的咆哮洪流已如千军万马奔腾而来，转眼间便冲下断崖，几乎是铺天盖地一般席卷过来！

　　中间只有稀疏树木，根本挡不住这道泥流，顷刻就被连根拔起，跟着巨石一起翻滚，其中不少都向着他们这边砸来。秦兰裳根本来不及躲避，就被一根断木砸中了身体。尽管陆鸣渊见机卸力，片刻的大力还是震伤了她的肺腑，一口血便呕了出来。

　　洪流已近在咫尺，陆鸣渊带着人竭力狂奔，只觉得肺都要炸开，此时阮非誉挥出锁链，精准缠住了山坡上横出的一根大树，借力蹿了上去，抬手将锁链另一端掷了过去："抓紧！"

　　陆鸣渊却犹豫了刹那。

他一个七尺男儿，再带上个半大姑娘，分量自然不轻，何况阮非誉武功虽好，但毕竟年事已高，这几年来体弱多病，比不得年轻人身强体壮，这一手可能会把他也牵连下来。

这般念头在脑子里转了不到一息，陆鸣渊就做出了决定，他一把抓住锁链将其飞快地在秦兰裳手上缠了三匝，一掌打在她身上，不伤分毫，却让她被借力抛起，上头阮非誉顺势一提，就把秦兰裳拖上了大树。

秦兰裳脸色惨白："书生——"

这一声呼喊还没落下，陆鸣渊就因这一掷失了后力，脚下一个踉跄，他心道不好，背后滚滚而来的泥流瞬间压下，眼看就要把他吞没其中！

电光石火之间，一道黑影如飞鸟出林，从断崖上一跃而下，踩着山石几个起落就由远至近。

来人正是楚惜微，他踩上了一截浮木，脚下劲力一动，不但没有陷下去，反而在起伏不定的泥流上一滑数丈，顷刻就到了陆鸣渊身边，弯腰抓住他胳膊，把人像拔萝卜一样生生扯了起来。

秦兰裳一颗心还没落回肚子里，就觉得手上一紧，阮非誉扯动了锁链，带着她又往上去。秦兰裳匆匆回头，只见楚惜微带着陆鸣渊跟在后头，这才松了口气。

洪流在下方奔涌，好在阮非誉轻功虽一般，眼力手法都非常人能及，迅速找到了上山捷径，在一块大石上重重一踏，腾身上了半山腰。不过两息，楚惜微与陆鸣渊也踏上这处空地，两人都没站稳，重重跪下。

陆鸣渊死里逃生，惊魂未定。楚惜微单膝跪地，头低垂着，秦兰裳只能听到他急促不已的呼吸。

她连滚带爬地上前几步，看到泥流几乎灌满了这片谷地，所幸被高山所阻，后力也渐失，已经开始慢慢停下声势，这才两腿一软坐倒下来。

阮非誉倚靠着一块大石，咳得不成样子。这咳嗽声像是把楚惜微惊醒，他的手在膝盖上用力一撑，身体晃了两下才站起。

秦兰裳这才发现，自己这位向来冷静沉着得好像无所不能的小叔，现在脸色白得不成样子，说话气如游丝："你……带'还阳丹'了吗？"

还阳丹，并不是什么活死人肉白骨的救命神药，反而是会要命的东西。它是百鬼门人随身携带的一种药物，能够很快补充气力，但只能保持一个时辰，过后就几乎掏空内里,起码要躺上十天半个月才能恢复过来,尤其是本就带了内伤的人,一旦服用了它,会让内伤加剧。

这是不到濒死危机,决不会动用的禁药。楚惜微除了早几年拼死拼活时用过,后来身在高位武功大进,就再也不碰这东西,因此身上也没备用,倒是秦兰裳出门时带了一颗。

她听懂了楚惜微的意思,神情慌乱,心里头翻江倒海,说话也语无伦次:"不,小叔你现在……"

"给我。"

楚惜微累得狠了,连说句废话的力气也没有,一双眼沉沉盯着秦兰裳,眼神不容拒绝。

就在这时,阮非誉忽然起身,看向了背后山路,道:"有人来了。"

巨响传来时,叶浮生心头一跳,抬手一挡,险险架住赫连御屈指一爪,后者变掌在他臂上一拍,整个人借力翻过他头顶,转眼就到了叶浮生身后,右手戴着指套的两根手指点向叶浮生后颈。

眼看指套就要刺入皮肉,叶浮生仿佛背后也长了眼睛般忽然回首,匕首横在颈后,赫连御的两指点在匕首上,内力释放,震得他虎口一麻,脚下却仿佛抹了油一般滑出丈许,凝视着赫连御。

此人身法诡谲,以叶浮生全力施为也只比他快上一招半式,所幸他变攻为守,意在缠而不在胜。

"火雷炸了,走蛟已成,你说他们还有命活下来吗?"赫连御远远看向那处崩塌的山坡,"你挂怀的那个人,说不定已经被炸成了一堆碎肉。"

叶浮生喉口一甜,强提真气的后果就是他现在的内力在经脉乱窜,本来被压制住的"幽梦"又蠢蠢欲动,脑子里嗡嗡作响,眼前也开始发花,根本无心理会赫连御的话。

他强行把这口血咽了回去,手中匕首一亮,身影闪动,转眼到了赫连御身边。刀锋自下而上,哪怕赫连御退得极快也未躲过,被这一刀从左腹划上右肩,可惜只破了衣物,没伤到皮肉。

赫连御一手扣住他小臂,叶浮生也不硬抗,手势一转从中脱出,两人你来我往,不多时便是十几个回合过去，再分开时，一人唇边见了红，一人肩头也渗了血。

赫连御摸着自己左边肩膀，刚才那一刀突然换手，可谓是神出鬼没，左肩近颈的地方被切开了一条口子，虽然只是皮肉之伤，可他已经很久没有流过血了。

他看着指腹上的血色，道："十年之内能达此境界，不得不说顾欺芳挑徒弟的眼光还不错。"

叶浮生手握匕首，这样全力催发真气，他也不知道自己还能撑多久，只是不到最后，绝不肯坐以待毙。

"不过，我玩腻了。"

笑声忽然一冷，赫连御伸手扯下了罩衣，露出里头同样素白的束袖长衫。叶浮生这才发现，他腰上还缠了一把软剑，两指粗，四尺长，通体漆黑无光，缠在腰上就如一条墨色缎带，此时被赫连御抽出一抖，发出毒舌吐信般的怪异声音。

他想起了被自己带出地宫的那把破云剑赝品，又想起十年前初见时此人背在身后的长剑，知道赫连御其实是用剑的，只是他指掌功夫已极为凌厉，值得用剑的时候已经不多了。

"它是'潜渊'。"赫连御屈指在剑上一弹，"尽你的本事，与之搏命吧。"

话音未落，身与剑俱化为一道黑影，叶浮生只觉得一道厉风割喉，连忙错步侧身，匕首抬起一挡，险险撞上了剑尖，奋力震开，来不及再有动作，也看不清赫连御手法身法，夺命七剑已是连连逼来。

叶浮生猝不及防，连换了三种步法，上身后仰，抬脚踢他环跳穴，然而这软剑收发自如，转瞬便如毒蛇回首兜转而来，绞住了叶浮生小腿，他虽及时挣脱，可腿上也被割了一剑，血顿时就濡湿了一片。

雨势渐渐小了，但是赫连御的剑法仍如疾风骤雨，软剑在他手中，时而如一条绸带柔韧无重，飘忽不定；时而又被灌注内力刚硬无比，未及皮肉，已感切肤。

叶浮生从未见过这样的剑法，却听说过。

那日在客栈里，阮非誉谈到了身为武林八大高手之首的"破云剑"，虽说此人已在江湖上销声匿迹三十载，可是见过他拔剑的人，至死都不会忘怀。

"所谓'一剑破云开天地'，指的是他那套剑法里的最后一剑，他凭此'破云'一式，便是天下无敌。"阮非誉将那把赝品还剑入鞘的时候，眼光里流露出追忆和赞叹，"然而那套剑法内涵八卦之变，分分合合，可合为复杂难辨的六十四式，也可分为简单难破的八招，阴阳相融、刚柔并济，谁也窥不清其中变化。"

"没有人破过这种剑法吗？"

阮非誉笑了笑，道："据老朽所知，从他初入江湖到销声匿迹，没有人胜过他，一个也没有。"

"……这套剑法，叫什么？"

"水云，绵延流水，荡尽烟云。"

叶浮生一念及此，又是一剑如灵蛇缠杀而来，抖擞吞吐，瞬息间已到心口，他使巧劲退避，匕首在掌中一转，绞住了游龙似的软剑。

还没喘上口气，赫连御左手便屈指而来，两根手指直向他双目，几乎已经触到了眼皮。叶浮生大骇，头向后一仰，手指从眼角划下，拖开一条浅浅的血痕。

他这一退，手里便是一松，软剑如鞭般将匕首卷了出来，赫连御手腕一转，匕首便反掷回去，直扑叶浮生面门。叶浮生此时后力已经不足，更来不及接这一下，匆忙间向后一退，只听一声刀锋入肉的闷响，匕首便刺入了左肩。

这一刀劲力极大，几乎要把他肩膀都钉穿，虽然他避开了筋骨，但刀锋伸入血肉也不敢轻举妄动。他忍痛站稳了身体，只听赫连御笑道："礼尚往来。"

这人端的是睚眦必报，叶浮生在他左肩上割开了一条浅口，他就要拿叶浮生肩膀一处相抵。

拔出匕首，快速点穴止血，叶浮生左边臂膀暂时便失了用处，雨水已经把他整个人都打湿，衣发紧贴着身体，本就瘦削的人看起来更清减了几分。

匕首上的血混着雨水涓涓滴落下，他脸色苍白，呼吸也变得急促沉重，十年来经历了数不清的刀光剑影，今日却在几个回合间无数次生死一线。

下一刻，匕首与软剑再度相撞，叶浮生借力向后跃飞，抽开与赫连御的距离，匕首在他掌中腾挪翻转，忽地破空而出。这一刀太快太厉，几乎带上了风雷之声，生生在雨幕中劈开一道空隙，转瞬便逼至赫连御胸膛之前！

赫连御抽剑回防已来不及，戴着指套的两根手指横于心前，在间不容发之际夹住了匕首，脸上却忽然一轻——叶浮生在出手之后便欺身而近，把他脸上那张白银面具扯了下来。

险险避开当胸一剑，叶浮生退出丈许，近乎贪婪地看着这张脸，仿佛要把每一根汗毛都记在脑子里，恨不能刻骨铭心。

这的确是慕燕安那张脸。

只是换了一身打扮，变了一番神情，就似乎成了另一个人，由一个温文尔雅的风流文士变作了无常魔鬼。

白银面具坠落泥水之中，赫连御一直轻松从容的双眼忽然凝了片刻，他脸上的笑意如潮水一样退去了。

"这可真是……让我，没想到啊。"

他弯腰捡起了面具，用袖子小心擦掉上面的泥泞，可惜绑绳已经被扯断，他只好把面具小心收起，抬眼看着叶浮生道："我本来想留你一命，没想到你这么喜欢找死。"

"你没想到的事情还有很多。"叶浮生轻咳一声，擦掉嘴角的血。

赫连御轻轻地问："比如？"

叶浮生的目光越过他，微微一笑："比如你今天……杀不了我。"

风雨之中，一道黑影无声逼来，贴近了他的后背。

赫连御眉头一皱，喉间便抵上了一把刀，他竟然不管不顾，径自旋身回转，刀刃割开了一道浅伤，细细的血丝渗了出来，好似在他脖子上缠了一道红线。

一刀一剑相撞，同时指掌相接，只听两道闷声同时响起，楚惜微已经与他擦肩而过，落在了叶浮生面前，冷冷看着赫连御。

千钧一发之际，楚惜微终于赶回。

"来得真快啊。"赫连御似乎是赞叹，"就离开了这么一会儿，便放心不下吗？"

楚惜微侧头看了叶浮生一眼，就这么一下，叶浮生看到他的脸色苍白如纸，唯有嘴唇和眼眶猩红。

叶浮生心头一跳，然而楚惜微这一眼已将他上下看了一遍，目光触及肩头血色，神情更冷三分。

不等叶浮生开口，他便已经提刀迎了上去。

楚惜微早年跟随叶浮生修炼《惊鸿诀》，身法步法无一不快，他此番占了先机，《歧路经》的真气流通全身，转眼便运行了三个大周天，一刀上手便是自下而上的一式"白虹"。

这一刀气势磅礴，如白虹贯日撕裂长空，赫连御手中潜渊一抖，仿佛流水奔腾，然而下一刻，楚惜微竟也有样学样，原本刚烈至极的刀势忽地一变，就势沉下，如飞流落崖，压住赫连御下一式剑招。

叶浮生在旁看得分明，这一回楚惜微全力施为，赫连御也没留手，两者都快到极致，换了一般人早目不暇接，可谓是兔起鹘落，刀剑分合都在瞬息之内。

楚惜微的刀法以惊鸿为基础，失了那般迅疾无匹，却多了一分变化多端，从第二刀开始便无固定路数，根本就是在随着赫连御剑法之变而变。

眼见楚惜微不落下风，叶浮生的眉头却皱得更紧——之前离开时楚惜微已气力不济，这一番来回折腾，应是比当时还要不如，怎么会有如此连绵的内力，甚至比他全盛时还要凌厉几分。

"《歧路经》真是武道窃贼，让人不快。"

刀剑再次相接，这一次楚惜微手中长刀被生生震断，断刃横飞出去，他抬掌击在潜渊之上，两股内力相撞，赫连御退了三步，楚惜微连退七步。

就在此时，一道利箭仿佛从天外而来，携风雨之势直射赫连御头颅，劲力之大、时机拿捏之准，竟似早已算好一般！

赫连御看也不看，反手长剑一挡，以巧力一拨，箭矢便转了方向朝来路射了回去，那人也似乎早有预料，微一侧头，一只枯瘦的手从后伸出，在箭身上轻轻一绕一捏，便将其卸力接下。

叶浮生抬头看去，只见赫连御身后的山林中出现一队人来，其中半数执弓弩，隐在林子里，另外一些则手持刀戟，护着两人走了出来，个个身着轻甲，步履稳健，神情肃然。

这是一队士兵，而且是训练有素的精兵，可是怎么会出现在这里？

叶浮生看清被众星拱月般护在中间的两人后，眉头不仅没松，反而更紧了些——那两人一个是阮非誉，一个是身着银盔软甲的中年男子。

男子看起来三十出头，身材高大，剑眉星目，腰悬短剑。他的目光在场中三人身上一掠而过，没认出叶浮生，但后者却认出了他。

先帝第九子，礼王楚渊。

阮非誉连坑带逼地让他们牵涉其中，一路上九死一生，就是为了去卫风城找他寻求回京的护持，倒是没想到此人不知道从哪里收到了消息，竟然送上门来了。

楚渊的目光凝在赫连御身上，沉声道："束手就擒，饶你一命！"

"凭你？"赫连御手里挽了个剑花，眼看一场大战就要再起，远方忽然传来一道怪响，仿佛有野狼扯嗓嚎叫。

这声响一出，赫连御脸上的笑意便不见了，抬剑扫开几支箭矢，同时脚下一滑退到了空地边缘，看也不看楚渊，而是盯着叶浮生和楚惜微，道："这次不过瘾，我们下次再玩，可要准备好了！"

这个残忍的男人微微一笑，竟然露出了两颗小虎牙。楚渊脸色一变，手重重挥下，数十支箭矢飞射而去，不料赫连御身体向后一倒，仰天落了下去。

叶浮生和楚惜微追到边沿，只见他在崎岖的山石上几个起落，飘然下了山坡，底下是混浊的泥浆，然而他却似乎没有重量，踩着一截断木便滑了出去，转眼就远去了。

场中一时寂静无声，直到楚渊出口打破沉寂"阮相，这两位……是您的朋友？"

"萍水相逢算不上朋友，却是仗义相助的义士。"

阮非誉的态度不温不火，三言两语撇清了一路纠葛，让明眼人都看得出他与这两人并无深交。

楚渊挑了挑眉，随即笑道："既然是护送了朝廷重臣，自然该重赏。"

"王爷说得有理，是该重赏。"阮非誉看了他们两人一眼，"不过这儿不是久留之地，还是先下山吧。"

自始至终，阮非誉没有与他俩搭话，楚惜微也一言不发，叶浮生心里盘算着诸多念头，本着"多说多错"的谨慎心思，也未开腔。

冷不丁，一只滚烫的手抓住了他的腕子，热得几乎有些灼烫，叶浮生吓了一跳。

"阿……你怎么了？"想到礼王在此，叶浮生中途改口，之前就生出的疑惑忧虑一起涌了上来。

感觉到楚惜微身体微晃，叶浮生一手扶住他，一手去探他腕脉，结果被反手抓住，带着不容挣扎的强势。

"你身上很烫，怎么回事？"

楚惜微依然不说话，叶浮生心里有些急了，所幸阮非誉开口道："这位小友身上有伤，又淋了这么久的雨，怕是有些高热，快快下山让他休息，请个大夫看看便是。"

这话里隐藏机锋，叶浮生心念一动，松开一只手绕过楚惜微的腰，悄然扶着他跟在军士后面。楚渊回头看了他一眼，大抵觉得是个没见过世面的江湖人，便也没多加在意了。

走蛟让整片山谷的路都变得更险，好在楚渊带来的人里有熟悉此地者，领着众人从小路下山。等到雨云散去，叶浮生抬眼一望，就看到山谷口前的另一队人马，有两道熟悉的人影当先，正是陆鸣渊和秦兰裳。

那时候阮非誉忽然出声，吓了秦兰裳一大跳，还以为又有伏兵出现，所幸这次老天爷没有再落井下石，来的是援军。

说来也对，南儒行踪暴露，已经让旧案余党都找上门来，若是距离此地不甚远又手握大权的礼王还不晓得，那才是滑天下之大稽。

见来的人是楚渊，楚惜微神色一松，几乎是抢般从她手里拿走了还阳丹，一口吞了，把她扔给了陆鸣渊，头也不回地往他之前来处去了。

她扯着嗓子喊了好几声，眼泪都糊了满脸，可楚惜微就是没回头，幸亏阮非誉不知如何说动了楚渊，带了一队人跟过去相助，否则秦兰裳当场急死的心都有了。

在冷风里吹了这么久，她一会儿想着不知死活的叶浮生，一会儿想着楚惜微离开的背影，有时回忆起何老板他们死不瞑目的脸，随即又仿佛看见阮非誉布满风霜的面庞。

脑子里的乱麻已经变成了糨糊，等到她快站不住的时候，久候的人们终于回来了。秦兰裳立刻三步并作两步地迎上去，第一眼就去找楚惜微，等见着他那张比死人还惨白的脸，心里顿时"咯噔"一下，又看到叶浮生半身的血，身体不自觉地抖了起来。

陆鸣渊站得离她近，见得阮非誉无恙便松了口气，觉着身边少女的身体在颤抖，犹豫一下，抽出白纸扇小心翼翼地拍了拍她肩膀。

秦兰裳回过神，张口要说什么，却接到叶浮生一个眼神，乖乖闭了嘴。

楚渊在路上已经大概了解了一番情况，此时便道："没想到这些江湖上的亡命之徒猖狂至此，所幸阮相得天眷顾，否则将是家国社稷一大不幸。"

阮非誉轻咳一声："多谢王爷来援，此恩老朽铭记于心。"

楚渊爽朗笑道："阮相客气了。"

他们一来一往地打着官腔，对话看似平常，却总透着一股子莫名的味道。然而这些声音落在楚惜微耳朵里完全不成词句，还阳丹的反噬已经开始，他紧紧抓着叶浮生，一路走来简直耗光了一辈子的气力，此刻又见了秦兰裳，终于是支撑不住了，

叶浮生感觉抓着自己的那只手由最初的微颤变得越来越抖，忙一把扶住了他，低声问："怎样了？"

楚惜微喉咙里涌上一口血，还没说话，眼前一黑就晕过去了。

叶浮生猝不及防地把他抱了个满怀，忽略了当年的小孩子已经长成了比自己还高的大人，左肩又失了力，这一下差点被压倒，幸亏秦兰裳见机扶住了楚惜微右边。

秦兰裳的声音都变了调："小、小叔！"

她茫然无措地去看叶浮生，却发现叶浮生神情比自己还难看，脸上血色随着楚惜微这一倒也褪得干干净净。

这一嗓子惊动了其他人，阮非誉和楚渊都走了过来，后者问道："怎么了？"

秦兰裳喃喃道："内、内伤发作了……"

"那就跟我们一起回卫风城吧，本王府上有医术精湛的御医，姑娘不必害怕。"

"多谢王爷美意。"不等秦兰裳答话，叶浮生便开了口，他双手扶着楚惜微，眉眼低垂，"一来只是江湖上的寻常伤势，不必劳烦御医；二来卫风城到底距此颇有些路程，颠簸奔波不利于他养伤，也会拖累王爷和阮大人。"

楚渊一怔："可是……"

"王爷仁善，不如给他们留下银票和马车，让他们自行安排。"阮非誉瞥了一眼陆鸣渊，"等处理好了事务，老朽会让鸣渊携重金前来相酬，定不会亏待了他们。"

阮非誉的话已经说到这个份上，楚渊也就不再开口，转身去安排。

秦兰裳气得说不出话，只觉得这老不死真是过河拆桥、卸磨杀驴的一把好手，扭过头不再理他。陆鸣渊左看右看，不晓得如何是好，阮非誉拍了拍他的肩膀，递过去一个东西，耳语几句，就去找楚渊了。

阮非誉转身的时候，叶浮生目光一凝，落在他之前被抓伤的手脚上——尽管被泥水玷污，血色依然在扩大。

在受伤之后，陆鸣渊就给他草草包扎过，又折腾了整一夜，伤口竟然不仅没有结痂，还有流血不止的趋势，若非被脏兮兮的衣物遮挡，而他又不动声色，叶浮生早就该注意到了。

他凝眉，张口想说什么，阮非誉却走远了。

陆鸣渊扭扭捏捏地走过来，秦兰裳心里又担忧又火大，见着他也没好脾气，他只好转向叶浮生，趁外人不备，将手里紧攥的东西交给他，压低了声音："叶公子，离此地向东二十里有个清雪村，靠村尾有间屋子，你们可在那里落脚……村里有个姓李的大夫，也可一寻。"

叶浮生看了看掌心，是两把钥匙。

陆鸣渊嘱咐着叶浮生，目光还觑着秦兰裳，明眼人都知道这钥匙到底是要给谁的。叶浮生了然，将之收入怀中，会意地点点头，陆鸣渊这才一步三回头地去找阮非誉。

跟秦兰裳擦肩而过的时候，一句聚音成线的话传入小姑娘耳中："秦姑娘，师父嘱我转告于你，希望你在清雪村多留三日，到时定给你一个交代。"

秦兰裳愕然抬头，然而陆鸣渊的身影已去得远了。

楚惜微哪怕昏迷了，也死死抓着叶浮生不放，他就只好陪着缩在马车里，把赶车的重任交给了秦兰裳。好在大小姐虽然还在气头上，也分得清轻重缓急，赶起车来虽不甚熟稔，倒也勉强稳当，于晌午时分进了村子。

清雪村名虽优雅，却是个再普通不过的小山村。

它离安息山不大远，面山临水，虽然周遭没有繁荣乡镇，但能勉强自给自足，民风淳朴，颇有些与世无争的闲适。

约莫是很少见到外人，一看马车进入，老弱妇孺也不怕生，都伸着脖子围观。

村里大多屋子都是茅草顶泥糊墙，间或有几间砖瓦房，想必就算是村里的"大户人家"了。

秦兰裳掂量着手里被叶浮生塞过来的钥匙，虽然保管极好没有生锈，但也看得出年岁颇久了，心里顿时就生出一股哀伤，觉得自己与其去住摇摇欲坠的茅草屋，还不如在马车里将就一晚。

然而等她沿途问路，终于到地方时，却愣住了。

这是一间小宅院，离村民所居的地方稍有些距离，占地面积也不算大，门口没有镇宅石兽，顶上的匾额也有些颓朽，上头写着两个大字：谨行。

叶浮生扶着楚惜微下了车，后者依然没有醒，他也没心思顾念太多。秦兰裳上前打开门，发现除了一个小院子外，就只有三间小屋，中为前厅，右为卧房，左边则被一把大锁紧紧扣住。

院子已经很久没清扫过，靠墙一边有蒙尘的兵器架，可惜架子上已空空如也，此外还有一棵大树，落叶铺了满地，也覆盖了下面的石雕桌凳。

秦兰裳拂开桌上的叶子，却发现下面是一张棋盘，黑白棋子交错，是一场不分胜负的和局，她拿起一颗棋子，下面干干净净，说明这盘棋已经在此放置了很久。

她愣了一下，莫名就有些不敢轻慢，把棋子放回原处。

叶浮生已经踢开了卧房门，出人意料，这间屋子并不如外面那样蒙尘，只是积了薄灰，可见不久之前还有人住过。

看到院子里的兵器架，本以为是个武人居所，然而这间屋里却有摆满书籍的黄花梨木架和放置了文房四宝的木桌，一看就是读书人偏好的布置。

他一手扶着楚惜微，左手忍着痛抖开覆盖在床榻上的罩布，下面的被褥还都洁净。叶浮生仔细看了看，这才把楚惜微安置在床上。

出声把秦兰裳叫了进来，叶浮生叮嘱道："我去找大夫，你先收拾一下屋子，别把你小叔一个人丢在这里。"

秦兰裳乖乖应了，眼见叶浮生出了门，她就翻出了水桶和木盆，快速到院子里的井边打了水回来，撸起袖子开始打扫。

她从架子上随手抽了几本书，发现一排是手抄的典籍，每页后面还有批注，落款都是"周慎"，另一排则是原书，放得整整齐齐。秦兰裳翻了几页，从中掉出一张泛黄的纸，上面的字迹十分粗犷豪气："贺阿慎十四生辰，秦鹤白字。"

周慎这个名字，秦兰裳没有听过，但是南儒阮非誉却是名叫阮慎，而阮姓是出道后从了师，并无人知道他之前究竟姓什么。

秦兰裳的目光一寸寸扫过屋子里每一处，又透过半开的窗扉看向小院，仿佛看到一段流年被缩在这方寸之间，可惜只如水月镜花。

这村子里只有一个大夫，的确是姓李，年近六旬，听说三十多年前还随父去边关做了军医，结果不知道发生了什么事情，其父永远留在了那里，只有他一个人回来了。

李大夫虽然身在乡野，见识却一点也不少，他见了叶浮生的模样，又进屋看了秦兰裳和楚惜微，相当知趣，麻溜地把脉看诊，半句废话也没有。

叶浮生坐在一旁，把自己一身的伤都抛在脑后，活似流的不是他的血，伤的也不是他的骨肉，一双眼睛里只有床上面无血色的楚惜微。

半晌，李大夫才收回手，道："他受的是内伤，又服用过猛药，强行掏空精力、虚耗气血，所以才会昏迷不醒。"

叶浮生心里一跳，秦兰裳简直要流出泪来："能救吗？"

"能。我先施针灸把他乱窜的内息平复下来，再开药给他治伤补气，只是这治标不治本，不过是暂时缓解了，你们还要再作打算。"

叶浮生长舒一口气，他早觉得楚惜微这段日子有些不对，很有可能是自身功法走岔出了问题，这件事解铃还须系铃人，只有等他醒来才能设法补救，这老大夫能做到这一步，已经是极好的了。

"有劳大夫。"他拱手行礼，却扯动了左肩伤口，疼得龇牙咧嘴。

李大夫和蔼地笑了笑："你身上的外伤虽不重，但也要早做处理，等下我就给你上药包扎。"

他说着就要转身去写药方子，秦兰裳一口气还没吐完，就听叶浮生忽然问道："李大夫，有两个问题想请教您一下。"

李大夫回过头："但说无妨。"

"北疆断魂草见血封喉，听说是没有解药，但是我曾见一人被此毒沾血，看起来却全无影响，这是怎么回事？"

那时候虽然已先让众人饮下沧露，但赤心雪莲并不是能解天下百毒的神物，只是一般毒药对此无用，遇上奇毒就只能缓解压制。断魂草当然不在一般之列，可阮非誉被张泽以此毒所伤，不但没有毒发身亡，且似没有任何不适，这就奇怪了。

李大夫眉头一皱："那人……是否总是咳嗽，间或带血，而且身体消瘦、寝食难安，尤其是一旦出现伤口，就会血流难止？"

秦兰裳终于反应过来，顿时脸色大变，叶浮生道：“这正是我想问先生的第二个问题。”

“果然如此……”李大夫叹了口气，“公子所问的两个问题，一般人的确难答，我一生行医，也不过遇到过寥寥几例，而且症状有其一就必有其二。”

“哦？”

“断魂草是北疆特有的剧毒之物，外人对它并不了解，其实它有个特性，那就是一旦有人中毒不死，那么从此这毒就对那人无用了。”

“既然是剧毒，如何才能中毒不死？”

“断魂草全身都是毒，但是世人用它只取叶片而弃其根茎，不知道那根茎也是有妙用的。”李大夫仔细回忆了一下，“若有人中了断魂草之毒，就生嚼其根茎，可暂时以毒攻毒缓解毒发，然后辅以针灸药浴，再用五毒炼制丹丸，连用三十六日便可解毒，不过……”

秦兰裳忍不住开口：“不过什么？”

“这药虽能解毒，但也太毒太猛，那人即便当时不死，也没几年好活的。”李大夫看向她，“我曾遇到过两个这样的人，本以为逃过了一劫，没想到过后不久就都得了同一种怪病，便是刚才所说的症状，不过两三年就脏器衰竭、气血枯竭而死了。”

叶浮生道：“若有名医良药，可治吗？”

“只能拖，不能根治，而且最多拖不过七年。”

秦兰裳呆立当场。

叶浮生忽然问道：“听说先生早年随父从军，可听说过秦鹤白将军？”

如今在外提起秦鹤白，无论人们心中怎么想，大多都是畏惧朝廷，以“逆贼”称之。然而在这远离喧嚣的山村里，人们倒并不如此介怀。

李大夫眼中流露悲意：“自然是认识的，可惜啊……当年战事紧急，多亏了秦将军力抗蛮人，可惜后来还没落得个好下场。”

叶浮生叹道：“朝廷以‘拥兵自重、犯上作乱’的名义杀害忠良，的确是冤案，只是不知道当初秦将军为什么留在惊寒关不肯回京，否则也不至于……”

李大夫忽然激动起来，打断了他：“将军怎么能走？那时、那时惊寒关里，爆发了瘟疫！”

秦兰裳脱口而出："瘟疫？"

"这么多年了，我不敢对别人说，怕别人说我是疯子，也怕招来祸端，不过我已经这把年纪，也不怕什么了。"李大夫眼眶红了起来，声音沙哑，"那年我才二十来岁，我爹是惊寒关里的军医，我便过去找他。没想到那年秋天，蛮族爆发了疫病，死了不少人，而那些家伙竟然勾结了黑心走贩，让染病的士兵伪装成百姓，带着沾了疫病的皮料吃食进了城……"

秦兰裳脸色惨白，叶浮生的手指慢慢攥成了拳。

"发现的时候，已经有上百人染病了……边关重地，一旦传出这样的消息，就是灭顶之灾。秦将军派人把医者和病者都安排在偏僻区域集中医治，但是收效甚微，还要放着蠢蠢欲动的蛮族，你们说他怎么能走？"

秦兰裳颤声道："那他为什么……不向朝廷如实禀报？"

回答她的是叶浮生："丫头，你知道出现疫病而难以医治，朝廷为免瘟疫扩散，会采取什么办法吗？很简单，斩草除根。"

秦兰裳手脚冰冷，李大夫叹了口气："嗯，如果他上报朝廷，那么当时所有可能染病的人都会被活活烧死。"

秦鹤白一生义薄云天，怎么会枉顾成百上千的性命？可是他这样做，也是把一城的安危压了上去。

他于人道不负，于大局有错处，因此当掠影卫来此之后，顾铮才会出手擒他。

秦兰裳也不知道自己是怎么去抓药烧水的，仿佛成了个提线木偶，叶浮生怎么说，她就怎么做。

等到她终于回过神来，已经是黄昏，李大夫早就回了家，楚惜微施针完毕躺在床上昏睡，叶浮生不晓得从哪挖出了一小坛酒，坐在了她身边。

夕阳橘色的光芒罩在身上，并不觉得暖，反而有种丝丝入骨的冷意。秦兰裳缩了缩身体，叶浮生解开外衣披在她身上，道："小姑娘家，冷了身子不好。"

秦兰裳看着他喝酒，眼里动了动，道："为什么对我这么好？"

"第一，你是个姑娘，还是个长得不错的姑娘。"叶浮生笑了笑，"第二，阿尧是你的叔叔。"

秦兰裳不知道楚惜微以前的名字，但也猜到他是在说自家小叔，她没多说什么，拢着衣服安静坐着。

她这么安静，叶浮生反而有些不习惯："在想什么？"

"想很多，但都不明白。"秦兰裳转头看着他，"叶叔，人是不是越长大，就越难懂？"

"这世上最可惜的一件事，就是你不再是个孩子了。"叶浮生摩挲着酒壶，"等你大了，就没人替你遮风挡雨，没人为你筹措谋划，什么都得学会自己扛，摔倒了也别奢望谁来扶你，自己站起来继续走，明白吗？"

秦兰裳似懂非懂，只感觉这样简简单单的两句话，如有千钧之重，压得她喘不过气。

"既然想不明白，不如就多去看看。"叶浮生向左边扬了扬下巴，"那里不是还有一间房吗？"

楚惜微醒过来，已经是三日后的清晨。

他睡了太久，全身筋骨既疼痛又无力，脑袋还有些发昏，迷茫的双眼望了一会儿顶上，看到的是浅黄色的纱帐，鼻尖还嗅到一股若隐若现的药香。

楚惜微怔了怔，勉强用力想要坐起来，没想被人压住了一只手。他偏头看过去，发现叶浮生趴在床边睡得正熟。

阔别十年，重逢已然半月有余，楚惜微却还是第二次这样好好端详叶浮生。三千多个日夜，把自己从一个小少年拉扯成了大人，却没在叶浮生身上留下太多的痕迹，他只是看着更沉稳些，虽然风流依旧，却不复当初眉眼溢满的轻狂。

楚惜微没再动，只是静静地看着，目光触及叶浮生脸上的倦色，心里更软些。神使鬼差地，楚惜微小心地挪了下身子，侧过头想去抹平叶浮生微微皱起的眉，眼看就要触碰到了，叶浮生却忽然睁开了眼。

楚惜微闪电般地将手缩了回去，动作快得不似个重伤卧床的人，叶浮生还没回过神，伸手揉了揉惺忪的睡眼："阿尧你醒了？感觉怎么样？"

楚惜微木着一张脸道："还好。"

叶浮生打了个呵欠："你刚刚凑那么近干吗？吓我一跳。"

心里百感交集，压下的火气死灰复燃成了精，正在胸中上蹿下跳，楚惜微别开脸眼不见为净："太阳光太亮，晃了我眼睛。"

叶浮生眨了眨眼，转头去看窗外，虽然已经日出，可阳光并没什么温度，更别提晃眼了。

不过他还是放过了此事，转身去倒了杯温热的白水，楚惜微接过来喝了，问道："兰裳呢？"

"折腾了三天两夜，刚被我打晕休息了。"

"怎么回事？"

叶浮生便把他昏迷后的事情挑重点说了一遍，道："那天晚上她打开了左边房间，你猜里面都有什么？"

楚惜微小时候被他逗多了，知道这人在故意卖关子，不再惯他这脾气："爱讲不讲，反正跟我没关系。"

叶浮生："你可真不可爱。好吧，我告诉你，那里面是……"

那紧锁的房间比这边卧房要宽敞许多，但里头没有放古董字画，也没有金银珠宝，一点也配不上它严防死守的门锁。

秦兰裳刚进去就被门框上落下的灰尘扑了一脸，叶浮生摸出火折子吹燃，才勉强看清了屋里情形。

这是一间祠堂，用竹帘分出正室和偏室，布置得庄严肃穆。正前方的木架上供奉了密密麻麻的灵位，一眼望去，怕是有上百个，案上的香炉里还有早已冷却的余灰。

秦兰裳借着昏暗火光，看清灵位上的每一个名字，一笔一画都应是同一人所刻，没有具体的生前地位辈分，只有名字位于其上，似乎不是自己亲族的人所设。

她的目光落在最中间的灵位上，那灵位牌与其他一般无二，上面刻的是"秦鹤白"。

秦兰裳两腿一软，跪在蒙尘的蒲团上，恭恭敬敬地磕了三个响头，连额上的灰都没擦，转身去撩开了竹帘。

叶浮生跟在她身后，神情肃然地向这排灵位作揖行礼，然后才跟了过去，只见偏室里的东西更加简单了，只有一杆摆放在架子上的长枪。

枪长七尺，尖头虽然蒙了尘，但不掩寒光，红缨之下的枪杆上刻了一条盘旋九转的蛟龙，栩栩如生。

火光一映照，蛟龙就似乎要携枪飞起，伴随千军万马的铿锵声咆哮而出，有隐隐的烽火铁血气息萦绕不散。

即便没有见过，叶浮生和秦兰裳也在这一眼认定，这就是锁龙枪。

当年秦家被满门抄斩，只有秦柳容逃过一劫，但她也只是一身独安，哪里带得走旧物？是故全天下都以为，锁龙枪要么被弃荒野，要么就干脆被毁了，却没想到它竟在这里，依然伴随主人灵位，一如其生前般寸步不离。

秦兰裳哭着把枪拔起来，在院子里练起了三十三招锁龙枪法，哪怕累极了，也只是挂着枪休息一会儿，周而复始。

叶浮生知道她心里郁愤悲恸俱难平，也不去管她，等到算着秦兰裳差不多到了极限，才出手把她打昏，带回了祠堂让她趴在蒲团上睡了。

听完叶浮生的话，楚惜微拧了拧眉，道："已经三天了，还要等？"

"等吧，丫头看样子是吃了秤砣铁了心一定要等那个交代，你就算把她绑回去，回头她还得想办法跑回来，何必呢？"叶浮生打了个呵欠，"她还没醒，你饿吗？我给你做点饭吃。"

楚惜微："我记得你当年说过，这辈子只会做'火烧厨房'。"

叶浮生奇道："我骗你的，你也信？"

楚惜微又想掐死这个混蛋了。

叶浮生昨天就出门买了点米粮，这会儿进了厨房鼓捣一阵，端出一碗粥来，卖相还行，里面还放了去刺的鱼肉和洗净切碎的菜蔬，看得楚惜微罕见地一呆。

见楚惜微接了碗左看右看，叶浮生翻了个白眼："爱吃不吃，你不要我就给丫头留着。"

楚惜微默默地喝了一口，米饭炖煮得恰到好处，咸味不多一分也不少一分，味道不错。

他提起的心还没放稳，就听叶浮生开口道："对了，丫头说你有伤在身还用了猛药，这么拼做什么？"

楚惜微差点被粥呛到。

他一个字也不答，沉着张脸喝完粥，然后把空碗一放，披上衣服下了床。

经脉还在隐隐作痛，倒是比之前好了许多，楚惜微额头上出了一层汗，他走得慢，适应着三天没怎么动弹的筋骨。叶浮生托腮看了一会儿，起身把门打开，道：

"这屋子太小，我陪你在院子里转转吧。"

等秦兰裳终于睡醒了，脑子里冷静下来，刚想去看看自家小叔，结果一出门就见着楚惜微和叶浮生在院子里散步。

她喜出望外，连忙奔了过去："小叔你终于醒了！"

楚惜微本来对她憋了一肚子火，早准备收拾收拾这不知天高地厚的丫头，现在看到她一脸疲惫，倒是把火气给收了，不咸不淡地"嗯"了一声。

秦兰裳得了这个字，如蒙大赦，从屋里搬来了软垫铺在石凳上，殷勤地劝他俩坐下，又不晓得从哪里翻出茶叶泡了一壶茶递上来，很有些讨好卖乖的意味。

这样无所事事，竟也蹉跎了半日，等到叶浮生回过神来，才发现又是黄昏了。他已经很久没有这样悠闲，尤其是在这乡间小院里跟以为此生都要不死不休的人平和度日，简直是梦里都难以出现的臆想。

叶浮生捧着已经冷掉的茶，神色有些空茫，楚惜微看了一眼，正要说点什么，门外就响起了马蹄声。

这声音惊动了院子里的三人，秦兰裳这三天练武，招式不见精湛多少，力气倒大了些，提枪上前开了门，结果进来的是个白衣风尘的书生，正是陆鸣渊。

秦兰裳下意识地伸手托了托他，见书生满身血污，心里便"咯噔"了一下。

幸亏这个时候村里家家户户都在生火做饭，他又抄了小路过来，并没引起什么注意，秦兰裳赶紧把马也牵进来拴在树旁，将门关紧。

楚惜微沉声道："出什么事了？"

陆鸣渊看起来实在狼狈，身上大大小小的伤口很多，血把布黏在了皮肉上，可他好像不知道疼似的，看着有些呆愣，目光从楚惜微、叶浮生脸上一一扫过，最后在秦兰裳身上落定生根。

秦兰裳被他看得寒毛直竖，只听陆鸣渊轻轻开口道："我师父去世了。"

一时间，小院里静得落针可闻。

哪怕秦兰裳听到李大夫的话后便早有了想法，可这消息来得猝不及防，她无论如何也没猜到。

她并没有之前想象中大仇得报的快意，脸上的血色全部褪去，喃喃道："怎么会……那天走的时候，不、不是还好好的？"

陆鸣渊道："我没说谎，师父真的去世了，就在两天前的夜里，于礼王府上遇刺身亡……我，亲眼看着的。"

叶浮生挑起眼："怎么回事？"

"那天晚上，师父和礼王谈好了回京事宜，就进房休息了，临走时让我申时去找他。"陆鸣渊神色木然，"我依言去了，就看见他坐在书桌后，头耷拉着，七窍流血，滴在了桌上的书本上……"

秦兰裳忽然激动了起来："然后呢？"

陆鸣渊道："我惊动了王府里所有人，御医也赶来了，说师父是被高手以掌力重击天灵而亡。"

楚惜微拧起眉："以南儒之能，天下间谁能做到此事？"

"御医在给师父裹伤口的布里检出了慢性麻药，能在三个时辰内神不知鬼不觉地缓慢麻痹武人。"

秦兰裳声音沙哑："伤口是礼王的人裹的，你们没有查吗？一个重臣死在自己府上，礼王就没有半点干系？"

陆鸣渊忽然扯了扯嘴角："他当然脱不了干系，所以把整座王府都翻了一遍，但是之前包扎伤口的医者已经自杀，在他的住处找到了端王楚煜的玉佩。"

此言一出，三人都愣了，端王玉佩究竟是怎么回事，他们早已知道。然而这东西本应该在阮非誉手里，怎么又出现在了那下毒的医者身边？

秦兰裳脑子里一团乱，她无助地看着楚惜微，却没得到一个眼光。

叶浮生忽然长叹了一口气："我终于明白了……阮相不是死于人手，是自尽，对吗？"

秦兰裳瞪大眼："你胡说什么？"

她话音未落，陆鸣渊就开了口："师父说叶公子一定会明白，果然如此。"

秦兰裳呆若木鸡，楚惜微皱了皱眉："说清楚。"

"六年前师父辞官离京，在路上就遭到了刺杀，师父为了顾全大局把事情按下不提，伤处虽不严重，却沾染了断魂草毒，险些当场毒发。"陆鸣渊看着秦兰裳，脸上的悲色凝固成一团化不开的浓墨，"这六年来虽然费了诸多手段，师父的身体却每况愈下，书院里的药师说……左右也撑不到今年岁末，于是师父才让人送了密信给陛下，提出还朝复职。"

秦兰裳不明白："他既然知道自己的情况，为什么还要回朝廷？"

叶浮生淡淡开口："因为阮相并没打算真的回朝，只是联合今上演了一场欺瞒天下人的戏。"

楚惜微心念转了转，道："之前我便觉得奇怪，安息山那时候，礼王未免出现得太巧，而且走蛟事发突然，一路都朝谷口而去，不知情的人踩着那时机而来，必定损伤惨重，可他们一开始就是从小路而上的。"

秦兰裳猝然明白了什么，她看着陆鸣渊，对方接口道："不错，端王虽然在先帝时期颇有野心，但是也因秦公一案收敛了爪牙，以师父对他的了解，并不认为他现在还会有造反之心，否则也不会长留天京待在今上眼皮子底下。"

秦兰裳："那么真正跟葬魂宫合作的……其实是礼王？"

叶浮生道："谁都有嫌疑，所以阮相才会做这场戏，放出自己要起复的消息，有心的人自然闻风而动，这就是把自己当成了鱼饵，等愿者上钩。"

"师父说，在地宫看到端王玉佩的时候他就已经怀疑礼王，因为玉佩在十年前摔碎之后，端王虽然修补好了，但以其傲气，也不会再以此与他相交。"陆鸣渊垂下眼，"等在安息山见到礼王，那位葬魂宫主又不战而退，师父就已确定了是他。"

正因如此，在安息山上，阮非誉才会不着痕迹地贬低他们，隔开彼此关系，让他们全身而退。

秦兰裳喃喃道："那他为什么还要跟礼王走？为什么……要死？"

"傻丫头，正如你刚才所说，阮相在礼王府上暴毙，这件事情可比在天上捅个窟窿了。"叶浮生敛了眉目，"如果我没猜错，那晚应该是礼王先于陆鸣渊去找阮相，想要跟他相谋共事，但阮相已自尽身亡。"

楚惜微眉梢一动："天下俱知南儒将要还朝，他的死是绝压不下来的，哪怕礼王真的没有亲自动手，回头查起来也很可能发现他之前部署，所以他只能变改计划，嫁祸他人。"

陆鸣渊嗤笑一声，这书生向来脾气好得不可思议，这一声突如其来的嗤笑，倒有种狠戾。

"药布上的麻药是师父自己下的。"陆鸣渊轻声道，"其实那天晚上我很早就潜入了师父房间，听他跟我嘱咐各种事情，然后看着他变换掌法自盖天灵，我不能出声，也不能动，一直在房梁上躲着……礼王果然来了，他吓了一大跳，然后气急败坏，把师父特意攥在手里的玉佩拿走，又关好门窗装作自己没有来过。"

他娓娓道来，秦兰裳只觉得毛骨悚然，陆鸣渊继续道："他走后我偷偷溜回自己屋里，谁也没发现我，等到申时依言去找师父，装作惊恐的样子叫人来……礼王果然做好了准备，杀人灭口，把玉佩留下嫁祸端王，师父说得一点也没错。"

秦兰裳面色苍白："他为什么要这样做？"

楚惜微道："因为两虎相斗，必有一伤。"

礼王让葬魂宫以端王做幌子，又放出消息吸引旧案余党，一为逼迫，二为嫁祸。阮非誉一路被逼得山穷水尽，要想活着回朝，唯有与之相谋，若成，便得了南儒助力，天下文者莫不相与，自是欢喜；若不成，就设法杀人灭口斩除劲敌，然后祸水东引。

"端王这些年安居天京，并不代表他就是被拔了牙的老虎，别忘了先帝众皇子中，他可是第一个摸到兵权的人。"叶浮生勾了勾嘴唇，"虽然先帝去世已久，但朝堂上还是旧党居多，今上毕竟羽翼未丰，哪怕颇有手段，但在很多方面还是心有余而力不足……阮相一直是今上臂膀，但他已经命不久矣，若不想新法被这些人所阻，就必须在死前为今上留下新的助力。"

秦兰裳打了个激灵："端王？！"

"礼王为保自身设计端王，此事原本可大可小，但是闹到这一步，杀害重臣、意图谋反的罪名谁也不敢担。"陆鸣渊抬起头，手指慢慢攥紧，"师父用自己的命算计了端王一把，让本来打算置身事外的他不得不出手维护自己，但礼王毕竟准备周全，端王如果不想被诬陷受制，就只能向今上投诚，成为新的重臣，然而要取信今上和说服端王，都要靠师父生前写下的亲笔密信。"

叶浮生嘴角翘了翘："信在你手里。"

陆鸣渊道："对，我必须尽快回到三昧书院，派心腹把这两封信秘密送出，但是在这个节骨眼上，礼王本就疑心我，自然也不会放我走。"

"他让我们在此多留三天，就是为了让我们做你的接应，借百鬼门的力量保你回三昧书院。"楚惜微眯起眼，"朝廷之事自有权谋相较，而江湖事毕竟得江湖了。葬魂宫敢插手谋逆之事，已经是江湖败类，但要处理它也得借助江湖的力量，百鬼门此番又送上了门，很合适，对不对？"

一石三鸟，连自己性命都能当成棋子运筹帷幄，牵一发则动全身，纵观天下也只南儒一人，可如今还是没了。

秦兰裳喉头一哽："他明明说了，要给我一个交代……他是南儒，怎么能失约？"

"说起来，师父曾嘱咐我告知秦姑娘一些事情。"陆鸣渊一手伸入怀中摸索，"想来姑娘已经知道师父本名是'周慎'，那么再告诉姑娘一件事……四十五年前被秦公之父秦惊鸷割头为计、取信反王的主帅，名为周晔，是师父的生父。"

秦兰裳浑身一抖，又听他道："三十多年前，在安息山被走蛟淹没的三千秦家军里，军师周溪乃师父的亲兄长，也是他最后的亲人。"

楚惜微眼中闪过惊色，叶浮生神情也变了变。

只见陆鸣渊从怀中掏出了一本泛黄的手订书册，正是阮非誉之前从不离身的那本，只是这上面被染红了一小片，不晓得是陆鸣渊的血，还是阮非誉的。

他用满是血汗尘土的双手捧着这本书递向秦兰裳，道："师父给姑娘的交代，都在这本书里了。"

秦兰裳哆哆嗦嗦地伸手去接，又突然缩了回来，脸色白得不像话："我、我不要！你让他自己来说！我不看！"

陆鸣渊沉声道："秦姑娘，请接下吧。"

秦兰裳看向楚惜微和叶浮生，他们都没看她一眼，无声无息间达成了共识，要让她独自去接下这份交代。

她的手指哆嗦着翻了好几次，才翻开了第一页，发现这并不是一本书，而是由数十封信装线订成的。

一共三十七封信，落款却只有同一个名字——周慎。

收信人也只有一个——秦鹤白。

落款时间从当初他改名入了阮清行门下，到这月初，每年一封，一年不落。

她忽然就有了一种感觉，自己不是在看信，也不是在看所谓交代，而是看着过去三十七年的风霜。

番外
我寄人间雪满头

　　周慎从小就是个过目不忘的神童，可他虽有天赋，却并不好学。

　　他爹周晔是个常年在外打仗的军汉，好不容易做了大将军，而他娘出身书香门第，最恨游手好闲的人，因此每次见他怠懒都要言传身教一番，倘运气不好赶上他爹回家，那就是要被夫妻合揍。

　　周慎不止一次想卷了细软离家出走，然而还没等他真正实施，惊寒关一战就打响了。

　　他爹一去不回，他娘得到消息缠绵病榻，没两月就没了。

　　人们说他爹大义当先，自刎献头作为取信反王的信物，可他不信，因为他爹最看不得他娘哭，怎么会忍心以这样的方式死了？然而人们都这么说，他不信也得信。

　　那年周慎十二岁，只剩下了兄长周溪这一个亲人。

　　周溪在军中有差事，一年到头也回不了几次家，就请示了上级，把周慎也带到了军营里，在自己身边做个杂务小兵。他一边做事，一边被兄长耳提面命地教导读书。

　　周溪道："战场上生死无常，我虽然并不后悔走上这条路，但不希望你也这样。你好好读书，将来考取功名做个文官，不需要出人头地，平平安安就好。"

可惜天不遂人愿。十三岁那年，敌军攻城，连城墙都被破开一隅，数九寒天里情势危急，周溪急得火烧眉毛，周慎一时多嘴献了个"泼水凝冰墙"的计策，解了危机，也入了主帅的眼。

主帅秦鹤白当时二十九岁，年纪跟周溪差不多，为人很好，但周慎不大喜欢他。

周晔死了，他们家破人亡，这一切却成就了北侠秦鹤白的威名，周慎毕竟小，不懂得收敛情绪，秦鹤白倒是也不生气，有空就把他叫过来同吃共谈，比周溪这个亲哥还要像亲哥。

他虽然是江湖出身，但并非草莽，学识比起三天打鱼两天晒网的周慎要好了不少。少年人都有争强好胜的心，这一来二去，周慎发了狠读书，总算挣回了点面子，结果得意了不到一会儿，就看见秦鹤白对周溪笑道："令弟痛改前非，在下不负所托。"

周慎气笑了。

经此一役，他俩关系倒是有所缓和，秦鹤白有心亲近，周慎年纪轻也毕竟不是铁石心肠，两人很快就热络起来。

他虽然在军中挂了名，但无意真的从军，用的也是假名字，然而每当秦鹤白他们遇到难题的时候，周慎又忍不住要去插嘴。他天生心眼儿多，看问题不拘陈规，解决麻烦另辟蹊径，虽然这些个功劳都被算在了周溪头上，他也高兴得很。

然而周溪看着他的眼神越来越忧虑，他不明白是为什么，便去问秦鹤白。

秦鹤白道："他是喜忧参半，喜的是你天资过人，忧的是怕你踏上歧路。"

果然，没过多久，周溪就把他扔出了军营，周慎负气走了，结果没走出二十里，秦鹤白就追上来了。

那时候东海之乱暂且平稳，他这么个主帅在军中实在是装饰多于实用，就把一干事务交给了周溪，留下紧急联络的方法，跑来追他了。

秦鹤白是个好脾气的人，周慎跟他同行的路上，既不无聊也不难受，依着周溪的关系，两人也拜把子做了兄弟，好得就差没穿一条裤子。

那段时光平和得不可思议，秦鹤白带他去看了海上波澜壮阔，城镇车水马龙，后来更是一路南下，在一片山明水秀里见到了三昧书院。

当时正赶上阮清行告假，在书院里教导学生，秦鹤白靠着自己的脸面带他走后门，等来了这位誉满天下的南儒。

相比当初的秦鹤白，其实周慎更讨厌阮清行，正如每个不爱读书的孩子都讨厌隔壁家挑灯夜读的小孩，放在他这里，便是南儒著书立说名满天下，导致他从小到大遭遇的教书先生无一不对其肃然起敬，他便厌屋及乌了。

可他不能辜负秦鹤白的好意。

周慎只是有点任性，但他不是不知好歹，秦鹤白与自家没多大干系，却做到了这个地步，他哪怕将自己骨头都喂了狗，也不能把这一番真心放在脚底下踩。

七问七答之后，阮清行虽然没说要收他为弟子，却提笔给他写了满满两张纸的书单，让他回去把这些书通读背熟。

离开三昧书院的时候他如丧考妣，倒是秦鹤白喜出望外，说阮清行肯这么说，就是已经有收他为徒的打算了。

周慎到底不爱读书，因此并不觉得这是好事，可他也不是不知好歹，当看着秦鹤白的笑脸，心里也有了几分欢喜。

可惜没多久，东海战事又起，秦鹤白带着他匆忙赶回，那一次战事太急，连他也上了战场，要不是秦鹤白相救，恐怕早就被砍成肉泥了。

从那以后，他的任务除了读书之外，又多了习武。

北侠秦鹤白的锁龙枪出神入化，他对周慎不藏私，连斩龙三段杀也倾力教导，可惜周慎天生对兵器不感兴趣，虽然能死记硬背地记住他的三十六路枪法，上了手却还不如拿烧火棍好使。

无奈之下，秦鹤白教他一遍遍地夯实基础，又托江湖上的好友搜罗拳脚功夫，结果阮清行派人送来了"奔雷掌"和"乱雨棋"的秘籍。

这么折腾了一年，又时不时上战场练练手，秦鹤白终于觉得他能勉强自保了，就按照周溪的意思把他送出军营，一路北上，在清雪村暂住。

也不知道秦鹤白是怎么找到这样一个世外桃源般的地方，安宁得不可思议，他拿着钥匙找到了那间谨行居，推开卧房门之后，看到了满满一架子的书。

正是当初阮清行写下的书籍，只是因为这一年战事他没机会去读，没想到秦鹤白不知何时搜罗完毕，特意派人放在了这里。

上面还有一张字条："贺阿慎十四生辰，秦鹤白字。"

搬进谨行居的第一天，周慎抱着书架哭成了花猫。

春去秋来，他独自在这里待了五年，长成了十九岁的少年郎，沉稳了许多。

这一年北蛮战事又起，秦鹤白和周溪从东海赶了回来，又投身到力抗北蛮的事务中。周慎听得前线情况还好，就没有去打扰他们，结果才听闻战事告一段落，秦鹤白就带着周溪来了。

兄弟见面，喜不自胜，周慎抱着周溪不知道说什么才好，一回头就看见秦鹤白站在树下，笑意温暖如骄阳。

好不容易把周溪赶去休息，他走到秦鹤白面前，憋了半天才憋出一句话："我们下盘棋吧？"

秦鹤白笑着说："我能在这里留三天，交给你安排。"

第一天他们下了九盘棋，四胜四负一平。

第二天他们打了一架，秦鹤白的锁龙枪稳占上风，他的奔雷掌却也有精进。

第三天他亲自下厨，准备了一大桌酒菜，周溪喝了一杯就倒，秦鹤白面无表情地吃完全桌，挺着肚子长叹一声："阿慎，你以后还是别做饭了，容易出人命。"

周慎问他为什么，秦鹤白想了想，道："太好吃了，一吃停不下来，不吃就得饿死。"

当天夜里，秦鹤白和周溪就走了，而正逢秋试将至，周慎也收拾了东西上京赴考。

第一场刚考完，他就接到了阮清行私信，请他过府一叙。等周慎抵达之后，阮清行开门见山，告诉了他两件事情。

第一件事，秦鹤白有不臣之心，有弄权之嫌。

周慎心想，秦鹤白爱做什么就做什么，左右不会祸国殃民，关我什么事？

第二件事，周晔不是自杀，而是死于秦鹤白之手。

周慎手里的茶杯砸碎在地。

阮清行道："你若不信，可以去问你兄长。"

周慎忐忑不安地等了几日，没等到回信，却是周溪亲自回来了。

他风尘仆仆，见面第一句话就问："谁告诉你的？"

周慎心里一沉，他太了解兄长，如果只是谎言，周溪根本不必如此紧张。

"别问我怎么知道的，你告诉我，为什么？"

事实一如他当年的猜测，他爹那样一个没什么高尚情操的男人，怎么会舍了小家顾大家，正因如此，为了实行计划，秦鹤白亲手割了他爹的头颅。

当年发生这一切的时候，周溪是亲眼看着的。他的性格不似周晔，从小饱读诗书的周溪更明白什么是小我大我，虽然情感上不能接受，理智却强迫他理解。

这么多年，周溪跟在秦鹤白身边南征北战，秦鹤白也有意通过对他的照顾弥补这件事情，于是周溪从心怀芥蒂到消弭，没有向周慎说出真相。

听周溪说完后，周慎只觉得脑子里嗡嗡作响，艰涩地问他："你知道娘是怎么死的吗？"

周溪满肚子的话一噎，周慎道："那个时候你不在……我告诉你，娘是病死的，知道爹的消息后她就倒了下去，再也没站起来。你离家那么多年，还记不记得娘有多么漂亮？可她那样一个美人，在两个月里瘦成了皮包骨头，咽气的时候我抱着她都觉得硌。"

他说完就转身离开，周溪惨白着脸开口："你有资格怪我，也有资格恨将军，但是这些年来他对你的好，不是假的。"

周慎觉得自己这些年活得就像个笑话："我现在倒希望，一切都是假的。"

他提了一壶酒在护城河边从黄昏喝到天亮，才摇摇晃晃地往屋里走，翻出父母灵位对着跪了半天，然后出了门。

三天以后，周慎拜入阮清行座下成了其关门弟子，南儒亲自出手抹灭了他前尘过往，从此改姓了阮。

行拜师礼的那天，阮慎跟在阮清行身边见了不少人，士农工商不一而足，皆是一方人物。可这些人大多都满脸谄媚，张嘴舌灿莲花，说出的话却狗屁不如。

他看得厌倦，阮清行借着喝茶的工夫悄然说了一句："觉得很烦？"

不等他回答，阮清行放下了杯子："我也觉得烦，但你要习惯。"

"为什么？"

阮清行道："因为我老了，总有一天你要成为我，帮我看着这些人和事。"

这句话里透露了太多，阮清行门下弟子不少，他资历最浅，可听阮清行的话却像是不仅要教他武艺学问，还要传下更多的东西。

阮慎有心问个明白，却被突然闯入院子的骏马惊住了。

本该驻守在外的秦鹤白一身风尘，眼下满是疲惫青黑，见了满院子的人目光也只是一扫而过，最终落在他和阮清行身上，拱手道："阮相，鹤白有些话想与您这位弟子一谈，不知可否……"

阮清行没等他说完，便将阮慎往前面一推，笑道"看秦将军的模样应是有急事，老朽自然没有阻挠的道理。不过，将军未经传召便私自回京，不知陛下那里该如何交代呢？"

后半句他压低了声音，阮慎脸色一变，秦鹤白却恍若未闻，抓紧他的手拽上了马背，纵马狂奔到了护城河边。

河边草木都已枯黄凋落，显出了秋风瑟瑟的凉意。过了河就是出京的道，阮慎见秦鹤白根本没有停下的意思，一肘子撞向他胸膛，果不其然被挡住，然而阮慎另一掌拍在了马背上，马儿吃痛之下差点把两人都甩飞出去，阮慎趁机下了马，冷冷道："你要做什么？"

秦鹤白冷静下来，仔细看着阮慎。

不到一月，眼前的人就变了番模样，以前总是穿戴不大规矩的衣服，如今变得整整齐齐，还换成了他最不喜欢的文士长衫，头发也高高束起，有了读书人的风范。

尤其是阮慎脸上褪去了嬉笑怒骂，虽然还没做到喜怒不形于色，却也让他捉摸不透了。

原本一肚子的话不知怎么就说不出来了，秦鹤白憋了半晌才憋出一句："你兄长让我来接你回北疆。"

"我兄长？"阮慎淡淡道，"秦将军是不是找错人了，阮慎出身东州，父母早逝，是家中独子，哪来的兄长？"

"阿慎！"秦鹤白没想到他会这么说话，神情激动起来，又说不出个所以然，"你……别这样。"

"我怎样？秦将军，你身为北疆统领却擅离职守私自回京，又莫名其妙要带着我渡河，如今倒问我怎样？"

秦鹤白一路赶来的疲惫突然就压了上来："是我对不起你，你……不必为我的错，迁怒周溪，也难为自己。"

阮慎抬头道："我是谁，我要做什么，与你何干？"

他说完转身要走，被秦鹤白一把扯住袖子，两人拉拉扯扯，终于让阮慎烦了，他反手一掌打了过去，与秦鹤白对拼了一记，后者岿然不动，他踉跄了三步，倒是拉开了两人距离。

阮慎不动声色地抹掉嘴角血迹，道："秦将军，与其做无谓的纠缠，不如早点回你的边关去，毕竟是当年你拿那么多人的骨血保下了它，倘若再丢了，才真是谁也对不起。"

秦鹤白看着他的背影渐行渐远，突然喊了一声："阿慎！究竟如何，你才会原谅我？"

这个问题阮慎想了很久，秦鹤白也一直在等。

他终于等来了阮慎的回答，轻飘飘的，却压过秦鹤白赌上的一切东西，无论身家性命，或是成败荣辱。

"我不恨你。"

秦鹤白，我不恨你，所以我不会原谅你。

跟在阮清行身边的日子，比阮慎想象中还要难熬，学问武艺好不容易被认可，他就被阮清行带着去处理一些见不得光的麻烦争端，好像每个人都长了多张脸皮，当着人面做一套，背着人又是一套。

阮清行对他的厌恶装作没看见，阮慎无法反抗，只能逆来顺受。渐渐地，他从这些人身上学会了怎么装腔作势，从一开始的厌恶，到感兴动念，再到后来的习以为常。

当他科举登榜任职翰林院之后，这才从阮清行的赞赏中得到了当初问题的答案。

阮清行不只是把他当弟子，还要把他培养成传人，传承自己的文武谋算，代替自己的地位，做自己没有做完的事情。

阮慎道："你是故意在那个时候告诉我真相。"

"如果你一辈子都庸碌无为，也就无须知道真相。没有用的人不值得枉费心思，你也要记住这一点。"

"可那个时候的我，还不够让师父花这么大的心思。"阮慎合上书本，"是为了云飞兄？"

阮清行笑道："秦将军若是听见你还这样叫他，一定会很高兴。"

"我怎么叫他，是我乐意。"阮慎抬头看向阮清行，"听师父的口气，他最近似乎不大好过。"

阮清行将一封信递了过来，里面写了西北方有镇守武官玩忽职守之事，秦鹤白那个傻子顾念旧情小惩大诫，免了这人足以满门受累的死罪，却又没收拾好马脚，被暗线捅到了阮清行这里来。

这么大的事情是瞒不住的，阮清行不可能亲自出面弹劾秦鹤白，自然是要找座下弟子代劳，现在把信递到他面前，意思昭然若揭。

阮慎把信往怀里一揣，道："弟子晓得了。"

阮清行笑问："这么做可就说不定真要与他一刀两断了，舍得？"

阮慎撂了南儒的房门扬长而去，回到自己的屋子里提笔写信。

收信之人写了"云飞兄"三个字，可他压根没打算把信寄出去，那个记忆里的"云飞兄"已经在他得知真相那一刻彻底消失，两个人再也回不到最初。

然而当他还是"周慎"的时候，就习惯了把什么话都跟"云飞兄"讲，到如今也改不了这个习惯，从两年前到现在，每年都写一封。

阮慎有时候会觉得可笑，当年近在咫尺，听秦鹤白说上十句话都嫌烦，到了如今人事全非，偏偏他有满肚子话想说，却只能倾于纸笔，藏于木盒。

洋洋洒洒写了六张纸，其中一半都在狂骂秦鹤白这个因小失大的蠢货，等骂爽了才开始写自己接下来的打算——既然瞒不住了，与其等别人落井下石，倒不如自己先把事情捅出来，再想办法模糊内里，最后雷声大雨点小，让那个蠢货长点记性。

他写完了，把信件收好，这才一夜好梦。

第二天阮慎破例上朝，当众弹劾秦鹤白因私废公、庇护罪臣，一时间震惊朝野。远在边疆的秦鹤白被传召回来，这是他们阔别两年多后第一次见面，秦鹤白看着他的目光有震惊也有了悟，阮慎一张冷脸却快绷不住了。

不好的预感成了真，这蠢货不晓得是不是吃错了药，竟然当庭认罪，还请旨让他细查。虽然阮慎原本就打算插手调查，可从旁协助跟主要负责不同，他会从暗中窥探的人变成被别人死死盯着的靶子，想要给这蠢货遮掩都难。

退朝之后阮慎满脸阴沉，秦鹤白还追了上来，道："阿慎，是我不对。"

阮慎心累得很，走得更快了，这场难得的再会就这样戛然而止，让他都来不及看清秦鹤白是不是老了些，有没有消瘦。

他忙于查案，结果还真查出了大事——那武官竟然不是玩忽职守，根本就是个勾结番邦的奸细。

发现这件事的时候身边有不少人，阮慎第一个念头是把证据毁了，再把看到的人都一一扣下威胁，结果念头刚起就被一只手压住了肩膀。

阮清行不知何时来了，低头看着他，好像看透了他所有心思。

阮慎终于明白，从一开始阮清行就知道这件事，只是算准了他的心思，隐瞒了真相让他去出头，由此把他逼到了风口浪尖。

他自以为是的聪明，早就成了别人手里的刀。

后来，阮清行接过他手里的案子派人顺藤摸瓜，最后牵扯出不少大大小小的麻烦，这些错处放在平时无关痛痒，到了现在就是大祸。

秦鹤白被当庭杖责二十，回府禁足一月。阮慎思前想后，终于还是没沉住气，趁夜翻墙进了将军府。

恰逢院子里有个柳叶眉芙蓉面的姑娘正在练枪，把他当成了贼人，只是这姑娘没喊人，提枪就上，正是锁龙枪的路数。

他听说秦鹤白有个哑巴妹妹叫秦柳容，只是从来没机会见过，躲了十几个回合，阮慎就听见屋里传来咳嗽的声音，像是秦鹤白要出来了。

那一刻他忽然失了勇气，翻身又出了院墙，一路狂奔回去。

自此之后，他就再也没去过秦家，秦鹤白派人三番两次来送信，他都挡了回去。一直到秦鹤白离京那天，朝中半数以上的武官都去相送，阮慎得知消息后直跺脚，这蠢货本来就惹了帝王忌惮，现在还不懂藏拙，真的是蠢死也活该。

他施展轻功急追过去，在城外十几里处看到了秦鹤白。那人轻装简从，踏着风尘奔赴惊寒关，背后是巍峨京城，可他的目光始终向前。

阮慎躲在一棵大树上看着他远去，暗骂：“快滚吧。”

快滚吧你个蠢货，朝廷不是你该待的地方，赶紧滚回你的边关和江湖中去，最好一辈子也别回来。

可惜大概是他平时不敬神佛，所以这个祈愿并没有用。

九个月后，先帝因“仙丹”病重呕血，朝野上下牵连无数，甚至连二皇子也被卷了进去，一时间人人自危。

可是阮慎心里门儿清，什么病重呕血都是假的，先帝根本就没有事，只是借这个办法打压自己日益强大起来的二儿子，铲除自己视为眼中钉的秦鹤白。

先帝本就是个心思多过手段的人，越老越怕死，越老越觉得谁都惦记着他的位置，为此更是连亲生儿子和肱股重臣都忌惮。

二皇子的确有争储夺嫡之心，可论起文韬武略、品性德行，在先帝诸子之中都是出色的，秦鹤白与他交好是十分正常的事情，但是眼下就成了先帝眼中钉。

阮清行连夜进宫面圣，回来时对阮慎道"明日上朝，你去参秦鹤白撺掇二皇子，谋逆犯上。"

阮慎气笑了："关他什么事？关我什么事？"

阮清行问道："你是不是觉得，秦鹤白很冤枉？"

"不是吗？"

"他罪有应得。"阮清行坐在椅子上，"你认为我与他为敌，是因为这一来我二人地位相当，二来他与我政见不合，我为了保证自己的权位和利益，就必须要扫除障碍？"

"有错吗？"

"你说得不错，但还不够。"阮清行冷笑了一声，"将相不和自古有之，我若是连这些都容不下，也爬不上今日的位置……我说秦鹤白罪有应得，是因为他的存在成了威胁朝廷稳定的一把刀！"

阮慎心念急转："是他功高震主？"

"功高震主，偏得民心，边关百姓只知秦公不晓帝王，十万大军唯他马首是瞻，而他不懂得藏拙，虽没居功自傲，却锋芒毕露，你觉得这是不是错？"

这当然是。阮慎看得明明白白，秦鹤白此人刚直有余、迂回不足，比如同样是看不惯先帝和个别王公贵族，阮慎懂得当面一套背后一套，他却毫不掩饰自己的不满。三年前他不经传召，纵马归京，不入皇宫请罪便匆匆来去，可见他心中有家国天下，就是没有帝王。

"秦鹤白虽无营私之心，却有结党之实……呵，你觉得有哪个帝王会不忌惮他？当年我一手把他扶持起来，是因为国家战危，而他是难得一遇的将才。为此我给他铺平了这些年的路，也曾费心费力教他在朝堂上生存，可惜他看不上这些个阴谋诡计，甚至还跟二皇子交好，一心一意想辅佐他登上大宝做个明君……帝王的确失于德才，可诸位皇子却多为才能兼具之辈，二皇子并无十分优势，倘若在这个时候掀起夺位之争，到时候内乱祸国，我等又要如何才能补救？"阮清行长叹了一声，"这些年来我跟他作对，是想让他急流勇退回到江湖去，可惜……"

阮慎跪在地上，面色剧变："因此……必须先斩除秦鹤白，让陛下不必再因此忌惮，才能保下二皇子？只有二皇子被保全，才能继续与其他皇子党派角力，保证朝堂的平衡？别无他法？"

阮清行道："你有一个晚上的时间做选择。"

阮慎想了整整一夜，把细枝末节、大事小情都想得清清楚楚，最后还是徘徊在这两条路间，莫名便想起了当年在边关时候的场景。

秦鹤白一生因何而战？为国为家，死而无憾。

阮慎终于选择了最不想选的路。

当朝弹劾，众人俱惊，他前半生所有的飞扬跋扈，都比不上这一日咄咄逼人，逼得秦党无言以对，也把他自己逼到了不能回头的绝谷。

帝王大怒，连发诏令而不见回转，更是坐实他谋逆之事。阮慎急得火烧眉毛，只要他回来，自己必定是粉身碎骨保他全身而退，可惜不知道秦鹤白到底是搭错了哪根筋。

最后，先帝派出了掠影卫终于将他擒拿回京，入朝那天阮慎看着他，这人一身血污狼狈不堪，丝毫不见北侠的豪气潇洒，也不复护国将军的威武霸气，只有傲骨依旧，目光如炬般扫过每一个人，最终把目光落在阮慎脸上。

他们终于再相见，却是在这样的情况下。

阮慎就像闻到血腥味的水蛭，恨不得咬下他所有铅华荣光，把他重新打回一介凡人，滚回江湖再也不见。

可是从头到尾，任其他人你来我往地辩驳，秦鹤白都没有正面接过阮慎一句话，他只是抿着嘴唇慢慢站了起来，任凭责骂压身不曾认错，哪怕棍棒加身也不再跪。

他终于撕开了隐忍已久的虚伪，对帝王露出明晃晃的质责。

阮慎觉得，这蠢货是在找死。

最终，阮清行上朝成了压倒秦鹤白的最后一根稻草，后者在这场政斗里输得一败涂地。

阮慎受命让人把他拖出殿外打了八十棍，双手紧攥成拳，指甲嵌入手心而不觉疼。

他只是看着秦鹤白，想："蠢货，疼为什么不叫我一声？"

秦家一百三十六人全部下狱，那天晚上阮慎在天牢外徘徊了大半夜也没进去，反而是遇到了掠影统领顾铮。

他从这人口中得知了秦鹤白为什么抗令不回的真相——惊寒关内爆发了瘟疫，秦鹤白为了不使军心大乱就封锁了消息，将染病的军民都隔离治疗。

然而他不能告知朝廷，因为爆发了这样的疫病，朝廷为了免除后患，都会宁杀错不放过。

阮慎气得两眼通红，眼见顾铮进宫去求情，他就转身进了天牢，把狱卒通通赶出去，钻进牢房里对着秦鹤白大骂了一通，骂着骂着却说不出话，眼泪夺眶而出。

秦鹤白终于慌了，可他被打得狠了，不能爬起来给阮慎擦眼泪，憋了半天只憋出一句："别哭啊！"

阮慎一屁股坐下来，声音嘶哑："云飞兄……你会死的。"

"我知道。阮相与顾兄都把前因后果告诉我了，阿慎……我很高兴你还想保护我，也很感激你选了这条路。"

"将军未曾败于沙场，却死于庙堂，你秦家上下无一能幸免……云飞兄，你不恨吗？"

"我恨的是昏君犹在、毒疴尚存，别的不怪任何人。"秦鹤白笑着说，"一家不能与一国相比，一人也不能与百姓相较。"

"总有一天，我会辅佐一个贤明的君王治理国家，会把这些蛀虫硕鼠连根拔起，将不公律法悉数修正，还天下人一个天朗风清。"阮慎握着他那只伤痕累累的手，"我说到做到，云飞兄……你要看着我。"

秦鹤白笑了笑："我信你。"

"顾铮去给你求情，我说了没用，可他还是要去。"阮慎站起身，"指望不上他，还得我来……"

这一晚他好像又变回了那个冲动任性的周慎，秦鹤白怀念极了，却必须把他拉住："你别引火烧身了，我不走。"

阮慎抬起衣袖用力揩了揩眼睛，又听秦鹤白问他："阿慎，你是不是原谅我了？"

阮慎道："我不原谅你。"

秦鹤白眼里的光灭了下去。

"我以前不原谅你，是因为我不能恨你，也不知道怎么对你。"阮慎蹲下来握着他的手，"但是云飞兄，这次你要是死了，我会恨你的，而且永远不会原谅你。"

秦鹤白叹气道："阿慎，你也不小了，不要任性。"

阮慎梗着脖子不说话了，秦鹤白道："其实你心里清楚，现在谁也救不了我，何苦再搭上一个你？"

顿了顿，他近乎恳求地说道："阿慎，你若真念着我，就……救救柳容吧，她还年轻，又是个哑巴，什么也不知道。"

阮慎道："我冒着危险救她，等她以后来找我报仇？不干！要救她你自己来，我只救你！"

秦鹤白声音继续放软："阿慎……算我求你。"

阮慎走得怒气冲冲，却在转身时泪流满面。

他终于还是救了秦柳容，拿另一名女囚灌下哑药移花接木，好不容易把这姑娘从牢里救了出来，途中他遭遇了顾铮，本以为自己就要被拿下，结果顾铮活像没看到他，转身走了，顺便支开了守卫。

阮慎看到顾铮额头上被茶杯砸出来的伤口，知道秦鹤白必死无疑了。

他亲自连夜把秦柳容送出天京，道："你想报仇我随时等着，在那之前别死了。"

秦柳容曾经的花容月貌已经毁了，天牢里的狱卒见色起意，这姑娘被锁链擒住手脚，就干脆用尖锐的石头把脸划得目不忍睹。

阮慎把她带出来这一路，她不言不动，直到现在才露出些人气来，眼里噙着泪，抬手重重给了他一巴掌，头也不回地走了。

没几天，秦柳容被替换逃生之事就暴露了，先帝震怒，阮慎做好了去跟秦鹤白搭伴的准备，结果顾铮替他顶了罪，哪怕被打成秦党也不辩白，再有阮清行刻意掩盖事实，等到阮慎知道的时候，他已经被从中摘得一干二净。

先帝本就不喜掠影卫、不满顾铮，阮慎心头惊恐，他质问阮清行，说自己一人做事一人当，可阮清行道："事有轻重缓急，人有亲疏远近。对秦鹤白来说，家与国相比是如此；于我而言，你与顾铮亦如是。"

他狂奔到刑场时已经晚了，那个外冷内热的掠影统领已经变成一副血淋淋的骨架，阮慎看着地上那件血衣，上面只有一行血字："曾许一诺不悔，纵轻生死无改。"

阮慎大病了一场，也错过了很多事情，比如秦鹤白得知顾铮之死后终于认罪，比如有江湖义士与将领意图劫狱……等到他大病初愈，还是没人救得了秦鹤白，而行刑期迫在眉睫，他成了监斩官。

阮清行准许他去找秦鹤白告别，他站在牢门外什么都说不出来，倒是秦鹤白先开口了："阿慎，是你明天监斩？"

"……嗯。"

"不能换人？"

"你以为圣旨是什么？不能！"

"麻烦了，你那么爱哭……"秦鹤白叹了口气，"答应我一件事吧。"

"什么？"

"明天行刑的时候闭上眼，别看，别哭。"秦鹤白对他笑了笑，"你一哭，我走得就不安心了。"

他终于还是没忍住，跪倒在地，手抓着铁栅栏，泪如雨下："云飞兄……"

秦鹤白的手从空隙里伸出来，摸着他的头，大概是想说点什么，可最终没有。

第二天，阴云密布，大雨滂沱。

午时三刻，秦家满门跪于荆台，他亲手扔下令箭，刽子手喷酒于刃，手起刀落。

刀抬起时秦鹤白看了他一眼，阮慎如他所愿闭上了眼睛，直到周围发出哭号，才慢慢睁开。

人头滚落在地，雨水冲淡鲜血，尸身倒落台阶。

他没能第一眼找到哪颗人头是秦鹤白，因为雨水和眼泪模糊了眼睛。

七天后，阮慎接到了周溪密信，他已经将惊寒关染病的患者和可能沾上疫病的军士都点了出来，共计三千人，即将回京。

名单上的第一个，就是周溪的名字。周溪自然不会真的把瘟疫沿路带回，他给了这封信，就是要为这场瘟疫做一个了结。

阮慎眼里充血，他颤抖着手提笔回了一句话："安息山是个好地方。"

当阮慎再一次看到周溪的名字，便是走蛟计成，三千人连同他们所染的疫病都被一同淹没，最后由一把大火烧得片甲不留。

消息传来的时候，他看着周溪入山前回复的一张字条，上面写的是："将军之事我已明了，你没有错，要好好的。"

三年不见的亲兄弟，就以这张字条做结局。

阮慎在朝堂上的地位越来越高，他有条不紊地接手了阮清行交托的势力，慢慢把自己变成了曾经最讨厌的人。

又过了三个月，阮清行终于撑不住了，他临终时把阮慎叫到榻前，气如游丝："我知道你是恨我的。"

阮慎不开口，只是给他掖了掖被角。

"总有一天，你会明白……天下有的事情，舍我其谁？"阮清行低低地笑了声，"阿慎……你加冠之时，我没有给你取字，现在补上吧……就取'非誉'，如何？"

举世而誉之而不加劝，举世而非之而不加沮，定乎内外之分，辩乎荣辱之境，斯已矣[1]。

阮慎手里一松，一代南儒含笑而逝，他看着榻上老人苍白的发和布满风霜的脸，就已经看到自己的结局。

事实也的确是如此。

他成了阮非誉，辅佐新皇，推行新法，权倾朝野，阴谋算计。

他也成了南儒，执掌书院，号令文士，著书立说，翻云覆雨。

阮慎用这样残忍又决绝的方式实践了自己的诺言，也斩断了自己的退路。这样的日子年复一年，满头青丝被霜雪覆盖，意气风发被世事磋磨，终于到了他成为明日黄花的那天。

离开天京的时候，他特意去了趟乱葬岗。

当年秦家满门抄斩无人殓骨，被弃于荒草萋萋的乱葬岗，那时候的阮慎趁夜来此，顶着风雨把一具具身首异处的尸体拼凑整齐，挖开泥土放了进去。

_____

1 出自庄子《逍遥游》。

他也因此见到秦鹤白最后一面，那人脸上的皮肉都开始腐烂，可阮慎还是认出了他，仔细将其葬在了一棵大树下。

这一天白雪纷飞，阮非誉拢着鹤氅走到这棵树下，一代北侠死后不见基碑，只有个小小的坟包。

他焚化了纸钱，又倾了一壶酒，道："云飞兄，我要走了。"

霜雪落满头，阮慎觉得自己真的是老了，在这寒天里站了会儿就觉得累，可他还不想走。

这一走，也许就再也回不来了。

手里是三十七封信，哪怕是秦鹤白死后他也没改掉给他写信的习惯，这次本打算带到坟前给秦鹤白烧过去，终究还是没有。阮慎犹豫了一会儿，就拆开信对着坟包念了一遍，念得口干舌燥才停下，而此时已是黄昏。

"这些年来，我挺累的，好多人问我为什么不肯手下留情，我觉得吧……是人都会有私心，当年的你和师父如此，那时的我也如此，最后都输了。

"从那以后我就明白……唯有我这一生无情无私无牵无挂，才能心无旁骛不负天下。"阮慎的手指摩挲着书信，"云飞兄，倘若你还没去投胎，就……再等等我吧。"

他在这里站到天光已暗，才把最后一壶残酒放在地上，转身离开，再不回首。

君埋泉下泥销骨，我寄人间雪满头[2]。

2　出自白居易《梦微之》

图书在版编目（CIP）数据

封刀.1／青山荒冢著.
—武汉：长江出版社，2021.7
ISBN 978-7-5492-7777-3

Ⅰ.①封… Ⅱ.①青…②李… Ⅲ.①长篇小说－中国－当代

Ⅳ.①I247.5

中国版本图书馆CIP数据核字(2021)第136125号

本书经青山荒冢授权同意，由上海萌豆科技有限公司委托天津漫娱图书
有限公司，正式授权长江出版社，在中国大陆地区独家出版中文简体版
本。未经书面同意，不得以任何形式转载和使用。

封刀.1 / 青山荒冢 著

出　　版	长江出版社	
	（武汉市解放大道1863号　邮政编码：430010）	
选题策划	漫娱图书　马　飞	
市场发行	长江出版社发行部	
网　　址	http://www.cjpress.com.cn	
责任编辑	钟一丹	
特约编辑	宋旖旎	
总 策 划	熊　嵩	
执行策划	罗晓琴	

人物插画	黯然销魂虫	开　本	710mm×1120mm　1／16
装帧设计	徐昱冉　徐　蓉	印　张	18
印　　刷	武汉新鸿业印务有限公司	字　数	290千字
版　　次	2021年7月第1版	书　号	ISBN 978-7-5492-7777-3
印　　次	2021年7月第1次印刷	定　价	49.80元